गोर्खाकी छोरी

प्रज्वल पराजुली

nepa~laya

प्रकाशक : पब्लिकेसन नेपा~लय
कालिकास्थान, काठमाडौँ
फोन : ०१-४४३९७८६
इमेल : publication@nepalaya.com.np
www.nepalaya.com.np

© प्रज्वल पराजुली २०१३

संयुक्त अधिराज्यको क्वर्कस प्रकाशनबाट अङ्ग्रेजीमा प्रकाशित 'द गोर्खाज डटर' का लेखकसँगको सम्झौताअन्तर्गत नेपालीमा पब्लिकेसन नेपा~लयद्वारा प्रकाशित ।

नेपाली संस्करण ©पब्लिकेसन नेपा~लय २०१५

संस्करण : पहिलो, सन् २०१५
POD, सन् २०१८
१ २ ३ ४ ५(२०००)

अनुवाद : बीसी शर्मा र सरला भट्टराई
आवरण : INCS

Published by : Publication nepa~laya
Kalikasthan, Kathmandu
Phone: 01-4439786
Email: publication@nepalaya.com.np
www.nepalaya.com.np

First published in Great Britain in 2013 by Quercus

Copyright © Prajwal Parajuly 2013

The right of the Author to be identified as the Author of the Work has been asserted by them in accordance with the Copyright, Designs and Patents Act 1988 (UK)

Nepali edition © Publication nepa~laya 2015

First edition 2015
POD edition 2018
1 2 3 4 5(2000)

Translated by B. C. Sharma & Sarala Bhattarai
Cover: INCS

ISBN: 978-9937-8924-4-5
Gurkha ki Chhori
Stories by Prajwal Parajuly

कालेबुङको चिउरीबोटे बस्तीका शिवभक्त शर्मा
(सन् १९१८-२००९) मा समर्पित,
जसका कथा आजपर्यन्त सर्वोत्कृष्ट रहेका छन्

कथाक्रम

खुँडो ओठ

बिर्तामोडको कान्छो देवरबाट फोनमा त्यो खबर सुनेपछि पार्वतीले कपालमा नरिवलको तेल लगाइन् अनि काम गर्ने केटीलाई तालु र कन्चटमा मालिस गरिदिन बोलाइन्। दुवै जना जीर्ण काठे भऱ्याङमा बसे। पार्वती खुट्टा फारेर तल बसिन् र त्यो केटीले उनको लट्टा परेको कपालमा आफ्ना पोख्त औँला चलाउन थाली।

"बोक्सी !" आफैँमा मुस्कुराउँदै पार्वतीले भनिन्, "मरिछ।"

"हो, मरी !" काम गर्नेले पनि उनको बोलीमा लोली मिलाइदिई।

"मूर्ख, मैले कसको कुरा गरेकी भन्ने तँलाई के थाहा !" पार्वतीले उसको हातमा प्याट्ट हानिन्।

"थाहा छ, तपाईंकी आमा।"

"खूब बुझिस् तैँले ! मेरी आमा हैन, सासूको कुरा गरेकी। थुइक्क, अनुहार जस्तै कालो छ तेरो दिमाग !"

"तर तपाईं त भरखर आमा भन्दै हुनुहुन्थ्यो ?"

"लोग्नेकी आमालाई आमा नभनेर अरू के भन्नु ? छोरी भन्नु ? धन्न तैँले यहाँ काम पाइस्, काली ! तेरो यस्तो बुद्धिले त अन्त कतै बिक्ने थिइनस्। तेरो कोइला जस्तो अनुहार र खुँडो ओठ ! मेरा लोग्ने जीवितै भइदिएका भए तँ जस्ती रूप न रङ्गकीलाई यहाँ पनि टिक्न दिँदैनथे।"

पार्वतीले हल्का टाउको घुमाउँदै काम गर्नेका ओठतर्फ हेरिन्। खुँडो परेको ओठबाट बाहिर निस्केका दाँत झलक्क हेर्दा मुसाले पनीरका टुक्रा कुटुकुटु खान लागे जस्ता देखिन्थे। ती नमिलेका ओठमा पार्वतीले यसो छोइहेरिन्।

"दुख्छ ?" सोधिन्।

"दुख्दैन। मलाई बानी परिसक्यो।"

"तँ कहिल्यै गुनासो गर्दिनस् र त यहाँ बस्न पाएकी छस्, काली ! भाँडा माझ्ने बेलामा तेरा आँखा फुटेका हुन्छन्। आजै मात्र मैले तीनटा थाल फेरि मस्काउनुपऱ्यो। बढारेको हेऱ्यो, केटाकेटी जस्तो। कुनै कुराको ढङ्ग छैन, अनुहार हेऱ्यो उस्तै ! चालचलनले गर्दा मात्रै मैले सहिरहेकी छु।"

काली चाहिँ आफ्नी मालिक्नीका दुवै कन्चटमा औँलाहरू बिस्तारै घुमाइरहेकी थिई। काठमाडौँको आकाशमा लुकामारी खेलिरहेको चञ्चल घामले पार्वतीको कपाल टिलिक्क टल्काएको थियो। फुलेका केही रौँलाई पन्साएर जसै कालीका बूढी र चोर औँलाले निर्ममतासाथ ढाडे जुम्रा तान्न थाले, उनी चिच्याइन्।

"ई हेर्नुस् !" कालीले हत्केलाका माझमा हिँडिरहेको जुम्रा देखाई, "कत्रो ढाडी ! यसले साना जुम्राले भन्दा बेसी खून चुस्छ।"

कालीले त्यो जुम्रोलाई भुइँमा झारी र उम्कनभन्दा पहिल्यै बूढी औँलाले कच्याक्क पारिदिई। रगतको छिटा उसको खुँडो ओठमा समेत पऱ्यो।

"हैन, कहाँबाट मलाई जुम्रा पर्छ !" पार्वती बरबराइन्, "नुहाउनेबित्तिकै कपाल बाँध्ने गर्छु, शायद त्यसैले होला।"

"यिनीहरू चिसोमा सप्रन्छन्।" कालीले भनी।

"तैँले नजानेको पनि केही छैन हगि ?"

"तपाईंको कपालमा अरू जुम्रा छन् जस्तो लागेन।"

"एउटा भेटिहालिस्, अब सय वटै बचे पनि तँलाई पुगिगो नि !"

"हो साँच्चै, अरू भेटिनँ।"

"मैले भनेँ नि, तँ कुनै काम ढङ्गले गर्दिनस्।" पार्वतीले अचानक सन्तोष माने जस्तै गर्न थालिन्, "शायद आमाको आत्माले यो सब गराइरहेको छ !"

"तपाईं बिर्तामोड कहिले जाने ?" कालीले सोधी।

"किन ? तँलाई दिनभरि टीभी हेर्नपऱ्यो ? म बाहिर जाँदा तँ के गर्छेस्, मलाई थाहा छैन र ?"

"हैन हैन, त्यसै जान्न चाहेकी। कहिले जाने ?"

"म शोकमा छु।" पार्वतीले कुटिल हाँसोसहित भनिन्, "अहिले कुनै कुरा ठीकसँग सोच्नै सक्तिनँ। आफन्तहरूले कुनै न कुनै व्यवस्था गर्लान् नि !"

"म पनि जानुपर्छ कि ?"

"किन ? तँलाई प्लेन चढ्नपऱ्यो ? लोभी !"

"प्लेनमा जाने थाहा पाएर मैले सोधेकै हैन।"

"आज र भोलि त प्लेनको टिकट के पाइएला! शायद पर्सि पनि पाइँदैन। त्यो बोक्सीले पनि बडो दुःख दिई। ज्यूँदो हुन्जेल कहिल्यै सजिलोसँग बाँच्न पाइएन। अब हुँदाहुँदा मरेपछि पनि कस्तो अप्ठ्यारो!"

"तपाईंले बोलेको कुरा उहाँले सुन्नुहोला नि!"

"सुन्न दे, मलाई मतलब छैन। तैंले त उसको बारेमा केही नराम्रो भनेकी छैनस् नि! अनि तँलाई केको सुर्ता? यदि उसको आत्मा यतैतिर घुमिरहेको रैछ भने पनि राति मैलाई तर्साउन आउला। तेरो त अनुहारैले उल्टो भूतलाई नै तर्साउँछ। तँ चौधकी भइस्, काली?"

"तेर्ह।"

"हामीसँग अझै चार वर्ष बसिस् भने तेरो अपरेसन गराइदिउँला। त्यति भए त खुशी होलिस् नि?"

"अनि स्कुल?" यसो भन्दै गर्दा उसले अर्को जुम्रो देखी, तर टिपिन।

"स्कुल किन जानुपर्‍यो? मैले हाइस्कुल पास गरेर पनि के नापें र! तैं देखिरहेकी छस्, घरको घरै छु।" पार्वतीले कालीलाई एकटक हेरिन्, "तँलाई स्कुल जानु जरूरी छैन। चाहिने कुरो मैसँग सिके भैहाल्छ। बरु, अलिक चासो राख्ने गर्। यसो म खाली हुँदा कापी र पेन्सिल लिएर आइज। तर, तैंले यस्तो के गर्थिस्! तँलाई त छरछिमेकका केटाकेटीसँग रल्लिएर बत्तीसपुतली घुम्दैमा फुर्सद हुँदैन। अपरेसनपछि कत्ति न राम्री देखिउँली भनी कल्पिँदैमा ठिक्क छ तँलाई। याद गर्, अपरेसन चार वर्षपछि मात्र हुन्छ। त्यसको टुङ्गो गर्नअघि तेरा एक-एक नराम्रा कामको लेखाजोखा गर्छु म।"

तिमी ओठको चिन्ता नगर; हामी विचार गर्नेछौं। उसले भनेको थियो, अनि स्कुल पनि। तिमी स्कुल जाने कुरा गर्छयौं। अर्थात्, तिमी ज्ञानी छयौ, त्यसैले तिम्रो दिमागलाई त्यतिकै खेर जान दिनु हुन्न। हामी हुन दिन्नौं पनि। तिम्री मालिक्नीको घरको दिक्कलाग्दो कामले तिम्रो दिमागलाई भुत्ते पार्दै छ।

बैठकमा बजेको फोनको चर्को आवाजले दिवास्वप्नमा रमाइरहेकी काली झसङ्ग भई।

"जा उठा।" पार्वतीले अऱ्हाइन्, "पक्कै कुनै आफन्तले जाने प्रबन्ध मिलाए क्यारे ! मेरो बारेमा सोधे भने रोएर बसिरहेकी छु भन्दे है।"

"तपाईंसँगै कुरा गर्न खोजे भने नि ?"

"म बोल्नै नसक्ने भएकी छु भन्दे।"

काली जसै फोनतर्फ दौडी, पार्वतीले पनि कुरो सुन्न अर्को फोन उठाइन्।

"हेलो, भाउजू !" उताबाट आवाज आयो। नन्द सरिताको फोन रहेछ।

"हैन, म काली ...।"

आवाज एक्कासि बदलियो। "भाउजू खोइ ?"

"उहाँ रोइरहनुभएको छ।"

"झट्टै बोला।"

"कसरी बोलाउने ? उहाँ रुँदै हुनुहुन्छ।"

"जान्ने नबन्। खुरुक्क बोला। मेरी आमा पो बित्नुभएको हो, उहाँकी आमाको हैन। ह्याँ म त रोएकी छैन।"

"उहाँ कसैसँग बोल्दिनँ भनिरहनुभएको छ।"

"कस्ती मूर्ख ! तँ त्यही ओठ च्यातिएकी केटी हैनस् ?"

"हजुर, हो।"

"लौ त, उसो भए भाउजूलाई तयार भएर बस्न भन्नू। मेरा देवरले बिर्तामोडसम्म जान भ्यान र ड्राइभर दिन्छु भन्नुभएको छ। त्यसमा एउटा सिट भाउजूको निम्ति पनि छ। उहाँको भागमा दुई हजार रुपैयाँ पर्छ।"

"अनि म ?"

"मान्छे मरेको ठाउँमा तेरो के काम ? खुरुक्क घरमै बस्। तँलाई नगई नहुने हो भने चाहिँ डिकीमा बस्लिस्। यात्रा लामो हुन्छ। तर, तैँले त हामी अगाडि बस्नेभन्दा पछाडि नै फराकिलो ठाउँ भेट्छेस्। जे होस्, हामी एक घण्टामा त्यहाँ आइपुग्छौँ। भाउजूलाई तयार भएर बस्नु भन्।"

"त्यो त ठीक छ, तर उहाँले मेरो कुरै सुन्नुभएन भने नि ?"

"अनि तँ, कृपा गरी तेरो थुतुनो सफा गरेर बसेस्। लुगा पनि सुकिलो लगाएस्। फोहोर टालो भिरेको देख्नु नपरोस्।"

भरखर के कुरा भयो भनेर कालीले मालिक्नीलाई बताउनु जरूरी नै थिएन। फोन राखिसकेपछि पार्वती खुट्टा खोच्याउँदै बैठककोठातिर लागिन्। उनको अनुहारमा सन्ताप थियो।

"उनको त्यत्रो आँट!" पार्वतीले दाऱ्हा किटिन्, "तँलाई फोहोरी भन्ने? हामीले तँलाई सफासुग्घरै राखेका छौँ। एक चोटि त के, कहिलेकाहीँ हप्ताको दुई पटकै नुहाउँदिनस् र तँ? अनि तेरो खुँडो ओठको बारेमा टीकाटिप्पणी गर्ने हक पनि कसैलाई छैन, बुझिस्! यसमा तेरो के गल्ती? तँ त जन्मजातै यस्तै थिइस्। अनि के रे, उनी एक घण्टाभित्र यहाँ आउने रे? लौ, झट्टै सामान मिलाउन थालिहाल् काली! अरू पनि थुप्रै काम छन्।"

"म पनि जाने हो?"

"हो त नि मूर्ख! लौ, छिटो गर्। अनि, त्यत्रो भ्यानमा अरू कोको जाँदै छन् र ठाँवै छैन भन्नुपरेको? भाडामा बस्ने त्यो अस्ट्रेलियनलाई पनि लैजाने भइन् कि क्या हो? त्यो हात्तीलाई जहाँ पनि लैजानैपर्ने ...। ठीकै छ, तँ पछाडि नै बस्लिस्। आखिर मैले दुई हजार रुपैयाँ तिर्नुपरिहाल्छ। अनि अरूले चाहिँ कति दिन्छन् नि? कति न कति! मलाई थाहा छ। तेरा मालिकका शाखासन्तानले सधैँ हाम्रो उदारताको यसै गरी फाइदा उठाउँछन्। जति गरे पनि कहिल्यै नपुग्ने ...!"

दोस्रो तला उक्लने भऱ्याङमुनि कालीको सानो खाट थियो। त्यसको तल घुसारिएको हुन्थ्यो गत्ताको बक्सा जसमा उसका मूल्यवान् सामानहरू अटाएका थिए। जस्तै : प्राइस ट्याग झुन्डिएका तीन वटा नयाँ रङ्गीन जामा र लिभ-५२ औषधिको बट्टा, जसमा सय रुपैयाँका चार वटा नोट थिए। कालीले नोटजति जामाको गोजीमा घुसारी र जामालाई प्लास्टिकको झोलामा हाली। पाउडरको बैजनी रङ्गको सानो बट्टा खोलेर ऐनामा अनुहार हेर्दै निधारको पसीना पुछेपछि ऊ पार्वतीलाई सामान पोको पार्न सघाउन हिँडी।

तिमी भारतको सिमानासम्म पुग्नु मात्र पर्छ। उसले भनेको थियो, त्यहाँ तिमीलाई लिन मेरा एक आफन्त पुग्नेछन्। त्यतै तिमीले अलिकति पैसा पनि पाउनेछ्यौ। अँ, तिमीलाई थाहा छ, तिम्री मालिक्नीले कहिले बिर्तामोड लान्छिन्? त्यहाँबाट सिमाना केवल आधा घण्टाको बाटो हो।

सुटकेस कसीवरी पार्वती भान्साको भाँडा माझ्ने बेसिनमा कपाल नुहाउँदै थिइन्। उनले कालीलाई कपालको एक भाग समाउन दिइन् र अर्को भागमा स्याम्पु लगाइन्।

"लौ हेर कपाल झरेको!" पार्वती भन्न थालिन्, "यही पाराले त छिट्टै मुडुली हुन्छु म।"

"यति बाक्लो कपाल छ!" कालीले सान्त्वना दिई, "सबै झर्नलाई त अझै धेरै वर्ष लाग्छ।"

"तँलाई केही थाहा छैन। कति नै भयो र हामीसँग बसेको? चार वर्ष? तँ आउँदा बच्चै थिइस् र अहिले पनि तेरो दिमाग बच्चाकै छ।"

"यहाँ आउँदा आठ वर्षकी थिएँ होला। म यहाँ पाँच वर्षदेखि छु।"

"लौ लौ, चार होस् या पाँच वर्ष, के फरक पर्छ? हामीले यहाँ ल्याउँदा तँ हाडछालाकी मात्र थिइस्। फेरि अर्की छोरीको कुनै आवश्यकता नभएकैले तेरी आमाको निम्ति पनि तँ केवल बोझ थिइस्।"

पार्वतीले यो कुरा पहिले पनि भनेकी थिइन्। वास्तवमा कालीले यो कथा हप्तैपिच्छे सुन्नुपर्थ्यो। जति सन्तान जन्म्यो उति खाने मुख बढ्दै गएपछि कालीकी आमालाई परिवारको सबैभन्दा कमजोर तन्तुलाई चोइटचाउने बाध्यता आइलागेको थियो। एक त छोरी भएर जन्मेकी, त्यहाँमाथि काली! त्यतिले पनि नपुगेर ओठ खुँडो भएपछि ऊ परिवारमा सबैभन्दा घाँडो बनेकी थिई। त्यसै पनि जन्मँदै रोगी सन्तानले केही लाभ दिलाउनु त परको कुरो, उल्टै उसैको हेरविचार गरिदिनुपर्ने हुन्छ। यस्तो अवस्थामा एउटी अधबैंसे विधवा काम गर्ने केटी खोज्दै भारत-भुटान सिमाना डुवर्सस्थित उनीहरूको झुप्रोमा पुगेकी थिइन्। कालीकी आमाले एकै पैसा नलिई उनैलाई छोरी सुम्पिदिएकी थिई।

"तँलाई थाहा छ, तेरो हालत कति दयालाग्दो थियो?" पार्वतीले फेरि घाउ कोट्याइन्।

"अहँ," कालीले जवाफ दिई, "यहाँ आएपछिको कुरा मात्र थाहा छ।"

"ठीकै भो तँलाई थाहा नभएर। त्यो झुप्रोबाहिरको माटो खाएरै रोगी भएकी थिइस् तँ। तेरा दाजु र दिदीहरू तँलाई पटक्कै मन पराउँदैनथे। मन पराउन् पनि कसरी! तँ देख्दै त्यस्ती डरलाग्दी थिइस्। तेरो बाउ कामै नलाग्ने मान्छे थियो। अहिलेसम्म त बाँचेकै पनि के होला र!"

"मलाई त उनको सम्झना पनि छैन।"

"तैँले त के सम्झिलिस्! मैले घरबाट टाढा लाँदै छु भन्ने भेउ पाएपछि त्यो आठवर्षे उमेरमा तँ कस्तरी कहालिएकी थिइस्! तँलाई दुःख दिन लैजान आँटेको हैन भन्ने बुझाउन मैले कति हत्ते गर्नुपरेको थियो! तँ कतिसम्म लाटी भने, मसँग हिँडेपछि यति सुखको जिन्दगी पाउँदै छु भन्ने भनक पनि पाएकी थिइनस्। आज पनि मलाई चियामा कति चम्चा चिनी चाहिन्छ भन्ने तँलाई थाहै छैन। भरखरै सरिताले तेरो कत्रो बेइज्जत गरिन्, तैँले बुझेकै छैनस्। तँलाई त केही थाहै हुन्न। म तेरो निम्ति केके मात्र गरूँ?"

मालिक्नीका मुखबाट अब अर्को केको प्रसङ्ग निस्कन्छ भन्ने कालीलाई राम्ररी थाहा थियो। फेरि उही कट्टुकै कथा। पार्वती यसको बखान गरेर कहिल्यै थाकिनन्।

"अनि तँ कट्टु नै लाउँदिनथिस्, गँवार! मैले कति चोटि भनिसकेँ नि, मैले ल्याएका कट्टु तँ खालि टाउकोमा घुसार्थिस्। ती कट्टु अट्दै अट्दैन भनेर एकोहोरो सोच्थिस्। अहिले हेर्, तँ कहाँ पुगिस्! तर, तेरो दिमाग जस्ताको तस्तै छ। तेरो दिमाग अझै आदिवासीकै छ।"

पार्वतीले यो कट्टु माहात्म्य यति धेरै भनिसकेकी थिइन्, कालीलाई त्यो सुन्दासुन्दा लाजै हुन छोडिसकेको थियो। अझ पहिलेपहिले त उनी जसलाई भेटे पनि उनकी काम गर्नेले पहिले कट्टु नै लगाउने गरेकी थिइन भन्दै खिल्ली उडाएर आनन्द लिने गर्थिन्। बिर्तामोडबाट काठमाडौँ आउँदै गर्दाको त्यो दृश्यलाई त पार्वती झनै भयावह ढङ्गले प्रस्तुत गर्थिन्, जति बेला यात्रुहरूको दिसा-पिसाबका निम्ति बस निकै पटक रोकिएको थियो र एक पटक उनकी कामदार बसकै छेउमा टुक्रुक्क बसेर यसरी पिसाब फेर्दै थिई, त्यस आठवर्षेको शरीरको सम्पूर्ण तल्लो भाग ह्वाङ्गै देखिएको थियो।

“हो, साँच्चै ! उसले जामाभित्र केही पनि लगाएकी थिइन !” यो कुरो आफ्ना पाहुनाहरूलाई चकित पारेर सुनाएपछि पनि पार्वतीको धीत मर्दैनथ्यो। उनी कालीलाई पाहुनाहरूको माझमा बोलाउँथिन्, ताकि उनीहरू जङ्गलबाट आएकी त्यो सानी केटीलाई देखेर अझ रमाउन पाऊन्, जसलाई मालिक्नीले केही जोडा किनेर नदिउन्जेल कट्टु भनेको के हो, थाहै थिएन।

“सरिताले मलाई सिँगान पुछेर बस् भन्नुभएको छ।” कालीले भनी, “तर, मेरो नाक त सफै छ नि, हैन र ?”

तिम्रो अनुहार सुन्दर छ। ऊ सधैं भन्थ्यो, दुःखलाग्दो कुरा के छ भने, तिम्रो कुरूप ओठले यसलाई लुकाइदिन्छ। तिम्रा आँखा कुनै हिरोइनका जस्ता आकर्षक छन्। तिमीले कहिल्यै हिरोइन बन्ने सपना देखेकी छ्यौ ? के तिम्रो स्वर मीठो छ ? तिमी मलाई गीत गाएर सुनाउन सक्छ्यौ ?

“मेरो परिवारप्रति तेरो कुनै इज्जतै छैन। तैँले सरिता दिदी भन्नुपर्छ। उनी मेरी नन्द हुन्। केवल मुखले ठिक्क पार्नबाहेक उनले केही जानेकी छैनन्। अरूलाई नराम्रो देखाउन पाएदेखि आफू एकदमै राम्री हुन्छु भन्ने उनलाई लाग्ने गरेको छ।”

“बाटोको निम्ति खानेकुरा पनि बोक्ने कि ?”

“खालि खानेकुरा सोच्छेस् तँ खन्चुवी ! तँलाई जहिले पनि भोकै राख्ने काम पक्कै पनि त्यो तेरो ओठमा भएको फाल्टू प्वालले गरेको छ। तेरो निम्ति अलिकति चिउरा हालिराख्। बरु मलाई चाहिँ अहिल्यै केही खानेकुरा दे न ! अबका तेऱ्ह दिनसम्म त बेस्वादकै खाना जुर्ने होला। पैँतालीस दिनसम्मै त्यस्तै खाएर बाँच्नुपर्ने अवस्था पनि आउन बेर छैन। नूनतेल केही नहालेको खाना, त्यो पनि जबरजस्ती दिनमा एक छाक मात्र ! त्यो आइमाई जान त गई, तर दुःख दिन कहिल्यै नछोड्ने भई ! हिजो बेलुकाको तरकारी र भात उब्रेको छ क्यारे, गएर तताइदे त, म खाइहाल्छु।”

यता कालीले काउलीको तरकारी तताउन ग्यास बाल्दै गर्दा पार्वतीले घरका झ्यालढोका थुन्न र ताल्चा लगाउन शुरू गरिन्।

"कठै, सरिता मैया ! तपाईं त दिनभरि रोएझैं देखिनुहुन्छ !" पार्वतीले भ्यानमा चढ्दै भनिन्, "के गर्नु, उमेर भइसकेको थियो। जे होस्, जति दिन बाँच्नुभयो, राम्रैसँग बाँच्नुभयो।"

"हैन, म त्यसरी रोएकै छैन।" सरिताले भनिन्, "त्यति दुःख लागेको त हैन, तर त्यो केटीले तपाईं फोनमै आउन नसक्ने गरी रोइरहनुभएको छ भन्दा चाहिँ मलाई त पीरै भएनछ कि क्या हो भनेर छटपटी भयो। मलाई आत्मग्लानिले पनि यस्तो भएको हुन सक्छ। आमाले कहिल्यै तपाईंलाई राम्रो व्यवहार गर्नुभएन र पनि तपाईं उहाँको मृत्युमा यस्तरी दुःखी बन्नुभयो। कस्तो उदेकलाग्दो !"

यता, आफ्नो कुरूपताप्रति सरिताको किशोर छोराले गरेको घोचपेच सुनेर काली अघिसम्म कुम झट्कार्दै थिई। अहिले चाहिँ डिकीमा थुप्रिएका सामानमाथि सबैभन्दा सुरक्षित पाराले थचक्क बसेकी थिई। भ्यानको अघिल्लो सिटमा बसेकी सहयात्रीलाई एकोहोरो नियाल्दै गर्दा उसलाई काउकुती लागे जस्तो भइरहेको थियो। यसरी कालीले खित्का थाम्दै र फुस्काउँदै गरेको थाहा पाएपछि पार्वतीले आँखा तरिन्। तर, कालीलाई अरू कसैको वास्तै थिएन। उसका आँखा त अगाडिकी तिनै वृद्धा गोरीमा अडिएका थिए, जसले गाडी गुडेदेखि ठसठस गर्दै र असिनपसिन हुँदै आफ्नो बडेमानको ज्यानलाई सम्हाल्ने कोशिश गरिरहेकी थिइन्।

"हैन मैया, मलाई उहाँले त्यस्तो नराम्रै व्यवहार पनि गर्नुभएको थिएन।" पार्वतीले भनिन्, "कुन परिवारमा सासूबुहारीबीच मनमुटाव हुँदैन ? एउटा लोग्नेमान्छेबाट घरका दुइटी आइमाईले उत्तिकै माया पाउन खोज्दा केही मतभेद त भइहाल्छ ! तपाईं आफैं पनि सासूसँग खटपट परेको कुरा सुनाउनुहुन्थ्यो। अँ साँच्ची, तपाईंसँग बस्ने भनिएकी विदेशी आइमाई यिनै हुन् ?"

"हो, उहाँ नै हुनुहुन्छ।" सरिताले फेरि कुरा आमा र भाउजूतिरै लगिन्, "जुन पुरुषको स्नेह पाउन तपाईंहरू दुई जना हानथाप गर्नुहुन्थ्यो, मेरा त्यस्ता दाजु त उहिल्यै बित्नुभयो।"

"तपाईंकी आमा पनि त अब रहनुभएन ! बाँचुन्जेल उहाँले मलाई गर्नुभएका

व्यवहारको अब के कुरागराइ भयो र ! अँ बरु, यी विदेशी आइमाई चाहिँ को हुन् रे ?"

"उहाँ एरिन हुनुहुन्छ, मेरी आमा ।" सरिताले भनिन् । त्यति नै खेर उनले अर्कातिर हेर्दै अङ्ग्रेजीमा पनि थपिन्, "एरिन, उहाँ मेरी भाउजू हो है । तपाईं मेरी आमा कसरी हुनुभयो भन्ने कुरा उहाँलाई बताउँदै छु ।"

एरिन पार्वतीलाई हेरेर मुस्कुराइन् । पार्वतीले पनि मुस्कान फर्काउने कोशिश गरिन् ।

सरिताले नेपालीमा भनिन्, "उहाँ पेइङ गेस्ट हुनुहुन्छ । एक महीनादेखि पैसा तिरेर मकहाँ बस्दै आउनुभएकी पाहुना । आज आमा बित्नुभएको थाहा पाएदेखि उहाँले अबदेखि मलाई नै आमा भन्ठान भनिरहनुभएको छ । मैले आमा भनेको उहाँलाई मन पर्छ रे ! नेपालीहरूले मृत्युपछिको अन्तिम संस्कार कसरी गर्छन् भन्ने हेर्न मन लाग्यो भन्नुभएपछि मैले सँगै ल्याएँ । भाउजू, तपाईंसँग अहिले पैसा छैन जस्तो छ, हो ? बीचबाटोमा अभर पर्नुभन्दा मेरो विचारमा यतै गाडीमा तेल हालिराख्नुपर्छ ।"

पैसाको मामिलामा होशियार हुनू । उसले कालीलाई बातैपिच्छे सम्झाउँथ्यो, तिमीसँग कति पैसा छ भनेर कसैलाई भनक नदिनू । बिर्तामोडदेखि सिमानासम्मको बसको भाडा दश रुपैयाँभन्दा बढ्ता नहुनुपर्ने । त्यसो त जस्तै कठोर हृदय भएको अपरिचितले पनि तिम्रो मीठो बोली सुनेपछि सित्तैंमा लगिदिन बेर लाउँदैन ।

"ए, भनेपछि आफ्नी आमाको सद्गतमा सामेल गराउन तपाईंले यिनलाई लैजान लाग्नुभएको ?" हजार रुपैयाँका दुइटा नोटका निम्ति पर्स खोतल्दै गर्दा मनमा लागेको कुरा पार्वतीले राखिहालिन्, "आमा परलोक हुनासाथै तपाईंले नयाँ आमा पाउनुभयो । यस्तो पो जिन्दगी !"

"यी अस्ट्रेलियनहरूको कुरो तपाईं के बुझ्नुहुन्थ्यो ! एक पटक कसैलाई मन पराए भने उनीहरूले स्पोन्सरै गरिदिन्छन् । मतलब, दुई वर्षमै तपाईं अस्ट्रेलियाको नागरिक बन्नुहुनेछ । मैले मेरो जन्म दिने आमाको काजकिरिया देखाउन ल्याएकोमा उहाँ कृतज्ञ हुनुभएको छ ।"

"सन्नीले पनि अर्की आमा पायो भने तपाईंलाई कस्तो महसूस होला ?" पार्वतीले झ्यालपट्टि उदास भएर बसेको सरिताको छोरालाई औंल्याउँदै सोधिन्।

"गरोस् न। उसलाई फाइदा हुन्छ भने किन नहुनु ? म ज्यूँदै हुँदा पनि उसले कसैलाई अपनायो भने म केही भन्दिनँ।"

"अनि तपाईंका श्रीमान् चाहिँ अन्त्येष्टिमा कहिले आउनुहुन्छ ?" पार्वतीले जिज्ञासा राखिन्।

"खै, मिल्दैन होला। उहाँलाई भोलि कामविशेषले चाइना जानु छ। तेऱ्ह दिनको कामसम्मै उतै बस्नुहोला। हाम्रो परिवारका प्रतिनिधिमा मेरो छोरा, म र आमा छौं।"

"मतलब, तपाईंकी दिवङ्गत आमाको अन्त्येष्टिको निम्ति तपाईंको परिवारका प्रतिनिधिको रूपमा तपाईं, तपाईंको छोरा र तपाईंकी नयाँ आमा !" यसरी कटाक्ष गर्दा सरितालाई कुनै असर नपरिरहेको पार्वतीलाई राम्ररी थाहा थियो।

काठमाडौंको अस्तव्यस्त सडक छिचोलेपछि उनीहरूको यात्रा नागबेली बाटो भएर अघि बढ्दै थियो। पहाडको मनोरम दृश्य देखेपछि एरिनले फोटो खिच्न थालिन्। सरितालाई यस्तो बेलामा कर्तव्यपरायण छोरीको भूमिका निभाउनु थियो। त्यसैले बाहिरै निस्केर फोटो खिच्ने हो कि भनेर उनलाई सोधिन्।

"भो पर्दैन।" एरिन मसिनो स्वरमा बोलिन्।

"हैन आमा, कुनै समस्या छैन, प्लिज, प्लिज।" उनले भनिन् र ड्राइभरलाई गाडी रोक्न लगाइन्। एरिनले बाहिर निस्कँदै एकटक पर्वत शृङ्खलालाई नियालिन्; लामो सास फेरिन्; केही फोटा खिचेपछि प्रार्थना गरीवरी गाडीमा चढिन्।

"कस्तो टीभीजत्रै क्यामरा रैछ !" पार्वतीले भनिन्।

"तपाईंले यसरी अङ्ग्रेजी शब्द प्रयोग गर्दै बोल्नुभयो भने त हामीले उहाँकै बारेमा कुरा गर्दै छौं भन्ने चाल पाइहाल्नुहुन्छ नि !"

"यी वरपरका मान्छेले पनि हामीलाई आमाको अन्त्येष्टिमा हिँडेको हैन कि टुरमा निस्केको पर्यटक ठानिरहेका होलान्।" पार्वतीले थपिन्, "अनि उनले प्रार्थना चाहिँ किन गरेकी ? कि आशीर्वादको निम्ति यिशुलाई पुकारेकी हुन् ?"

"उहाँ हिन्दू हुनुहुन्छ।"

"कत्ति न यी गोराहरू हिन्दू नै हुन्छन् जस्तो ... !"

"एरिन, हेर्नुस् न, तपाईं हिन्दू हो भन्दा मेरी भाउजूले पत्याइरहनुभएको छैन।" सरिताले अङ्ग्रेजीमा भनिन्।

"उहाँलाई केही श्लोक सुनाइदिऊँ कि क्या हो ?" एरिनले भनिन्।

"हो, सुनाइदिनुस्।" भरखरै जोडिएको आमा-छोरीको नातालाई सार्थक पार्दै सरिताले भनिन्।

"ए, उसो भए यिनले श्लोक पनि जानेकी छन्!" अङ्ग्रेजीमा निकै कम दखल भए पनि उनीहरूबीचको वार्तालाप कत्ति न चाल पाइरहे जस्तै गरी पार्वतीले सरितालाई सोधिन्।

"किन नजान्नु ? एक पटक पशुपतिनाथको मन्दिरमा उहाँलाई पस्नै दिएनन्। त्यहाँ खालि हिन्दूलाई मात्र प्रवेश मिल्छ भनियो। त्यसपछि उहाँले पण्डितहरूको सामुन्ने खररर हनुमान् चालीसा पाठ गरिदिनुभयो। त्यति बेला उनीहरूको अनुहारको रङ्ग हेर्न लायकको थियो। त्यो दृश्य तपाईंले देख्नुपर्ने।"

अघिल्लो सिटमा बसेकी एरिन मक्ख परिन्। मुसुक्क हाँस्दा उनको अनुहारमा गुलाबी रङ्ग फैलियो। यो दृश्यले यता कालीको खित्का छुटाइरहेको थियो।

"यिनले हामीले बोलेको बुझ्छिन् कि क्या हो ?" पार्वतीले साउती मारिन्।

"हैन, तर मैले अहिले के कुरा गरिरहेकी थिएँ भन्ने चाहिँ उहाँले चाल पाउने गर्नुभएको छ। त्यो घटना मैले धेरै पटक धेरैलाई सुनाइसकेको हुनाले उहाँले बुझ्न थाल्नुभएको हो। त्यो सन्दर्भ जहिले निस्कँदा पनि उहाँ मक्ख पर्नुहुन्छ।"

"तपाईंले उनलाई आमा भन्दा चाहिँ मलाई गजबै लाग्छ। उनी नेपाली त बोल्दिनन्। म भइदिएको भए यस्तो कहिल्यै गर्न सक्दिनथेँ।"

"अनि त्यो पछाडि बसेकी नोकर्नीले तपाईंलाई आमा भन्दिन त ?"

"अहँ, भन्दिन।"

"मलाई त भन्छे कि जस्तो लागेको थियो। तपाईंले उसलाई आमा भन्न

लगाए बेस हुन्थ्यो भाउजू ! यसले तपाईंलाई नै फाइदा गर्छ । हिजोआज लामो हात कत्तिको गर्छे नि ?"

"अहँ, काली कहिल्यै चोर्दिन। पाँच वर्षदेखि हामीसँग बसेकी उसले चोरेको त यादै छैन। ऊ असल छे।" पार्वतीले कर्के आँखाले कालीतर्फ हेर्दा ऊ पनि मालिक्नीका कुरा एकाग्र भएर सुनिरहेकी थिई। "यत्तिकै राम्रो गर्दै गई भने यसको ओठको पनि अपरेसन गराइदिनुपर्ला। असाध्यै महँगो पर्छ भन्छन् क्यारे ! त्यसो त, यही एउटीबाहेक मेरो पनि अरू को नै छ र !"

म पन्ध्र वर्ष पुगेपछि कसैलाई भनेर गाडी चलाउन सिकाइदिन्छु भनी मेरी मालिक्नीले वाचा गरिन्। उसले भनेको थियो, जब म सोऱ्हको भएँ, अनि चाहिँ मेरो शारीरिक उचाइ पुगेको छैन भनिन्। म सत्र पुगेँ, कानूनी तवरले उमेर पुगुन्जेल पर्खिनू भनिन्। जब म अठार पुगेँ, यत्रो वर्षसम्म मैले कहिल्यै राम्रो काम गरिनँ भनेर पो तर्किन थालिन्। त्यस घरबाट भागेपछि मात्रै बल्ल मैले गाडी सिक्ने मौका पाएँ। यी मालिकहरू काम गर्नेलाई यसरी नै झूटो आश्वासन दिएर दलिरहन्छन्। तिम्री मालिक्नीले पनि पक्कै एक दिन तिम्रो ओठ बनाइदिने गफ दिएकी होलिन्। हैन ?

"स्वर्ग हुनुअगावै दाइले त्यत्रो घर बनाइदिइहाल्नुभयो क्यारे ! केटाकेटीको लेखपढको निम्ति पैसा जोगाउनुपर्ला भन्ने तपाईंको अवस्थै छैन। केको सुर्ता ? हिजोआज त जस्तै मूर्ख पनि अमेरिका जान खोज्छ। मलाई त जहिले पनि हामीले कताबाट पैसा जोहो गर्न सकौँला भन्ने चिन्ता मात्र लागिरहन्छ।"

"छ वर्षभित्रै हाम्रोमा तीन वटा मरण भयो।" पैसाको कुरा धेरै अगाडि नबढोस् भन्नेमा सचेत हुँदै पार्वतीले कुरो मोडिन्, "यस्तो किन भएको होला जस्तो लाग्दैन तपाईंलाई ? हाम्रो परिवारैलाई अलच्छिन लागेको हो कि क्या हो ?"

"खै, बुवा त बिमार भएरै बित्नुभएको हो। उहाँको त उमेर पनि पुगिसकेको थियो।"

"त्यो त हो। अनि आमा चाहिँ स्वर्ग जानुहुन्छ भन्ने लाग्छ तपाईंलाई ?"

"मलाई त लाग्दैन। उहाँले धेरैलाई सताउनुभएको थियो। त्यस्ता मान्छे के स्वर्ग पुग्थे ! उहाँ मेरी आमा, साक्खै जन्म दिने आमा भए पनि मैले सत्यलाई सत्य नै भन्नुपर्छ। बरु भगवान्लाई धन्यवाद, उनले मलाई अर्की आमा दिए।"

सरिताले एरिनको दाहिने कुम थिच्दै बिस्तारै मालिस गर्न थालिन्।

"मान्छे त उहाँ उति साऱ्हो खराब पनि हैन। कहिलेकाहीँ त माया नै गर्नुहुन्थ्यो। छोराको दुर्घटना र पतिको मृत्यु बेहोर्ने मान्छेमाथि परेको आहतलाई बरु मैले नै अलिकति बुझ्ने कोशिश गरिदिएकी भए हामी सासू-बुहारीको सम्बन्ध बेग्लै हुन सक्थ्यो। बिर्तामोडको सट्टा उहाँ मसँग काठमाण्डुमा बस्न सक्नुहुन्थ्यो। मै बोलाउँथेँ होला।"

"तपाईंहरू दुई जना सँगै बस्नुभएको भए त उहाँले तपाईंलाई ज्यूँदै जलाइदिनुहुन्थ्यो। तपाईंको रगत चुस्नुहुन्थ्यो। तपाईंलाई खसीझैँ टुक्राटुक्रा पारेर सेकुवा लाउनुहुन्थ्यो र खानुहुन्थ्यो। नढाँटी भन्नुस् त भाउजू, आमा बित्नुभएको खबर सुन्नासाथ तपाईंलाई कस्तो लाग्यो ?"

"कति नरमाइलो लाग्यो। नपत्याए कालीलाई सोध्नुस् न! रोएकी रोयै थिएँ। अहिले बल्ल मन अलिक हल्का भएको छ। तैपनि आँसु थामिएको छैन। सिमरामा पानी परे जस्तो भइरहेको छ। मलाई उहाँको निधनले यस्तो आघात पार्ला जस्तो कहिल्यै लागेको थिएन।"

"तपाईं जस्तो असल बन्न पक्कै पनि म कहिल्यै सक्दिनँ होला। म दु:खी हुनुपर्थ्यो, मलाई थाहा छ, म रोइरहनुपर्थ्यो, तर पनि मैले सकिरहेकी छैन। अरू हो र, हामी मेरी आमाको बारेमा पो कुरा गर्दै छौँ! मलाई जन्म दिने आमाको!"

"तपाईंकी एक मात्र आमा, सरिता! अरू नै कुनै आमाको बारेमा यस्तो कुरा गर्नु त बेवकूफी मात्र हुने थियो।"

"मेरो सोचाइ तपाईंलाई वाहियात लाग्छ भनेर मलाई थाहा नभएको हैन। तैपनि तपाईंले यस्तो नसोचिदिनुभएको भए कति जाती हुन्थ्यो! एरिन असल महिला हुनुहुन्छ। तपाईंले दोहोरो कुरा मात्र गर्न सक्नुभएको भए पनि उहाँ कति असल हुनुहुन्छ भन्ने थाहा पाउनुहुने थियो।"

"कठै, मेरो यस्तो टुटेफुटेको अङ्ग्रेजीमा उनीसँग के बात मार्नु!"

कालीले पिसाब आयो भन्दा सरिता एक्कासि पड्किइन्।

"हिँडेको पाँच घण्टा पनि नपुग्दै तँलाई पिसाबले च्याप्यो?" उनले भनिन्, "घरबाट निस्कने बेलामै सबै काम सक्नू भनेकी थिइनँ मैले?"

एउटा रिसोर्ट पार गरेपछि ड्राइभरलाई सरिताले अलिक पर गाडी रोक्न लगाइन्। किनभने, छेउछाउमा पर्यटक र र्‍याफ्टिङ गर्नेहरूको भीड थियो। गाडी रोकिएपछि सबै जना खुट्टा तन्काउन बाहिर निस्के। सरिता र एरिन झाडीको पछाडि हराए। कालीले चाहिँ गाडीको छेउमै छरर पिसाब फेरिदिई। उसका दुई गोडाको माझबाट बगेको गतिलै धारले अरू थोकसँगै त्यता थुप्रिएका कमिलाहरूको भूमिमा ठूलै पहिरो जान थाल्यो। त्यसबाट बच्न उनीहरू सोझो-बाङ्गो बाटो समात्दै सुक्खा ठाउँतर्फ भागाभाग गर्न थाले।

"तैंले किन उठीउठी पिसाब नफेरेको काली?" बाटोको अर्को छेउबाट सन्नी करायो, "तँ त केटा जस्तै देखिन्छेस्। त्यसैले पिसाब पनि केटैले जस्तो फेर्नुपर्ने!"

चुपो लागेर बसेको ड्राइभर पनि यो कुरो सुनेपछि खित्का छोड्न थाल्यो।

कालीले पिसाब फेरेकै ठाउँमा पार्वती पनि टुक्रुक्क बसिन् र ज्यान जोगाउन भागाभाग गरिरहेका ती कमिलालाई थप आतङ्कित पार्दै पिसाबको फोहोरा सोझ्याइन्। कसै एकप्रति लक्षित नगरेरै पार्वतीले प्रश्न गरिन्, "आफू मर्दै छु भन्ने कुरा मर्नेले कहिल्यै थाहा पाउँछन् र?"

"के थाहा पाउँथे?" कालीले गम्भीर भएर भनी, "कहिले मरिन्छ भन्ने कुरो कहाँ थाहा पाइन्छ र! यो त एक्कासि हुने कुरो हो।"

"तँ चुप लाग्।" भ्यानभित्र पस्दै पार्वतीले भनिन्, "कसैले तँलाई केही सोधेको छैन भने बढ्ता जान्ने नबन्। मान्छेलाई कस्तो परिरहेको हुन्छ भन्ने जान्नलाई के तेरा कुनै आफन्तको मरण भोगेकी छेस्?"

सबै जना भित्र पस्नासाथ बोझ बढी भएकाले गाडी स्टार्ट नै हुन सकेन भन्दै ड्राइभर गनगनायो। उनीहरू सबै फेरि हतारहतार उसै गरी ओर्ले, जसरी पसेका थिए।

"सन्नी, एक पटक गाडीलाई धक्का दिन सक्छौ ?" ड्राइभरले गाडी फेरि एक पटक स्टार्ट गर्न खोज्यो।

"अँ, कालीले पनि ठेल्नुपर्छ। त्यो पनि त केटै हो !" धेरै बल लगाएर गाडी ठेल्नुपरेको स्वाङ पार्दै सन्नीले भन्यो।

एरिनले सन्नीलाई सघाइन्। ड्राइभरले उनीहरूलाई गाडीभित्र पस्ने इशारा गर्दा सरिताले गर्वसाथ एरिनलाई हेरिन्।

"ल हेर्नुस्, आमाले कुनै काम पनि तुच्छ ठान्नुहुन्न।" उनले भनिन्।

अघिसम्म हल्का बैजनी देखिएको आकाश आधा घण्टाभित्रै घना कालो भयो। मधेश झर्दै गर्दा गर्मी हुँदै जानुपर्ने, तर ठीक उल्टो चिसो बढ्दै थियो। सन्नीलाई उसको छेउको झ्याल बन्द गर्न पार्वतीले अऱ्हाइन्, तर ऊ मानेन। पार्वती पनि के छोड्थिन् ! झ्याल अलिकति मात्र खुला राख्न सन्नी सहमत भयो। त्यति बेलै छेवैबाट हान्निएर आएको ट्रकले उनीहरूको गाडीलाई उछिनेर गएपछि पार्वतीले सरितालाई हल्का धक्का दिँदै सन्नीलाई सम्झाइदिन इशारा गरिन्। पार्वतीले नै आफ्नो छोराको सामना गरून् भन्ने हिसाबले सरिताले त्यो इशारालाई पूरै बेवास्ता गरिदिइन्।

"लौ न भान्जाबाबु, अब झ्याल बन्द गर्नुपऱ्यो।" पार्वतीले भनिन्, "अन्त्येष्टिमा सहभागी हुन हामीले राम्ररी आराम गर्नैपर्छ। यसरी झ्याल रातभरि खुलै राख्नुभयो भने त तपाईंकी आमा कक्रेर मर्नुहुन्छ।"

सन्नी बोल्न त केही बोलेन, तर क्रोधित दृष्टिले हेऱ्यो। सरिताले केही नदेखे जस्तो गरिन्।

"झ्याल बन्द गर्नुस् न भान्जा !" अलिक कडा स्वरमा फेरि पार्वतीले भनिन्।

"अब आधा घण्टा माइजू।" ढीट जवाफ आयो।

"आधा घण्टामा त जमेर हिउँ भइन्छ।"

भित्रभित्र मुरमुरिँदै सन्नीले झ्याल बन्द गऱ्यो।

"तपाईंले भान्जालाई यसो अदबमा राख्ने गर्नुभएको छैन ?" पार्वतीले सरितालाई सोधिन्।

"अहँ, आमा हामीसँग बस्न थालेयता मैले उसलाई पिट्न वा गाली गर्न बन्द गरेकी छु। बच्चालाई कसरी अनुशासनमा राख्ने भन्नेबारेमा उहाँले मलाई धेरै कुरा सिकाउनुभएको छ। ऊ मन लागेको कुरा गर्न स्वतन्त्र छ। आमाले भने अनुसार त्यसो गर्दा ऊ आत्मविश्वासी बन्दै जान्छ रे! एक पटक क्रिकेटको बलले झ्यालको सिसा फुटाइदिँदा पनि उसलाई गाली नगर्नू भन्नुभयो। आमासँग चाँगुनारायण र नगरकोट घुमेर फर्कंदा ऊ जीवजन्तु र बोटबिरुवाबारे कति धेरै कुरो जानेर खुशी भएको हुन्छ। हामी वा उसको अति महँगो स्कुलबाट भन्दा नेपालबारे कति धेरै महत्त्वपूर्ण ज्ञान उसले आमाबाटै पाएको पनि मैले राम्ररी बुझेकी छु।"

"तर, हामी त फरक हौँ नि सरिता! यिनी विदेशी हुन्, कताकी खैरिनी! केटाकेटी हुर्काउने हाम्रो तरीकै बेग्लै छ। कहिलेकाहीँ कुटपिट नगरे हाम्रा बच्चा कहाँ तह लाग्छन् र! उनीहरूलाई ठूलाबडाको कुरो सुन्ने बानी पार्नैपर्छ। सन्नी तेऱ्हका भए। यसै गरी बेवास्ता गर्दै जाने हो भने उनी अटेरी बन्दै जान्छन्। अहिले नै विचार नपुऱ्याउने हो भने अब तपाईंलाई गाऱ्हो हुँदै जान्छ। तेऱ्हदेखि उन्नाइस वर्षको उमेर असाध्यै महत्त्वपूर्ण हुन्छ।"

"खै, यस्ता कुरा ...! केटाकेटी छँदा मैले त्यत्रो कुटाइ खाएँ। मलाई सधैँ पिट्नुहुने आमा पनि मरिहाल्नुभयो। आखिर उहाँले मलाई नकुटेको भए के बिग्रन्थ्यो र!"

"हाम्रो पुस्तामा कुटाइ नै नखाई को चाहिँ हुर्केको छ र! हैन, यी गोरीले तपाईंलाई के नचाहिने-नचाहिने कुरा सिकाउँदै छिन्! जे होस्, सबै नेपालीका छोराछोरी जसरी हुर्किरहेका छन् त्यसै गरी तपाईंले पनि बालबच्चा हुर्काउनुपर्छ।"

'गोरी' शब्द सुन्दा सरिताले एरिनलाई पुलुक्क हेरिन्। उनी मस्त निदाइरहेकी थिइन्। यता पार्वतीलाई पनि कालीको अवस्था बुझ्न खसखस लाग्यो र पछाडि हेरिन्। तीन वटा बडेमानका झोलामाथि काली मस्तसँग फैलिएर पल्टेकी थिई, घाँटीदेखि पैतालासम्मै सलले ढाकेर। गाडीभित्र सवारमध्येकै सबैभन्दा आरामदायी यात्रा गरिरहेकी उसले मालिक्नीलाई छट्टु पाराको मुस्कानसहित हेरी।

"जेसुकै होस्, आमाले भनेका कुरा गहकिला हुन्छन् ।" सरिताले भनिन्, "केटाकेटीमा कागजको लुगा सिउन खोज्दा तँ दर्जी बन्ने भइस् भनेर हतोत्साहित पार्नुको बदला मलाई खुद जन्म दिने आमाले प्रशंसा गरिदिएको भए म आज शायद ठूलठूला फिल्मी हस्तीहरूको लुगा सिलाउने फेसन डिजाइनर पो बन्थेँ कि ! फेसन डिजाइन पढ्छु भन्दा पनि आमाले दाइ लगाएर मलाई कुटाउनुभएको थियो ।"

अपरेसनपछि मानिसले तिम्रो वास्तविक सुन्दरता देख्छन् अनि तिमी सिनेमाकी हिरोइन बन्न सक्छ्यौ । उसले भनेको थियो, बम्बई एउटा बेग्लै संसार हो । पहिले मनीषा कोइरालालाई बम्बई जाने प्रोत्साहन दिएको मैले नै हो । अहिले हेर त, उनी कत्री ठूली हिरोइन भएकी छन् ! त्यसो त उनी आफैँ पनि असाध्यै सुन्दरी भएकाले सफलताको सम्पूर्ण श्रेय म एक्लैले लिन मिल्दैन । एक से एक पहिरन लगाएपछि त तिमी पनि सिनेमाकी हिरोइन हुन्छ्यौ । यति बेलै, हो यति बेलै मैले तिमीलाई यी हिरोइनहरूले लाए जस्ता पारदर्शी पोशाक चाहिँ नलाउने चेतावनी दिनैपर्छ । त्यस्ता लुगा लगाएको मलाई मन पर्दैन ।

"दाइ भनेपछि ... मेरा श्रीमान् ?" आफ्ना विनयी पतिलाई त्यस्तो निर्दयी काम गर्न लगाइएको सुन्दा अचम्भित हुँदै पार्वतीले सोधिन् ।

"हो, तपाईंका श्रीमान् ।" सरिताले भनिन्, "मलाई सिस्नुले चुट्नुभयो । पहिले सिस्नु चिसो पानीमा भिजाउनुभयो अनि त्यसले मेरा हातखुट्टा जतासुकै हिर्काउनुभयो । अनि त्यति बेलै आमा पनि चिच्याएर साथ दिइरहनुभएको थियो, 'खबरदार, यो कुरो राम्ररी बुझ्, हाम्रो परिवारमा कोही पनि दर्जी हुन सक्दैन' । त्यो घाउ मेरो मनमा अहिले पनि आलै छ । त्यसको छ महीनापछि मेरो बिहे पनि भयो ।"

"कस्तो राम्रो भयो नि ! हेर्नुस् त, कति लोभलाग्दो छोरा छ ! श्रीमान्ले पनि त्यस्तो राम्रो कमाउनुहुन्छ । चाँडै तपाईंहरू आफ्नै घरमा सर्न आँट्नुभएको छ । कुटाइले त केही नराम्रो गरे जस्तो लागेन ।"

"तपाईं कसरी यस्तो सोच्नुहुन्छ ? अठार वर्ष पुगेकी जवान छोरीलाई सबैको सामुन्ने त्यस्तरी कुट्ने ? मलाई यति लाज लागेको थियो, बाटोमा

निस्किन पनि छोडेकी थिएँ। टोलका सबै यो विषयमा कुरा गर्थे। त्यो घटनाको निम्ति मैले कहिल्यै दाइलाई माफ गर्न सकिनँ।"

"तपाईं र उहाँ कहिल्यै नजिक हुनुभएन।"

"किन नहुनु ? हामी घनिष्ठै थियौं, तर त्यो घटनापछि चाहिँ एक-अर्काबाट टाढियौं।"

"यो कुरो उहाँले मलाई कहिल्यै भन्नुभएन।"

"तपाईं र उहाँ पनि त कहिल्यै घनिष्ठ हुनुभएन !"

"तर हाम्रो वैवाहिक सम्बन्ध त थियो नि !"

"त्यसको अर्थ तपाईंहरू असाध्यै मिलेर बस्नुभएको थियो पनि त भन्न मिल्दैन नि ! आमा यही कुरा भन्नुहुन्छ। उहाँको सोचाइमा बिहे त्यति महत्त्वपूर्ण हैन रे ! अविवाहित हुँदा मान्छेका चाहना धेरै सीमित हुन्छन्।"

"यसो हेर्दा तपाईंकी यी आमा त घर भाँड्ने खालकी पो लाग्यो। यस्तै हो भने अब तपाईं डिभोर्स पनि नराम्रो हैन भन्न थाल्नुहोला।"

"त्यो त हो नै।" सरिताले भनिन्, "अँ, बरु म हिजोआज क्याम्पस जान थालेको कुरा सुनाएँ तपाईंलाई ?"

"हरे, क्याम्पस ! यो उमेरमा ?"

"हो, तीन महीनाअघि म पद्मकन्यामा भर्ना भएँ। आफूभन्दा धेरै कम उमेरका विद्यार्थीसँग क्लासमा जाँदा अनौठै लाग्दो रैछ। मेरो तेऱ्हवर्षे छोरो छ भन्दा त उनीहरू छक्कै पर्छन्।"

"उनीहरूले पक्का पनि तपाईंलाई पगली सम्झे होलान्। मेरो विचारमा तपाईं पगली नै हो। तपाईंका श्रीमान् र हुर्कंदो छोरा छन्। तपाईंले उनीहरूको हेरचाह गर्नु पो जरूरी थियो। क्याम्पस ? यो उमेरमा ? यो तपाईंकी आमाको अर्को आइडिया हो भनेर मलाई नभन्नुहोला है ! उनले चाँडै तपाईंलाई क्रिस्चियन पनि बनाउँछिन्।"

"उहाँ हिन्दू हो भनेर त मैले भनिसकें नि !"

"उनी जेसुकै हुन्, तर तपाईंको पारिवारिक जीवन लथालिङ्ग पार्न

लागिपरेकी छन्। यो सबको बारेमा ज्वाइँ के भन्नुहुन्छ त ?"

"उहाँलाई म एकलकाटे भएँ कि भन्ने परिरहेको छ, तर यो कुरा आमाको सामुन्ने भन्न चाहिँ चाहनुहुन्न। आमा छेउछाउमा हुँदा उहाँलाई जुन कुरामा विश्वास लाग्दैन, जस्तै : नारी स्वतन्त्रता, त्यो विषयमा कुरा गर्नुहुन्छ। आमा जब ओझेल पर्नुहुन्छ, अनि म अविवेकी भएँ भन्ने गर्नुहुन्छ। उहाँ त आमालाई घरबाट लखेट्नैपर्छ भन्नेमा हुनुहुन्थ्यो, तर आमाले दिँदै आउनुभएको महँगो घरभाडालाई सम्झँदा चाहिँ निकाल्ने आँट पनि गर्न सक्नुभएन।"

अचानक विपरीत दिशाबाट आउँदै गरेको ट्रकसँग ठोक्किनै लाग्दा ड्राइभरले स्वाट्टै चक्का घुमायो।

"बज्जिया !" ऊ करायो।

गाडीमोडाइ र उसको गालीले कालीबाहेक सबै यात्रुलाई ब्यूँझाइदियो।

"रातिहुँदो जँडचाहा ड्राइभर !" पार्वती बडबडाइन्।

"सबै सुरक्षित त छन् ?" एरिनले सोधिन्। चारैतिर एक नजर लगाएपछि उनलाई अघि भएकामध्ये एक जना कोही छुटेछ कि जस्तो लाग्यो। "त्यो केटी खै त ?"

"आमा, ऊ सुतेकी छ।" सरिताले उनको कुममा धाप मार्दै ढाडस दिइन्, "ऊ ठीक छे।"

"ओहो, लौ ठीक छ।" निद्राले लट्ठ आँखा फेरि चिम्म गर्दै एरिनले भनिन्।

भरखरै मृत्युलाई त्यति नजिकबाट देखेपछि काम्दै गरेको ड्राइभरले अब यसो खानपिनका निम्ति गाडी रोक्ने हो कि भनेर सोध्यो। पार्वतीले हत्त न पत्त हुन्छ भनिहालिन्। उनलाई खूब भोक लागेको थियो। त्यति नै खेर सासूको जुठो बार्दा कम्तीमा तेऱ्ह दिनसम्म भने जस्तो खाना वा माछामासु खान मिल्दैन भन्ने झल्याँस्स सम्झेपछि उनी फेरि शान्त भइन्।

"भाउजू, तपाईंलाई इच्छा छ भने खाए भइहाल्छ नि !" सरिताले भनिन्,

"मलाई चाहिँ मनै छैन।"

"म त यो परिवारमा बिहे गरेर आएकी बुहारी हुँ। त्यसैले यो परिवार मेरो हो। तपाईंको त अन्यत्र बिहा भएको हुनाले खाइदिए भइहाल्छ। बरु, मासु चाहिँ नखानुहोला है !"

"मेरी जन्म दिने आमा पो हो। यस्तो बेला मलाई खान मन लाग्छ भनेर तपाईंले कसरी सोच्नुभयो ?"

"भोकै हुनुहुन्छ क्यारे ! जुठो त भोलिदेखि बारे भइहाल्छ नि !"

"अनि तपाईंले पनि त्यसै गरे भइहाल्छ नि भाउजू ! बरु, आज राति सँगै खाऔँ; जुठो भोलिदेखि बारौँला।"

ड्राइभरले शहरको एउटा चहकिलो रेस्टुरेन्टअगाडि गाडी रोक्यो, जहाँ रात्रिबसका यात्रीहरू भरिएका थिए। त्यतिन्जेल नन्द-भाउजू दुवैले खाना खाएमा आफैँले माफी नपाउने ठहर गरिसकेका थिए। काली, एरिन, सन्नी र ड्राइभर उज्यालो बत्ती बलेको रेस्टुरेन्टतर्फ गए। सरिता र पार्वती चाहिँ फलफूल र दूध किन्न निस्के। ढिलो भएका कारण भने जस्तो बाक्लो र स्वादिलो दूध कतै भेटिएन। त्यसैले केरा र चियाले काम चलाए। अरू फर्कुन्जेल नन्द-भाउजूले एक दर्जन केरा सकिसकेका थिए। भोलि बिहान कालीलाई दिएर मक्ख पारौँला भन्दै बचाउन खोजेको अन्तिम कोसो पनि पार्वतीले छोड्न सकिनन् र दुई टुक्रा पारिन्।

"छच्छ वटा केरा खाइएछ। साँच्चै भोकाएका रैछौँ।" भोकैले गर्दा सरिता पनि सुत्न नसकेकी हुन् भन्ठान्दै पार्वती बोलिन्।

"के खायौ दिनेश ?" सरिताले ड्राइभरलाई सोधिन्।

"गज्जब मीठो खाना।" डकार्दै दिनेशले भन्यो, "उहाँहरूले मटन, चिकन र माछा खानुभयो।"

"तैँले त सुँगुर जस्तै खाइस् होला, हगि काली ?" पार्वतीले सोधिन्।

"उसले त मज्जैले खाई।" अचानक वाचाल बन्दै ड्राइभरले जवाफ दियो, "सबैभन्दा बढी खाने त ह्वाँ म्याडम पो हुनुहुन्थ्यो ! आइमाईहरूले त्यति बेसी खाएको मैले अहिलेसम्म देखेको थिइनँ। त्यहाँमाथि कुनै कुइरिनीले यति

धेरै दालभात खान्छन् भन्ने मलाई लागेको थिएन। मरमसलाले उहाँको पेट दुखाउँदैन होला ?"

तिमी बसेको घरमा माछामासु पाक्छ कि पाक्दैन ? उसले सोधेको थियो, पाके पनि धेरै दिनको अन्तरालमा होला, हैन ? मेरी मालिक्नीकोमा मुश्किलैले पाक्ने गर्थ्यो। त्यही पनि उनीहरूले खाइसकेपछि चिकनको सानो टुक्रा र थोरै झोल मलाई छोडिदिन्थे। म थाललाई नै मुखमा लगी चाटचुट पार्थें। तिम्रो नयाँ जीवन चाहिँ बेग्लै हुनेछ। तिमीले चाहेजति खान पाउँछ्यौ, तर तिमी धेरै मोटी भएको चाहिँ ठीक हैन है। तिमीले कुनै हिरोइनलाई मोटी देखेकी छ्यौ ?

"उहाँले नेपाली खाना असाध्यै मन पराउनुहुन्छ। खाँदाखाँदा बानी पनि परिसकेको छ।"

"ए, भन्नुको मतलब तपाईंले पकाएको सबै कुरा खान्छिन् ?" उदेक मान्दै पार्वतीले सोधिन्।

"हो नि, सबै कुरा। शुरूशुरूमा हड्डी चपाउन अलिक गाह्रो हुन्थ्यो, तर अहिले उहाँलाई त्यसको पनि बानी भइसकेको छ। बुढचौलीले गर्दा पकाइ-तुल्याइ गर्न अलिक अप्ठचारो परेर मात्र, नत्र उहाँ खूब स्वादिष्ठ नेपाली खाना पकाइदिन सक्नुहुन्थ्यो।"

"सिकाइदिनुस् न त ! कुखुराको मासु त तपाईं असाध्यै मीठो पकाउनुहुन्छ भन्ने सुनेकी छु, सरिता !"

"म अरू खानेकुरा बनाउन पनि सिक्दै छु। पद्मकन्यामा मैले पढिरहेको विषय नै होम साइन्स हो। त्यहाँ अनेक थरी व्यञ्जन बनाउन कस्ताकस्ता प्रयोगहरू गराइन्छन् !"

"लौ, घरमै सिक्न पाइने यस्ता कुराहरूको निम्ति पनि अब क्याम्पसै जानुपर्ने भएछ !" पार्वतीले भनिन्।

"यो मात्र पढाइन्छ भनेकी हैन नि ! त्यहाँका थुप्रै विषयमध्ये एउटा यो पनि हो। मलाई चाहिँ यो विषय सबैभन्दा मन परिरहेको छ। होम साइन्समा बीएको पढाइ सकिएपछि शायद म एमए पनि गर्छु।"

"किशोर छोराकी आमा भएर पनि यति धेरै महत्त्वाकाङ्क्षा राखेको त कतै देखेकी थिइनँ। मैले हेर्दा त तपाईंले त्यति धेरै समय र पैसा बेकारमा खेर फालिरहनुभएको छ।"

"बिलकुलै हैन। आमाको भनाइ अनुसार यो त एक किसिमको लगानी हो। अनि शिक्षामा गरिएको लगानी कहिल्यै खेर जाँदैन।"

"तपाईं पनि कालीकै जस्तो कुरा गर्न थाल्नुभयो! यो पनि केही समययता स्कुल पठाइदिनु भनेर हत्ते गर्दै छे।"

"अनि पठाइदिनुस् न त! दिउँसो उसले गर्ने कामै पो के हुन्छ!"

"त्यस्तो अनुहार भएकी मान्छेले पढेर पनि के गर्छे! बेकारको रहर!"

"कम्तीमा तपाईंलाई दिनभर दिक्क त लगाउँदिन!" सरिताले जवाफ फर्काइन्।

"मलाई दिउँसो पनि ऊ नभई हुन्न।"

"उही सँगै बस्नलाई त हो नि, हैन? मलाई थाहा थियो, तपाईं ऊसँग धेरै घनिष्ठ हुनुहुन्छ।"

"नोकरचाकरसँग पनि कोही घनिष्ठ हुन्छ र, सरिता? तर हो, ऊ मेरो एक्लोपनको साथी भइदिएकी छ। तपाईंको जस्तो बाउआमालाई व्यस्त राख्ने मेरा पनि छोरा या छोरी भएका भए म त्यसलाई खुशीखुशी स्वीकार गरेर त्यस्तै जीवन बिताउने थिएँ। तपाईंकै जस्तो मेरा पनि श्रीमान् जीवितै भएका भए यस्ता क्याम्पस-स्याम्पस धाउनुको साटो उहाँका आवश्यकतालाई हेर्ने थिएँ अनि उहाँलाई खुशी तुल्याउन एकचित्त लाउने थिएँ।"

"हुन त तपाईंलाई यस्तो कुरा अरूले भन्दैनन् भन्ने मलाई थाहा छ भाउजू, तर पनि तपाईं बाँचेको जीवन मलाई मन पर्छ।" सरिताले पार्वतीतर्फ सोझो हेर्दै भनिन्, "तपाईंको जीवनशैली देख्दा त आरिसै लाग्छ।"

"लौ हेर, एउटी विधवाको जीवनसँग केको ईर्ष्या!" पार्वतीले खुइय्य गर्दै भनिन्, "जसको भविष्य केवल अन्धकारले भरिएको छ। म बरु सबैभन्दा दुःखी आइमाईहरूमा पर्छु होला। न स्कुल न बालबच्चाको बिहे गरिदिउँला भन्नु छ, न बुढ्यौलीमा हेरविचार गरिदेलान् भन्ने छोराहरू छन्, न लाग्ने घर

आउने बेला भयो भन्दै सुर्ता लिनुपर्ने अवस्था छ ! छोरीहरू नबिक्लान् कि भन्ने चिन्ता पनि छैन । म त मेरो जस्तो जिन्दगी शत्रुको पनि नहोस् भन्छु, सरिता !"

"त्यही त म भन्छु नि, तपाईंलाई दिक्क लगाउने भनेको त्यही एउटा कहिलेकाहीँ आइपुग्ने सासू हुनुहुन्थ्यो, उहाँ पनि बितिहाल्नुभयो । आफूखुशी तपाईंले काम गर्दा प्रश्न गर्ने श्रीमान् हुनुहुन्न । चकचक गरेर दिक्क पार्ने छोरा पनि छैन । त्यही छोराको भविष्यको निम्ति केही जोगाएर राखिदिउँ भन्नु पनि छैन । म त तपाईंको ठाउँमा भएकी भए दाइको पेन्सनको पैसा बोकेर बनारस, बोधगया, तिरुपति र भारतका सबै तीर्थस्थानहरूको यात्रा गर्ने थिएँ । तपाईं कुनै पनि समय कहीँ पनि आफ्नो कुम्लोकुटुरो बोकेर हिँड्न सक्नुहुन्छ । न केटाकेटीको स्कुल कहिलेदेखि बिदा होला र कतै जाउँला भन्ने चिन्ता, न पैसा नपुगेकोले फलानो ठाउँ जान नसकिएला कि भन्ने सुर्ता ।"

"जेसुकै भए पनि म एउटी विधवी हुँ, सरिता ! एउटी नेपाली विधवा ! जसले दुनियाँभरको भेदभाव सहनुपर्छ । हेर्दै जानुस्, बिर्तामोडमा उत्रिऔँ मात्रै न, मलाई कुनै पनि कर्ममा सहभागी नै हुन दिँदैनन् । संसारले हामी विधवाहरूलाई हेर्ने आँखा नै फरक छ । अझ त्यसमाथि सन्तान पनि जन्माउन नसकेको कलङ्क थपियो भने त प्रलय नै हुन्छ । तपाईंको घाँटीमा रङ्गीन पोते र सिउँदोमा बाक्लो सिन्दूर देख्दा मलाई ईर्ष्या लाग्छ । मलाई तीज मनाउन समेत बन्द गरिदिए । म जस्तालाई कुनै पनि रमाइलो गर्नु वर्जित छ । विधवा पो हुँ म !"

एक छिन थकाइ मार्ने हिसाबले गाडी रोकेर ड्राइभर बाहिर निस्क्यो । उनीहरूकै सामुन्ने केही सर्को चुरोट तान्न उसलाई मन लागेन भन्ने पनि प्रस्टै बुझिन्थ्यो ।

"पिओस् बिचरा ! उसले जागै बसेर गाडी हाँकिरहनुपर्छ । त्यति जाबो चुरोट खान पनि किन सङ्कोच मान्नुपरेको होला ? कस्तो भलादमी केटो रैछ !" पार्वतीले भनिन् ।

सन्नी निदाएको छ कि छैन भनेर यसो नियालेपछि सरिताले सोधिन्, "भाउजू, तपाईंले कहिल्यै चुरोट पिउनुभएको छ ?"

"किन पिउँथें र ?"

"कहिल्यै ?"

"एकपल्ट खैनी खाने चाहिँ कोशिश गरेकी थिएँ, तर मुखभरि आगो लागे जस्तो भयो। त्यसपछि त कोशिशै गरिनँ। मलाई लाग्छ, तपाईंले चाहिँ पिउनुभएको छ, तर म तपाईंलाई सोध्दिनँ।"

"हजुर, मैले पिएकी छु।"

"कहिले ?"

"कलेज पढ्दाताका हामी केही केटीहरूले कक्षापछि हुलास चुरोट तानिहेर्ने निधो गरेका थियौं। त्यति बेलै मैले पनि केही सर्को तानेकी थिएँ। आनन्द लागेको थियो।"

"त्यही एकपल्ट मात्रै त हैन होला !"

"हैन हैन, कलेजबाट घर फर्कने बेलामा हरेक दिन एक खिल्ली तान्ने गरेकी छु। यसले मेरो दिमागलाई कुनै पनि कुरा सोच्न हल्का पारिदिन्छ। यो कुरा आमालाई मात्र थाहा छ। उहाँ सन्नीको छेउछाउ चाहिँ नपिउनू भन्नुहुन्छ।"

ड्राइभर फर्केर आएको देखेपछि सरिताले पार्वतीलाई चिमोट्दै यो कुरा बन्द गर्ने सङ्केत दिइन्।

"जे होस्, यो अर्को बुद्धि पनि तपाईंको दिमागमा भरिदिने यिनै गोरी हैन रैछिन् भन्ने थाहा पाएर खुशी लाग्यो।"

"मेरो जीवनलाई तनावमुक्त पार्न आमाले धेरै गर्नुभएको छ। यस्तो कुरालाई उहाँ असाध्यै महत्त्व दिनुहुन्छ।"

गाडी मुश्किलले केही किलोमिटर अगाडि बढेको थियो, जहाँबाट केही मिनेटमै कोशी ब्यारेज पुगिन्थ्यो। त्यहीँनिर अचानक गाडीको चक्काबाट हावा फुस्किदियो।

"यो बाटो भएर जहिल्यै यात्रा गर्दा पनि 'हे भगवान्, पन्चट नभइदेओस्' भनेर प्रार्थना गर्नपर्छ। मानौँ, बाटोभरि जताततै किला र सियो उम्रन्छन् !" पार्वती बोलिन्।

"धन्न, माओवादीहरूले विदेशी पर्यटक देखे भने केही गर्दैनन् र मात्र ! उनीहरूले अगाडि आमालाई देख्नेबित्तिकै हामी सुरक्षित हुन्छौँ।" हाई काढ्दै सरिताले भनिन्, "कति महत्त्व त आमाको।"

माओवादीले नेपाललाई ध्वस्तै पारेका छन्। उसले भनेको थियो, दुष्ट मालिक्नीको चङ्गुलबाट छुटकारा पाए पनि यस्तो देशमा तिमीले के नै पो गर्न सक्छौ र ? के माओवादी बन्छौ ? बन्दूक बोकेर सोझासाझा गाउँलेलाई हिर्काउँछौ ? जबरजस्ती चन्दा असुली पो गर्छौ कि ? काली, तिमीले यो देशलाई छोडेर आफ्नो भविष्य बनाउने समय यही हो। सम्पन्न मानिस कि अमेरिका कि इङ्ल्यान्ड जान्छन्। तिमी बम्बई जानेछौ र बलिउडकी सर्वश्रेष्ठ हिरोइन बन्नेछौ।

"यता आइज।" गाडीको पछिल्तिरबाट उत्रेपछि अलमल्ल परेर टोलाइरहेकी कालीलाई पार्वतीले भनिन्, "तँ यहाँ सुरक्षित हुन्छेस्।"

काली अनकनाउँदै उनले भनेको ठाउँतिर पुगी।

"यसो हेर्दा त हामीमध्ये सबैभन्दा आरामको यात्रा तैँले नै गरेकी छेस्। भोक लाग्यो ? जा, अलिकति चिउरा खा।"

"म ठ्याम्मै निदाएकी छैन। तपाईंहरूले मेरो विषयमा कुरा गरेको सुनिरहेकी थिएँ।"

"ढँटुवी ! अघि खाना खान रोकिँदा त तँ घुर्नै आँटेकी थिइस्।"

गाडी मर्मतको टाङटाङ-टुङटुङमा कालीले चपाएको चिउराको चपचप पनि थपिन पुग्यो। धेरै टाढा नजानू भनेर पार्वतीले सचेत गराउँदा-गराउँदै पनि एरिन र सरिता फेरि एकपल्ट जङ्गलतिर हराए। फर्केर आउँदा सरिता पहिलेभन्दा तरोताजा देखिइन्। नन्दले चुरोट तानिन् भन्ने पार्वतीले लख काटिन्। सरिताले चुइगम फुलाउँदै आए पनि मुखबाट ह्वास्स आएको चुरोटको गन्धलाई भने त्यसले मेट्न सकेको थिएन।

टायर फेरिसकेपछि सबै आआफ्नो ठाउँमा बसेका मात्र के थिए, ड्राइभरले सरितासँग आफूलाई असाध्यै थकाइ लागेको गुनासो गरिहाल्यो । यसो गीतसित बजाउने प्रबन्ध भइदिएको भए पनि जागा रहन मद्दत गर्थ्यो भन्ने गुनासोका साथ उसले गाडीमा रेडियो नभएको जानकारी गरायो । ड्राइभरको कुरा सरिताले उल्था गरिदिएपछि एरिनले आफ्नो 'डिस्कम्यान' ड्राइभरलाई थमाउँदै निद्रा लागे यसको प्रयोग कसरी गर्ने भनेर सिकाइदिइन् । पछाडि बसेका पार्वती र सरिता मुसुक्क हाँसे ।

एक छिनको मौनतापछि सरिताले भनिन्, "म उहाँसँग डिभोर्स गर्नेबारे सोच्दै छु ।"

पार्वतीले खुइय्य गरिन् । यत्रो बेर भूमिका बाँधिसकेपछि आफ्नी नन्दले या त आफ्ना श्रीमान् र घर सम्बन्धी धमिलो वातावरणको उल्लेख गर्लिन्, या केही आर्थिक सहयोगको पुकारा गर्लिन् भन्ने पार्वतीको अनुमानमा ठूलो भुइँचालो गयो । यो अनपेक्षित खबर भयावह थियो ।

डिभोर्स ? अर्थात् सम्बन्ध विच्छेद त उनीहरूको संसारमा हुनै सक्दैनथ्यो । श्रीमान्बाट निर्मम कुटाइ खाएकी कुनै महिलाले सहनै नसकेपछि छुटीभिन्न गराइपाऊँ भनेर उजुरी दिएको यदाकदा सुनिन्थ्यो । मुख्य कुरो त सम्बन्ध विच्छेद गरेपछि कुनै पनि महिला यो समाजबाट कसरी बहिष्कृत हुन्छे भन्ने सबैले बुझेकै थिए । उनीहरूले यो पनि बुझेका थिए कि धनीमानीहरूका निम्ति यस्तो सम्बन्ध विच्छेद खासै ठूलो कुरो हैन । तर, आफ्नी आमा दिवङ्गत भएको चौबीस घण्टा नबित्दै सरिताले यस्तो अभिव्यक्ति दिनु पार्वतीका निम्ति एकदमै असङ्गत कुरो थियो ।

"तपाईं सुत्न पाउनुभएको छैन ।" पार्वतीले भनिन्, "अनि आमाको मृत्युको चोटले तपाईं यस्तो बेकारको कुरा पनि गर्नुहुँदै छ । तपाईंलाई निद्राको खाँचो छ । सुत्नुस् ।"

"हैन, म गम्भीर भएरै बोल्दै छु । मलाई थाहा छ, म के भनिरहेकी छु । र, म ठीक पनि छु । यो विषयमा तपाईंसँग कुरा गर्न पाउँदा मलाई खुशी लागिरहेको छ । तपाईं र मबीच सम्बन्धको सेतु जुन दाइ हुनुहुन्थ्यो, उहाँ त परलोक भइसक्नुभयो । मैले तपाईंबाट केही फाइदा पाउनु पनि छैन,

गुमाउनु पनि केही छैन। वर्षमा मुश्किलले एकपल्ट हाम्रो भेटघाट हुन्छ। त्यसैले यो विषयमा कुरा गर्नलाई तपाईं नै उचित पात्र हो।"

"उहाँ परलोक भइसकेको भए पनि म अझै तपाईंकी दाइकी पत्नी हुँ, सरिता !" नन्दको कुरा बेठीक नलागे पनि पार्वतीले दबेको स्वरमा भनिन्।

पतिको मृत्यु भइसकेपछि पार्वती र सरिताबीच त्यति राम्रो हिमचिम थिएन। साँचो भन्ने हो भने, पार्वतीलाई तीनकुनेस्थित सरिताको डेराबारे पनि राम्रो जानकारी थिएन। नजिकै भए पनि धेरैअघि एकपल्ट मात्र उनी त्यहाँ गएकी थिइन्। उनलाई सरिताको फोन नम्बर पनि थाहा थिएन। नन्द-भाउजू भए पनि उनीहरू आपसमा नौलाजत्तिकै थिए। त्यसैले एकअर्काबारे कसले के सोच्ला भनेर उनीहरू खासै चिन्तित थिएनन्। उनीसँग यस्तो गोप्य कुरा गर्नु उनकी नन्दका निम्ति स्वाभाविक थियो। आफ्नी आमाको शवयात्राको केही घण्टाअघि मात्र उनले यस्तो कुरा गर्नु संयोग मात्र थियो। जब उनीहरूले पछिल्लो पटक एकअर्कालाई देखेकै एक वर्ष बितिसकेको छ भने यस्तो सम्बन्धमा बाँचेकाहरूका निम्ति कुनै पनि कुरा आदानप्रदान गर्न कुन ठीक समय कुन बेठीक समय ?

"आमाको विचारमा यो संसारमा मैले गर्न सक्ने अझै धेरै कुरा छन्।" सरिताले भनिन्।

"तपाईंको परिवार नै तपाईंको संसार हो, सरिता ! परिवारको निम्ति तपाईंले दिएको योगदानले नै आफूसँग भएको क्षमता कसरी प्रयोग गर्नुभयो भन्ने देखाउँछ।"

"मलाई थाहा छ, तपाईं आमालाई काम नलाग्ने सम्झनुहुन्छ, तर मेरो विचार र प्रतिभाको प्रशंसा गर्ने पहिलो व्यक्ति उहाँ नै हो। उहाँले मलाई फेरि सिलाइबुनाइ सिक्न हौसला दिनुभएको हो। उहाँकै कारण मैले क्याम्पस पढ्न जाने साहस जुटाएँ। मेरै सपना साकार पार्न उहाँले सघाउ पुऱ्याइरहनुभएको छ भने मै किन बाधक बन्नु ?"

जहाँ तिम्रो कदर हुन्छ, जहाँ दिनभरि गाली खाइँदैन, तिम्रो स्थान त्यहाँ हुनुपर्छ। उसले भनेको थियो, म झूटो बोल्दिनँ। नामी हिरोइन बन्न कठिन बाटो पार गर्नुपर्छ। तिमीलाई जे सिकाइएका हुन्छन्, तीमध्ये धेरै कुरा

भुलिदिनुपर्छ। प्रतियोगिता कठिन भए पनि मेरो नातेदार भाइले तिमीलाई धनी र शक्तिशाली व्यक्तिको स्नेह पाउन उनीहरूसँग कस्तो व्यवहार गर्नुपर्छ भन्ने सिकाउनेछ। तिम्रो भविष्य उज्ज्वल छ काली! त्यसैले तिम्री मालिक्नीलाई अन्यथा भन्ने मौका नदिनू। तिमीले आफू धनी भएपछि हामी जस्ता तुच्छ मानिसलाई बिर्सनेछैनौ भनी वाचाबन्धन गर्नुपर्छ। ठीक छ, मसँग कसम खाऊ त केटी!

"तपाईंका श्रीमान् र छोराको बारेमा चाहिँ के सोच्नुभएको छ नि, सरिता? तपाईंको सपना त उनीहरू पो हुनुपर्ने! एक्लो जीवन कति कठिन हुन्छ भन्ने कुरा जब तपाईं यसलाई अनुभव गर्नुहुन्छ अनि मात्र क्याम्पसको सपना भङ्ग हुन्छ। मैले एक्लो जीवन भोगेकी छु, यो राम्रो हुँदैन। कम से कम तपाईंले आफूमाथि हात नउठाउने श्रीमान् पाउनुभएको छ। तपाईंको बिहे भएकै पनि चौध वर्ष भयो। यी सबै कुरा मायाप्रेमको चक्करमा बरालिएर एकै चोटिमा बरबाद नपार्नुस्! हामी नेपाली हौँ। यी गोराहरूभन्दा हामी फरक हौँ।"

"तर म खुशी छैन, भाउजू! साँच्चै, साँच्चै खुशी छैन। म मेरो छोरालाई माया गर्छु अनि उसकै निम्ति मात्र मैले कष्ट भोगिरहेकी छु।"

"कस्तो कष्टको बारेमा तपाईं कुरा गर्दै हुनुहुन्छ, सरिता? श्रीमान्ले तपाईंलाई कुटेको, घरमा मातेर आई तपाईंको टाउकामा भाँडाकुँडा फ्याँकेको पो कष्टकर हो त! अरू आइमाईसँग इत्रिएको, अथवा भनूँ, उनीहरूलाई उहाँले रखौटी बनाएको कष्टकर हो। कष्ट उनीहरूले उठाउने गर्छन् जसका श्रीमान् हुँदै हुँदैनन्। तपाईंको श्रीमान् हुनुहुन्छ अनि उहाँ असल र विश्वासी हुनुहुन्छ। उहाँले तपाईंको छोराको राम्रो रेखदेख गर्नुहुन्छ। त्यसैले उहाँ असल बुवा हुनुहुन्छ। उहाँलाई मन नपर्दा-नपर्दै पनि तपाईंलाई क्याम्पसधरि जान दिनुभयो। कुनै गोरी आइमाईले प्रेमको विषयमा प्रवचन दिइन् भन्दैमा तपाईं यी सबै कुराहरूलाई किन माया मार्नुहुन्छ? उनले त आफ्नो पश्चिमी चश्मा लगाएर पो बिहेलाई हेर्छिन् त! तपाईं र ज्वाइँबीचको सम्बन्ध विशेष छ। यसलाई अन्यथा हुन नदिनुहोला। झन् यी साठी वर्ष पुगेकी गोरी बूढी, जसले आफ्नो जीवनै एक्लै बिताइन् अनि जो अहिले विदेशी परिवारसँग परदेशमै बस्दै छिन्, यिनका उल्टा कुरा त सुन्नै भएन। बिहे पक्कै पनि

राम्रो कुरा हो। कुनै पनि कुराको सुन्दरतालाई बाहिर बसेर नियाल्नेहरूले मात्र बुझेका हुन्छन् ।"

"आमाका अनुसार म अस्ट्रेलिया जान सक्छु रे !"

"तपाईं श्रीमान् र छोरासँग पनि त अस्ट्रेलिया जान सक्नुहुन्छ ! आफ्ना पति र छोरासँग त्यहाँ नयाँ जीवन बिताउन सक्नुहुन्छ नि ! उहाँहरूसित बसेर तपाईं काम गर्न, पढ्न या पैसा कमाउन सक्नुहुन्छ। एउटा कुरा प्राप्त गर्न अर्कोको त्याग गर्नैपर्दैन। तपाईंहरूमाझ असहमति, भनाभन र झैझगडा त होला, तर सुन्दरता पनि त्यसैमा छ । कसैले मलाई तिम्रो मृत पति फिर्ता गरिदिन्छु, तर त्यसपछि तिमीहरूको जीवन केवल झैझगडामा बित्छ भन्यो भने पनि म उहाँलाई पाउन लालायित हुन्छु । तपाईंसँग आफ्ना कुरा बाँड्ने कोही भइदियो मात्र भने पनि जीवन कति सुन्दर हुन्छ ! एक्ली हुने चाहना नगर्नुहोला, सरिता ! पाँच वर्षको एक्लोपनले मलाई अधमरो पारेको छ। कहिलेकाहीँ त म आफैंलाई पनि चिन्दिनँ। तपाईंका दाइ जीवित हुँदा र बित्नुभएपछिको स्वयंमा आएको अन्तरलाई मैले राम्रोसँग बुझेकी छु। मेरो सुझाव स्वीकार्नुस्, श्रीमान्सँग सल्लाह गर्नुस् । के ठेगान, उहाँ पनि अस्ट्रेलिया जान तयार भइहाल्नु हुन्छ कि ! उहाँले अस्ट्रेलियामा कुनै अवसर भेट्नुभयो भने किन नजानुहोला र ! त्यसपछि तपाईंकी यी आमासँग कुरा गर्नुस् । उनलाई भन्नुस्, तपाईं आफ्ना श्रीमान्लाई छोड्न सक्नुहुन्न, किनभने तपाईं उहाँलाई छोड्नै चाहनुहुन्न । तपाईंले दाबी गरे जस्तै यदि उनी देवी नै हुन् भने उनले यो कुरा पक्कै बुझ्छिन् ।"

बाहिर नयाँ बिहानीसँगै घाम पनि चर्किंदै गएका बेला निरन्तर गुडिरहेको गाडीभित्र चाहिँ मान्छेहरूको कोचाकोचका कारण गुम्म थियो । सन्नीलाई ब्यूँझनेबित्तिकै बाहिरको चिसो हावा खान मन लाग्यो र गाडीको झ्याल खोले । एरिनले डिस्कम्यान फर्काइमागिन् र झ्याल खोलेर तस्वीर खिच्न थालिन् । केही घण्टाअघि झन्डै-झन्डै कालको मुखमा परेको ड्राइभर अब चाहिँ ठूला गाडीहरूलाई उछिनेर अघि बढ्न उत्तिको तत्पर थिएन। कालीले

उठेर बस्ने कोशिश गर्दा गाडीले अचानक मोड लियो र उसको टाउको छतमा बजारियो ।

"केही हैन, ऊ यो मूर्ख काली बजारिएकी हो ।" सरिताले फोनमा आफ्ना श्रीमान्लाई भनिन्, "राम्ररी बस्ने ढङ्ग पनि जानेकी छैन । ठीकै छ, हामी जाँदै नै छौँ । अँ, बरु पुग्नै पो लाग्यौँ । शङ्ख बजेको सुन्नुभयो ? गौदान पनि भइसके जस्तो छ । ए हैन हैन, बाछी पो दिन लागिएको रैछ । लौ त, अरूभन्दा पनि, नौलो ठाउँ हो, खानपिनमा अलिक ध्यान दिनुहोला । उनीहरू त चार खुट्टा टेकेको जे पनि खान्छन् रे, हैन ? छ्याछ्याऽऽ !"

"काली ... यो नाम त सारै नराम्रो भयो बुझिस्, काली !" पार्वतीले भनिन्, "अबदेखि तैँले सबैलाई मेरो नाम रेखा हो भन्नू ।"

"रेखा ... यो त गजब नाम हो ।" सरिताले खित्का छोडिन्, "अँ, रेखा भन्ने त हिरोइन पनि छ क्यारे !"

काली अक्क न बक्क परी ।

"अनि, अँ सरिता, बिर्तामोडमा तेऱ्ह दिनको काम सकिएपछि मिलेछ भने हामी एक पटक सिलिगुडी जानुपर्ला है ।"

बम्बई जानअघि तिमी सिलिगुडीमा एक-दुई दिन बस्छ्यौ । उसले भनेको थियो, मेरो नाता पर्ने भाइले जे भन्छ, तिमीले त्यही गर्नुपर्छ । ऊ असल व्यक्ति हो, तर छिट्टै रिसाउन सक्छ । याद राख, उसलाई तिमीबाट केही फाइदा नभए पनि मैले तिम्रो गुण बताइदिएकोले तिमीलाई सहयोग गर्न मात्र खोजिरहेको हो । एउटा कुरा के बुझ भने, उसले तिमीलाई जेजे गर्न भन्छ त्योत्यो गर्नू । कथङ्कदाचित् तिमीलाई गलत भनेर बताइएको कामै गर्न लगाएको छ भने पनि त्यो तिम्रो टप हिरोइन बन्ने बाटोको एउटा खुड्किलो हुन सक्छ ।

"खुँडो ओठको अपरेसन काठमान्डुभन्दा भारतमा धेरै सस्तो पर्छ रे !" घरतर्फ जाँदै गर्दा पार्वतीले साउती गरिन्, "म त थाकेर कतिसम्म लखतरान भएकी छु भने, कोरामा बस्न छुट्ट्याइएको कोठा मिलाउन पनि जाँगर छैन । त्यति त उनीहरूले गरिदिएका होलान् नि !"

"म तपाईंलाई सघाउँला नि, भाउजू !" सरिताले भनिन् ।

"काली ! ए काली !" पार्वती कराइन्, "अँ हेर्, अझै बाटैपट्टि एकोहोरो हेरिराख् । रातभरिको यात्राले तँलाई पुगेन क्यारे ! कि जान्छेस् तेरा बाउआमाको झोपडीमा ? बाटो त्यतैतिर हो त्यहाँ जाने ।"

"ए, भनेपछि भारत जाने बाटो यतै हो ?" कालीले सोधी ।

"हो गोज्याङ्ग्री, त्यही बाटो हो ।"

काली एक छिनसम्मै मौन बसेर सोच्न थाली । "मैले चार सय रुपैयाँ बोकेकी छु ।" ऊ भन्दै गई, "यहाँ भीडभाडमा हराउन पनि सक्छ । त्यसैले यो पैसा राखिदिनु न ।"

"तैंले यत्रो पैसा कहाँबाट पाइस् ? चोर्ने गरेकी छस् कि क्या हो ?"

"हैन हैन, यो दशैंको दक्षिणा र तिहारमा भैली खेलेर जम्मा पारेको पैसा हो ।"

"ए, हो त । तेरो यही गधाको स्वरमा गीत गाउँदै घरघर चहारेकी थिइस् क्यारे नि ! धन्न, चाडबाडमा मान्छेको चित्त ठूलो हुने भएकोले तँलाई लघारेनछन् । अनि यो पैसा तैंले हामी हिँड्नुअगावै दिनुपर्दैनथ्यो त, काली ? ठीक छ, ल्या यता । तर, तेरो पैसा राखेकै कारण तमाशा चाहिँ नलगाउनू नि ! मान्छेले जे कुरो पनि ठाउँ र समय हेरेर गर्नुपर्छ, बुझिस् केटी ? हरेक कुराको एउटा ठाउँ र समय हुन्छ ।"

सुतेको बाघलाई नचलाऔँ

मुन्नु, जसको वास्तविक नाम के हो भन्ने कसैलाई थाहा थिएन, आफ्नी किचकिचे पत्नीका बारेमा एकै छिन सोच्न छोडी, सामुन्ने उभिएकी अजङ्गकी किशोरीतर्फ हेरेर मन नलागी-नलागी मुस्कुराउँदै नमस्ते फर्काउन थाल्यो। ती किशोरीतर्फ अलिक आत्तिएको र असहज दृष्टि लगाउँदै उसले चारैतिर आँखा डुलायो।

"के छ बैनी ?" ओठमा मुस्कान यथावत् राख्दै र शङ्कालु आँखाले हेर्दै मुन्नुले सोध्यो, "खाना खायौ त ?"

"अहँ, आमा घरमा हुनुहुन्न अनि काम गर्ने पनि बिमारी छ।" श्रद्धाञ्जलीले जवाफ दिइन्, "नुडल्स खानुपर्छ कि क्या हो ! ती कुल्लीका नानीहरूलाई भन्दा बढ्ता भोक लागेको छ मलाई।"

उनी चाहिनेभन्दा बढी नै विनम्र थिइन्। कतिसम्म भने, छिमेकी र साथीका बाबुआमा मात्र नभई नोकरचाकरलाई धरि नमस्ते गरिदिने। त्यति धनी बाउकी छोरीले यस्तो श्रद्धा गर्दा, यस किसिमको बानी नपरेका कामदारहरू आत्तिन्थे र मुस्काएर टारिदिन खोज्थे भने कतिपय बेला उताबाट अभिवादन आउनुअगावै उनीहरू नै हतारिएर नमस्ते गरिदिन्थे। यहाँसम्म कि, शुरूशुरूमा कतिले त आफूहरूलाई उपहास गरेको भन्ठाने। हुन पनि उनीहरू यस्तो एउटा वर्गका थिए, जसलाई ड्राइभरदेखि सबैले हेला-होचो गर्थे। आफूमाथि भएको खिल्ली र उपहासप्रति उनीहरू अभ्यस्त थिए। उनले बारम्बार गरेको अभिवादन स्वीकार गर्न उनीहरूले चाप्लुसीको भावनाका साथ आफूलाई तयार पार्दै लगे।

श्रद्धाञ्जलीले चाउचाउ नै माग्छिन् भन्ने मुन्नुलाई थाहा थियो। उनको चाहिनेभन्दा बढ्ता बोल्ने बानी नै छ। उनी धेरजसो त्यसै गर्थिन् र त्यसको परिणाम के हुन्छ भन्ने मुन्नुलाई थाहा थियो।

"वाईवाई कि म्यागी, बैनी ?" उसले सोध्यो।

"एउटा वाईवाई र एउटा म्यागी लानुपर्‍यो। दुइटै भेज।"

एल आकारको दोकानमा चाउचाउ र चिप्स राखिएको दराजतर्फ मोडिएपछि मुन्नु भैया माथिल्लो भागतिर उक्लियो। त्यस टोलका बासिन्दा र त्यही बाटो भएर बस बिसौनीतर्फ जानेहरूलाई पान, चिप्स, चकलेट, मिठाई, कन्डम (जुन पक्कै पनि घर्रामा हत्तपत्त नदेखिने गरी राखिएको हुन्थ्यो), चिसो पेय

पदार्थ, कलम, खाता र चुरोट जस्ता दैनिक आवश्यकताका सामानका निम्ति सबैलाई मुन्नुकै दोकानको भर थियो ।

कालेबुङका नामी डाक्टर-आर्किटेक्ट दम्पती मुन्नुका घरमालिक थिए, जसले अगाडि बाटोतिरको सानो ठाउँ उसलाई सस्तो भाडामा दिएका थिए। आफ्नी एक मात्र छोरीको रक्त क्यान्सरको असफल उपचारमा उनीहरूले जति खर्च गरेका थिए, त्यसपछिको सबैभन्दा धेरै कमाइ उनीहरूले यही साततले अति महँगो कलात्मक घरमा लगाए, जसको एउटा कुनो जाबो पानदोकानेलाई भाडामा दिन श्रीमान्लाई ठ्याम्मै इच्छा नभए पनि उनको गनगनलाई मुन्नुको हत्तेले जित्दै आएको थियो। उसले त्यतातिर झिँगा भन्किन नदिने र दोकानको अगाडि मात्र नभई सिँढी पनि सफा राख्ने वचन दिएको थियो। यसरी उसले घरमालिकको मन पनि जितेको थियो। त्यसै पनि व्यापारका मामिलामा मुन्नु उसको बाबुभन्दा कमै चलाख थियो। आफू अब मक्का गएर सदाका निम्ति उतै बस्ने हल्ला फिँजाएपछि मुन्नुको लोभी र धूर्त बाबुलाई बिर्सँदै सबै जनाले उसको दोकान स्थापित गराउन सक्दो सघाएका थिए।

मुन्नुले भाडामा लिएको बाहेक एक सय वर्गफिटजति ठाउँ खाली नै थियो। त्यसो त अर्को छेउमा ढोकामा शहरका विभिन्न पर्यटकीय स्थलका नामहरू राता, पहेँला र हरिया रङ्गले लेखेको ट्राभल एजेन्सी पनि महँगो भाडा तिरेर बसेको थियो। मुन्नु वा ट्राभल एजेन्सी मालिक दुवैले त्यो खाली ठाउँको उपयोग गर्न चाहेनन्। घरमालिकले त्यहाँ आफ्नो सानो हुन्डाई स्यान्ट्रो कारका निम्ति ग्यारेज बनाउन खोजेका थिए। तर, पहिलो रातै ड्राइभरले गाडी भित्र हुल्दा ठीक उसै गरी घर थर्किन पुग्यो जसरी उनीहरूकी मृत छोरीले उहिले घरको छतमा स्किपिङ खेल्दा थर्किने गर्थ्यो। अर्को मुसलमानले भाडामा नमागुन्जेल त्यो ग्यारेज वर्षको धेरजसो समय खाली नै रह्यो। पहिले त मुन्नुले कति दिइरहेको छ त्यो बुझेपछि उत्तिकै भाडा तिरेर लिन ऊ तयार भएको थियो। र, यसरी अब बाटोको छेवैमा त्यहाँ एकै ठाउँ दुइटा साना पानदोकान भए। एउटा अलिक विस्तारित, अर्को अलिक साँघुरो।

उहीउही सामान बेच्ने दोकान सँगसँगै हुँदा शुरूमा त मुन्नु अलिक आत्तिएको थियो, तर छिट्टै उसले त्यस प्रतिद्वन्द्वीबाट आफूलाई खासै फरक नपर्ने पत्तो पायो। रेली पथको त्यस भाग र अलिक पर वैद्यनाथ टोलको छेउछाउका

बासिन्दाहरू तिनलाई बानी परेको दोकान अर्थात् मुन्नुकहाँ आउन छोडेनन्। बटुवाहरूका निम्ति भने दुइटै दोकान उस्तै देखिने भएकाले कोहीकोही ग्राहक छेउमा पनि गइदिन थाले। यसले मुन्नुको व्यापार अलिकति घट्न पुगे पनि उसले खासै चिन्ता लिनुपर्ने अवस्था थिएन। आफ्नो मुनाफाको एउटा हिस्सा खोसिदिने त्यो नयाँ दोकानदारलाई मौकै नदिएर घरमालिकबाट शुरूमै मुन्नुले त्यो खाली ठाउँ भाडामा लिइदिएको भए कुरै सकिन्थ्यो। जे हुनु थियो भैहाल्यो, व्यापारमा यो सामान्य नोक्सानबारे उत्तिको सुर्ता लिनुपर्ने थिएन। बरु उसका निम्ति बढी टाउकोदुखाइ त आफूअगाडि उभिएकी प्राणी पो थिइन्।

छ फिटजति उचाइकी श्रद्धाञ्जली शायद कालेबुङकै सबैभन्दा अग्ली किशोरी थिइन्। यस किसिमको अनुहारको बनावटलाई केवल मुन्नुले जस्तो दया देखाउनुबाहेक अरू केही गर्न पनि सकिन्नथ्यो। एउटा अङ्गको अर्कोसँग कुनै तारतम्य मिलेको थिएन। कुरूपै त नभनिहालूँ, तर कताकता केके नमिले जस्तो। नारी सौन्दर्यका निम्ति कुनकुन कुराको महत्त्व छ भन्ने थाहा पाउन सक्ने क्षमता छ भनेर गर्व गर्ने मुन्नुलाई बरु उनको अनुहारको कुनै ठाउँ अलिक भद्दा भइदिएकै भए पो राम्री देखिन्थिन् कि भन्ने पर्थ्यो, जस्तै : यतातिर दाम्हा निस्केको या उता नाकमा फोका उठेको। जेजस्तो भए पनि आफूलाई राम्री देखाउन उनले कुनै कसर छोडेकी छैनन् भन्ने पनि स्पष्ट झल्किन्थ्यो। हाइस्कुलकी छात्रा भएर पनि उनी बाक्ला ओठमा चम्किलो लिपग्लस दल्थिन्, कपालमा लगाएको बर्गन्डी कलरको चमकलाई माथ गर्नझैं।

उनी मुन्नुकै सामुन्ने हुर्केबढेकी थिइन्। केटाकेटीमा निकै मोटीघाटी उनले छिमेकका केटाहरूलाई बारम्बार कुटेर थलै पार्ने गरे पनि अब चाहिँ बाँसको भाटोझैं भएकी थिइन्। बिमारी भएर वा अरू नै कारण स्कुल नगएका दिन जहिल्यै रातो पानबुट्टे सलवारमाथि सल ओढेर मुन्नुको दोकानमा गुडडे वा बर्बन बिस्कुट खोज्दै आउँथिन्। मुन्नु र उसको बाबुले ती बच्चीलाई 'भलादमी शैतान' को उपमा दिएका थिए। मुन्नु अझै पनि उनीदेखि अलिअलि डराउँथ्यो। माथिल्लो ओठमा कोठी भएकै कारण उनी अलिक चोथाले छिन् कि भन्ने पनि मुन्नुलाई लाग्थ्यो। सधैंकी चोथाले ... ऊ बरबरायो।

"तपाईंकी छोरी खै त ?" आफ्नो पछिल्तिर काउन्टरमै राखिएको चारकुने बक्साको माथिल्लो सिसा खोल्दै श्रद्धाञ्जलीले सोधिन्। प्लास्टिकको डब्बामा राखिएकाभन्दा धेरै महँगा चकलेट, विदेशबाट भित्र्याइएका डेरी मिल्क र फ्रुट एन्ड नट इत्यादि त्यस बक्सामा राखिएका थिए।

पछिल्तिरबाट आएको डुङ्ग अनि छ्याङ्ग्याङ आवाज सुने पनि मुन्नु त्यतातिर फर्किएन। चाउचाउको थुप्रोलाई आफू बस्ने काउन्टरकै छेउमा सार्ने ठाउँ तयार पार्न उसलाई भ्याई-नभ्याई थियो। खासै तिक्खर नहुने मीठा पानको बदला भरखरै खान थालेको जर्दा पानको रहलपहल चपाउँदै र अन्तिम कस चुस्दै ऊ तीन हप्ता पुरानो पत्रिकाको 'पेज थ्री' पानामा वाईवाई र म्यागीका पोकाहरू कस्दै थियो। काम सकेपछि उसले बलिउडकी हिरोइनले लगाएको हरियो लिपस्टिकतिर नजर दौडाउँदै तीन पटक खोक्यो र अझै पछाडि बसिरहेकी श्रद्धाञ्जलीलाई अरू पनि केही चाहिन्छ कि भनी सोध्यो।

"आज त तपाईंसँग प्लास्टिकको थैलो होला नि ?" श्रद्धाञ्जलीले सोधिन्।

"छैन," मुन्नुले फर्केर भन्यो, "वातावरणको कुरो ...। थाहै होला ?"

"उफ्, तपाईंको वातावरणप्रतिको चिन्ताले हामीलाई पो गाऱ्हो हुँदै छ। प्लास्टिक पन्साउनअघि तपाईंले कम से कम कागजको थैलाको बन्दोबस्त गर्नुपर्दैनथ्यो ?"

"हो बैनी हो, अरू ग्राहकले पनि असन्तुष्टि जनाएका छन्। लिजुमकी आमाले त थैलामा सामान नदिए अबउसो छेउमै मुन्नुको दुकानमा किनमेल गर्ने धम्कीसम्म दिनुभएको छ। तर, म के गर्न सक्छु र! म र डाक्टर ग्राह्मसका विद्यार्थी मिलेर आइन्दा प्लास्टिक प्रयोग नगर्ने कसमै खाइसकेका छौँ।"

मुन्नुले अर्को दोकानदारलाई पनि 'मुन्नु' नै भनेको सुन्दा श्रद्धाञ्जलीलाई रमाइलो लाग्यो।

"तपाईं उसलाई पनि मुन्नु नै भन्नुहुन्छ ?" आफ्ना सामान उठाउँदै उनी हाँसिन्, "हामी त उसलाई चुन्नु पो भन्छौँ। जे होस्, उसको खास नाम चाहिँ के हो नि ?"

मुन्नुलाई पनि छिमेकीको नाम थाहा थिएन। भन्यो, “मुन्नु सेकेन्ड !”

एकअर्कालाई लामो समयदेखि चिन्दै आएका उनीहरू दुवै खूब मजाले हाँसे। तर, त्यसरी हाँसे पनि सम्पन्न परिवारमा हुर्केकी किशोरी र छिटछिटो उन्नति गरिरहेको मामुली दोकानदारबीच ठूलो अन्तर थियो।

“हवस् त, अब गएर यो उमाल्नु छ।” श्रद्धाञ्जलीले भनिन्, “काम गर्न भनेपछि दिक्कै लाग्छ।”

सधैँझैँ तिरेको दामभन्दा बढी सामान लैजान श्रद्धाञ्जली अलिक बेसी गनगन गर्छिन् भन्ने मुन्नुलाई थाहा थियो। तर घरमालिक्नी डाक्टर प्रधान त्यहाँ आइपुगेपछि उनले चुइँक्क पनि गर्न पाइनन्।

“श्रद्धाञ्जली ! मेरी नानी ! हेरहेर, कति ठूली भएकी !” ती किशोरीले दुई हात जोडेर नमस्ते गरिरहँदा डाक्टर प्रधानले थपिन्, “आहा, अब त यहाँभन्दा अग्ली हुँदिनौ ! अनि दिल्ली युनिभर्सिटी गएपछि झन् कति राम्राराम्रा कपडा किन्ने होला ! कति मक्ख परेकी हौली !”

“हो आन्टी, सारै उत्साहित छु। तर त्योभन्दा पहिले त यहाँ जाँच दिनको निम्ति पढ्नु छ।” श्रद्धाञ्जलीले भनिन्, “फेरि दिल्ली युनिभर्सिटीमा मिलिहाल्छ भन्ने कुराको के टुङ्गो ?”

“तिमी जान्छ्यौ, सुर्ता नगर।” श्रीमती प्रधानले भनिन्, “अँ, आमालाई कस्तो छ ?”

“उहाँ ठीकै हुनुहुन्छ आन्टी, एकदमै ठीक। बरु, अहिले म जानुपर्‍यो। काम गर्ने बाहिर छ; अनि आमा पनि घरमा हुनुहुन्न।”

श्रद्धाञ्जलीले नमस्ते गर्न फेरि हात जोडिन्। बिदा माग्दा प्राय: युवायुवतीले यस्तो गर्दैनन्।

“उनी कति ठूली भइन् हगि मुन्नु भैया ?” डाक्टर प्रधानले भनिन्। अनि फेरि, श्रद्धाञ्जली अलिक टाढा नसुन्ने ठाउँमा पुगेको निश्चय गरेपछि सानो स्वरमा थपिन्, “छाँट न काँटको कति छोटो लुगा ! स्कर्ट हो कि बेल्ट !”

“झट्ट हेर्दा राम्रो शीलस्वभावकी देखिए पनि उनी त्यस्ती चाहिँ छैनन्, मेमसा’ब !” मुन्नुले दु:ख पोख्यो।

"अझै पनि उस्तै छिन् ?" डाक्टर प्रधानले सोधिन्।

"हरेक दिन यहाँ आएको बेला कहिले एउटा चकलेट त कहिले दुइटा मुठ्याउँछिन्। आज दुइटा।"

"ए ... अन्त, तिमी त चाँडै नोक्सानमा पो पर्छौ, मुन्नु भैया !"

"म के गरूँ मेमसा'ब ? उनी ठूलाबडाकी छोरी हुन्। मैले कसरी त्यस्तो मान्छेलाई कुनै पनि कुराको दोष लगाउने ?"

"तिमी बीचमा किन पर्छौ ? एउटा काम गर्ने मान्छे राखे भैगो नि !"

"म पुऱ्याउन सक्तिनँ मेमसा'ब !" मुन्नुले भन्यो।

"उनका बाबुआमासँग कुरा त गर्न सक्छौ नि !"

"हजुर, तर उनी अठारकी भइन्। आठ वर्षकी केटाकेटीको नराम्रो आदतबारे बाबुआमासँग कुरा गर्न त सुहाउला, तर हामीले कुरा गर्दै गरेकी केटी त पूरै छिप्पिएकी ढोई हुन्।"

"मेरी साथीकी छोरीलाई यसरी हात्ती चाहिँ नभन त मुन्नु भैया !"

"हेर्नुस् मेमसा'ब, मेरो कुरा त त्यही हो।" घरमालिक्नीले दिएको सल्लाहको गम्भीरता नबुझ्ने मुन्नुले जवाफ दियो, "यो कुरा अरूलाई भनूँ भने पनि मलाई कसले पत्याउला र ? म एउटा बिहारी मुसलमान पानवाला अनि उनी चाहिँ कालेबुङका सबैभन्दा ठूला वकीलकी छोरी।"

"खासमा यो एउटा रोग हो। यसलाई अङ्ग्रेजीमा के भन्छन्, मैले बिर्सें।" डाक्टर प्रधानले भनिन्, "जेसुकै होस्, छोड। तिम्री बुढिया र छोरीलाई कस्तो छ ? तिनीहरूलाई म एक छिनमा भेट्दै छु।"

मुन्नु कालेबुङमै जन्मेको थियो। आमाको अभावमा यतै हुर्केको। उसको बाबु सफल पानदोकाने थियो। उसले एक-डेढ वर्षको बच्चालाई घरमा हेर्ने कोही नभएको बहाना गरी घिस्याउँदै दोकान लैजाने गरेका कारण मुन्नु बाबुको दोकानमै हुर्केको थियो। छोरालाई किन स्कुल नपठाएको भनी छरछिमेकी र

ग्राहकहरूले त्यो पुरानो पानवालालाई सोध्दा ऊ छोराका निम्ति दोकानभन्दा असल अरू स्कुल हुँदैन भनी रूखो जवाफ दिने गर्थ्यो। शायद, उसको कुरो पनि ठीकै थियो। मुन्नुले साउँअक्षर र जोडघटाउ पनि दोकानमै सिक्यो। सधैँ मुसुक्क हाँस्ने र अरूको सुखदुःखबारे सोधीखोजी गरी भावुक हुने मुन्नुलाई अरूले मन पराउने कसरी बनिन्छ भन्ने राम्रो ज्ञान थियो। (उसको बाबु त्यति लोकप्रिय थिएन र त्यसमाथि उसले सानोतिनो ऋणपानमा अपनाउने क्षुद्र व्यवहारका कारण मान्छेहरू ऊबाट झन् परपरै हुन्थे।)

आफूकहाँ आउने धेरजसो मध्यमवर्गीय ग्राहकभन्दा आफू नै धनी भए पनि यस्ता कुरा मुन्नु व्यक्त गर्न चाहँदैनथ्यो। कालेबुङबाहेक अन्यत्र घर नभए पनि उसलाई थाहा थियो, ऊ यहाँको कहिल्यै हुन सक्नेछैन र सधैँ बाहिरकै मानिनेछ। कुनै कोणबाट पनि घमन्डी नदेखिई आफूकहाँ आउने ग्राहकहरूलाई भद्रतापूर्वक व्यवहार गर्नु नै यो समाजसँग नजिकिने वा उनीहरूबीचकै जस्तो हुने उत्तम बाटो हो भन्ने उसलाई राम्ररी थाहा थियो। जे कुरालाई पनि भोजपुरी वा उर्दू नभई नेपालीमै सोच्ने बानीको विकास गरेकै कारण ऊ कालेबुङकै रैथाने जस्तो बन्दै गएको थियो। कहिलेकाहीँ मनभित्रको उकुसमुकुस उम्लिन खोजे पनि उसलाई यस्तो कुरामा खासै चित्तदुखाइ थिएन। आखिर यो एउटा यस्तो ठाउँ थियो, जहाँ मान्छे धक फुकाएर बोल्थे। स्वयं पनि जातीय आधारमा बेग्लै राज्य हुनुपर्छ भनेर माग उठाइरहेको र कहिलेकाहीँ पहिचानकै निम्ति हिंसकसमेत भइरहेको समुदायले त्यहीँ बस्ने अल्पसङ्ख्यक अर्को समुदायप्रति यत्तिको सहिष्णुता राख्नु स्वाभाविकै थियो।

दुई वर्षअघि मात्र मुन्नुको बाबु छोराका निम्ति बेग्लै दोकान खोलिदिएर आफ्नो दोकान चाहिँ अर्को मुसलमान व्यापारीलाई भाडामा दिई बुहारी खोज्ने काममा लागेको थियो। बूढाले कालेबुङमा योग्य कन्या पाउने कोशिश गर्नु व्यर्थ थियो। पहिलो कुरा त, शहरमा मुसलमानको जनसङ्ख्या नै नगण्य थियो। कतै पाइए पनि पढेलेखेकी युवती परिदिए बाबु-छोरामाथि आइपर्ने समस्याप्रति ऊ सचेत थियो। अर्कातिर गरीब परिवारकी कन्या भेटिए दाइजो नाम मात्रको पाइन्थ्यो !

बाबु-छोराले केटी खोज्ने क्षेत्र दार्जीलिङ, सिलिगुडी र खर्साङसम्म विस्तार गरे। यति गर्दा पनि उपयुक्त कन्या नभेटिएपछि यो क्षेत्र अझ व्यापक

हुँदै उत्तरप्रदेशको मेरठ पुग्यो जहाँ पाँच पुस्ता परकी बहिनी पर्ने युवतीसँग कुराकानी पक्का गरियो । मुन्नु मनमनै दुलही सकभर नेपाली बोलिदिने भइदेओस् भन्ने चाहन्थ्यो। तर, ठ्याक्कै भने जस्तो त के भेटिएला भन्ठान्दै यस्ता साँघुरा विकल्पहरूमा सम्झौता गर्न ऊ पहिल्यै तयार भइसकेको थियो। हुमेरा एकदमै गोरी थिई। मुन्नुले बेच्ने उत्कृष्ट गुणस्तरको मैदाजत्तिकै गोरी। एउटा रङ्गीन टेलिभिजन अनि फर्निचर दाइजोमा आए ।

बिहे भएर आउनेबित्तिकै हुमेरा कालेबुङमा सबैका निम्ति आकर्षणको केन्द्र भई। यसो हुनुमा उसको गोरो रङ्गको कुनै योगदान थिएन। वास्तवमा ऊ कस्ती देखिन्छे भन्ने कुराको यो आकर्षणसँग कुनै लिनुदिनु नै थिएन। बरु त्यो सुन्दर अनुहारलाई जे कुराले छोपेको थियो त्यसमा पो सम्पूर्ण शहरको चासो गाँसिन पुग्यो । शहरभरि बुर्का लगाउने ऊ मात्र एउटी थिई । कालेबुङमा थोरै मुसलमान महिलाहरू मारवाडी महिलाले जस्तो अनुहार त ढाक्थे, तर बुर्का चाहिँ हुमेराबाहेक अरू कसैले लगाएनन्। ऊ आज्ञाकारी नै भए पनि उसलाई आफ्नो प्रिय बुर्का त्याग्न भने पतिको जबरजस्ती पनि काम लागेन। उस्तै परे बरु घुम्टोसम्म ओढे पुग्नेमा पत्नीले अहिलेको समयमा पनि अति नै रूढिवादी संस्कृतिको पर्याय बुर्का चाहिँ नलगाइदिए मुन्नुको मन हल्का हुने थियो। त्यहाँमाथि उसको पीर त उसैको अञ्हन-खटनमा पत्नीले यस्तो पहिरन लगाएकी हो भनेर सिङ्गो शहरले सोच्ला भन्नेमा थियो ।

हुमेराले भरखरै छोरी जन्माएकी थिई। नातिको मुख देख्न नपाएर विरक्त भएको उसको ससुरा मक्काको यात्रामा निस्किसकेको थियो। मुन्नुलाई पनि सके छोरो होस् भन्ने नै लागेको थियो । तर, छोरी नै पाए पनि उसलाई खासै नरमाइलो चाहिँ लागेको थिएन। उसले छोरीलाई तीन कक्षासम्म भए पनि पढाउँछु भन्न थाल्यो। हुमेराका कतिपय तौरतरीकाले कन्सिरी तात्ने गरे पनि मुन्नुले बिस्तारै उसलाई माया गर्न थालेको थियो। उता छोरीसँग मुन्नुले नेपालीमा बोल्न खोज्दा हुमेराको मनमा ढ्याङ्ग्रो बज्थ्यो । बुर्काका विषयमा त ऊ कदापि झुक्नेवाला थिइन। मुन्नुले नमाज पढ्न बिर्स्यो कि भनेर ऊ घरीघरी सम्झाउँथी। छोरी जन्माएकामा कहिलेकाहीं ऊ माफी पनि माग्थी। यस्ता ससाना कुराबाहेक मुन्नुले पत्नीबाट खोजेका बाँकी सबै थोक उसमा थियो। ऊ गोरी र राम्री थिई (यसको अर्थ यो हैन कि, मुन्नु

प्रदर्शन गर्न चाहन्थ्यो) । हुमेराले उसको चाहना पूरा गर्थी (यसको अर्थ यो हैन कि, ऊ अनावश्यक माग राख्थ्यो) । खाना पनि मीठो पकाउँथी (यसको माने ऊ खन्चुवा थियो भन्ने पनि हैन) । हुमेरालाई हिँडडुल गर्न मन पर्दैनथ्यो । त्यसैले बिहेयता एक पटक पनि माइत गएकी थिइन । र, यसमा मुन्नुको कुनै गुनासो पनि थिएन ।

हुमेराकी आमा कालेबुङ आउनै नसक्ने गरी बिमारी परेकी थिइन् । त्यसैले मुन्नुले आफ्नी पत्नी गर्भवती भएको सुनाएयता घरमालिक्नी डाक्टर प्रधानले नै दोजिया हुमेराको रेखदेखमा तत्परता देखाइन् ।

"गर्भवती भएदेखि हुमेरालाई डाक्टर देखाउन लगेका छैनौ कि क्या हो ?" डाक्टर प्रधानले मुन्नुलाई कराइन्, "तिमी मुसलमानहरू कुन युगमा छौ ?"

"ऊ नै डाक्टरकोमा जाने इच्छा गर्दिन ।"

"कसलाई मन पर्छ ? यो त डाक्टरकहाँ जानु पो हो । दशैंको चाड वा इदको उत्सव हो र !"

"उसलाई इदसमेत मन पर्दैन ।"

"यो ठट्टा गर्ने समय हैन, मुन्नु ! सुन, भोलि अस्पतालको ड्युटी सकेपछि म उसलाई हेर्न आउँछु । अँ, बरु तिम्रो घर चाहिँ सफा राख्नू नि !"

"उसलाई इच्छा छ कि छैन !" मुन्नुले टाउको कन्याउँदै भन्यो ।

"त्यसो भए अपाङ्ग नानी पाउनू र खुशी हुनू !" अस्वाभाविक झोंक देखाउँदै डाक्टरले भनिन् ।

घर पुगेपछि मुन्नुले हुमेरालाई भोलि स्वास्थ्य परीक्षणका निम्ति तयार भएर बस्नू भन्यो । हुमेरा त्यस्तो कालोनीलो भएको मुन्नुले यसअघि देखेको थिएन ।

"हेर्, उहाँलाई खुशी पार्न सकेनौं भने हामीलाई घरबाट निकाल्न पनि सक्नुहुन्छ । दोकानै भएन भने हाम्रो बच्चाले के खान्छ ? आफ्नी छोरी गुमाएकै कारण पनि उहाँले हाम्रो बच्चा सुरक्षित होस् भन्ने चाहनुभएको होला ।"

आखिर हुमेरा राजी भई । तर, शर्त थियो– घरमालिक्नी यसरी एक पटक मात्र आउन पाउनेछिन् । सुँडिनीबाटै काम चलाउँला भनेर ढुक्क

परेको मुन्नुले शुरूमै डाक्टर प्रधानको हप्की खायो। आफूले त डाक्टरलाई नै देखाउन पाए हुन्थ्यो भनिरहेका बेला पत्नीले यस्तो सोचेको स्पष्ट पारेपछि डाक्टर प्रधानबाट गाली खाने पालो अब हुमेराको थियो। एक चोटि डाक्टर र बिमारीको भेट भएपछि त्यो क्रमले दोस्रो, तेस्रो, चौथो गर्दै निरन्तरता पाइरह्यो। यता मुन्नु भने अचम्म मानिरहेको थियो। आफ्नी पत्नी जस्ती अशिक्षित कट्टरपन्थी मुसलमानसँग घरमालिक्नी कसरी यति स्वच्छन्द पाराले घुलमिल भइरहेकी होलिन्! शायद उनले आफ्नी छोरी गुमाएकाले त्यस्तो भएको हो कि? वा, हुन सक्छ हुमेराको धैर्यपूर्वक कुरा सुनिरहने स्वभावले पो प्रभावित पारिदियो। जे होस्, यसले उसलाई शुरूशुरूमा खुशी नै तुल्यायो।

त्यसपछि चाहिँ कुरो बिग्रन थाल्यो। बिस्तारैबिस्तारै पत्नीले उसको कुरो काट्न थाली। आफ्नी पत्नी आँटिली हुन थाली भन्ठानेर मक्ख परिरहेकै बेला बिझ्ने गरी ओठेजवाफधरि फर्काउन थालेपछि भने अब चाहिँ लगाम नलगाई भएन भन्ने उसलाई लाग्न थाल्यो। यस्ता खाले दुर्व्यवहार बन्द नगरेमा उसले चुट्ने धम्कीसमेत दियो। हुमेरा पनि के कम? यदि त्यसो गरे डाक्टर प्रधानलाई पोल लगाइदिएर घरमालिकसँगको उसको सम्बन्ध बिगारिदिनेसम्मको जवाफ फर्काई।

हुँदाहुँदा हुमेराले डाक्टर प्रधानको बाल चिकित्सालयमा काम गरेर दुई-चार पैसा आफूले पनि कमाउने कुरा गर्न थाली। त्यहाँ केटाकेटी र महिलाहरू मात्र हुने उसको तर्क थियो। तर मुन्नु यो मान्नेवाला थिएन। धन्न, उसले बुर्का चाहिँ अझै ओढिरहेकै थिई। कुनै समय आफूले पत्नीलाई बुर्काको बदला घुम्टो ओढ्न किन जोड गरेछु भनेर अहिले मुन्नु थकथकी मान्न थालेको थियो।

मुन्नु र उसकी पत्नी दुवैसँग घनिष्ठ सम्बन्ध हुँदाहुँदै पनि डाक्टर प्रधानले यी दुईलाई कहिल्यै सँगै देखिनन्। मुन्नुसँग दोकानमा मात्र बातचित हुन्थ्यो भने हुमेरा उनको घरैमा आइपुग्थी। मुन्नुलाई चाहिँ हुमेरा उनीसँगको सङ्गतले बढी नै आधुनिक बन्ली कि भन्ने चिन्ता थियो। मुन्नुसँगको भेटमा भने

डाक्टर प्रधानले जहिल्यै व्यवसाय र दोकानदारीको कुरा मात्र गर्ने गर्थिन्। अँ, अनि श्रद्धाञ्जलीबारे पनि।

छ महीनाअघि त्यो दोकानमै बसेका बेला डाक्टर प्रधानले श्रद्धाञ्जलीलाई सुटुक्क काउन्टरको पछिल्तिरबाट चुरोट चोर्दै गरेको देखेकी थिइन्। श्रद्धाञ्जलीलाई चाहिँ होशियारीपूर्वकै लामो हात गरियो भन्ने परेको थियो शायद। हुन पनि घरमालिक्नी प्रधानले लगाएको, अनुहारको अनुपातमा असाध्यै ठूलो कालो चश्माले उनको छड्के हेराइ सजिलै लुकाइदिन्थ्यो। श्रद्धाञ्जली त्यहाँबाट हिँड्नेबित्तिकै डाक्टर प्रधानका आँखा मुन्नुसँग जुधे अनि भुक्तभोगी दोकानेले पनि सबै बेलीविस्तार लगाइदियो।

उसले भन्यो– आफूले बाबुको दोकान चलाउन थालेदेखि, दश वर्षयता यस्तो चोरीचकारी चलिरहेको थियो। उनी केटाकेटी हुँदा सस्ता खाले चकलेट चोर्ने गर्थिन्। कहिलेकाहीँ एक रुपैयाँमा दुइटा चकलेट लान्थिन् र तुरुन्तै फेरि अर्कै साटिदेऊ भन्दै करकर गर्न आउँथिन्। उनी क्यान्डी चकलेटको बट्टा खोल्थिन् र हातको चकलेट त्यसैमा फालेर अर्कै भाँडाको बेग्लै चकलेट निकाल्थिन्। तर, जति बेला ट्याक्सी बिसौनीतर्फ जाने एक यात्रुले चकलेट खान खोज्दा दाँतै भाँचियो, त्यसपछि मात्र मुन्नुले यसरी फर्काइने गरेका चकलेटका खोलभित्र ढुङ्गा राखिने गरेको रहस्य पनि चाल पायो। शुरूशुरूमा त मुन्नुलाई यस्तो सानोतिनो चोरी रमाइलो नै लागेको थियो।

तर, समयसँगै ठूलठूला चोरी पनि बारम्बार दोहोरिन थाले। अब श्रद्धाञ्जलीको आँखा पचास पैसा पर्ने चकलेटमा हैन चुरोट, त्यो पनि सिङ्गै बट्टा अथवा बीस रुपैयाँभन्दा महँगो चकलेटतिर पर्न थाले। यस्तो घटना उनी हरेक पटक दोकान आउँदा हुने गर्थ्यो, भनूँ, दिनहुँजसो।

यी कुरा सुनुन्जेल आफूलाई सारै घत परे जस्तो गरी चुकचुकाउँदै डाक्टर प्रधानले मुन्नुलाई सकेसम्म उक्साइरहिन्। त्यसयता मुन्नुले पनि श्रद्धाञ्जलीको चोरीबारे सबै दुखेसो उनीसँगै पोख्न थाल्यो। अब आएर यी दुईबीच एउटा बेग्लै साँठगाँठ हुन थाल्यो। एउटा यस्तो सम्बन्ध, जसमा श्रद्धाञ्जलीले त्यस दिन वा हिजो के चोरिन् भन्ने गुनासो मुन्नुले गर्थ्यो भने जवाफमा डाक्टर प्रधान चोरीबाट केकति नोक्सानी पर्‍यो भनेर हरहिसाब निकाल्थिन्। अलिक

बढी नै नोक्सानी भएको एक दिन डाक्टर प्रधानले यो समाचार श्रद्धाञ्जलीका बुबाआमालाई सुनाइदिन जोड गरिन्। तर, यसो गरेमा आफूलाई केही फाइदा हुँदैन भन्नेमा पानदोकानेको कातर मन अडियो।

"एउटा मुसलमानको छोरो भईकन पनि यो ठाउँमा राम्रैसँग गरिखाँदै छु।" ऊ हरेक पटक यसै भन्थ्यो, "वरपरका दोकानदारभन्दा म धेरै पैसा कमाउँछु र सबैले मलाई विश्वास पनि गर्छन्। यो अवस्थालाई बिथोल्न सक्ने कुनै काम किन गर्नु? भैगो, सुतेको बाघलाई नचलाएकै बेस।"

"अब चाँडै उनले यी सेन्ट पनि चोर्छिन्।" साँचो नलगाएको दराजभित्र मेनरोडको कस्मेटिक दोकानमा भन्दा पनि जतनले सजाइएका क्यालिभिन क्लेन, डोल्स अनि गभाना कोलोनका बोतललाई औँल्याउँदै डाक्टर प्रधानले भनिन्।

नभन्दै, केही दिनमै साँच्चै त्यस्तै भइदियो। जबजब साथीहरूको जन्मदिन पर्थ्यो, श्रद्धाञ्जली दोकान आई मुन्नुलाई नमस्ते गर्दै नयाँ सामान केके आएको छ भनेर जिज्ञासा राख्थिन् र म्यागीको पाकेट माग्दै अनि गफिँदै यता दराजको सिसा पनि ठेल्ने गर्थिन्। चाउचाउको पोका लिन मुन्नु उतातिर गएकै बेला उनले गर्ने एउटै काम थियो, दराजबाट अत्तरका सिसीहरू सुटुक्क पर्समा हाल्नु। हिजोआज उनले पर्स पनि बोक्न थालेकी थिइन्।

दोकानमा भएका सबै सामानको सूची नराखे पनि अत्तरका बोतलहरू चाहिँ कति वटा छन् भन्ने मुन्नुलाई थाहा हुन्थ्यो। यी अत्तरमा शुरूशुरूमा गतिलै लगानी लगाउनुपरे पनि यसबाट हुने नाफा सबैभन्दा बढी थियो। श्रद्धाञ्जली जसै दोकानबाट बाहिरिन्थिन्, दराजमा राखिएका बीस वटा बोतल उन्नाइसमा झरिसकेका हुन्थे, अझ कहिलेकाहीँ त अठारमै। यसको मूल्य पाँच वटा चकलेट बारभन्दा बढी पर्थ्यो। यसकै कारण प्रत्येक महीना हिसाब निकाल्दा नाफा घट्दै गएको थियो।

"आज त तीनटै सेन्टको बोतल गायब भयो।" एक साँझ मुन्नुले डाक्टर प्रधानलाई भन्यो।

"ए अँ, भोलि त उनकी आमाको बर्थडे हो क्यार!" डाक्टर प्रधानले टिप्पणी गरिन्, "मलाई लाग्छ, छोरीले गिफ्टको बन्दोबस्त गरिन्।"

"ओहो, यो उमेरमा पनि तपाईंहरू बर्थडे मनाउनुहुन्छ, मेम साहब?"

"यो उमेरमा ? तिमी पानवालाले भन्न खोजेको के ? हो, हामी पहिलेजसरी त मनाउँदैनौँ, तर यसो भेटघाट जुराएर रमाइलो गर्ने वा खानपिन गर्ने त गरिहाल्छौँ ।"

"त्यही त । जे होस्, मनाउनुहुन्छ नि, हैन ?" ऊ हाँस्यो ।

"छिट्टै तिम्री छोरी पनि एक वर्षकी भएपछि भव्य बर्थडे मनाउँछौ होला नि ?"

"हेर्नुस्, हामी मुसलमान हौँ । हाम्रोमा छोरीहरूको बर्थडे मनाइँदैन ।"

"तिमी अहिले कालेबुङमा छौ, मुन्नु ! त्यसैले यतैको चालचलन सिक्नुपर्छ। बिर्स तिम्रो बिहार र छोड तिम्रो इस्लाम !"

"श्रद्धाञ्जलीकी आमासँग अहिल्यै गएर कुरो गरिहालुँ कि क्या हो ?" कुराको सिलसिला बदल्न सिपालु मुन्नु भन्न थाल्यो, "अब त अति भइसक्यो।"

"म त भन्दिन्थेँ । तिम्रो ठाउँमा म भइदिएकी भए साँच्चै भन्दिन्थेँ ।"

"तर, तपाईंलाई थाहै छ नि मेम साहब, म सक्तिनँ। तपाईंलाई सबै कुरा प्रस्टै छ। उनका बुवा प्रभावशाली छन्। मलाई जेलमा हालिदिए भने नि ?"

"मेरी छोरीमा कथङ्कदाचित् यसरी चोर्ने बानी हुन्थ्यो र तिमीले आएर मलाई भनिदिएको भए म त यसलाई पोजेटिभ हिसाबले नै हेर्ने थिएँ ।" घरमालिक्नीले दृढतापूर्वक भनिन् ।

"मलाई खतरा मोल्न डर लाग्दै छ ।"

"मूला पानवाला ! आँट गर्न सक्दैनौ भने गुनासो किन गर्नु ? लाखौँ रुपैयाँको आम्दानी छँदै छ क्यारे ! आफ्नै गाउँठाउँको कुनै गरीब केटो ल्याएर दोकानमा राख न त ।"

"हैन मेम साहब, पल्लो दोकानदारले मेरा धेरै ग्राहक लगेर आम्दानी नै सुकाइदिइसक्यो। बरु म त तपाईं र साहबसँग कुरो गरेर मिलेदेखि उसलाई हटाउनेबारे पो सोचिरहेको थिएँ। पहिले जस्तो नाफा पनि नभइरहेको अवस्थामा काम गर्ने मान्छे कसरी राख्न सक्छु र ?"

"भो, गनगन नगर। साहबलाई घरका दुईतिर दुइटा दोकान राख्दा चिटिक्क

सुहाएको छ भन्ने लागिरहेको छ। उहाँको सोचाइ मैले बुझिरहेकी छु। दुईतिर उस्तैउस्तै दुइटा दोकानले एक किसिमको सन्तुलन मिलाइरहेको छ। अँ बरु, तिमीकहाँ कार्ड छ होला ? त्यो हुन्छ नि, बर्थडे, वेडिङ एनिभर्सरी जस्तोमा दिने। मिसेज गुरुङको बर्थडेको निम्ति किन्नुपरेको छ। दिँदा राम्रै होला।"

"हो नि, किन राम्रो नहुनु ? एउटी चोर्नीकी आमालाई !" मुन्नुले तिक्त भावमा भन्यो।

"मुन्नु, त्यसो नभन। उनीहरू धनाढ्य र प्रभावशाली मान्छे हुन्। मैले तिमीलाई पानवाला नभई आफू जस्तै ठानेर कुरा गरेँ भन्दैमा तिमीले मेरी साथीबारे जे पायो त्यही बोल्न पाउँदैनौ। आफ्नो हैसियत नभूल। बरु, म उनका बुवाआमासँग राम्ररी कुरा गरुँला। म दाबीको साथ भन्छु, आफ्नी छोरी चोर्नी भएको कुनै पनि बाबुआमाले सुन्न चाहँदैनन्। तर, यो सबैबाट तिमी परै बस। बिचरी दुखिया मिसेज गुरुङ, तिमीले कति जनालाई उनकी छोरीको कथा सुनाइसक्यौ होला ! मलाई राम्ररी थाहा छ, यो कुरा तिमीबाट सुन्ने म मात्रै त पक्कै हैन।"

"हैन मेमसा'ब, तपाईंलाई मात्र भनेको हो। तपाईंबाहेक यसबारे अरू कसैलाई थाहा छैन।"

"ए, उसो भए एउटा पानवालाले उसको व्यापारको रहस्य मलाई मात्रै सुनाउने त्यस्तो विशेष भएछु त म ?"

गजक्क पर्दै उनले अट्टहास गरिन्। बटुवाहरूले उनीतर्फ हेरे। तिनले त्यो बिचरा मुसलमान पानवालाको मूर्खता पनि नियाल्न सके।

"तपाईंलाई असजिलो लागे माफ पाऊँ, मेमसा'ब !" मुन्नुले भन्यो, "हामी झीनामसिना मान्छेसँग पनि तपाईं यति राम्ररी कुरा गर्नुहुन्छ कि मलाई आफ्ना सबै कुरा तपाईंसँग भन्न सक्छु जस्तो लाग्छ, चाहे त्यो तपाईंकै साथीकी छोरीकै बारेमा किन नहोस्।"

"यस्ता कुरा छोड मुन्नु !" डाक्टर प्रधानले सान्त्वना दिइन्, "मिलेछ भने भोलि नै मिसेज गुरुङलाई यो कुरा छुवाउँला। उनलाई खुशी त नलाग्ला, तर यस्तो अवस्थालाई हामीले लम्बिन दिनु पनि हुँदैन। बरु, यो सब जानकारी

मलाई तिमीले दिएको नभई म आफैँले उनकी छोरीलाई त्यस्तो काम गर्दै गरेको देखेँ भनेर बताउँला।"

मुन्नुलाई यहाँभन्दा बढ्ता अरू के चाहिन्थ्यो ! तर, कति सजिलै डाक्टर प्रधान यति उदार भइदिइन् ! त्यसो त उसकी पत्नीलाई समयसुहाउँदो आधुनिक महिला बनाइदिने जिम्मा पनि त उनैले लिएकी थिइन् ! हुमेराले नोकरी गर्छु भन्ने असङ्गत कुरा चाहिँ अझै गर्न छोडेकी थिइन।

मुन्नु एउटा हातले नाइटो कन्याउँदै अर्को हातले रेडियोको स्टेसन फेरिरहेको थियो। उत्ति नै खेर श्रीमती गुरुङ एक्कासि उसको दोकानमा आएर धावा बोलेपछि अनायासै उसका हात अतालिएर चिप्लँदै गुप्ताङ्गमा पुगे।

"मेरी छोरीलाई तैंले चोर भन्ने ? तँ कुक्कुर !" श्रीमती गुरुङले उसमाथि झम्टिउँलाझैँ गरिन्, "त्यसको रिजल्ट के हुन्छ ... हेर्लास्।"

श्रीमती गुरुङ राति सुत्दा लगाएको फूलबुट्टे म्याक्सीमै आएकी थिइन्। यसअघि उनलाई यस्तो पहिरनमा बरन्डाबाहिर कसैले पनि देखेको थिएन।

मुन्नु भैयाको मुटुमा ढ्याङ्ग्रो ठोक्कियो। ऊ मुस्कुराउन खोजे पनि मुखभरि पान चपाउँदाचपाउँदैको अटेसमटेस हरियो, रातो र गेरु रङ्गको थूकले आँ पारेको थुतुनोबाट मुस्कान हैन, बेग्लै भाव निस्किरहेको थियो।

"त्यो पान थुक्, तँ मुसलमान !" जुन सिसाले छोपिएको चारकुने बक्साबाट उनकी छोरीले हजारौँ रुपैयाँका चकलेटहरू चोरेकी थिइन्, त्यसैमा थूकको छिटा पार्दै उनी चिच्याइन्।

पान सधैँ चपाएरै निल्ने गरेको मुन्नुले त्यता वरपर थुक्ने भाँडो राखेको थिएन। अत्यासकै सुरमा सोच्तै नसोची उसले मुखको पान हत्केलामै ओकल्यो।

"हेर् त्यहाँ, बुद्धि नभएको बाँदर ! तेरो कर्तुत हेर् त्यहाँ। तँ मूला कहिल्यै नुहाउँदैनस्, टट्टी गरेर हात पनि धुँदैनस् र अहिले पनि पानधरि हातैमा थुकिस्। अनि तँ जस्ताले कुन हिम्मत जुटाएर मेरी छोरीलाई चोर भनिस् ? भन्, मेरी छोरीले तेरो के चोरी ?"

यतिन्जेल बाहिर भीड लागिसकेको थियो। रमितेमध्ये धेरैजसो नजिकको ट्याक्सी बिसौनीबाट आएका कुल्लीहरू थिए। उनीहरू फुर्सदिलो समय प्राय: तास खेलेर, खैनी मोलेर या बिँडी तानेर बिताउँथे। त्यसबाहेक वरपर कतै हल्लाखल्ला भएको छ भने त्यतातिर झुन्डै पुगेर खलबलीको आनन्द लिने गर्थे।

"ओइ, हेर्हेर्। त्यो सोझो चाहिँ मुसलमान केटो अप्ठ्यारोमा परे जस्तो छ।" कसैले भन्यो, "उसले वकील मेमसा'बकी छोरीलाई पातर्नी पो भनेछ।"

"उनी साँच्चै चरित्रहीन हैनन् र?" अर्काले बीचैमा व्यङ्ग्य हान्यो।

"लौ हेर, भएभरका कुल्लीहरू पनि यतै पो झुम्मिएछन्!" श्रीमती गुरुङले कर्कश शब्दमा भनिन्, "हैन, तिमी बज्जियाहरूको कुनै काम छैन? यो पानवाला जस्तो तिमीहरू पनि मलाई हेप्छौ? बरु, नेपाली भएको नाताले कम से कम यहाँ एउटी गोर्खा चेलीलाई सघाउनुपर्ने! किन कसैले यो कुकुरलाई कुट्दैनौ? छ कसैको हिम्मत! एउटा मुसलमानले कालेबुङकै छोरीको बेइज्जत गरेका बेला तिमी सबै नेपालीहरू यहाँ उभिएर तमाशा हेर्दै छौ? एउटा बिहारीले नेपालीकी छोरीको बेइज्जत गर्दा पनि त्यो मर्यादा फिर्ता गराउन सक्दैनौ भने तिमीहरू जस्ता भरियालाई नेपालै फिर्ता पठाइदिनुपर्छ।"

श्रीमती गुरुङ घाइते बाघ जस्तै फ्वाँफ्वाँ गर्न थालिन्। कुटाइ खाने अवस्था देखेर मुन्नु पहिले त रनक्क रन्कियो, तर एकै छिनमा रुन थाल्यो।

"तँलाई छक्का! अब रुन थालिस्! गधा!" गालामा झ्याम्मै एक थप्पड हिर्काएपछि पनि श्रीमती गुरुङको रिस मरेको थिएन, "तँलाई पढाउनुपर्ने पाठ यही हो। खबरदार, अब आइन्दा आफूभन्दा ठूला मान्छेको बारेमा कुरा गरिस् भने!"

यति गर्नासाथ उनी अचानक थामिइन्, सलले म्याक्सी ढाकिन् र बतासिएर बाहिरिइन्।

लाज र भयले काम्न थालेको मुन्नुले फटाफट दोकानको ढोका थुन्यो र हुमेरालाई यसबारे बेलीविस्तार लगायो। थप्पड खाइयो भनेर सुनाए आफ्नो पुरुष अहंमा धक्का पुग्ने ठानेर उसले यो जानकारी भने लुकायो। तर, ढिलोचाँडो हुमेराले कतै न कतैबाट सुनिहाल्ने थिई। अरू कोही नभए पनि डाक्टर प्रधानबाट त फरकै नखाला।

"मैले यसरी अर्काको कुरा काट्ने गरेको छु भनेर अरू ग्राहकले पनि सोच्लान् कि भन्ने डर पो लाग्न थाल्यो ।" सुत्नअघि उसले भन्यो । यसले भएका ग्राहक पनि अर्को नयाँ दोकानमा पो पुगिदेलान् भन्ने त्रास उसको मनमा फैलियो ।

ऊ निदाउन सकेन । दिउँसोको घटना दिमागबाट हटाउनलाई छोरी एकै छिन रोइदिए पनि हुन्थ्यो भन्ने उसले इच्छा गर्‍यो । रङ्गीन टीभी खोल्यो र उसका औँलाले जथाभावी च्यानल थिच्न थाले ।

हुमेराले बिहान उठ्नेबित्तिकै मुन्नुलाई डाक्टर प्रधानकहाँ काम गर्न उसले आफूलाई अनुमति नदिएकै कारण अर्कै व्यक्तिलाई काममा राख्न लागेको जानकारी गराई । उसले अन्त कतै पाए पनि दिनभरिका निम्ति जुनसुकै काम खोज्ने बताई ।

"जुनसुकै काम ?" मुन्नुले सोध्यो ।

हुमेराले टाउको हल्लाई ।

मुन्नुको दिमागमा तत्काल कुनै नयाँ कुरा फुर्‍यो ।

उत्तेजनाकै बीच उसले कुदेर लुगा लगायो र हस्याङफस्याङ गर्दै श्रीमती गुरुङको घर जाने सिँढीतर्फ लम्कियो । उसले गुरुङ दम्पतीकै सामुन्ने उभिएर क्षमा माग्न थाल्यो र यो सम्पूर्ण चोरीचकारीको सिलसिलामा आफ्नी दुलही हुमेराको हात हुन सक्ने लख काट्यो ।

"अब यसले स्वास्नीलाई पो दोष दिन थाल्यो ।" हिजोकी रणचण्डीभन्दा बेग्लै रूपमा श्रीमती गुरुङले सान्त्वना दिँदै भनिन्, "आफ्नो लोग्नेको दोकानबाट कसैले केही निकाल्छ भने त्यसलाई चोरेको भनिँदैन ।"

"डाक्टर प्रधानबाहेक अरू कसैलाई मैले यो कुरा भनेकै थिइनँ ।" मुन्नुले भएको कुरो जस्ताको तस्तै राख्यो ।

"उनी त चोथाले छिन्, मुन्नु !" श्रीमती गुरुङले भनिन्, "छोरीको मृत्युपछि उनी आफूलाई अलमल्याउन केही नयाँ कुरा खोजिरहेकी हुन्छिन् । असाध्यै नाटक गर्नुपर्ने ! त्यसैले हुन सक्छ, मैले त्यस्तो रियाक्सन जनाएँ ।"

"मैले झूटो आरोप लगाएको श्रद्धाञ्जलीलाई त थाहा छैन होला नि !"

“अहँ, उसलाई थाहा छैन।”

ऊ जुरुक्क उठेर दोकानतर्फ दौडियो।

भोलिपल्टै श्रद्धाञ्जली चिटिक्कको ससानो टेडी बियर लिएर मुन्नुको दोकानमा झुल्किन्। त्यस्तो खेलौना अचेल किशोरीहरूले आफ्नो टिसर्टको बाहुलामा टाँस्ने गर्छन्।

“आज तपाईंकी छोरीको बर्थडे हैन?” मुन्नुलाई दुई हात जोड्दै उनले सोधिन्, “मैले यो छुइमुई उसैलाई ल्याइदिएको।”

“नमस्ते बैनी, उसको बर्थडे त एक हप्तापछि पो हो!” उसले भन्यो।

“मैले उसको निम्ति सानो गिफ्ट राखेकी छु है। अनि ऊ कहाँ छे? ए, अनि वाईवाई र म्यागी पनि त लानु छ। हेर्नुस् न, काम गर्ने फेरि घरमा छैन। पोको पारिदिनुस् है! म धेरै खन्चुवी भएकी छु भनी मान्छेहरू भन्न थालेका छन्। मलाई मेरो बारेमा अरूले यसरी बढ्ता कुरो गरेको मनै पर्दैन।”

उनी फेद न टुप्पाको कुरा गरिरहेकी थिइन्। यो किन भइरहेको छ भन्ने बुझिरहेको मुन्नुले आज यसका निम्ति आफूलाई तयारै पारेर राखेको थियो।

“अलबेलीको निम्ति गिफ्ट किन्ने दु:ख बैनीले गरिरहनैपर्दैनथ्यो।” ऊ मुस्कुरायो। त्यो मुस्कान अनुहारमा थोरै मुजासमेत पार्दै आँखासम्म पुग्यो। त्यहाँ कताकता चमक पनि थियो।

दोकान चलाउने तालिम लिन आज दोस्रो दिन मुन्नुकी पत्नी कुनै पनि बेला आइपुग्दै थिई। जीवनमा कहिल्यै क्यालकुलेटर नचलाएकी ऊ यति चाँडै पोख्त भइसकेकी थिई। दोकानमा पनि अब दुई जना भएपछि मुन्नुलाई कामको उति चाप परेको थिएन, जबकि काउन्टरमा जहिल्यै ग्राहक देखिन थालेका थिए। पत्नीले बुर्का पनि त्यागिदेली कि भनेर उसले मनाउन अन्तिम कोशिश गरिहेऱ्यो, तर मानिन। त्यसो त, संसार बुर्काभित्रैबाट नदेखिने पनि हैन!

पिताको अनुभूति

सोफामा लम्पसार परेकी सुप्रियाले कापी समातेर अल्छी मान्दै आफ्ना छोटा खुट्टा पिता प्रवीणको काखतिर तन्काइन्। उनी कापीका धर्काहरूमा सीधा हुने गरी नेपाली शब्दहरू लेख्ने कोशिश पनि गर्दै थिइन्। टेलिभिजन र चपिङ बोर्डमा आमाले तरकारी काट्दा निस्केको आवाजलाई उनी सुनेको नसुन्यै गरिरहेकी थिइन्। पढाइबाहेक अन्त ध्यान नजाओस् भन्ने आमा खुश्बूको खबरदारीलाई बेवास्ता गर्दै, उनी बेलाबेला खुट्टा ट्यापट्याप पार्न छोड्थिन् र टेलिभिजनतिर पुलुक्क हेर्दै रमाइलो वा नरमाइलो कस्तो कार्यक्रम हेरेको भनी प्रवीणलाई सोध्थिन्।

रातिको खाना खाएपछि सुप्रिया र प्रवीण साँघुरो र घुमाउरो भऱ्याङ उक्लँदै छतको अर्धनिर्मित कोठामा पुगे। कोरा भुइँ र फ्रान्सेली शैलीको झ्याल भएको त्यो कोठा दुई बाबुछोरीका निम्ति अति प्रिय थियो, जसलाई उनीहरूले 'परेवाको गुँड' भन्ने गरेका थिए। दुइटा बेतका कुर्सीमा बसेर उनीहरूले सिङ्गो गान्तोक शहरलाई रातको अन्धकारमा डुब्नअघि आधा घण्टासम्म अवलोकन गरे।

"ती पुजारीको भुँडी हेर न।" भीडमा चुपचाप हिँडिरहेको ठूलो शरीरधारी व्यक्तितिर औंल्याउँदै प्रवीणले भने, "उनी त झन्झन् मोटाउँदै छन्।"

बाटामा सबैले गरेको नमस्ते फर्काउँदै हिँडेका ती व्यक्ति कतैकतै एकै छिन रोकिएर भलाकुसारी पनि गर्दै थिए।

"अँ, कत्ति मोटो हगि !" खित्का छोड्दै सुप्रियाले भनिन्, "टन्नै लड्डु खान्छन् होला।"

"खान्छन् नि ! लड्डु भनेपछि कसको मन थामिन्छ ? मै त पाएँ भने एकै पटकमा पाँच वटासम्म खाइदिन्छु !"

"तपाईं त पण्डितै हुनपर्ने।" सुप्रियाले यति भनिसकेपछि हल्का गम्भीर हुँदै सोधिन्, "हामी स्कुल जाँदा बाटोमा भेटिने त्यो माग्ने मान्छे किन पण्डित नभएको ? भइदिए भुँडी भर्न भीख माग्नुपर्ने त थिएन !"

"हेर छोरी, पण्डित हुन हामी जस्तो बाहुन भएर जन्मनुपर्छ। जो पायो त्यसले पण्डित हुन कहाँ सक्छ ? उः त्यहाँको त्यो बूढो मान्छे हेर त, तीन मिनेटदेखि चाक कन्याइरहेको छ नि ... हो, त्यो बाहुन हो।"

"भन्नुको मतलब त्यो मान्छे पनि लोभी छ ?" बुवाको भनाइ बुझेर हल्का मुस्कान फुस्के पनि उनले त्यसलाई पूरै बेवास्ता गर्दै सोधिन्।

"तिमीले के भन्न खोजेकी ?" प्रवीणले सोधे।

"बाहुनहरू सबै लोभी हुन्छन्, हैन र ?"

"तिम्रो सोचाइमा हामी लोभी छौँ त ?"

"हैन, त्यस्तो त लाग्दैन, तर हाम्रो क्लासमा एउटी बाहुनी छे, जसलाई साथीहरू लोभी भन्छन्। सबै जना उसलाई लोभी बाहुनी भनेरै बोलाउँछन्।"

"तिम्रो क्लासका साथीहरू भनेपछि सबै केवल छ वर्षका ! केटाकेटीले यस्तो कुरा गर्न हुँदैन।"

"तर पूजा त लोभी छे। अस्तिको हप्ता डेङ्कालाई इरेजर दिन नमानेपछि मिस ल्हामुले समेत उसलाई गाली गर्नुभएको थियो।"

"सबै केटीहरू मूर्ख हुन्छन्।" प्रवीणले जानीजानी रिसाएको जस्तो आवाज निकाले।

"म चाहिँ मूर्ख हैन।" सुप्रियाले तुरुन्त जवाफ दिइन्, "मिस ल्हामु पनि मूर्ख हुनुहुन्न। मुवा चाहिँ भएदेखि खै ! तर मेरा साथीहरू त्यस्ता छैनन्। अनि हामी सबै केटी हौँ।"

"हेर, सबै केटीहरू मूर्ख हुँदैनन्। सबै केटाहरू बलिया पनि हुँदैनन्। त्यस्तै सबै बाहुन लोभी हुन्छन् भन्नु पनि गलत हो।"

"रमेश सात वर्ष पुगेको भए पनि ऊभन्दा म बलियो छु।"

"मान्छे बूढो भए भन्दैमा सुस्त हुँदैनन्। सबै बङ्गाली बुद्धिमान् हुँदैनन्। हो, त्यसै गरी सबै बाहुन लोभी हुँदैनन्।"

यो कुरामा सुप्रियाको चित्त बुझिरहेको थिएन। "मेरा साथीहरूमध्ये बाहुन कोको हुन् त बुवा ?"

"अवस्थीको थर के हो ?"

"प्रधान, अवस्थी प्रधान।"

"त्यसो भए ऊ बाहुन हैन। त्यो राघव नेउपानेकी छोरी छ नि, के पो नाम हो उसको? हो, ऊ बाहुन हो।"

"ऋचा, तर ऋचा त क्रिस्चियन हो। ऊ चर्च जान्छे। क्रिस्चियन पनि बाहुन हुन सक्छन् त?"

"जन्मँदा त ऊ बाहुन नै थिई, तर बीचैमा उसका परिवारले धर्म परिवर्तन गरे।"

"ए, भनेपछि चाहेँ भने म पनि क्रिस्चियन बन्न सक्छु, हैन?"

"हो, तिमी सक्छौ। जसले पनि चाहेमा क्रिस्चियन मात्र के कुरा मुसलमान पनि बन्न सक्छन्, तर तिमी किन बन्ने? बाहुन आफैँमा यस्तो जात हो जुन जन्मजात मात्रै बन्न पाइन्छ।"

"भन्नुको मतलब हामी अरू सबैभन्दा ठूला हौँ?"

"शङ्कै छैन, हामी सर्वश्रेष्ठ हौँ, अरू सबैभन्दा ठूला। तिमीले बाहुन भएर जन्मेकोमा गर्व गर्नुपर्छ।"

"यो बाहुन भएरै जन्मन चाहिँ के गर्नुपर्छ?"

"तिम्रा बुवामुवा बाहुन हुनुपर्छ। उहाँहरूका बुवामुवा पनि बाहुन हुनुपर्छ। उहाँहरूका बाजेबोजू अनि जिजुच्याब्जू पनि बाहुन नै हुनुपर्छ।"

सुप्रियाले स्वेटरलाई शरीरमा कसेर तन्काइन्। धेरै वर्षपछि अक्टोबर महीनामा यस्तो जाडो भएको थियो।

"त्यसो भए यदि मैले अवस्थीसँग बिहे गरेँ भने हाम्रो नानी बाहुन हुन्छ त?"

प्रवीणले उपयुक्त उत्तर सोच्नअघि नै खुश्बूले तल्लो तलाबाट बोलाइन्। सुप्रियाको सुत्ने बेला भएको थियो।

भोलिपल्ट बिहान उठ्नेबित्तिकै सुप्रिया प्रवीणको कोठामा गइन् र केही क्षण बुवासँग लुटपुटिइन्। स्कुल जाने प्रत्येक दिन उनी त्यसै गर्थिन्। घरका अरू उठ्नुभन्दा अघि नै खुश्बू कलेज गइसकेकी थिइन्।

"तिमीले के सपना देख्यौ त?" प्रवीणले सोधे।

"खै, थाहा छैन ।" सुप्रियाले निद्राकै सुरमा भनिन् । मुस्कानले ठेलेको ओठलाई सकभर रोक्न खोज्दै थपिन्, "भूतहरू !"

"असाध्यै डरलाग्दो कि साडी लगाएको ?"

"यो चाहिँ अलिक भिन्दै खालको थियो । साडी लगाएकै भए पनि कस्तो डरलाग्दो अनुहार !"

"त्यसो भए ऊ भूत हैन, किचकन्या थिई । अथवा त्यो दुइटाको मिश्रण भएको भूत थियो ।"

"यो सब त छँदै छ, उसले तपाईंलाई खान्छु भनी ।"

"तिमीले उसलाई के भन्यौ नि ?"

"मैले उसलाई तपाईं बूढो र बिमारी हुनुहुन्छ, बरु मुवा चाहिँ रसिलो हुनुभएकाले उहाँलाई खाँदा हुन्छ भनें ।"

"बदमास ! पख, म तिम्रो मुवालाई भन्दिन्छु । ... लौ अब उठ । ब्रस गर्ने बेला भयो ।"

"तपाईंलाई जस्तो मलाई पनि बेड टी किन दिइँदैन ?"

"किनभने चिया भनेको ठूला मान्छेले मात्रै पिउने हो !"

"तर डोल्माकोमा त उसले रक्सी पिउँछु भन्दा उसका बुवाले अहिले रक्सी पिउने उमेर भएको छैन, चिया चाहिँ पिउनू भन्नुभयो रे !"

"डोल्माको पनि चाँडै जुँगा आउँछ होला है ! तिम्री त्यो साथी ... के रे ?" उनले नाम सम्भने कोशिश गरे ।

"रेशा । तपाईंलाई त मुवाजत्ति पनि याद हुँदैन । यो घरमा त बरु सबैभन्दा तगडा मै छु ।"

"ए हो हो, त्यही नाम हो । अब हामी ब्रस गर्ने हैन त ?"

"रेशा त मलाई केटा नै हो जस्तो लाग्छ । पक्कै पनि उसका बुवामुवाले छोरीको चाहना राखेकाले उसलाई केटीको लुगा लगाइदिएका हुन् ।"

"खूब सोच्यौ तिमीले ! छ वर्षको केटाको पनि कहीं जुँगा हुन्छ त !" जुरुक्क उठेर छोरीको ब्ल्याङ्केटको कुना तान्दै उनले सोधे ।

"हो नि, मलाई के थाहा ?" प्रवीणलाई बाथरुमतिर पछ्याउँदै सुप्रियाले भनिन्। प्रवीणले पहिल्यै छोरीको ब्रसमा टुथपेस्ट हालिसकेका थिए। सुप्रिया भन्दै थिइन्, "म रमेशबाहेक अरू केटाहरूसँग खेल्दिनँ। अनि रमेश चाहिँ फेरि ठ्याक्कै केटी जस्तै छ। मैले चुङ्गी खेल्दा उसलाई दुई पटक जितेकी छु।"

बाबु-छोरी हात समाई आफ्नै सुरमा बात मार्दै एक किलोमिटरजति उकालोमा रहेको टासी नामग्याल एकाडेमीतर्फ जाँदै थिए। आफूहरूलाई हेरी मुसुमुसु हाँस्दै हिँडेका र बाबु-छोरीबीचको प्रेम देखेर लोभिएका बटुवाहरूको पनि उनीहरूलाई वास्तै थिएन। झर्को लागे पनि सक्दो सन्तुलित भएर प्रवीणले एक जनाको अभिवादन फर्काए। अभिवादन गर्ने त्यो बटुवालाई त्यति बेला बाबु-छोरीबीचको कुनै गम्भीर विषयको वार्तालापलाई आफूले अवरुद्ध पारिदिएँ कि भन्ने भान परेको बुझ्न गाऱ्हो थिएन। आफू बोल्दा सुप्रिया मुस्कुराउँदै आफ्ना बुवालाई उँभो हेर्थिन्। प्रवीण बोल्दा उनी मुग्ध भई सुन्थिन्। प्रवीणले केही भन्दा उनी हाँस्थिन्। सुप्रियाको ठट्टामा उनी पनि जोडसँग हाँस्थे। बाबु-छोरीको वार्तालाप यति रमाइलोसँग चलिरहेको थियो, यसको सानो अंश सुन्न पनि शायद शहरवासीहरू पैसा तिर्न तयार भइदिन्थे। हेर्दै रमाइलो दृश्य : प्रवीण अग्ला, गोरा, सुगाको जस्तो लामो नाक भएका अनि सुप्रिया अझ गोरी, मुस्कुराइरहेकी, सधैँ खुशी, केटाकेटीको तस्वीर छापिएको किताबमध्येकै सर्वोत्कृष्ट छानेर निकालेझैँ दिव्य मुहार भएकी।

"तर, मिस ल्हामुले हिजो लगाएको कुर्ता त पिङ्क कलरको पो थियो !" भरखरै मात्र दाँत फुस्केको ठाउँबाट सुप्रियाले भनिन्, "मैले तपाईंलाई भनेँ नि, उहाँ बिहीबार सधैँ पिङ्क कलरको लाउनुहुन्छ।"

"हो, तर हिजो त उहाँको बर्थडे हैन र ?" आफूले बोकेको छोरीको ब्यागलाई देब्रे काँधबाट दाहिनेतर्फ सार्दै प्रवीणले भने, "उहाँले बर्थडेको कुर्ता लगाएको जस्तो लाग्यो।"

"अँ, कत्ति न तपाईं र मुवा जस्तै सबै ठूला मान्छेहरूले बर्थडेमा नयाँ लुगा किन्छन् नै जस्तो !" सुप्रिया हाँसिन्, "तपाईंहरूले चाहिँ खूबै नयाँ लुगा किन्ने गरे जस्तो !"

"साँच्चै, हामीले अब नयाँ लुगा किन्नुपर्छ होला। मेरो हिँड्दा लाउने पेन्ट हेर त ! एउटा दुलो देख्यौ ?"

"हामी गरीब हुन थालेका हौं र बुवा ?" उनी गम्भीर भइन्, "त्यसै कारण त तपाईंहरूले नयाँ लुगा नकिनेको होला, हैन ?"

"हैन हैन। हाम्रो सम्पत्ति कताकता छ भनेर मैले बताएको याद छैन र ? अनि किताबको दोकान ? त्यसै गरी मुवाको नोकरी ? अझ तल्लो तलामा बस्ने मारवाडीहरूबाट उठेको किराई। हामी गरीब छैनौं नि !"

"तपाईं उनीहरूलाई कैयाँ भन्नुहुन्छ नि !" उनी हाँसिन्, "नराम्रो शब्द, खराब शब्द। यो त अनपढले भन्ने शब्द हो।"

"ओहो, सरी ! त्यसो भन्नुहुने थिएन।"

"त्यसो भए हामी अर्बपति हौं त ?"

"अहँ, हामी अर्बपति हैनौं।"

"करोडपति ?"

"त्यो पनि हैन।"

"लखपति ?"

"होला कि !"

अझै खुम्चिनुपर्ने स्थिति आयो।

"हजारपति ?"

"हुन सक्छ।"

"हाऽहाऽहाऽ ... हजारपति त मै हुँ। ब्याङ्कमा मेरो आठ हजार नौ सय रुपैयाँ छ। त्यो भनेको झन्डै दश हजार रुपैयाँ हो। मेरोमा अझ दश हजार भए म लखपति हुन्थें, हैन ?"

"अहँ, एक लाख पुग्न अझै दश वटा दश हजार चाहिन्छ।"

"दश ? ठीक छ। स्कुलमा त एकदमै सजिलो हिसाब मात्र पढाउँछन्। मेरा साथीहरूले पाँच, छ र सात अङ्कको गन्तीधरि जान्दैनन् !"

"अनि तिमीलाई चाहिँ सब थोक आउँछ, हैन ?"

"हो त, म अरूभन्दा जान्ने छु। मलाई लाग्छ, म मुवाभन्दा पनि धेरै कुरा जान्दछु।"

"मुवाको बारेमा यस्ता कुरा गरेको थाहा पाइन् भने उनलाई कति दु:ख लाग्ला !" गम्भीर हुँदै प्रवीणले भने।

"उहाँले थाहै पाउनुहुन्न। कसै गरी तपाईंसँग रिसाएर मैले नै भनिदिएँ भने कुरो अर्कै हो !"

"तिमी मदेखि किन रिसाउने र? मैले के गरें भने तिमी मसँग रिसाउँछ्यौ ?"

"हत्तेरी, तपाईं कहिल्यै बुझ्नुहुन्न !" झर्को लागेको स्वाङ पार्दै सुप्रियाले भनिन्।

उनीहरू टासी नामग्याल एकाडेमीको फाटकमा पुग्दा सुप्रियाका दुई जना साथी पर्खिरहेका थिए। बुवासँग झोला लिएर सुप्रिया जिस्किँदै उनका खुट्टामा झुन्डिन्। यस्तो बनावटी भावुकता दुवै जना मन पराउँथे। त्यसपछि उनले आफूलाई लिन बुवा नै आउने हो कि भनेर सोधिन्। जवाफमा सधैँझैँ प्रवीणले आफू हैन, आमा आउँछिन् भनेपछि साथीहरूतर्फ लम्किनअघि सुप्रियाले मुख बटारिन्। यो उनीहरूबीच सधैँ दोहोरिने दृश्य थियो।

घरछेवैमा भाडा लिइएको एमजी मार्गस्थित उनीहरूको किताबको दोकानले धेरै नै राम्रो नाफा कमाएको थियो। त्यहाँ राखिएका दुई जना कामदार असाध्यै इमानदार भए पनि प्रवीण आफैँ बिहानैदेखि काममा खटिन चाहन्थे। लन्चका बेला एउटा कामदार घरबाट उनको टिफिन र सुप्रियालाई लिएर आइपुग्थ्यो। खुश्बूले त्यसअघि नै छोरीलाई स्कुलबाट घर लगेर खाना खुवाई लुगा फेरफार गरेर कामदारसँगै दोकान पठाउन ठिक्क पारिदिएकी हुन्थिन्। त्यसपछि बाबुछोरी किताब पढेर, नक्शा हेरेर अनि गफ गरेर समय बिताउँथे। सुप्रिया मोटो गाता भएको इनसाइक्लोपिडियाको थाकमाथि बसेर दोकानका दुवै कामदार र त्यहाँ आएका अरू जोसुकैसँग पनि वादविवाद गर्थिन्। छोरीको गणितले थोरबहुत फेल खाएछ भने पनि खासै नोक्सान नपर्ने हुनाले ग्राहकलाई चानचुन फर्काउने जिम्मा प्रवीण उनैलाई दिन्थे। यसबाट ग्राहकहरू पनि दङ्ग पर्थे र उनको प्रशंसामा केही शब्द बोलिदिन्थे। आज

अलि व्यस्त भएकाले प्रवीणले छोरीलाई ह्यान्स क्रिस्चियन एन्डरसनको कथा पढेर सुनाउन भ्याएनन्। त्यसैले सुप्रियाले आफैँ त्यो किताब लिएर चर्को स्वरमा पढ्न थालिन्, कहीँकहीँ अड्किँदै र रोकिँदै अनि दिन-प्रतिदिन निपुण हुँदै गएकामा ग्राहकहरूको स्याबासी पाउँदै।

"उसलाई कस्तो छ ?" घण्टौँ पर्खेपछि बल्ल श्रीमती बैठककोठामा आइपुगे जस्तो गरी प्रवीणले सोधे।

"निदाएकी छ।" खुश्बू क्लान्त देखिइन्।

"यति चाँडै ठूली हुन्छे भन्ने लागेकै थिएन।" आफैँलाई थाम्न प्रवीणलाई गाऱ्हो परिरहेको थियो।

"ऊ छोरी मान्छे हो। उनीहरू सबैलाई यस्तै हुन्छ।"

"तर हिजै मात्र पनि ऊ मसँग लाडिँदै थिई। बच्चै त थिई ऊ।"

"अब ऊ नारी भई। हामीले आजदेखि यो नयाँ परिस्थिति अनुसार नै अगाडि बढ्नुपर्छ।"

"यति चाँडै यस्तो होला भन्ने तिमीलाई लागेको थियो ?" उनी पिलपिलाउन थाले।

"हजुर, ऊ बाऱ्ह वर्षकी भई। बरु यतिन्जेल किन भएन भनेर मलाई सुर्ता लाग्न थालेको थियो। तपाईंकै आमाको चौध वर्षमै बिहे भएको हैन र ?"

"तिमीले मलाई सचेत गराएको भए हुन्थ्यो।" उनी हरेक शब्दमा एक छिन रोकिँदै बोलिरहेका थिए।

"मैले त तपाईंले चाल पाइसक्नुभयो होला भन्ने नै सोचेकी थिएँ। बिहानबिहान तपाईंको ओछ्यानमा ऊ आउन छोडी भनेर तपाईंले नै सुनाउनुभएको हैन ? तपाईं खुदै पनि त टीभी हेर्दा ऊदेखि जतिसक्दो टाढा बस्न थाल्नुभएको थियो। मैले त त्यही हिसाबले थाहा पाउनुभयो भन्ने अन्दाज लगाएकी थिएँ।"

तर प्रवीणलाई थाहै थिएन । अनुमान मात्र भइदिएको भए पनि यो परिस्थितिका निम्ति उनले कुनै न कुनै तरीकाले आफूलाई तयार पार्ने थिए। आफ्नी छोरी हुर्कंदै गएको विषयमा उत्तिको ध्यान नदिएका उनले एक दिन यस्तो अप्ठचारो पनि झेल्नुपर्छ भन्ने अनुमानै गरेका थिएनन्। एउटा नितान्त स्वाभाविक जैविक प्रक्रियाले विरक्त पारेकामा उनलाई आफैंदेखि रिस उठ्यो।

बाबुछोरीबीच पछिल्लो समय विकास हुन थालेको नयाँ सम्बन्धका कारण, एकाबिहानै ओछ्यान छोडेर आफ्नो पलङतिर उफ्रँदै छाँद हाल्ने सुप्रियाको त्यो न्यानो अँगालो र त्यसैबाट शुरू हुने मीठो दिनलाई प्रवीणले गुमाएको वर्षदिनै भइसकेको थियो। ग्वाम्लाङ्ग अँगालो मार्ने, च्वाप्पच्वाप्प म्वाइँ खाने र बेपरवाह टाँसिइरहने उनीहरूले आफ्ना आवेगहरूलाई पछिल्लो समय हातका पन्जा प्याट्ट पड्काउने, बूढी औँला ठाडो पार्ने अनि बढीमा थुमथुम्याउनेमै सीमित पार्न थालेको प्रवीणलाई आभासै भएन।

मनलाई शान्त पार्न उनी घरको छतमा गए र गमलामा हुर्कंदै गरेका फूलहरूलाई मुसार्न थाले। अप्रिल महीनामा ढकमक्क फुलेका सुनाखरी र एजेलिया अनि भरखरै मार्बल र कार्पेट ओछ्याइएको कोठारूपी परेवाको गुँड उनका निम्ति पहिले कहिल्यै महसूस नगरेको मरुभूमिबीचको बगैंचा जस्तै बन्न पुग्यो। तीन वटा तला सडकभन्दा मुनि नै पर्ने त्यस चारतले घरको तलतिर नियाल्दै उनी एक छिन गमक्क परे। एकै छिनमा सुप्रियाको न्वारनमा खिचेको फोटो देख्नासाथ उनी झल्याँस्स भए र विगतको आनन्दमा हराउन थाले। हत्तेरी, एक हप्तायता त उनले छोरीसँग कुरै गर्न पाएका थिएनन्!

त्यसको केही दिनपछि सुप्रियाले आमालाई अवस्थीको घर गएर एक रात बस्न मन लागेको सुनाइन्। खुश्बूले यो जानकारी त्यो मध्यरात आफूलाई दिनअघि प्रवीणले यसबारे कुनै जानकारी पाएका थिएनन्। यस्तो कुराको अनुमति छोरीले आफूसँग किन मागिनन् भनेर व्याकुल भएका प्रवीणलाई खुश्बूले उनी दोकानमै रहेका बेला आमाछोरीबीच कुराकानी भएको भन्दै सम्झाउन खोजिन्। त्यसले प्रवीणको चित्त भने बुझेन।

भोलिपल्ट उनले देख्दा छोरी सुप्रिया डाइनिङ टेबलमा घोप्टिएर *फेमिना* पढिरहेकी थिइन्। हिजोआज बिहानबिहान बाबुछोरीको भेट मुश्किलैले हुन्थ्यो।

उनी अबेर उठ्थिन्; एकदमै अबेर अनि जस्तै जाडो भए पनि नुहाईवरी प्रायः ब्रेकफास्ट पनि नखाई निस्किहाल्थिन्। उनीहरू सँगै हिँडेर स्कुल नगएको पनि धेरै भइसकेको थियो। छोरी हुर्किएपछि यस्तै हो भनेर उनले चित्त बुझाए। जबकि यो त अब शृङ्खलाबद्ध देखिने परिवर्तनको प्रारम्भ मात्र थियो। अझै कति त देख्नै बाँकी थियो।

"उतै सुत्ने ?" उनले सोधे।

"अँ।" सुप्रियाले माथि हेर्ने कष्ट पनि गरिनन्।

"अनि यो कुरा मलाई चाहिँ सोधिनौ त ?"

"ल, अब मलाई ढिलो हुन्छ।" उनीपट्टि हेर्दा पनि नहेरी सुप्रियाले ब्याग समाइन्।

"सुन त ... तिमीसँग कुरा गर्नु थियो।"

"मलाई ढिलो भइसक्यो ...।" उनी ढोकातर्फ बढिन्।

"हैन, हिजोआज हाम्रो कुरै हुन छोड्यो त ! झन्, तिमीलाई स्विमिङमा नरोक्नू भनी मुवालाई धरि मनाएँ। त्यसको निम्ति एक शब्द थ्याङ्क युधरि पाइनँ।"

"ए हुन्छ नि, म एउटा कार्ड नै छापेर दिन्छु। केक पनि बनाइदिन्छु। अँ, बरु तपाईं यो संसारकै असल बुवा हो भनेर घोषणा गर्न छरछिमेकलाई पनि डाकूँ कि ?"

"कति चर्को स्वरमा बोलेकी ? तल किराईवालाहरूले पनि सुन्ने गरी चिच्याउँदै छचौ !"

"अनि के, म तपाईंसँग कानेखुशी गरेर बसूँ ?" सुप्रियाले रिस देखाइन्, "यहाँ आफूलाई कलेज जान ढिलो भइरहेको बेला मबाट यो सब हुँदैन।"

"ठीकै छ, पछि कुरा गरौँला।" एक्कासि आवाज नरम पार्दै प्रवीणले भने, "तिमी कलेजबाट आउनअघि नै म दोकानबाट आउँछु र तिमीलाई पर्खिरहन्छु।"

सुप्रियाले प्रतिक्रिया जनाइनन्। उनी लगत्तै हिँडिहालिन्।

प्रवीण त्यस दिन किताब दोकान गएनन्। घरै बसेर उनी सुप्रियालाई पर्खन चाहन्थे। उता कलेजबाट फर्केकी खुश्बूले प्रवीणको मनस्थिति ठीक छैन जस्तो लागेपछि साथै किनमेलमा जाने हो कि भनेर सोधिन्। प्रवीणले केही क्षण आफूलाई एक्लै बस्न देऊ भने।

सुप्रियाको प्रतीक्षा उनले सोचेभन्दा निकै लम्बियो। अन्त्यमा, चार बजेतिर अस्तव्यस्त सर्ट र तलसम्मै दोब्रिएको स्टकिङसहित उनी भित्र पसिन्।

"ढिलो आयौ त !" भित्र पस्नेबित्तिकै प्रवीणले भने।

जवाफमा बनावटी मुस्कान मात्र दिइन् छोरीले।

"पर्खिरहन्छु भनेर मैले तिमीलाई भनेकै थिएँ।"

"वाह ! कस्तो सम्मान ! घरकै मूलीले मलाई पर्खेर बसेको !"

"यसरी बोल्न तिमीले कहिले सिक्यौ नानी ?" प्रवीणलाई अलिक चर्को स्वरमा बोलेँ कि जस्तो लाग्यो र एक छिन विनम्र भएर उनले आफ्नो व्यवहार सुधार्न खोजे।

"अनि तपाईं दोकानमा हुँदा नि ?" यति भन्नेबित्तिकै सुप्रियाको गला अवरुद्ध भयो। एक छिनमा फेरि थपिन्, "तपाईंलाई थाहा छ हैन, म त्यही बेलाको कुरा गरिरहेकी छु जब तपाईं मलाई पर्खनुहुन्नथ्यो। यो सब पाखण्ड हो !"

प्रवीण मौन थिए। गाँठी कुरा के हो, उनी जान्न चाहन्थे।

"मैले के गल्ती गरेँ, सुप्रिया ?" छोरीका आँखामा हेरेर दुःख मान्दै उनले नम्र भएर सोधे, "हामी त एकअर्काको निम्ति नौलो पो हुन थाल्यौँ ! कति दिन भयो तिमीसँग बातै मार्न पाएको छैन ! कलेज, ती गोप्य कुराहरू र तिम्रो जिन्दगीको बारेमा केके हुँदै छ ? हिजोआज तिमी मलाई केही पनि भन्दिनौ।"

"कत्ति न आफूले चाहिँ भन्ने गरे जस्तो ! बुवा, तपाईं हिजोआज मसँग एउटै सोफामा बस्न त छोड्नुभएको छ !"

छोरीको यस्तो आरोपलाई कसरी सामना गर्ने, प्रवीणले भेउ नै पाएनन्। उनी तैपनि केही भन्न खोज्दै थिए, छोरीले उछिनिन्।

"मेरो पिरियड शुरू हुन थालेपछि तपाईं एकदमै अर्कै हुनुभएको छ। सात दिनपछि मात्र तपाईंले मलाई कोठामा हेर्नुभयो। मुवाले मलाई त्यो अवधिभर घाम नहेर्नू, पुरुष जातिको अनुहारै नहेर्नू भन्नुभयो। ती दिनहरूमा म त्यहाँ रोइरहें। म रोएँ, किनभने मैले आफैँलाई दोषी भएको अनुभव गरें, कुनै पापै गरेछु भन्ठानें। म ऐनामा हेर्थें र आफूदेखि आफैँलाई घृणा गर्थें। हो साँच्चै, म अशुभ हुँ अथवा मैले कुनै नराम्रो काम गरिछु भन्ने लागिरह्यो। मेरो शरीरमा जति आघात थियो, मनमा पनि त्यति नै पीडा थियो। एउटी शिक्षिकालाई यो कुरा सुनाउँदा उहाँले त्यो बेला म पक्कै पनि विषादमा परेको हुनुपर्छ भन्नुभयो। सातसात दिन एउटै कोठामा, बुवा !"

यो उनकी बाह्रवर्षे छोरी बोलेकी थिइनन्। यो आवाज उनको थिएन। यो त कुनै परिपक्व महिलाझैँ बात मार्ने क्षमताकी सानी नानी बोलिरहेकी थिइन्, जसले यो समाजले कसरी स्त्री जातिलाई दोस्रो दर्जामा राखेको छ भन्ने बुझिरहेको छ। प्रवीणले उनलाई यस्तो वातावरणमा हुर्काएकै थिएनन्। उनले त पुरुष होस् या स्त्री, केटा होस् या केटी, सब समान हुन् भन्ने सिकाएका थिए। साथ दिनलाई आमा छँदै छिन् भन्ने कुरा नम्र भएर प्रवीणले भन्नै खोजे पनि घुँकघुँकपछि सुप्रिया रुँदै चिच्याएकाले उनले त्यसो गर्न सकेनन्।

"मुवाले यो बारेमा सबै कुरा भन्नुभयो; पिरियड सम्बन्धी सबै कुरा। म यसबारेमा जान्दछु। मलाई थाहा नभएको हैन। मेरो उमेरका अरू सबैभन्दा म जान्ने बुझ्ने हुँ। पूजाले यो कुरा छ महीनासम्म उसका बुवामुवाबाट लुकाएर राखी। मैले पनि तपाईंहरूबाट गोप्य राख्नुपर्ने रैछ। यसरी कोठामा थुनुवा भएर बस्नुपर्छ भन्ने जानेकी भए म भन्ने नै थिइनँ। मैले सोचें, तपाईंहरू त बुज्झकी हुनुहुन्छ अनि मलाई मद्दत गर्नुहुन्छ। तर तपाईंहरूले गर्नुभएन। अरूभन्दा तपाईंहरू अलिकति पनि फरक हुनुहुन्न रैछ। ती दिनहरूमा कुनै क्षण तपाईं आइपुग्नुहोला र मलाई उही सानी छोरी हुँ भन्ने आभास गराउनुहोला भन्ठानेर बसिरहेकी म कति मूर्ख रैछु !"

"मासिक धर्म हुनु कुनै गल्ती हैन, सुप्रिया ! प्रत्येक महिलालाई यो हुन्छ नै।"

"मलाई थाहा छैन भन्नुभएको ?" सुँकसुँक गर्दै बोलीलाई विराम दिँदै

सुप्रिया कराइन्, "मलाई थाहा छ यो सबैलाई हुन्छ। तर कम से कम तपाईं मेरो कोठामा आएर बात त गर्न सक्नुहुन्थ्यो ! तपाईंले भरखर भनेको कुरा त्यति बेलै पनि त भनिदिन सक्नुहुन्थ्यो। यस्ता कुराहरूलाई ठट्टामै उडाइदिन सक्नुहुन्थ्यो। यो सब केही हैन भनेर मेरो मनलाई ढुक्क पारिदिन सक्नुहुन्थ्यो। म चाहिँ त्यहाँ संसारै विनाश भयो भन्ने सोचिरहेकी थिएँ; तपाइले चाहिँ ठ्याम्मै वास्ता गर्नुभएन। तपाईंले त मेरो कोठामा टाउको मात्र छिराएर हाईहेलो पनि गर्नुभएन। यस्ता अन्धविश्वासहरूको पछि लाग्ने मुवालाई तपाईंले मूर्ख भन्नुहोला र हामी बाउछोरी छतमा गएर धक फुकाएर हाँसौंला भन्ने मैले सोचिरहेँ। थुक्क ! जब तपाईंले धरि मलाई जनावर अथवा त्योभन्दा तल्लो दर्जाको जस्तो व्यवहार गर्नुभयो, मैले साँच्ची नै ठूलो गल्ती गरेछु भन्ने सोचेँ। मैले आफैँलाई धिक्कारेँ; तपाईंलाई धिक्कारेँ र जीवनलाई नै धिक्कारेँ। मेरो पेट दुखिरहन्थ्यो, जबकि यो दुखाइ कहाँबाट आइरहेको छ भन्ने थाहै पाउँदिनथेँ। मलाई घरी रिँगटा चलेको जस्तो लाग्थ्यो त घरी ऐँठन हुन्थ्यो। धिक्कार छ तपाईंलाई !"

सुप्रिया धेरै बेरसम्म रोइरहिन्। एकै छिन के चुप लागेकी थिइन्, फेरि त्यो एक हप्ता लामो कोठाभित्रको थुना सम्भिmन् र भक्कानिन थालिन्। प्रवीण उनको नजिक जान चाहन्थे; छोरीलाई अँगालोमा कस्न चाहन्थे; उनको टाउको सुमसुम्याउन चाहन्थे ... तर सकेनन्। उनी पनि रुन चाहन्थे, तर छोरीका अगाडि खै कसरी रुनु !

"मलाई माफ गर, सुप्रिया ! तिमीलाई त्यस्तो समस्या परिरहेको छ भन्ने मैले थाहा पाउनैपर्थ्यो, तर म पनि त एउटा साधारण मान्छे न हुँ। सबै कुरा मलाई पनि थाहा हुँदैन। यति भए पनि मैले माफी चाहिँ पाउँदिनँ। तिमी सातसात दिनसम्म त्यो कोठामा सुबिस्ताले बसेकी छ्यौ भन्ने सोच्नु मेरो कस्तो ठूलो मूर्खता थियो ! यो एउटा वाहियात परम्परा हो। हो साँच्चै, तर तिम्री मुवा यसको पालना गर्नैपर्छ भन्छिन्। तिमीलाई यस्तो समस्या पर्छ भन्ने जानेको भए म उनलाई कदापि यसो गर्न दिने थिइनँ। मलाई माफ गर छोरी ! यो बाउ कति मर्माहत भएको छ, बुझ्ने कोशिश गर।"

"बुवा !" फेरि सुँकसुँक गर्दै उनी आफ्नो कोठातर्फ गइन्।

"हजुर ?" आशावादी भएर प्रवीण उतैपट्टि लागे। उनले सकस तोड्दै छोरीलाई अङ्कमाल गर्ने निधो गरे। अँगालोमा नकसेको धेरै दिन भइसकेको थियो।

"म तपाईंलाई कहिल्यै माफ गर्दिनँ।" सुप्रिया कामेको स्वरमा बोलिन् र बाबु नपर्खी कोठाको ढोका ढ्याम्म बन्द गरिदिइन्।

आफूलाई पटक्कै चित्त नबुझेको यो निर्णय मनभित्र गुम्स्याएर राख्न खुश्बूले सकिनन्।

"ब्युटी कन्टेस्ट ?" उनले भनिन्, "मान्छेले के भन्लान् ? मैले सम्झाउने सक्दो कोशिश गरेँ, तर मेरो कुरा किन पो सुन्थिन् र ! त्यहाँ स्विमिङ कस्टचुम राउन्ड पनि हुन्छ होला, हैन ? त्यसमाथि यो रिजनल स्तरको कन्टेस्ट हो क्यार ! असाध्यै भद्दा र निम्न स्तरका हुन्छन्। मिस इन्डिया जस्तो प्रतिष्ठित हुनै सक्दैनन्।"

"उनी सुन्दरी छिन्। हाम्री छोरी पो त !" कम्प्युटरमा तास खेल्दै गरेका प्रवीणले त्यहाँबाट नजर नहटाईकनै भने।

लेखपढ गर्ने कोठाकै रूपमा रहन दिऊँ भनेर खुश्बूले बारम्बार आग्रह गरे पनि त्यस परेवाको गुँडमा केही महीनाअगाडि मात्र एउटा कम्प्युटर र इन्टरनेट जोडिएको थियो। अग्लो ठाउँबाट शहर हेर्दै कम्प्युटरमा काम गर्दा गजब स्वाद आउँछ भनी प्रवीणले दिएको तर्कसँग जोडिएको उनको ढिपीलाई अब कसै गरी पनि मोड्न सकिन्न भन्ने बुझेपछि खुश्बू नरम भएकी थिइन्। यस विषयमा सुप्रियाको चाहिँ कुनै राय थिएन। किनभने, उनी कोलकाताको कलेजमा दाखिला भएदेखि ल्यापटप मात्र चलाउँथिन्।

"आफू राम्री छु भनेर संसारलाई साबित गर्न ब्युटी कन्टेस्टमै भाग लिनुपर्छ भन्ने केही छैन।" खुश्बूले मुखभरिको जवाफ दिइन्, "मेरा बुबाआमा अशिक्षित हुनुहुन्छ। तपाईंकी आमा पनि त्यस्तै। सोच्नुस् त, सुप्रियालाई स्विमिङ कस्टचुममा आधा जीउ देखाई हिँडेको देख्दा उहाँहरूले के भन्ठान्नुहोला !"

“खुश्बू, पहिलो कुरा त त्यसमा स्विमिङ कस्टचुम राउन्ड छ कि छैन भन्ने नै ठेगान छैन। अनि रैछ नै भने पनि मान्छेले समय अनुसार चल्न जान्नुपर्छ। ऊ जे चाहन्छे, गर्न दिऔँ। उसको निम्ति यो राम्रै होला कि ? सोच न, बाहिरी संसारसँग उसको सम्पर्क हुन्छ।”

“हो नि, उसले त तपाईंलाई फकाइहालेकी होली। छोरीले जे गरे पनि तपाईंलाई त मनपरिहाल्छ नि ! कुन दिन ऊ कुनै केटोसँग सुइँकुच्चा ठोक्छे अनि त्यति बेला पनि ठीकै भयो भन्ने होला !”

“किन नभन्नु त ? कोहीसँग विवाह गर्न चाहेमा हामीलाई भने भैगो नि ! भाग्नु नै किन पर्‍यो ? हामी राई हैनौं, बुझ्यौ ?”

“अनि उसले राईसँग बिहे गरी भने ?”

“गर्न देऊ। जमाना बदलिइसकेको छ, खुश्बू ! उसले जोसँग चाहन्छे, गर्न दिऔँ।”

“हाम्रो खानदानमै कसैले पनि बाहुनबाहेक अरूसँग बिहे गरेका छैनन्। केवल एक जनाले जैसी बिहे गरे, त्यत्ति त हो ! बाहुनबाहेक अरूसँग छोरीको बिहे गराउनु हुँदैन। तपाईंका यी जातीय समानताका आदर्श कुरा हाम्री छोरीमा चाहिँ लागू हुँदैन। यो कुनै अशिक्षित आइमाईले बोलेकी हैन। म आफैंले कलेजमा अन्तरजातीय बिहेका कारण उत्पन्न हुने समस्याको बारेमा पढाउने गरेकी छु। यसरी बिहे गर्नेहरूको समस्या मैले आँखैसामुन्ने देखेकी छु। मतवालीहरू आफ्नो बूढी औंलो रक्सीमा चोब्छन् र भरखर जन्मेको नानीलाई त्यो औंलो चुसाउँछन्। हाम्रो नातिलाई त्यसो गरेको सोच्नुस् त !”

“आबुइ !” प्रवीणले भने। कम्प्युटरको तासलाई त्यति सारै एकाग्रता नचाहिने हुँदा श्रीमतीको क्याङक्याङ नसुनी उनले धरै पाइरहेका थिएनन्।

“गम्भीर हुन कहिल्यै जानिन। जहिल्यै उस्ताउस्तै ! अब त ऊ अठारकी भइसकी। हाम्रो परिवारमा धेरै चेलीहरू तेइस वर्षतिर बिहे गर्छन्। ऊ कसैको प्रेममा फसेकी पो छे कि ? यो पनि टुङ्गो लगाउनुपर्छ।”

“त्यसको अर्थ उसले कुनै पनि केटासँग केवल भेटघाट मात्र गर्न पाउँछे, मन पराउन चाहिँ पाउँदिन ? तिमीले भन्न खोजेको यही हो ?”

"चुप लाग्नुस् । तपाईंले त जनैको इज्जत राख्न पनि छाडिसक्नुभयो । यसरी ठट्टा गर्नुहुन्छ मानौं यो पवित्र धागो नै हैन । तपाईंले यो लगाउनै छोडिदिएको कुरो ड्राइभरलाई धरि भन्नुभएछ, हैन ? यस्तो कुरो पनि जो पायो त्यसलाई प्रचार गर्दै हिँड्ने हो ? बेइज्जतै गर्नुहुन्छ । बाहुनले यसलाई पहिरिन छोडे भने भोलि छेत्रीले पनि त्यसै गर्छन् ।"

"हुन्छ नि त बाबा, भोलिदेखि नै जनै लाउँला ! तर, छोरीले चाहिँ बाहुनबाहेक राई, तामाङ, लिम्बू या भोटेसँग बिहे गरी भने पनि म चाहिँ मन दुखाउँदिनँ । मेरो निम्ति यी सब ठीक छन् ।"

"आहाहा, नातिनातिनाको नाक सुँगुरको जस्तो भएको हेर्ने इच्छा रैछ !"

"जे होस्, उनीहरूको नाक निधारदेखि नै शुरू भएको बाजको जस्तो त हुँदैन !" उनले थपे, "तिम्रो जस्तो ।"

खुश्बूले उनलाई घरमा एक्लै छोडेर गएपछि प्रवीणले मनमनै तर्कना गरे– साँच्ची त उनले हुनेवाला ज्वाइँ कुन जातको होला भनेर अहिलेसम्म सोच्नै भ्याएका रहेनछन् । आफ्ना साथीसङ्गी अनि दाजुभाइको विवाह कसरी भयो भन्ने थाहै नपाए पनि आफ्नै विवाह पनि उत्पातै सफल हुन नसकेको उनले राम्ररी बुझेका थिए । उनले आफ्नी श्रीमतीलाई न घृणा गरे न त माया नै । उनी यस्तो पिँढीका थिए, जसले खुल्लमखुला प्रेम अथवा युवतीसँग रमाइलोका विषयमा बोल्नै पाएनन् । बोल्न नपाए पनि सबैले मनैमन यस्ता कुरा खेलाउने गर्थे । आफूलाई जे मिल्छ त्यसैमा रमाउन उनी र उनकी श्रीमती बानी परिसकेका थिए । उनकै हिसाबमा, अहिले बसिरहेको बेतको कुर्सी जसरी यो छतको एउटा भाग हो, त्यसै गरी उनकी श्रीमती पनि घरको एक अङ्ग हुन् । र, त्यसै हिसाबले उनको पनि एउटा अङ्ग भइन् । खुश्बूको ढाड दुख्ने समस्या बल्झिँदा प्रवीण संवेदनशील बन्न पुग्थे । तर, उनको यस्तो संवेदना त घरकै वृद्ध कामदारले रातभरि खोक्दा पनि उत्तिकै जागृत हुन्थ्यो ।

खुश्बू र प्रवीण एकै ठाउँ सुत्न छोडेको धेरै भइसकेको थियो । ढाड दुख्ने गरेकाले खुश्बू भुइँमा चटाई ओछ्याएर सुत्ने गर्थिन् । 'आत्मीयता' शब्द नै

अहिले उनीहरूबीच अनुपयुक्तझैं भइसकेको थियो। कहिलेकाहीं प्रवीण सोच्ने गर्थे– श्रीमतीको देहान्त भयो भने उनलाई कस्तो असर पर्ला, अझ भनूँ, श्रीमतीले सम्बन्ध विच्छेद गरिन् भने कस्तो प्रभाव होला। अनि निष्कर्षमा पुग्थे– जे भए पनि उनको जीवनमा खासै फरक पर्नेवाला छैन। प्रवीण उठ्नभन्दा पहिले खुश्बू कलेज जाने र उनी आउनभन्दा अघि दश घण्टाका निम्ति प्रवीण दोकान जाने गर्नाले उनीहरू धेरै समय सँगै बिताउन पनि पाउँदैनथे। जेजसरी बाँचिएको छ उनी त्यसैमा मस्त थिए र सोच्थे– सके उनकी श्रीमती पनि रमाएकै होलिन्। आइतबार या सार्वजनिक बिदाका दिनहरू जस्तो विरलै क्षणहरूमा मात्र उनीहरू दुवै घरमा हुन्थे। उनीहरूबीच असाध्यै कम बातचित हुन्थ्यो। अनि जेजति हुन्थ्यो त्यो पनि छोरीकै विषयलाई लिएर।

मागी विवाह साँच्ची यस्तै नीरस, बोझिल र निसासिने खालको हुन्छ भने छोरीलाई यस्तै होस् भन्ने उनले पटक्कै चाहेनन्। आफूले जुन जिन्दगीलाई भोग्न पाएनन् छोरीलाई त्यो सबै मिलोस् भन्ने उनी कामना गर्थे। छोरीमा जीवनका प्रति जुन भोक थियो त्यस्तै भोको जीवनसाथी उनले पाऊन्, जसको साथमा खूब घुमून्, दुनियाँ देखून् र एकअर्कालाई भरमार माया गरून् ...

सोच्दासोच्दै उनको ध्यानलाई टेलिफोनको घण्टीले भङ्ग पारिदियो। फोन छोरीकै रहेछ।

"उहाँले के भन्नुभयो ?" उनले सोधिन्।

"त्यति खुशी छैनन्।" लय हालेर उनले भने, "त्यति खुशी छैनन्।"

"मलाई थाहा थियो। तर उहाँले भन्न चाहिँ के भन्नुभयो ?"

"परिवार, स्विमिङ कस्टचुम, मानिसहरू।"

"स्विमिङ कस्टचुम लाउनु नपर्ने पनि हुन सक्छ। उहाँलाई कता न कता नाटक गर्नैपर्ने जस्तो ! अहिले उहाँ कहाँ हुनुहुन्छ ?"

"मलाई थाहा छैन। म माथिल्लो तलामा छु।"

"उहाँलाई मनाउन सक्नुहुन्छ त ?"

"मान्छिन्। सुर्ता नगर न।"

"अनि तपाईं नि ? तपाईंलाई यो ठीक लागेको छ त ?" उनको आवाज बदलियो ।

उनले सुप्रियाको मनमा रहेको आशङ्का बुझे र भने "तिमी ढुक्कै हौ न।"

"ठीक छ। तपाईंको जवाफ अति छिटो आयो है ! साँच्चै तपाईं यसमा सहमत नै हुनुहुन्छ के ?"

"हो, हो। विश्वास गर न, म ठीक छु।"

"स्विमिङ कस्टचुम लगाए पनि ?"

"त्यसको राउन्ड नभए म अझ खुशी हुने थिएँ, तर मलाई यो त्यस्तो गम्भीर विषय हो जस्तो चाहिँ लाग्दैन।"

"मैले भाग लिएको कन्टेस्ट हेर्न आउनुहुन्छ त ?"

"संसारको जुनै ठाउँमा भए पनि छुटाउँदिनँ।"

"मुवा नआए पनि ?"

"नसुर्ताऊ न, उनी आउँछिन्।"

"साँच्चै भनूँ भने तपाईंहरूमध्ये एक जना मात्रै यहाँ भए पनि म खुशी हुन्छु। झन् दुवै जना आउनुभए त गदगद नै हुने थिएँ।"

"हामी दुवै जना आऔँला।"

"त्यसो भए ठीकै छ। छिट्टै भेटौँला। उहाँले हाँसउठ्दो वा रिसउठ्दो, जस्तो कुरा गरे पनि एसएमएस गर्नुहोला।"

"तिमीले जे गर्न चाह्यौ मैले त्यही गर्न दिइरहेँ भने त तिमी कुनै केटासँग भाग्छचौ रे !"

"किन भाग्नु र ! जोसँग बिहे गर्छु, उसलाई गर्वसाथ सारा गान्तोक बजारले मजाले देख्ने गरी मार्च गराएर घरमा हाजिर गराउँछु नि !"

"मैले पनि उनलाई यस्तै जवाफ दिएको थिएँ। अनि हुनेवाला ज्वाइँको त्यो मार्च लालबजार पनि पुग्छ कि ?"

"बत्तीस माइल पनि। लौ लौ, मलाई ढिला भयो। हवस् त, राखेँ मैले। मैले मुवाको विषयमा केके सोधेँ भनेर नसुनाउनुहोला।"

"गुड नाइट !"

प्रसन्न हुँदै उनले फोन राखे।

दुई दिनपछि सुप्रियाले फेरि फोन गरेर आफूले सुन्दरी प्रतियोगितामा भाग नलिने जानकारी गराइन्। शैक्षिक भ्रमणका निम्ति युरोप जानु अथवा प्रतियोगिताका निम्ति अभ्यास गर्नु – यी दुईमध्ये एउटा छान्नुपर्ने भएछ। युरोप भ्रमण बाल्यकालदेखिको सपना भएकाले उनले त्यही रोजिन् रे!

श्रीमतीको एकटक हेराइलाई त्यति वास्ता नगरी प्रवीणले छोरीलाई युरोप यात्रा अर्को वर्ष गर्दा हुँदैन भनी सोध्दा सुप्रियाले त्यसरी पर्खन नसक्ने सुनाइन्। त्यसबाहेक सुन्दरी प्रतियोगितामा त उनले अर्को वर्ष पनि भाग लिन सक्छिन्।

"मुवालाई भनिदिनुस्, स्विमिङ कस्टचुम राउन्ड हुने नै भएकोले मैले भाग नलिएको।" उनले उडाउँदै भनिन्, "मेरो परिवारलाई म कसरी त्यस्तो गर्न सक्थेँ? परिवारको इज्जत माटैमा मिलाउनु भएन नि, बुझ्नुभयो?"

"हुन्छ, म भन्दिउँला। उनी यहीँ छिन्। बात मार न त!" उनले फोन खुश्बूलाई दिए।

"ठीक, ठीक, ठीक।" अति हर्षित भएकी खुश्बूले विजयी भएझैँ भनिन्, "धन्यवाद, धन्यवाद, अति उत्तम! हो, म जान्दछु। अब कसैले कुरा काट्न सक्दैन। तिमी पनि अब मोटाउने चिन्ता नलिएर मजाले खाऊ। युरोप? धेरै खर्च लाग्ला। ठीक छ, ठीक छ, ठीक छ। ओहो, तिमीले जम्मा गरेको पैसा! हैन हैन, पख हामीले त्यति खर्च गर्न सक्छौँ कि सक्दैनौँ भनेर एक पटक बुवालाई सोध्न देऊ। चार वर्षकी हुँदादेखि तिमीले बचाएको पैसा चलाउनुपर्दैन। ठीक छ। ल त है!"

खुश्बूले फोन राखिन्।

"छनोटमै परिन होला!" उनी विद्वेषपूर्ण हाँसो हाँसिन्, "मलाई त मूर्ख नै ठान्छे, मानौँ उसले भन्नेबित्तिकै मेरै कारणले भाग लिइन भन्ने म पत्याइहाल्छु। युरोप टुर कति सुन्दर बहाना! यो विषयमा कसैले पनि उसलाई केही सोध्दैन भनेर।"

"तर आफ्नै पैसाले जाने रे नि त?" छोरीको पक्ष लिँदै प्रवीणले भने।

"उसलाई त्यसो गर्न दिने त ?" झ्यालको पर्दावरिपरि हताशाले छटपटाइरहेको झिँगा समाउन भरमग्दुर कोशिश गर्दै खुश्बूले सोधिन् ।

"अहँ, बिलकुलै हुँदैन ।" अलिअलि उक्साउने ध्येयले प्रवीणले भने, "तिमीले भने जस्तै चार वर्षकी हुँदादेखि उसले जम्मा गरेकी पो त !"

"यसो भनिदिँदा बाउआमाले के जवाफ दिन्छन् भन्ने बुझेरै उसले सुनाएकी हो ।" झिँगा समाएर बाहिर बार्दलीतिर लगेर उडाइदिएपछि श्रीमान्लाई कड्के आँखाले हेर्दै उनले भनिन् ।

दिक्क लगाइरहेको त्यो झिँगा र आफ्नी श्रीमती कति मिल्दाजुल्दा छन् भनेर प्रवीणले मनैमन गुने । भित्र उनकी श्रीमती जस्तै बाहिर अघिको झिँगा यताउता छटपटायो; उनले दुवैलाई खासै ध्यान दिएनन् । उनलाई जहिले पनि कसैले असाध्यै दिक्क पाऱ्यो भने निचोरिदिऊँ जस्तो लाग्थ्यो । जस्तो कि, अहिले पनि कन्सिरी तातेर श्रीमतीको घाँटी नै निमोठिदिऊँ कि जस्तो लाग्दै छ । मनमा जेजस्तो कुरा खेले पनि, स्वयं खुश्बूले धरि त्यो झिँगालाई हानि नपुऱ्याइरहेका बेला, अनेक मनोदशाले ग्रस्त भई श्रीमतीलाई नै चोट पुऱ्याउनुको कुनै तुक हुँदैनथ्यो । खुश्बू जहिले पनि छोरीप्रति एकोहोरो आशङ्का गर्दै उनी कुबाटोमा लाग्दै छिन् भन्ने मात्र सोचिरहन्थिन् । यसैबाट उनलाई आनन्द मिल्छ भने 'होस् न त' भन्दै प्रवीण दोकानतिर लागे ।

चौबीस वर्षको उमेरमा पहिलो चोटि सुप्रियाले केटा साथी घर ल्याइन् । तीन वर्षदेखि उनीहरू सँगै थिए । तर, सुप्रियाले प्रवीणलाई यो सम्बन्ध स्थायी हैन भनिदिँदा उनकी आमालाई यो परिस्थितिका कारण विक्षिप्तता र राहत दुवै एकै चोटि मिले जस्तो भयो ।

"आबुइ, नेवार पो !" सुप्रियाको फोन आउँदा उनले प्रवीणसँग टिप्पणी गरेकी थिइन्, "धन्य भगवान् ! तै बिहे चाहिँ गर्ने विचार रैनछे । तर, त्यो केटालाई घरैमा किन ल्याउनुपरेको ? ठीक छ, कसैले सोधिहालेछन् भने त्यो उसको राखीभाइ हो भन्दिउँला ।"

अन्वेष प्रधान त्यति खराब केटो हैन भनेर प्रवीणले तर्क गरेका थिए। भद्र भएर बोल्ने; अरूलाई सम्मान गर्ने र हेर्दै खानदानी। उनीहरूकी छोरीले भन्दा राम्रो शिक्षा पाएको थियो। दार्जीलिङको सेन्ट पल्स, बङ्गलोरको बिसप कटन, दिल्लीको सेन्ट स्टिफेन्स हुँदै जे.एन.यु. को उत्पादन। समग्रमा उसको व्यक्तित्व प्रिय थियो। यस्तो केटो विवाहका निम्ति योग्य वर हैन भनी छोरीले किन ठानी भन्ने सोचेर एक छिन त प्रवीण अक्क न बक्क भए। तर, उनले सोध्न सक्ने प्रश्नमा भने यसपछिका जिज्ञासा मात्र अटाउँथे।

"आशिष, पोलिटिकल साइन्समा डिग्री लिएर तिमीले के गर्ने सोचेका छौ?" उनले सोधे।

उनीहरूबीचको संवादमा खुश्बू असाध्यै कम संलग्न भइन्। उनले त कुनै विशेष पकवान पनि बनाएकी थिइनन्।

"उनको नाम अन्वेष हो बुवा!" प्रवीणको टाउकामा प्याट्ट पार्दै सुप्रियाले नाम सच्याइदिइन् र उहिलेउहिले पनि बुवाको नाम बिर्सने बानीले निम्त्याएका परिस्थितिहरू सम्झना गराइन्।

"पोलिटिक्स गर्ने, अङ्कल!" नहडबडाईकन अन्वेषले भन्यो, "म जी.जे.एम. मा पसिसकेको छु। मलाई विमल गुरुङको लिडरसिप मन पर्छ, तर एक दिन अर्को विमल गुरुङ बनेर देखाउने इच्छा छ मेरो। दार्जीलिङ जिल्लाको निम्ति सुवास घिसिङले केही गरेनन्। यतिका वर्ष बित्दा पनि हामीले राज्यको मान्यता पाएनौं। जसवन्त सिंहको चुनाव अभियानमा उनीसँग निकै नजिक भएर काम गरेपछि जनस्तरबाटै राजनीति कसरी गरिन्छ भनेर मैले बुझ्ने मौका पाएको छु। मेरो विचारमा, उनी मात्र यस्ता व्यक्ति हुन् जसले हामीलाई यो दोधारबाट मुक्ति दिलाउँछन्।"

"तर जसवन्त सिंह त आफ्नै पार्टीबाट पनि निकालिए।" प्रवीणले बीचैमा भने, "आफ्नै राजनीति भोलि के हुन्छ भन्नेसमेत उनलाई जानकारी छैन।"

"उनी काङ्ग्रेसमा सामेल हुन्छन् अनि काङ्ग्रेसले सहजै गोर्खाल्यान्डलाई मुक्ति दिन्छ। हामीले कोलकाताको तानाशाहीमा धेरै बस्नुपर्दैन। हेर्दै गर्नुस् न!"

रातको खानापछि उनीहरू खुश्बूलाई तलै छोडेर परेवाको गुँडमा उक्ले। एक हप्ताअघि मात्र प्रवीणले त्यहाँ एउटा कुनामा सानो बार बनाएका थिए।

उनले आफ्ना निम्ति स्थानीय मार्काको मदिरा हाले। अन्वेष र सुप्रियालाई पनि आफ्नो स्वेच्छाले लिनू भने। अन्वेषले आफ्नो गिलासमा अलिकति ह्विस्कीमा पानी मिलाएर पेय तयार पाऱ्यो। सुप्रियाले चाहिँ केही नलिने भनिन्।

"अनि, आफ्नो करिअर चाहिँ केमा बनाउने, अन्वेष?" अहिले भने उनले नाम सही उच्चारण गरे।

"पोलिटिक्स नै मेरो करिअर हुन्छ, अङ्कल! म देख्दै छु, डीजीएचसी एक दिन बेग्लै राज्य हुन्छ नै। अनि म कुनै राजनीतिक पदमा बसेर यसको सेवामा लाग्छु।"

"भन्नुको मतलब, दार्जीलिङ गोर्खा हिल काउन्सिलले राज्यको दर्जा पायो भने तिमी आफूलाई मन्त्रीको रूपमा देख्दै छौ?" यो वाक्यमा उनले 'छोरा' पनि जोड्न खोजेका थिए। तर, भनेनन्।

"हजुर अङ्कल, म हुन्छु। एक दिन म यहाँको चीफ मिनिस्टर नै हुन्छु। हुन त तपाईंकी छोरीले यसलाई असम्भव नै ठानेकी छन्। उनको सोचाइमा त म बेकारमा समय खेर फाल्दै छु।"

"तिमीले त्यसो भन्यौ र सुप्रिया?" कतै वा कसैलाई पनि नहेरी प्रवीणले सोधे।

"हजुर, मैले भनेकै हो। त्यसैले म तिमीसँग बिहे गर्दिनँ, अन्वेष!"

"मलाई केवल पाँच वर्षको समय देऊ, सुप्रिया! खालि पाँच वर्ष।"

"अहँ अन्वेष, तिमीलाई मैले दुई वर्ष दिइसकें। आजसम्म न तिम्रो नोकरी छ, न त कुनै सम्पत्ति। अहिले पनि तिमी पैसाको निम्ति बुवामुवाको मुख ताक्दै छौ। यो विषयमा त हामीले पहिले पनि कुरा गरेकै हौं।"

प्रवीणलाई कुर्सीमा अडिएर बस्न असहज भइरहेको थियो। उनी छटपटिँदै रक्सीको गिलासलाई घरी एउटा त घरी अर्को हातले समात्दै थिए। अब हिँडौं कि भनेर उनले सोधे।

"हैन, ठीक छ बुवा! हामीले सानो डिस्कस मात्रै गरेको!" सुप्रियाले भनिन्, "हेर्नुस् न, हामी हाँसिरहेकै छौं नि!"

उनी मुसुक्क हाँसिरहेकी थिइन्, अन्वेष चाहिँ थिएनन् ।

"आफूभन्दा कम्ती पैसा कमाउनेसँग म बिहे गर्नेवाला छैन ।" सुप्रियाले भनिन् ।

"सुप्रिया, तिमी मेरो इन्सल्ट गर्दै छचौ ।" एक हूल कुकुरको भुकाइले अन्वेषको आवाजलाई दबायो, "मैले तिमीलाई बारम्बार भन्दै आइरहेको छु, मलाई केवल पाँच वर्ष देऊ । म आफूलाई साबित गरेरै छोड्छु ।"

"गरेरै देखाउन किन पाँच वर्ष चाहियो ? एउटा नोकरी मात्र भइदियो भने पनि तिम्रो राजनीतिक गुन्डागर्दीलाई म केही भन्दिनँ । एकसाथ कुनै कलेजमा पढाउँदै र त्यहाँका केटाहरूबाट काम लिँदै पनि गर्न सकिन्छ । एउटा नोकरी मात्रै भइदियो भने मान्छेले कम से कम आफ्नो पढाइको उपयोग त गर्न सक्छ !"

उनका बुवा तल झर्न उठ्दा अन्वेष पनि उठ्यो ।

"भन्नुको मतलब म अब हिँड्नुपऱ्यो । हैन, सुप्रिया ?" अन्वेषले सोध्यो ।

"होला," सुप्रियाले भनिन्, "गुडलक !"

"हवस् त अङ्कल, डिनरको निम्ति धेरै धन्यवाद छ ।" अन्वेषले भन्यो, "नमस्ते !"

"गुडनाइट अन्वेष !" प्रवीणले भने ।

"हिँड, म तिमीलाई ढोकासम्म पुऱ्याइदिन्छु ।" सुप्रिया बाटो देखाउँदै अघि बढिन् ।

तल्लो तलामा पुगेर उनीहरू केही कुरा गर्छन् कि भनी प्रवीणले आशा गरेका थिए, तर सुप्रिया तुरुन्त फर्कंदा उनी अचम्भित भए ।

"वाह !" उनले टिप्पणी गरे ।

"मलाई थाहा छ, त्यो मान्छेलाई यत्ति नगरी उसले छोड्नेवाला थिएन ।" सुप्रियाले भनिन् ।

"यही सब गर्न तिमीले उसलाई यहाँ बोलाएको होला, हैन ?" प्रवीण मुस्कुराए ।

"हो । उसलाई थाहा छ, तपाईं मेरो निम्ति कति महत्त्वपूर्ण हुनुहुन्छ भन्ने । त्यसैले तपाईंलाई प्रभावमा पार्ने उसको सबैभन्दा ठूलो दाउ थियो । डीजीएचसी जस्तो वाहियात कुरामा दिमाग खपाउँदै हिँड्छ । देख्नुभएन, मैले आफ्नो खुट्टामा उभिनुपर्छ भन्ने र पैसाको महत्त्वको कुरा उठाउँदा कस्तरी गल्यो !"

"ए !" प्रवीणले टिप्पणी गरे, "खै, यो बारेमा म के बोलूँ !"

"तपाईंले बोल्नुपर्ने खासै केही छँदा पनि छैन ।"

"ऊसँग फेरि तिम्रो भेट होला त ?"

"म जान्दिनँ ।"

"बिचरालाई नराम्ररी थर्कायौ ।"

"ड्रिङ्क्स कस्तरी गरेको थियो नि ! देख्नुभएन कति थोरै पानी मिसाएर घुट्क्याएको घुट्क्यायै थियो ?"

सुप्रियाले त्यो परिस्थितिलाई हल्कासँग लिने कोशिश गरेको अनुमान प्रवीणले लगाए र भने "यी दार्जीलिङका मानिसहरूको बोलीवचनै मीठो !"

"मलाई थाहा छ । अनि उनीहरू भन्छन् नि, सेन्ट पल्समा पढेकाहरू अरूसँग हेलमेलै गर्न सक्दैनन्, एकदम ठीक हो ।"

"ऊ त निकै मिलनसार देखिन्थ्यो ।"

"यो भेटघाटको निम्ति उसले लाखौंपल्ट रिहर्सल गरेको थियो । मुवाको निम्ति बुके र कसरी सफल व्यापारी भइन्छ भन्ने किताब कहाँबाट आयो, तपाईंलाई थाहा छ ?"

"उसले मुवालाई बुके दिँदा तिमीले मुवाको अनुहार हेर्‍यौ ?" उनले कुरा अघि बढाए, "त्यो बेला मलाई हाँसो रोक्नै गाऱ्हो परेको थियो । साँच्चै भन्छु, मेरो आफ्नै दोकान मैले कसरी व्यवस्थित पार्न सक्छु भन्ने विषयको किताब ल्याएर दिँदा मलाई हल्का बेइज्जती महसूस भएको थियो । म राम्रो किसिमले किताब दोकान चलाउँदिनँ भनेर तिमीले पो उसलाई भनेकी थियौ कि ?"

"हो । र, त्यही आधारमा बिचराले कोशिश गऱ्यो, तर शहरकै सबैभन्दा सफल किताब दोकानेलाई त्यस्तो किताब उपहार दिनु त मूर्खता नै थियो ।"

"तिमीलाई थाहा छ ? हामी गुड बुक्सभन्दा सफल छौँ भनेर सबैले सुनाउन थालेका छन् ।" प्रवीण गमक्क पर्दै बोले, "अब रचना बुक्सलाई मात्र हामीले उछिन्नु छ ।"

"तपाईं सधैं सबैभन्दा सफल हैन र !" सुप्रियाले जिस्क्याइन्, "कि त कसकोमा धेर पैसा छ, को ठूलो अनि को शक्तिशाली हो भन्ने मेरो बाल्यकालको प्रश्नमा तपाईंले दिएको जवाफ केवल मलाई सान्त्वना दिनको निम्ति बोलेको झूट थियो ?"

"सुप्रिया, मलाई इमानदारीपूर्वक भन त ! तिमीले केवल राजनीतिमा संलग्न हुने विचार उचित नलागेर मात्रै पक्कै पनि उसलाई अस्वीकार गरेकी हैनौ। अन्वेषमा एउटा गजबको गुण देखें मैले। उसले जसलाई भेटे पनि आफ्नो तर्कमा सहमत गराउन सक्छ। यो भविष्यमा ठूलै सफलताको सङ्केत हो। ऊ महान् मान्छे बन्छ; म लेखेरै दिन सक्छु। राजनीतिमा उसको संलग्नताभन्दा पनि कुनै अरू नै विषयमा तिमीहरूको खटपट परेको हुनुपर्छ ।"

"हो, त्यही हो ।" सोझो अघि हेर्दै उनले भनिन् ।

"तिम्रो अरू कोही छ त ?"

"अहँ, कोही छैन ।"

"त्यसो भए किन त ?"

"ऊ बाहुन हैन, बुवा ! बाहुन हुनको निम्ति तपाईंका दुवै बुवामुवा बाहुन नै हुनुपर्छ, हैन र ? म मेरा नानीहरू बाहुन हुन् भन्ने चाहन्छु ।"

"हजुर, चुले निम्तो ! सबै जनालाई बोलाएको हो ।" खुश्बूले फोनमा भनिन्, "अँ, नानीहरू पनि लिएरै आउनुस् है ! यसरी मागी बिहेको भोज खान हिजोआज घरीघरी कहाँ मिल्छ, हैन ? उनीहरूले पनि जान्न आवश्यक छ,

बिहा गर्दा आफ्नो जातसँग गर्नुपर्छ भनेर। यो त एउटा उदाहरणै बन्छ। के अरे ? हैन हैन। यो पूरै परम्परागत हिसाबले मिलेको चाहिँ हैन। आजकल मागी बिहे नै गरे पनि शुद्ध परम्परागत बाटो त को हिँड्छ र ! बाहुन त बाहुनै हो, कुलघरानकै, अनि कुण्डली पनि ठ्याक्कै मिलेको। ज्योतिषीले भनेको, दशमा दश अरे ! उनी तीसकी अनि ऊ एकतीसको, गज्जब ! धन्यवाद। हवस् त, टीकाटालोमा भेटौँला। लुगा चाहिँ अलि शिष्ट देखिने चाहिन्छ, झिलिमिली नहोस्। उनीहरूलाई केटीपक्ष पढेलेखेका र कुलीन हुन् भनेर दर्शाउनुपर्छ, बुझ्नुभयो ? ल त है, हवस्।"

यता सुप्रिया र प्रवीण कार्डमा निम्तारुका नाम लेख्दै थिए। प्रवीणले नेपालीमा र सुप्रियाले अङ्ग्रेजीमा। खुश्बूले बेहुला बाहुन भएको र चिना पनि ठ्याक्कै मिलेको बखान गरिरहँदा नपत्याए जस्तै गरेर सुप्रिया र प्रवीणले आँखा सन्काए। सुप्रियाले पण्डितलाई आफ्नो चिना हेर्न नदिए पनि ब्राह्मणसँग विवाह गर्न राजी भइदिएर उनले सबैभन्दा ठूलो उपकार गरेकाले खुश्बू सन्तुष्ट थिइन्। यतिका वर्ष बिते पनि छोरीले आफ्नै जातकोसँग मात्रै विवाह गर्ने भनेर दिएको जानकारी प्रवीणले श्रीमतीलाई सुनाएका थिएनन्। छ वर्षअघि परेवाको गुँडमा अन्वेषलाई अस्वीकार गरेपछि थाहा पाइएको कुरा प्रवीणले खुश्बूलाई धेरै चोटि भन्न नखोजेका हैनन्, तर कुनै कुराले उनलाई रोकिरह्यो। जुन कुराले श्रीमतीको छ वर्षदेखि निद्रा बिथोलिनबाट जोगाउँथ्यो, त्यसलाई गोप्य राखिरहेकामा उनी आफैँलाई तुच्छ ठानिरहेका थिए, तैपनि मुख खोलेनन्। किन ? कारण सानै थियो।

आफू पीरले छटपटिइरहेका बेला श्रीमती चाहिँ तनावमुक्त भएको उनी हेर्न चाहँदैनथे। सुप्रियाले ब्राह्मणबाहेक अरू कोहीसँग विवाह गर्दिनन् भन्ने कुरा श्रीमतीलाई थाहा दिनुको अर्थ उनको सुर्ताको अन्त्य गर्नु थियो। यसले उनको आफ्नो चिन्ताको भने अन्त्य हुँदैनथ्यो। उनले आफ्नी श्रीमतीलाई गरे जस्तो सदाचारी ब्राह्मणको व्यवहार सुप्रियाको पतिले पनि गर्‍यो भने के होला ? यदि आफैँ जस्तो सुप्रियाको वैवाहिक जीवन पनि प्रेमशून्य भइदियो भने ? हो, उनले आफ्नी श्रीमतीलाई कहिल्यै धोका दिएनन् अनि श्रीमतीले पनि उनलाई ठगेकी थिइनन् भन्ने उनी जान्दथे। तर, यतिले मात्रै

श्रीमान्-श्रीमतीको एकअर्काप्रतिका अपेक्षा पूरा हुँदैनन् । उनीहरूबीच राम्ररी बातचित नभएको पनि धेरै भइसकेको थियो । वैवाहिक जीवनको सम्पूर्ण आनन्द यदि कतै केन्द्रित भएको थियो भने त्यही एउटी छोरीमा थियो । र, यस्तो किसिमको जीवन छोरीको चाहिँ नहोस् भन्ने प्रवीण चाहन्थे । पतिका रूपमा उनी सफल-असफल के भए, त्यो भगवान्लाई नै थाहा होला । आफू जस्तो शतप्रतिशत ब्राह्मण पति परेर सुप्रियाको चाहिँ जीवन असफल नहोस् भन्ने उनी चाहन्थे । सुप्रियाको चाहना खुश्बूलाई नसुनाउनु स्वार्थी काम मात्र नभएर अमानवीय पनि हो भन्ने उनलाई थाहा थियो । र पनि उनी एक्लै चिन्ताको भूमरीमा तड्पिन चाहँदैनथे ।

"सबै नेपाली कार्ड तयार छन्, हैन ?" खुश्बूले सोधिन् ।

"अँ, बल्ल तयार भए ।" प्रवीणले भने, "हामीले यति धेरै मानिसलाई किन बोलाएको होला !"

"मैले कोर्ट म्यारिज गर्छु भनेकै हो । बिहामा लाग्ने खर्च मलाई दिनुभएको भए म घर त किन्ने थिएँ !"

"कस्तो उटपट्याङ कुरा गरेकी !" खुश्बू कराइन्, "हामीसँग भएको सरसम्पत्ति सबै तिम्रै त हो नि ! हामी मरेर जाँदा यो सम्पत्ति साथै लिएर जान्छौँ र ? तिम्रा श्रीमान् दरिद्र भए पनि एउटा कुरा ! सरकारमा त्यत्रो डेपुटी सेक्रेटरी हुन् । तिमीले पनि चाँडै सरकारी नोकरी पाइहाल्छ्यौ । कति भाग्यमानी छचौ तिमी !"

"खुश्बू, उनलाई सरकारी नोकरी खानु छैन ।" सुप्रियालाई उचाल्ने हिसाबले प्रवीणले भने । उनी त्यहाँ महाभारत निम्त्याउन खोजिरहेका थिए ।

"ओहो, आचार्य खलक !" खुश्बूले भनिन्, "अब सुप्रिया आचार्य !"

"सुप्रिया आफ्नो थर बदल्ने पक्षमा छैनन् ।" फेरि एक पटक लडाइँका निम्ति उक्साउने ध्येयले प्रवीणले व्यङ्ग्यवाण हाने ।

सुप्रियाको मोबाइल बज्यो । हुनेवाला पति साहिलको फोन थियो । उनी आफ्नो कोठामा गइन् ।

केही दिनअघि मात्र सुप्रियाले साहिलबारे प्रवीणलाई भनेकी थिइन् ।

एक दिन सुप्रियाले प्रवीणलाई एक्लै भएका बेला तपाईंसँग बात मार्नु छ भनिन् ।

"उसको नाम साहिल हो । अनि ऊ बाहुन हो ।"

"ओहो, अति सुन्दर ! यति भए मलाई अरू केही जान्नु छैन ।" प्रवीणले ठट्टा गरे ।

"असल परिवार, राम्रो नोकरी, आकर्षक व्यक्तित्व र चरित्र पनि राम्रो ।"

"ठीक छ ।" उनले छोरीलाई थप सुनाउने सङ्केत दिए ।

"एउटै छोरा ।" उनी हाँसिन्, "बैनी अमेरिकामा छिन् । देवरको नखरा सहनुपर्ला भनेर चिन्तै लिनु नपर्ने ।"

"देउतै जस्तो सबैतिर राम्रैराम्रो पो छ ! केही न केही खोट त पक्कै होला नि !"

"मलाई त त्यस्तो लाग्दैन ।"

"होला होला, केही न केही त होला ।"

"हैन, त्यस्तो केही छैन ।"

"ल त, त्यस्तो नकारात्मक केही छैन भने तिमीलाई कुनै मन नपरेको उसको कुरा ?"

"उसले कन्ट्याक्ट लेन्स लाउँछ अनि हराउने गर्छ ।"

"त्यति मात्रै हो ?"

"एक छिन पर्खनुस् है त !"

"हुन्छ ।"

"म सोचूँ है त !" उनले एक छिन सोचे जस्तो गर्दै थपिन्, "अँ, नाटीकुटी नै केलाउने हो भने ऊ अलिअलि ड्रिङ्क्स गर्छ अनि चाँडै मात्छ ।"

"यसमा कत्तिको चिन्ता लिनुपर्ने हो ?"

"मैले त उसलाई मातेको बेलाबाहेक अरू बेला जहिल्यै मन पराउँछु भनेर भनिरहेकै छु ।"

"मातेको बेला नि ?"

"मारिदिन मन लाग्छ।" उनले भनिन्, "तर यसमा मैले धेरै सुर्ता मानेकी छैन। ऊ हरेक रात पिउन बाहिर जाँदा पनि जाँदैन।"

"पछि स्वास्नीकुटुवा हुने त हैन ?"

"हैन, त्यसमा त म ढुक्क छु।"

"पियक्कड ?"

"बुवा, ड्रिङ्क्सबारे तपाईं र हाम्रो मान्यता नै बेग्लै छ। अचेल सबै केटाहरू ड्रिङ्क्स गर्छन्।"

"म पनि त पिउँछु।"

"त्यही त, अनि मुवाले तपाईंलाई मत्थु भन्नुहुन्छ। मैले भन्न खोजेको कुरा बुझ्नुभयो नि ?"

"बुझें।"

पहिलोपल्ट साहिललाई भेट्दा पति-पत्नी मन्त्रमुग्ध भएका थिए। शिष्टतापूर्वक बोल्ने ऊ सौम्य, अग्लो, सुन्दर, उत्कृष्ट र त्रुटिहीन आचरण भएको थियो। त्यो रात धेरै वर्षपछि प्रवीण र खुश्बूले सुत्नअघि एकअर्कासँग केही क्षण बात मारे। साहिल आकर्षक, निश्छल र मनमोहक छ भन्नेमा दुवै एकमत थिए। सुप्रिया पनि उनी भनेपछि हुरुक्क थिइन्। भरखरै फोनमा उनैले भनेको कुनै कुरामा हाँस्दै सुप्रिया कोठाभित्र आइन्।

"तपाईंको बर्थडेमा ऊ आउने रे !" खुशी हुँदै सुप्रिया चिच्याइन्, "हुन त ऊ थाहा नदिई आउन आँट्दै थियो, तर अप्रत्याशित आगमन कहिल्यै अप्रत्याशित हुँदैन, बुझ्नुभयो ! त्यसैले मैले तपाईंलाई पहिल्यै भनेकी। उसलाई देखेपछि आश्चर्य मानेको अभिनय गर्नुहोला।"

"लौ लौ, ठीक छ। भनेपछि केक काट्ने किसिमको बर्थडे हुने भयो ?" प्रवीणले सोधे।

"लुगा पनि नयाँ किन्नुस्। यो ट्र्याक पेन्टमा त प्वाल परेको छ।"

"सुप्रिया, हामी धनी हुँदै छौं जस्तो लाग्छ।"

"थाहा छ । कम से कम तल्लो तलाका कैयौँहरूभन्दा चाहिँ धनी नै छौँ होला ।"

एउटा केक, स्याम्पेनका बोतल र प्रवीणलाई उपहार लिएर अर्को दिन साहिल आइपुग्यो । विवाहको तीन हप्ता मात्र बाँकी रहँदा हुनेवाला बेहुला आउनु उत्ति जरूरी नभए पनि प्रवीणलाई यो आगमनले प्रभावित पाऱ्यो । उनको सबैभन्दा प्रिय ठाउँ अर्थात् छतको त्यही परेवाको गुँडमा उनीहरू र उनका दर्जनजति घनिष्ठ मित्रगण एवं सम्बन्धीहरू भेला भएका थिए । उनीहरूले साठी वर्षको जन्मोत्सवका उपलक्ष्यमा प्रवीणलाई दीर्घायु र सुखद जीवनको अनि सुप्रियालाई विवाहको शुभकामना दिँदै आपसमा गिलास ठोक्काए अनि खुश्बूको हातको प्रशंसा गर्दै स्वादिष्ठ पकौडा र कोफ्ताको आनन्द लिन थाले । स्याम्पेनका गिलासहरू लगालग रित्तिएको खुश्बूले सहजतापूर्वक हेरिन् अनि खाली भएका प्लेट पुनः भरिएको सुनिश्चित गरिन् । केही दिनयता उनको खुशीको सिमाना थिएन ।

छतभरि मानिसहरूको भीड थियो । डिसेम्बरको जाडोलाई पन्साउन चारै कुनामा कोइला बालिएको थियो । खुश्बूकी बहिनी नाच्न चाहन्थिन् । अनि म्युजिक प्लेयरमा बजेको बलिउडको धुनले अरूलाई पनि नाच्न उक्साइरहेको थियो । आनन्द मानिरहेका प्रवीणले सन्तुष्ट भएर आफ्नो चारैतिर हेरे । साठी वर्ष रमाइलो गरी बितेका थिए । प्रवीणको मनकै कुरा बुझे जस्तो गरी उनकी छोरी नाच्न छोडेर नजिकै आइन् ।

"इनिङ त नराम्रो हैन है ?" सुप्रियाले क्रिकेटको शब्दावली प्रयोग गरिन् ।

"वास्तवमै हैन ।"

सन् २००८ को सफल बलिउड फिल्मको गीतको धुन बज्यो ।

"डान्स गर्ने हैन ?"

"यो मामिलामा त मेरो बानी तिमीलाई थाहै छ नि !"

सङ्गीत बजिरह्यो अनि खुशी मनाउनेहरूको आनन्द दोब्बर भयो ।

"कम से कम उभिएर ताली बजाउँदा त हुन्छ नि, हैन ?"

"म त्यही पनि राम्ररी जान्दिनँ। उल्लू जस्तो पो देखिन्छु कि ?"

"यो त तपाईंको बर्थडे पो हो त ! कसैले केही भन्दैन।"

"कस्तो लाग्दै छ ?" केही हप्तामै बिदा हुने छोरीलाई प्रवीणले सोधे।

"उसले ड्रिङ्क्स गरेको बेला मलाई घीनै लाग्छ। हेर्नुस् न, आफ्ना गतिविधिबाट आफैँलाई स्वाँठ बनाइरहेको छ।"

"यो त तिमीलाई थाहै थियो, हैन ?"

"हो, तर यहाँ उपस्थित सबैको भावी ज्वाइँ पो हो त ऊ ! हेर्नुस् त, सबैको अघिल्तिर हाँसोको पात्र भइरहेको !"

"आऽ, हुन्देऊ ! उसलाई हेरेर हैन, ऊसँगसँगै पो हाँसिरहेका हुन् त !"

"हैन बुवा, सबै एक्टिङ गरिरहेका छन्। घर पुगेपछि शायद सबैले तपाईंको मत्थु ज्वाइँको कुरो काट्लान्।"

"ऊ त्यस्तै हो कि ?"

"के ?"

"पियक्कड, तिमीले भने जस्तै मत्थु ?"

"उसले ड्रिङ्क्स गर्छ बुवा, सधैंजसो ड्रिङ्क्स गर्छ।"

"त्यसै हो भने अरूले के भन्लान् भनेर तिमी किन डराउँछचौ त ? मान्छेले के सोच्लान् भन्ने कुराबाट तिमी कहिलेदेखि चिन्तित हुन थाल्यौ ?"

"त्यो त बेग्लै कुरा हो, बुवा !"

साहिलले म्युजिक प्लेयर चलाउँदै गरेको प्रवीणले देखे। त्यति नै बेला महिलाहरूको हाँसोले शान्ति भङ्ग भयो। शाकिराको गीत गुन्जिन थाल्यो।

"छ्या इङ्लिस !" कसैको तीखो आवाज आयो। "अँ, अङ्ग्रेजी र त्यो पनि छाडा !" अर्कोले थप्यो। सबै जना हाँस्न थाले। खुश्बूकी बहिनी कराइन्, "हैन, हाम्रा ज्वाइँसा'बले हामी आइमाईलाई त चरित्रहीनै बनाउन खोज्नुभयो।"

"अहिले चाहिँ यो किन बेग्लै कुरा भयो, सुप्रिया ?" बाबुछोरी अघिकै कुरालाई निरन्तरता दिइरहेका थिए।

साहिल प्रत्येक महिला भए ठाउँ जान थाल्यो। खुश्बू जस्तै अरू ननाच्नेलाई उसले फ्लोरमा बोकेरै ल्याउने कोशिश गऱ्यो। उसलाई घेरेका मानिसहरूले कराउँदै र जोश्याउँदै थपडी मार्दा साहिल सन्तुलन गुमाएर भुइँमा पछारियो। उसका पाखुरा र खुट्टाहरू भावी सासूसँग अल्भिन पुगे। आधासरो दर्शकले आनन्द लिए भने आधासरो अलमल्ल परे। खुश्बूले हतारहतार आफूलाई सम्हालिन्। उता नशामा चूर भएको साहिल हाँस्दै भुइँमा लडिरह्यो। उसलाई चाहिँ गजबै मजा आइरहेको थियो।

"म जान्दिनँ बुवा, तर उसलाई हेर्नुस् न !"

सुप्रियाले साहिललाई हेरेकी थिइनन्। कुरा साहिलको गरे पनि उनको नजर चाहिँ कम्प्युटरतर्फ थियो। जसको विषयमा कुरा गरिँदै छ उसले थाहा नपाउने गरी कुरा गर्ने यस्तो उपाय प्रवीणले आफ्नो अनुभवका आधारमा छोरीलाई सिकाएका थिए।

"केही हप्तामै तिम्रो बिहे हुँदै छ। तर, सुप्रिया मैले तिमीलाई त्यति खुशी देखिरहेको छैन।"

"म खुशी छु बुवा ! भगवान् साक्षी राखेर भन्छु, म खुशी छु। खालि यस्तो अवस्थामा चाहिँ म उसलाई घृणा गर्छु।"

त्यतिन्जेल साहिल उठिसकेको थियो। अनि सुप्रियाको पच्चीस वर्ष पुरानो पानीको बोतल कता फेला पारेर त्यसैलाई घाँटीमा भुन्ड्याउँदै कुद्दै छतको चक्कर लाउन थाल्यो। प्रत्येक फेरोमा उसको गति बढ्दै थियो। पहिले उसका गतिविधिबाट आनन्द लिइरहेका केही पाहुना पनि अहिले शान्त भएर हेरिरहेका थिए। अतिथिहरू एकअर्कासँग आँखैआँखामा कुरा गर्न थालेको र कसै कसैले कानेखुशीसमेत गर्न थालेको प्रवीणले देखे।

"अन्वेषको याद आउँछ, तिमीलाई ?"

"बुवा, त्यसो नगर्नुस् न !"

"मेरो कौतूहल मात्रै पो त ! तिमीलाई जवाफ दिन मन छैन भने होस् !"

"ऊ यस्तो मत्थु त थिएन !"

अब खाना खानका निम्ति सबै जना छतमा जम्मा भए।

"जसको बर्थडे हो, उहाँ चाहिँ खोइ ?" एउटाले सोध्यो, "उहाँले पो खानुपर्ने, हैन ?"

प्रवीणले त्यसको वास्तै गरेनन् ।

"सुप्रिया, तिमीले ऊसँग एकपल्ट कुरा गर्नुपर्छ जस्तो लाग्दैन ?"

"मैले कति पटक कुरा गरिसकें, तपाईंलाई थाहै छैन ।"

त्यति बेलै साहिलकै कारण एउटा प्लेट भुइँमा झरेर फुट्यो ।

"माजल टोभ !" बेहोशीमै ऊ चिच्यायो ।

यहुदीहरूले खुशी प्रकट गर्दा प्रयोग गर्ने यो तुक्का पश्चिमा समाजमा प्रसिद्ध छ, जसलाई त्यति बेला त्यहाँ उपस्थित कसैले बुझेन । यस्तो बेलामा के गर्ने भनेर कसैले भेउ नै पाएन ।

"फुटाउन अझै पुगेन ।" प्रवीणले भने ।

"तपाईंलाई ऊ मन पर्दैन, हो बुवा ?"

"मैले त्यसो त भनेकै छैन नि, छोरी !"

"भनिरहनैपर्दैन ।" अब भने सुप्रिया रुन थालिन्, "तपाईंको आवाजले त्यही भनिरहेको छ र शरीरको हाउभाउले त्यही जनाइरहेको छ ।"

"केटो चाहिँ असलै हो ।"

"हाम्रो जोडी मिल्दैन जस्तो लागेकै बेला तपाईंले मलाई भनिदिनुपर्थ्यो !" उनी फेरि रुन थालिन् ।

"मैले कहिल्यै तिमी दुईको जोडी मिल्दैन भनेकै छैन । मेरो विचारमा तिमी आफ्नो निम्ति उपयुक्त जोडी छान्न सक्षम छयौ ।"

प्रवीणले साहिलतर्फ दृष्टि लगाए । ऊ बेग्लाबेग्लै प्लेटबाट कुखुराको साँप्रा निकाल्दै थियो । छ वटा साँप्रा जम्मा गरेपछि उसले लरबरिएको भाषामा सबैलाई एक किसिमको खेलमा सरिक हुन आह्वान गऱ्यो र एकएक गरी साँप्रालाई माथितिर फ्याँक्न थाल्यो । मानिसहरूले त्यो साँप्रा समात्न नसकेकामा ऊ चिच्याइरहेको थियो । यता खुश्बू बेहोश हुनै आँटेकी थिइन् ।

"अन्वेष भए यस्तो कहिल्यै गर्ने थिएन।" आँसु पुछ्दै सुप्रियाले भनिन् अनि कोहीसँग जबरजस्ती मुसुक्क हाँस्दै बफे टेबलतर्फ गइन्।

यस्तो भन्नु हुँदैन भन्ने आभास हुँदाहुँदै पनि प्रवीणले स्वयंलाई थाम्न सकेनन् र भनिहाले, "तिमीले नै छानेकी हौ त के गरूँ !"

सुप्रियाले प्रवीणलाई हेरिनन्। छोरीका आँखा फेरि रसाएको उनले थाहा पाए।

सबैले खाना खाइसक्नेबित्तिकै घडीले मध्यरातको सङ्केत दियो। मद्यपान सबैका निम्ति बन्द भइसकेको थियो, केवल एउटा साहिललाई बाहेक। प्रवीणले होशियारीपूर्वक कम्प्युटरको टेबलमुनि आफ्नो कडा ब्रान्डी लुकाएका थिए। त्यो पनि साहिलले अघि नै रित्त्याइसकेको थाहा पाए। थकाइले क्लान्त भएकी खुश्बूले साठी वटा मोमबत्ती भएको केक ल्याइन्। दुई मिनेटमा प्रवीणले तिनलाई फुकेर निभाए। केक काटिसकेपछि साहिलले त्यसलाई प्रवीणको मुखमा दल्न जिद्दी गर्न थाल्यो। साहिलले भन्न खोजेको कुरा स्पष्टसँग व्यक्त गर्न सकेको भए शायद त्यो नचाहिँदो प्रस्ताव हुने थिएन, तर ऊ त्यस्तो अवस्थामै थिएन। साहिललाई पानी दिन प्रवीणले खुश्बूलाई सुटुक्क अऱ्हाए।

"एक छिन आराम गर्नुस्, साहिल ज्वाइँसा'ब !" प्रवीणले भने।

"पहिले केक, पहिले केक !" बरबराउँदै साहिलले केकलाई ल्वाप्पै समात्यो। गाडिएको हातले एक मुठी केक निकालेपछि ऊ सुप्रियातर्फ फर्कियो। नशाको सुरमा उसको सर्टका टाँक नाइटोसम्मै खुलिसकेका थिए। उसले सुप्रियाको छातीभरि केक दलिदियो। सुप्रियाले उसलाई साउतीको भाकामा केही भनिन्। यो स्वर पक्कै पनि त्यति बेला अन्वेषसँग बोले जस्तो कठोर थिएन। साहिललाई सानो नानी जस्तो व्यवहार गर्दै शान्त र नरम आवाजमा उनले सम्झाएकी थिइन्। अझ भनूँ, सुप्रियाले ठूलो नानीलाई सम्झाएर सुताउने कोशिश गरे जस्तो देखिन्थ्यो।

"भयो, अति भयो ज्वाइँसा'ब !" प्रवीणले भने।

साहिल यसरी हाँसिरहेको थियो, मानौं यो गजबको रमाइलो क्षण हो।

"भयो !" प्रवीण कराए, "हुनेवाला ज्वाइँ नै भए पनि मलाई वास्ता छैन। जाऊ निस्क।"

साहिलले केक लतपतिएको हात झट्कार्‍यो। उसका आँखा राता थिए। यस्तो अवस्थामा वरिपरि उभिएका आफन्त र मित्रगण भयभीत र अलमल्ल भए। आफूहरूले के गर्ने र कस्तो प्रतिक्रिया दिने भन्ने भेउ नै पाइरहेका थिएनन्।

"ज्वाइँ भगवान्कै अर्को रूप भए पनि मलाई वास्ता छैन।" प्रवीणले चारैतिर हेरे, "आवश्यक परे म यस्ता मूर्खलाई झापड पनि लगाइदिन्छु।"

उनकी श्रीमतीको अनुहार फिका र टीठलाग्दो देखिन्थ्यो। सम्पूर्ण रात नै नियन्त्रणबाहिर गयो अनि उनको भावी ज्वाइँ चाहिँ उन्मत्त थियो। यो सबबाट छुटकारा पाउन उनी तल्लो तलाको बाथरुमतिर गए। त्यति प्यारो परेवाको गुँडभरि टुटेफुटेका प्लेट र गिलास, खाँदै छोड्दै गरिएको केक र च्यातिएका झल्लरहरू छरपस्ट थिए।

प्रवीण बाथरुममा धेरै लामो समयसम्म बसे। निकै अबेरसम्मै। उनी त्यहाँबाट निस्किँदा घर सुनसान भइसकेको थियो। सबै जना या त हिँडिसकेका थिए या ओछ्यानमा गइसकेका। प्रवीण क्षतिको अवलोकन गर्न परेवाको गुँडतर्फ उक्लिए। यसले उनको दिमाग अलिक हल्का पनि पार्‍यो। त्यस रातको यो घटनालाई कुन रूपमा लिने भन्नेबारे उनलाई केही सुझेन।

एउटा बेतको कुर्सीमा केक छरपस्टै थियो। अर्को बेतको कुर्सी, कम्प्युटरको टेबल र कम्बल कहाँ गए, भगवानै जानून्। फुटेका गिलासमा खुट्टा पर्ला भनेर सावधान हुँदै उनले पन्जाको भरमा टेकेर फोहोरदानी उठाउन खोजे। छतमा बत्तीहरू अघिदेखि नै बलिरहेका थिए। फोहोरदानीछेउमै उनले हुनेवाला ज्वाइँ साहिललाई देखे, जो अघि फेला नपरेको अर्को बेतको कुर्सीमा बसेर, आँखा लट्ठ पार्दै कान्छी औँलामा टाँसिएको केकको रहलपहल चाटचुट पार्दै थियो। कान्छी औँलापछि उसले बूढी औँलो चाट्न थाल्यो। बूढी औँलो चाटिसकेर ऊ माइली औँलापट्टि एकोहोरियो र केकको एउटै कण पनि नराख्ने हिसाबले त्यसलाई चुस्न थाल्यो। दैलोको छेउमा प्रवीण उभिएका छन् भन्ने उसलाई हेक्कै थिएन। उसका निम्ति त अब बाँकी साइँली औँलो थियो। त्यहाँ टालिएको केकको कण चुस्दा उसका दाँतले कुरा छिन्दाखेरि लगाइएको औँठी फेला पारे। ऊ औँठीमा कटकटिएको केक चुस्न थाल्यो। हातमा

टाँसिएको केक सिनित्त पारेर चाटेपछि उसले थु गर्दै त्यो औँठी मुखबाटै कतै मिल्काइदियो। त्यति नै खेर सामुन्ने प्रवीणलाई देखेको उसले बिस्तारै 'केक केक' भन्यो र त्यहीँ बेहोश भयो।

सुप्रिया त्यहीँ अँध्यारोमा लुकेकी थिइन्।

"ऊ बाहुन हो। जे भए पनि बुवा, ऊ बाहुन हो।" सुप्रिया रोइन्।

"ऊ कन्जूस हो त?"

"सबै बाहुन कन्जूस हुँदैनन्; सबै आइमाई कमजोर हुँदैनन् र सबै बङ्गाली विद्वान् हुँदैनन्।"

"तर श्रद्धा लोभी छे। ऊ बाहुनी हो।"

"उसको नाम पूजा हो बुवा!" उनी रुन्चे हाँसो हाँसिन्।

गुमाएको आशीर्वाद

हालसालै मृत्यु भएका परिवार सदस्यका फोटाहरू राजीवको त्यो चार वटा खाट अटाएको कोठाको भित्तामा लश्करै भ्रुन्ड्याइएका थिए। उनकी आमा रक्त क्यान्सरले, बुवा कलेजो बिग्रिएर, बडा र बडी गाडी दुर्घटनामा परेर अनि बाजे वृद्ध भएर दिवङ्गत भएका थिए। पुराना भएकाले हल्का खैरो रङ्गमा परिणत यी फोटाहरू अटाएको प्रत्येक फ्रेममा खादा राखिएको थियो। फ्रेममा धूलो यति जमेको थियो, भ्र्यालबाट नाच्दै पस्ने बिहानको सूर्य किरण पनि यतातिर आएपछि अलमलिन्थ्यो। राजीवले पल्लोपट्टिको खाटमा सुत्ने तरखर गर्दै गरेको भाइलाई कुनै दिन यसो जाँगर चलाएर यी फ्रेमहरू सफा गरिदिन्थ्यो कि भनी सोधे।

"त्यही त हगि, यसलाई वास्ता नगरेको पनि धेरै भयो!" बोर्डिङबाट दशैंको बिदामा आएको उनको भाइ सन्दीपले भन्यो।

'यी फोटाहरू यसरी उपेक्षित नहुनुपर्ने!' राजीवले सोचे, 'मेरो हरेक बिहान यी फोटाहरू हेर्दै र पितृहरूबारे गम्दै शुरू हुने गर्छ।'

भाइ उँघ्दै गरेको देख्दा उनलाई लाग्यो, आफू पनि त्यसरी नै निदाउन सके हुन्थ्यो नि! बोजू ओछ्यानमा थिइनन्। जोर्नी दुख्ने बिमारीले पानीको सानो भाँडो पनि उचाल्न नसक्ने उनी सके राजीव र सन्दीपका निम्ति चिया पकाउन भान्सामा पुगिसकेकी थिइन्। आफन्त, नातागोतामा उनीहरूभन्दा शायद एक मात्र तन्नम परिवारको सदस्य, एघारवर्षे भाइ पनि राजीवसँग बस्दै आएको थियो, जो यति बेला आफ्नो ओछ्यानमा थिएन। राजीवले भाँडाकुँडा बजेको नसुन्दा टिकमले पक्कै पनि बोजूको रेखदेखमा सबै काम गरिरहेको होला भन्ठाने। कोठामा सबैभन्दा सानो खाट टिकमकै थियो। सिरक चार सुर चटक्क मिलाई पट्ट्याएर भित्तापट्टि राखिएकाले खाट चिटिक्क देखिएको थियो।

धर्मप्रचारकहरू चाँडै यहाँ आउनेछन्।

बितेका तीन हप्तादेखि अमेरिकी अधबैंसे जोडी प्रत्येक बिहान छ बजे राजीवको घरमा देखा पर्न थालेका थिए। झन्डै एक वर्षदेखि दार्जीलिङमा उनीहरू गरीबगुरुबालाई यिशु ख्रिस्ट चिनाउन मद्दत गर्दै बसेका थिए। राजीवलाई

स्कट दम्पतीमाथि विश्वास गर्न कठिन परिरहेको थियो। आफूहरूलाई माइकल र क्रिस्टा भनी सम्बोधन गरियोस् भन्ने अपेक्षा गरे पनि उनीहरूलाई राजीवले श्रीमान् र श्रीमती स्कट भनी बोलाउँथे। माइकल र क्रिस्टा त्यतातिर एक वर्षदेखि मात्र रहे पनि नेपाली फरर बोल्न सकेकाले त्यो नौलो परिवेशमा मजाले घुलमिल भएका थिए। सिलबन्द बोतलमा नभए कुनै पनि पेय पदार्थ नपिउने अन्य विदेशी जस्तो नभई उनीहरू उमालेको पानी घटघट पिउँथे र भुइँमै मजाले पलेँटी कसेर बस्थे। कुनै पर्यटकले जस्तो घरीघरी दार्जीलिङको सूर्योदय हेर्दै चकित पर्ने काम पनि उनीहरू गर्दैनथे।

राजीवले राम्रोसँग चिनेका धर्मप्रचारकहरूमा उनीहरू पहिलो थिए अनि उनीहरूलाई मन पनि पराउँथे। आफ्ना बुवा जस्तै धेरै गफ नगर्ने हुनाले माइकललाई उनी विशेष गरी मन पराउँथे। क्रिस्टा सधैँ विनम्र देखिन्थिन्; कसैलाई घोचपेच गर्दिनथिन् अनि आवाज ठूलो नगरी असल र सभ्य तरीकाले तर्क गर्न सधैँ तम्तयार हुन्थिन्। उनका बुवा धर्मप्रचारकहरूले झूटो प्रवचन गर्छन् भन्थे, तर राजीवले उनीहरूको चरित्र कहिल्यै त्यस्तो पाएनन्। स्कटहरूले चिप्लो घसेनन्। हिन्दूत्वको सम्मानमा कहिल्यै प्रश्नचिह्न खडा गरेनन्। अनि यिशुको सद्गुणको बढाइचढाइ पनि कहिल्यै गरेनन्। कहिलेकाहीं त उनीहरू सांसारिक जीवनबाट उन्मुक्ति दिलाउने माध्यम पो हुन् कि जस्तो लाग्थ्यो। उनीहरू प्रत्येक कुरालाई सकारात्मक रूपमा लिन्थे, जुन प्रेरणादायी थियो र जसबाट घण्टौं चल्ने धार्मिक प्रवचनमा सहभागी हुनका निम्ति बिहान चाँडै ओछ्यान छोड्ने जाँगर पलाउँथ्यो।

ती जोडी, अझ भनूँ, माइकलसँग केही समय बिताएपछि राजीव सधैँ उनीहरूले आफूभित्र खुशियाली भरिदिएको अनुभूति गर्थे। उनलाई शान्ति मिल्थ्यो। त्यसैले ढोकामा ढकढकलगत्तै टिकमले स्वागत गरेको सुनेपछि राजीव दौडेर सानो छतमा पुग्थे र मौसम अनुकूल भएका बेला स्कट दम्पतीसँग ढुक्कै बस्थे।

तर, भरखर ढोका ढकढक्याउनेहरू स्कट हैन रहेछन्। त्यस दिन आइतबार थियो अनि आइतबार उनीहरू कहिल्यै घर आउँदैनन् भन्ने त उनले बिर्सिनु नपर्ने! त्यस दिन गिर्जाघरमै व्यस्त हुने हुनाले उनीहरूका निम्ति बिहान

राजीवकहाँ आउन असम्भवप्राय: थियो। ढोका खोल्नेबित्तिकै राजीवका मामा हडबडाउँदै पसे।

"अझै सुतिरहेकै छौ ?" चिन्डे तालुबाट चश्मा तल झार्दै मामाले भने, "तिम्री आमाका भाइबैनीहरू सपरिवारै दशैं मान्न शुक्रबार दार्जीलिङ आउँदै छन्। धेरजसो मेरै घरमा बस्छन्, तर मञ्जु छ्यामा र उनकी छोरीलाई भने तिमीले राख्नू। उनका लोग्ने चाहिँ टीका लगाइदिन उतै घरमै बस्ने रे! उनी घरकै सबैभन्दा जेठा दाइ भएकोले आउन मिलेनछ।"

"जम्माजम्मी कति जना हुन्छन् त ?"

"मञ्जु र उनकी छोरी। उनको देवरकी छोरी पनि आउन लागेकी हुन् क्यारे! यी शिलाङका मानिसहरू दार्जीलिङ घुम्न पाए के छोड्थे ?"

"त्यसो भए जम्मा तीन जना भए।"

मञ्जुका देवरकी छोरी अर्थात् यी परकी बहिनीलाई राजीव राम्ररी चिन्थे। उनको नाम निभिता थियो अनि सानै हुँदा उनीहरूको एक पटक भेट पनि भएको थियो। त्यति बेला निभिताको खरायो खेलौना चलाइदिँदा उनले राजीवलाई टोकिदिएकी थिइन् र राजीवले टिटानसको सुई नै लगाउनुपरेको थियो। यो बाल्यकालको एउटा नमीठो स्मृति थियो, तर पनि विगतको त्यो मूर्खतापूर्ण घटनाकी पात्रसँग फेरि भेट हुन लागेको सम्झँदा उनी मुस्काए। यतिका वर्षमा उनी कस्ती भइन् होला अनि त्यो समयको कर्तूत याद पनि छ कि छैन होला भनेर उनी गम्न थाले।

"अँ, अनि उनीहरू भोलि नै हिँड्दै छन्। केटीहरू कलेजको निम्ति दिल्लीतर्फ लाग्छन्। आफ्ना बेकामे लोग्नेको जिम्मामा धेरै दिन घर छोड्न नमिल्ने भएकोले मञ्जु नाना पनि शिलाङ फर्किहाल्छिन्। दिल्लीमा पढिरहेका छोरीहरूलाई दशैंको छुट्टीमा मान्छेहरू बेकारमा किन घर बोलाउँछन्, म कुरै बुझ्दिनँ!"

"तपाईंलाई थाहै छ, यहाँ ठाउँ नै छैन।" राजीवले भने, "भएका चारै वटा खाट खाली छैनन्।"

"केही त गर्नैपर्छ। एउटा खाटमा तिमी र भाइ सुत्नू अनि भुइँमा यसो केही ओछ्याए भइहाल्छ नि ! चाडबाड हो क्यारे, यस्तो भैपरिआउँदा मान्छे उदार हुनुपर्छ। दशैंको बेलामा पनि आफन्तहरू एकअर्काकोमा गएनन् भने कहिले जान्छन् ?"

"कति जना होलान् तपाईंलाई थाहा छ ? यो कोठा कति सानो छ, त्यो त देखिरहनुभएकै छ। उनीहरू भान्सामा सुत्न राजी भए भने त केही उपाय लाग्ला कि !"

"उनीहरू पाहुना हुन्। पाहुनालाई जहिले पनि राम्रो सत्कार गर्नुपर्छ। तिमी, तिम्रो भाइ र त्यो केटो भान्सामा सुत्दा हुन्छ नि ! त्यसो हुँदा तीन जनालाई खाट दिन सक्छौं अनि एक-दुई जनालाई त बैठकको भुइँमा मिलाउँदा पनि हुन्छ।"

"यहाँ बैठक नै छैन।" राजीवले भने।

मामाले यो कुरो चाहिँ सुनेनन् क्यार !

"अनि यो ठाउँ पनि सफा गर। जहिले पनि लथालिङ्गै हुन्छ।"

मामा हिँड्नै लाग्दा राजीवले चिया पिउनुहुन्थ्यो कि भनी सोधे।

"तिम्रो त्यो भाइ पर्नेले सारै नमीठो चिया बनाउँछ।" उनले भने, "त्यस्तो चिया पिएर दिनको शुरूआत गर्नु मुर्ख्याइँ हुन्छ।"

यति भनी उनी जुरुक्क उठेर हिँडे।

राजीव चुपचाप उभिइरहे। यस्तो खबर लिएर पो उनका मामा सूचनाबिनै बिहानै आएका रहेछन् भन्ने उनलाई लाग्यो। कमजोर स्वास्थ्यका कारण रातदिन पिरोलिइरहने आफ्नी बोजूबारे मामालाई भन्नु थियो। सामान्य खस्याकखुसुक मात्रै भयो भने पनि आफूलाई निद्रै नपर्ने जानकारी गराउनै पाइएन। फेरि, भान्सामा को पस्ने ? टिकम बालकै थियो। धेरै जनालाई त परै जाओस्,

सानो परिवारका निम्ति पनि उनकी बोजू खाना बनाउन असमर्थ थिइन्। त्यसमाथि आर्थिक सन्तुलनमा पनि चुनौती आइपर्ने खतरा थियो। हुन त राजीव आफैँ पनि खाना राम्रो बनाउँथे, तर थोरै प्रकारका व्यञ्जन मात्र उनी बनाउन जान्दथे। अरू त अरू, घरमा तीन जना मानिस थपिए पनि भात खाने थालैको समस्या हुन्थ्यो। थप भाँडाकुँडाका निम्ति स्कटहरूलाई भन्न पनि उचित लागेन। हुन त उनीहरूले मर्म बुझ्थे होलान्, तर यसरी अझ अर्को कुरा पनि उनीहरूसँग माग्नु चाहिँ आफैँलाई तुच्छ देखाउनु हुन्थ्यो। उनीहरूले आफूलाई आवश्यकता छैन भनी पहिले नै एक सेट पुराना कुर्सीहरू राजीवलाई दिइसकेका थिए। आफ्नै अहंका कारण साथीहरूसँग माग्ने त प्रश्नै उठेन। बोजूबाट समाधान त हुँदैनथ्यो र पनि कुरा बाँडेर मन केही हल्का हुन्छ कि भन्दै यो विचित्रको परिस्थिति उनलाई सुनाउने निधोमा पुगे।

बोजू दाहिने कान सुन्दिनथिन्। त्यसैले उनले देब्रे कानपट्टि गएर बस्नुपऱ्यो।

"मामाले भन्नुभएको, छ जनाजति पाहुना तीन दिनको निम्ति यहाँ बस्ने रे !" उनले भने।

"अनि हामीले कहाँ राख्ने नि ?" थोती वृद्धाले सोधिन्, "छतमा ? उनीहरूको मधेशमा जस्तो ?"

"यो दार्जीलिङ हो, बागडुग्रा हैन। छतमा त उनीहरू कामेरै मर्छन्।"

"उनीहरू सबै मामाकहाँ नै किन बस्दैनन्? कम से कम त्यहाँ ठाउँ त छ ! मलाई निद्रा परेन भने के गति हुन्छ, तँलाई थाहा छ त !"

"हो हो, म जान्दछु, तर हामीले मिलाउनैपऱ्यो। उनीहरूले पढाएकैले म आज इन्जिनियर बन्न सकेको हुँ।"

"अँ, अब तेरो डिग्रीले कत्ति न नोकरी पाए जस्तो ! दिनभरि त तँ ती स्वाँठ क्रिस्चियनहरूसँग गफै गरेर बिताउँछस्।"

राजीवलाई वर्षौंको अनुभवले आफ्नी बोजूका पूर्वाग्रहपूर्ण कुराहरूको प्रतिवाद गर्नु हुँदैन भन्ने सिकाएको थियो। जेजस्तो भए पनि उनी सर्वथा भलो नै सोच्छिन् भन्ने पनि उनलाई थाहा थियो। असी वसन्त खाएकी वयोवृद्धाका

सामु दार्जीलिङमा हिजोआज विकराल बनेको बेरोजगारी समस्याबारे व्याख्या गर्नुको कुनै तुक थिएन। छुट्टै राज्यको मागमा राष्ट्रको ध्यानाकर्षण गराउने उद्देश्यले राजनीतिक दलहरूले लगातार डाकेको बन्दको अर्को मार ! अर्थ व्यवस्था चरमराएको थियो अनि कुनै पनि कुराको अवसर छँदै थिएन। अनि यी अस्ताउनै लागेकी बोजूलाई उनकै कारणले गर्दा आफू दार्जीलिङ छोडेर आईटीको नोकरी खोज्न दिल्ली वा बङ्गलोर जान नपाएको यथार्थ सुनाउन पनि उनलाई मन थिएन। उनको भाइ मिरिकको बोर्डिङमा पढ्थ्यो। उसले सोचेजति प्रगति गर्न सकिरहेको थिएन र अझै केही वर्ष त्यहाँबाट उम्कन नसक्ने सम्भावना थियो। राजीव कामको खोजीमा बाहिर जाँदा बोजू एक्लै हुने थिइन्। सिक्किमको माझीटारस्थित कलेजबाट बोजूको हेरचाह गर्न घर आएको आयै गरे जस्तो सजिलो धेरै टाढा जाँदा हुँदैनथ्यो। दार्जीलिङबाट माझीटार ट्याक्सीमा खुसुक्क गए जस्तो नजिक बङ्गलोर पक्कै थिएन। उनकी बोजू ठूलो शहरमा बस्नै मन पराउँदिनथिन्। हिमाल र पहाडको काखमा भएको दार्जीलिङमै आफन्तमाझ अन्तिम सास फेर्ने उनको इच्छा थियो।

"कलेज सकेको तीन महीनामै त कसरी नोकरी पाउन सक्नु ?" राजीवले भने, "एकदमै कम्पिटिसन छ।"

"अन्त, कक्षामा सधैं फस्ट आउने केटो तँ नै थिइस्, हैन र ? उनीहरूले तँलाई नोकरी नदिए अरू कसलाई दिन्छन् त ?"

"यो दशैंको बेला हो। अहिले सबै अफिस बन्द छन्। त्यसैले नोकरीको बारेमा कुरा गर्नु नै बेकार हो। अहिले त यी आइलागेका पाहुनालाई हामीले कसरी टुङ्गो लाउने, त्यो पो हेर्नु छ।"

कपाल कोर्दै सन्दीप लडखडाउँदै भान्साभित्र पस्यो।

"को पाहुनाको कुरा चल्दै छ यहाँ ?" उसले सोध्यो।

"त्यही तेरा मामा अनि आमाका शाखासन्तान।" बोजूले बुझाउन खोजिन्, "उनीहरूलाई कोहीसँग केही मतलब छैन।"

"म सोनामकोमा सुत्न सकिहाल्छु नि !" सन्दीपले प्रस्ताव दियो, "त्यसो गर्दा एक जना सुत्ने मान्छे कम हुन्छ। उस्तै परे टिकमलाई पनि लगिदिन्छु !"

"हैन, टिकम यहाँ यताउता गर्न चाहिन्छ।" राजीवले प्वाक्क भने, "अनि तँ नभएको थाहा पाए भने उनीहरूलाई झन् कुरा काट्ने ठाउँ मिल्छ। तँ जान्दछस् त उनीहरू कस्ता छन् भन्ने ! त्यसमाथि हाम्रो घर कहिल्यै सफा हुँदैन; खाना कहिल्यै मीठो हुँदैन अनि हामी कहिल्यै राम्रो खातिरदारी गर्दैनौँ !"

"त्यसो भए यहाँ किन बस्नु त ?" बोजूले प्रश्न गरिन्, "उनीहरूले न मेरो हातको टीका थाप्छन्। म त को हुँ को ! सेलाउन आँटेकी बूढीको आसिकको पनि उनीहरूलाई कुनै महत्त्व छैन।"

"तपाईं उनीहरूकी नातेदार पनि त हैन नि, बोजू !" राजीवले भने, "तपाईंले उनीहरूलाई टीका किन लगाउने ? तपाईंले आशीर्वादसँगै दक्षिणा पनि दिनुहुने भएकोले उनीहरूले अप्ठ्यारो मानेका हुन सक्छन्। उनीहरू तपाईंमाथि बोझ बन्न नचाहेका होलान्। हामी गरीब छौँ भनेर सबैलाई थाहै छ।"

"तँ तेरी आमाकै छोरो त होस्, नाति ! त्यसैले आफ्नो परिवारको गल्ती कहिल्यै देख्दैनस्। हाम्रो समस्या बुझेका भए उनीहरू त्यत्रो तीन दिनसम्म पाहुना लाग्न आउने नै थिएनन्। विवेकीहरू त असी वर्ष पुगेकी बूढीको घरमा पाहुना नै लाग्दैनन्। म बिमारी र मर्न आँटेकी छु भनेर उनीहरूले राम्रैसँग बुझेका छन्। अरू केही हैन, उनीहरू आफ्नै सुख मात्र सोच्छन्।"

सन्दीपले गिलास भान्साको अग्लो भाँडा धुने ठाउँमा राख्नअघि त्यसको पीँधमा अलिअलि रहेको चिया खानलाई गिलास ठकठक्यायो।

उसले भन्यो, "म हिँडेँ। कसैलाई केही चाहिन्छ ?"

"आफूले खाएको भाँडा त कहिल्यै माझ्दैनस् हगि ? ठ्याक्कै आफ्नै बाउ जस्तो !" बोजूले गुनासो गरिन्, "ती क्रिस्चियनहरू लाजै पचाएर सधैँ आए पनि आफूले खाएको प्याला त माझ्छन् !"

"फर्केर आएपछि माझुँला नि त !" सन्दीपले जवाफ दियो।

"तेरो बाउ पनि त्यसै भन्थ्यो।" बोजूले केही स्नेहसाथ भनिन्, "ऊ आफ्नो बाबुको छोरा हो। पङ्खाबारीको झर्रा राई, दाजुभन्दा ठीक उल्टो।"

टिकमको भनाइ अनुसार, पहिले एकपल्ट उनका मावलीहरू आएका बेला एउटी बहिनी पर्नेले बाथरुममा उल्टी गरेकी थिइन्। त्यसपछि बान्ता हुनुको कारण बेलीविस्तार लगाउँदै भनेकी थिइन्– फ्याँकेको भात गुजुल्टो परेको कपालमा अल्भेर नजिकैको नालीमा तैरिरहेको देखेपछि घीन लागेर अड्नै सकिएन। अरूको कुरै छोडौं, कम्तीमा निभिताले यो घरको राखनधरन कस्तो छ र सरसफाइमा कत्तिको लापरवाही छ भनेर पक्कै चर्चा गर्नेछिन् भन्ने बुझेका राजीवले सफाइ अभियान थालिहाले। उनले भान्सालाई एक फन्को हेरे र जतातते फोहोर देखेर लामो सुस्केरा हाले।

चुलोमाथि टाँगिएको बिजुलीको तार ध्वाँसोले कालै भइसकेको थियो। भान्सामा वर्षौंदेखि नफेरिएको एक मात्र बिजुलीको बल्बलाई धूलोले पूरै छोपेको थियो। पहिले त उनले त्यसलाई पुछेर सफा पार्न सकिन्छ कि भन्ने सोचे, तर फेरि त्यसमा टाँसिएको लिसोलाई छुरीले नै खुर्केर फ्याँक्नु उचित सम्झे।

काम सक्न उनलाई धेरै समय त लाग्यो, तर त्यस बल्बलाई पखालेर पुछीवरी प्लगमा जडान गर्दा उज्यालो यस्तो भयो, उनका आँखा तिरमिराए। टिनको छाना हुँदै चारैतिर फैलिएको माकुराको जालो पन्साउन खोज्दा एउटा ठूलो माकुरो उनको पाखुरमै झऱ्यो। बिहानका जुठा भाँडाकुँडा टिकमले चित्तबुझ्दो किसिमले माझेको रहेनछ; उनले फेरि भाँडाकुँडा टल्काउन थाले। किन यस्तरी मरुन्जेल खटेको भन्दै बोजूले सुर्ता गरेपछि मात्र उनी थामिए।

केके न गरें भन्ठानेर एकै छिन गमक्क पर्न नपाउँदै राजीवले जब सुत्ने कोठाको भद्रगोल देखे, फेरि लातलुतै गल्न पुगे। जतातते चर्केको भुइँ र त्यसमा परेका भ्वाङहरू दशकौंसम्म त्यत्तिकै छाडिँदा लिसो यस्तरी टाँसिएको थियो, सफा गर्न घुँडा धसेर लागे पनि पार लाग्ने थिएन। यी भ्वाङहरू पुर्नका निम्ति त उनले नोकरी पाउन्जेल नै पर्खनुपर्थ्यो। अर्कातिर लुगाफाटा खाँदेर थाक लगाइराखेका खिया परेका टिनका बक्साहरू अहिल्यै लडिहाल्लान् जस्ता थिए। उनले डसना र तन्ना मिलाउन शुरू गरे। ओछ्यानमुन्तिर जतातते जोडी नमिलेका मोजाहरू छरिएका रहेछन्। तन्ना झट्कार्दा दुइटा साङ्ला कुनातिर कुलेलम ठोके। महीनौंदेखि तन्नामा लागेको ऱ्याल, पसीना र धूलोका टाटा उनले दलदाल पारी रगडेर टकटक्याए।

कोही सघाउने साथी भइदिए कति सजिलो हुन्थ्यो ! तर, बूढी बोजूबाट यस्तो अपेक्षा गर्नु उचित थिएन । कीराहरू मरून् भनी टिनका बक्साबाट निकालेका ओढ्ने-ओछ्याउने घाममा फिँजाइदिएर उनले सक्नेजति त सघाएकै हुन् । बिहानै हिँडेको सन्दीपले त्यस बेलासम्म अनुहारै देखाएको थिएन । टिकम चाहिँ आँगनमा बास्दै गरेको भाले खेद्नमै व्यस्त थियो त्यसैले राजीवले एक्लो कोशिश जारी राखे । तर जब माउ कीराले खाएका किताबहरूसँगै मुसाले ओसारेर कोतर्दै खाटमुनि थुपारेका केही कपडाबाट ढुसीको ह्वास्स दुर्गन्ध आयो, उनले त्यसलाई त्यत्तिकै छाडिदिए । यो काम टुङ्गोमा पुऱ्याउन नसकिएला भनेर पराजित मनस्थितिमा पुगेका अनि थाकेर लखतरान भएका राजीव छतमा पुगेर चटाइमा के ढल्केका थिए, भुसुक्कै निदाए ।

उनी ब्यूँझिँदा साँझ झमक्क भइसकेको थियो । बलिउड फिल्मको पुरानो धुन सुसेला मार्दै सन्दीप नुहाएर बाथरुमबाट निस्कियो । टाउको असाध्यै दुखेकाले राजीवले भाइलाई अलिकति पानी ल्याइदिन अऱ्हाए । सन्दीपले टिकमलाई अऱ्हाउन खोज्यो, तर कुनै उत्तर पाएन ।

“चाहिएको बेला ऊ कहिल्यै छेउमा हुँदैन ।” सन्दीप बरबराउँदै भान्सामा गयो, “सबै काम मैले नै गर्नुपर्छ !”

उसले राजीवलाई दिएको पानी चिसो थियो । पानीको प्रत्येक घुट्कीसँग राजीवले दिनभरि दबाएर राखेको रिसलाई निल्ने कोशिश गरे ।

“तँलाई थाहा छ त म चिसो पानी पिउँदिनँ भनेर !” उनले भने ।

सन्दीपले नसुनेझैँ गऱ्यो । राजीवले पहिले गिलासलाई अनि सन्दीपलाई हेरे । उसले दाजुको आक्रोशलाई पूरै बेवास्ता गर्न खोजिरहेको प्रस्टै देखिन्थ्यो ।

भाइबाट जवाफ नपाउने निश्चय भएपछि राजीव बाथरुमतर्फ लागे । प्लास्टिकको बाल्टीमा टम्म पानी भरेर नुहाउन लुगा खोले । साबुनतर्फ हात बढाउँदा त्यसमा कपालैकपाल बेरिएको देखे । स्कटहरूले स्वास्थ्यका हिसाबले घरमा नुहाउन बेग्लाबेग्लै साबुन प्रयोग गरिनुपर्छ भनेर सुझाव दिएपछि दुई हप्ताअघि मात्र उनले आफ्नो साबुन नचलाउन सबैलाई चेतावनी दिएका थिए । साबुन पल्टाएर अर्कातर्फ हेर्दा बेग्लै आकारका झन् धेरै रौं देखिए ।

उनले ती रौँ औँलाले निकाल्न खोजे, सकेनन् । उनका नङहरू साबुनमा गाडिँदा गुलाबी भए ।

उनी रिसले आगो भए । तनावको खात लाग्दै गयो । एउटा आवेगले अर्कालाई दबाउन कोशिश गर्दा रिसको पारो झन् चढ्दै आयो । उनले त्यो दिन आफूमाथि आइलागेका कुराहरू सम्झे । मामाको आकस्मिक आगमन, तुरुन्त नोकरी नपाएकामा बोजूको घोचपेच अनि भाइको अविवेकीपन आदि मिलाएर हेर्दा उनले जुन कुराको लख काटेका थिए त्यो पुष्टि भयो। अर्थात्, उनले परिवारबाट एक थोपा पनि सराहना पाइरहेका छैनन्। राजीवले गरेको त्यत्रो त्यागलाई उनीहरूले उनको सामान्य कर्तव्यबाहेक अरू केही भन्ठानेनन् ! यहाँसम्म कि, त्यो टिकमले पनि, जसको बोझ हल्का होस् र पढाइलाई समय दिन सकोस् भनेर राजीवले भरमग्दुर सघाउने गर्थे । आज दिनभर आफू बिथोलिँदा उसले धरि एक शब्द मीठो वचन बोलिदिएन ।

एक बाल्टी हिउँ जस्तै चिसो पानी शरीरमा खन्याउँदा पनि राजीवले केही फरक महसूस गरेनन्। आङ तान्दा ढाड दुखिरहेको थियो। जोर्नीहरू कटकट खाइरहेका थिए।

त्यत्तिकैमा बाथरुमको ढोका कसैले बेस्सरी ढकढक्यायो । त्यो टिकम थियो र ऊ राजीवको नाम काढेरै चिच्याइरहेको थियो।

गाऱ्हो-साँघुरोकै बीच पनि राजीवले अलिकति बजेट जुटाएर केही महीनाअघि मात्र बाथरुम र शौचालयबीचको पर्खाल भत्काउन लगाई टुक्रुक्क बस्ने प्यानका ठाउँमा कमोड जोडेर बोजूलाई पनि सजिलो हुने गरी पश्चिमा शैलीको संयुक्त बाथरुम तयार पारेका थिए। सबै जना बेग्लाबेग्लै समयमा उठ्ने हुनाले शौचालय र बाथरुम एउटै बनाउँदा फरक पर्दैन भन्ने उनको हिसाबकिताब थियो। ठीक यति बेला चाहिँ राजीवलाई दुइटा फरक प्रयोजनका कोठालाई जोडेर यसरी एउटै बनाउने आफ्नो सोचाइप्रति सबैले समान धारणा राख्दा रहेनछन् भन्ने पऱ्यो। पश्चिमाहरूको नक्कल गर्न खोज्ने आफू कति मूर्ख रहेछु भन्दै उनी स्वयंलाई धिक्कार्न थाले।

यो घरमा उनले एकै छिन पनि शान्तिको सास फेर्न पाएका थिएनन्।

बाथरुमको ढोका झन् जोडले ढकढक हुन थालेकै बेला उनले बिस्तारै लुगा लगाए ।

"ऐया, पेन्टमै छिरिसक्यो !" पहिले ठट्टाको शैलीमा र पछि सारै परे जस्तो गरी टिकम चिच्यायो ।

राजीवले जेल लगाएर कपाल कोरे । आफैँलाई चित्त नबुझेकाले फेरि शैली बदले र बीचमा सिउँदो काढे । दुवै काखीमा अत्तर छर्के ।

"दादा, लु न हौ !" टिकम रोउँला जस्तै गर्न थाल्यो ।

आफूले उल्टो टिसर्ट लाएको थाहा पाएर राजीवले त्यो खोलेर सुल्टा पारेर लगाए। उनले ढोका खोल्दा टिकम गइसकेको रहेछ। घरको पछिल्तिर कतै सुनसान ठाउँमा ऊ दिसा गर्दै छ भन्नेमा राजीव निश्चित थिए। फुच्चे हल्का त भएर आयो, तर दुर्गन्ध पनि साथै लिएर आएकामा उनलाई आफूले गरेको गल्तीको आभास भयो। उनले टिकमलाई बोलाए ।

"म भित्र हुँदा ढोका किन ढकढक गरेको ?" उनले सोधे ।

"दादा, पेन्टमै छिरिसकेको थियो । एक छिन पनि ढिलो भएको भए भुइँभरि हुने थियो ।"

"म भित्र थिएँ भनेर तँलाई थाहै थियो त !"

"मैले कत्ति खेप ढकढक्याउँदा पनि खोल्नुभएन। सयौँपल्ट त ढकढक्याएँ होला ।"

"तेरो निम्ति आफूले गर्दै गरेको काम पनि छोडी निस्कनु भन्ने छ ?"

"तर मेरो त भुइँभरि हुनेवाला थियो। दादा, तपाईंले ढोका नै खोल्नुभएन।"

"यो घर मेरो हो। अनि बाथरुममा मलाई जति बेर लागे पनि म बस्छु, बुझिस् ?" राजीव चिच्याए, "अब उसो म त्यहाँ हुँदा तैँले ढोका ढकढक्याइस् भने स्कुल जानै बन्द ! अनि घरको काम पनि थपिदिन्छु ।"

टिकमको कान निमोठेपछि गालामा जोडसँग एक थप्पड हान्दै उनले उसलाई जगल्ट्याए। जब कुटपिट बढ्दै लातमा पुग्यो, टिकम घुँकघुँक

गर्दै रोयो। ऊ भुइँमै लम्पसार परेको थियो। लात्तीको निशाना पाँसुलाको अघिल्लो भाग, भुँडी र टाउको थिए। राजीवले रामधुलाइ सिध्याउनअघि नै जाकिर हुसेन मार्गका सबै छिमेकी आआफ्ना घरबाहिर निस्किसकेका थिए। नजिकको एन्डिज होटलमा बसेका पर्यटकहरू पनि केके न भयो भनी कौतूहलपूर्वक चियाउन थाले। यो देखेर राजीवलाई आफ्नो कमजोरीको बोध भयो र उनी आफैँले स्वयंभित्र जगाएको पशुताबाट बिस्तारै मुक्त हुँदै गए।

"टिकम, हामी आफ्नै हौँ भन्दैमा मलाई हेप्न चाहिँ पाउँदैनस्, बुझिस् !" उनले फेरि प्याट्ट हान्दै भने, "म बाथरुममा हुँदा कहिल्यै ढोका नढकढक्याउनू।"

अन्त्यमा सबै शान्ति भएपछि उनले टिकमलाई घचेडे। तर उनले किन त्यसो गरे, आफैँले बुझ्न सकेनन्।

भोलिपल्ट बिहान नियमित समयमै स्कटहरू आइपुगे। उनीहरूका हातमा बाइबलका एउटाएउटा नयाँ संस्करण थिए।

"आइतबार कसरी बित्यो त ?" क्रिस्टाले सोधिन्।

मामाको प्रसङ्गदेखि थालेर बोजूको अपमान, ढाड भाँचिउन्जेल सफाइ अभियान र टिकमलाई ठटाएकोसम्मको सम्पूर्ण बेलीविस्तार राजीवले लगाइदिए।

"तपाईंलाई पछुतो लागिरहेको छ ?" माइकलले सोधे।

"केको पछुतो ?"

"गल्तीबिनै टिकमलाई कुटेकोमा।"

"अहँ, बरु सन्चो पो लाग्यो।"

"यसलाई अलिक विस्तारमा भन्नुस् त, राजीव !" माइकलले भने।

राजीवले गरेको कारबाही र त्यसमा दिएको सफाइलाई नकारे पनि उनले मुखले त्यो प्रकट चाहिँ गरेनन्।

"खै कसरी बताऊँ, मिस्टर स्कट ? सारै दिक्कलाग्दो दिन थियो। अनि जब मैले उसलाई कुटेँ, पीडा कम भएको अनुभूति भयो। दुखाइले ऊ जति चिच्यायो उति नै मेरो रिस घटेको अनुभव गरेँ।"

"कुनै प्रतिस्पर्धामा भाग लिए जस्तो भइरहेको थियो ?" माइकलले सोधे।

"प्रतिस्पर्धा ?" राजीव अकमक्क परे।

"तपाईंभन्दा उसको वेदना बढी थियो क्यार ! अनि त प्रतिस्पर्धा नै भयो नि !"

"मैले त यो कुरालाई यसरी हेर्दै हेरिनँ।" राजीवले विश्वास दिलाए।

टिकम उनीहरूका निम्ति तीन गिलास चिया लिएर आयो। हिजो रोएकाले आँखा अझै सुन्निएकै थिए। शरीरमा घाउचोट त देखिँदैनथ्यो, तर माइकलले हँसिलो भएर अभिवादन गर्दा पनि टिकमले माथि हेरेन।

टिकम फर्केर गएपछि माइकलले सोधे, "उसलाई हेर्दा तपाईंको चित्त दुख्दैन ?"

"खै !" राजीवले चिया सुरुप्प पारेपछि त्यसको तीतोपनमा अनुहार बिगारे, "हैन, मलाई त्यस्तो लाग्दैन। बरु म त लातको भूत बातले मान्दैन नै भन्ठान्छु। मेरो विचारमा उसले त्यो सजाय पाउनैपर्थ्यो।"

"हामी यहाँ प्रवचन दिन त आएका हैनौँ राजीव, तर हिंसा कुनै पनि कुराको समाधान हैन है !" क्रिस्टाले भनिन्।

"यो बाइबलको नयाँ संस्करणले त्यसै भन्छ र ?"

"हैन, बाइबल मात्र हैन, संसारका सबै धर्मले यही नै सिकाउँछन्।" क्रिस्टाले जवाफ दिइन्।

उनी अरू दिनभन्दा बिस्तारै र हरेक शब्दलाई स्पष्टसँग उच्चारण गर्दै बोलिरहेकी थिइन्। माइकलभन्दा क्रिस्टा धेरै स्पष्टवादी भएकी हुनाले आफ्ना कुरा प्रस्टैसँग राखेर आफूलाई यो कुरा मन नपरेको जनाउ दिइन्।

"तपाईंहरूले सबै धर्मको बारेमा बुझ्नुभएकै रैनछ।" राजीवले घोषणै गरिदिए। आफूले स्कटसँग पो यसरी कुरा गरिरहेको छु भन्ने सम्झिँदा उनी

झस्किए पनि। "आज मात्र युएईको एउटा अदालतले कुनै पनि पुरुषले आफ्नी श्रीमती वा केटाकेटीमाथि बल प्रयोग गर्छ भने त्यसलाई इस्लाम धर्मविरुद्ध गएको मानिनेछैन भनेर फैसलै सुनाएको छ।"

"फैसला दिए पनि यो ठीक हैन, राजीव!" क्रिस्टाले भनिन्। उनले चिया पिउन छोडिन्।

"मैले यो ठीक भनेकै हैन।" राजीवले बिँड छोडेर सिङ्गो कप नै च्याप्प समाते, "तपाईंले आफूलाई सबै धर्मको ज्ञाता भनी दाबी गर्दा पो अनौठो लागेको त!"

"यो धर्म सम्बन्धी कुरा नै हैन, राजीव!" क्रिस्टाले भनिन्, "कस्तो उदेकलाग्दो ...।"

उनले कुरा नसिध्याउँदै माइकलले भने, "राजीव, के तपाईं आफ्नो गरीबीदेखि लज्जित हुनुहुन्छ?"

"म गरीब छु भनेर कसले भन्यो, मिस्टर स्कट?"

"हैन हैन, कसैले भनेको त हैन। आफ्ना नातेदारहरूको आगमनमा पनि तपाईं चिन्तित हुनुहुन्छ नि त! यो त चाडबाडको अवसर हो। तपाईंले त खुशीसाथ उत्सव पो मनाउनुपर्ने! उनीहरूको समुचित व्यवस्थाको निम्ति धेरै ध्यान दिँदा तपाईंले आफ्नो छुट्टीको समयलाई पनि खल्लो पार्नुभएको छ। एउटा कुरा तपाईंले के बिर्सनुहुन्न भने, तपाईंको गाँस-बास टुटिहालेको छैन। अर्कातिर तपाईंभन्दा निकै बढी अभावमा पनि यो देशका थुप्रै मानिस बाँचिरहेकै छन्।"

"तर, मकहाँ धेरै मानिस पाहुना लाग्न आइरहेका छन् भन्ने कुरा त तपाईंले बुझ्नुपर्‍यो नि!" राजीवले भने, "उनीहरू सन्दीप या मलाई भेट्न हैन कि रमाइलो गर्न आउन लागेका हुन्। अनि आफ्ना नानीहरूलाई हाम्रो दुःख देखाएर उनीहरू चाहिँ कति सुखमा हुर्किरहेका भाग्यमानी हुन् भन्ने देखाउन पनि आउन लागेका हुन्। मलाई थाहा छ, उनीहरू शिलाङ फर्किंदा बाटोभरि हाम्रो एककोठे घरको कुरा काटेर थाक्नेछैनन्। राम्रो मनले आउन लागेका भए त म पनि खुशीसाथ प्रतीक्षा गर्ने थिएँ होला नि!"

“उनीहरूको सङ्कीर्णतामा तपाईं चाहिँ आफूलाई किन चिन्तामा डुबाइरहनुभएको छ ?” माइकलले सोधे, “अरूले के सोच्लान्, अरूले के भन्लान् भनेरै धन्दा मानेको मान्यै हुनुहुन्छ । तपाईंलाई नियन्त्रणमा लिने शक्ति त तपाईं आफैँले उनीहरूलाई दिइरहनुभएको छ । अरूले तपाईंको बारेमा के सोच्छन् भन्ने कुरा तपाईंलाई किन यत्तिको महत्त्वपूर्ण लाग्छ ?”

“कुरै गर्नु जस्तो सजिलो त अरू के होला र, मिस्टर स्कट ? भन्नैपर्दा, मेरो इन्जिनियरको डिग्री नै उनीहरूले नै दिलाइदिएका हुन्। मेरी सानीआमाहरू र मामाहरू चार जना मिलेर। प्रत्येकले मेरो कलेजको एकएक वर्षको फिस तिरिदिएका थिए। हुन त मैले पोहोरै खर्साङको पुर्ख्यौली घर त्यहाँ होटल बनाउन चाहनेहरूलाई बेचेर उनीहरूको सबै पैसा चुक्ता गरिदिइसकेको हुँ, तैपनि म उनीहरूप्रति अनुगृहीत भइरहूँ भन्ने चाहना राख्छन्। अर्काको गुनमा थिचिएर बाँच्नु नपरोस् भनेर मैले त त्यो पैसाको अलिअलि ब्याज पनि दिन चाहेकै हो, तर आफन्तमा त्यसो पनि त गर्दिैन !”

“जे भए पनि अप्ठचारो परेको बेला उनीहरूले तपाईंलाई सघाएका रैछन् नि !” क्रिस्टाको आक्रामक लवज हरायो, “तपाईं उनीहरूप्रति आभारी हुनुपर्ने हैन र ?”

“कृतज्ञताको मात्र कुरा भए त ठीकै थियो नि ! उनीहरूको हकै जमाउन खोज्ने मनोवृत्ति चाहिँ म सहनै सक्दिनँ । तिनका बाबुआमाको सहयोग नपाएको भए मैले इन्जिनियरिङ कलेजमा पढ्नै पाउँदिनथेँ भन्ने कुरा उनीहरूका छोराछोरीले धरि थाहा पाइसकेका छन् । त्यही विगत सम्झेर मलाई र सन्दीपलाई उनीहरूले सधैँ त्यस्तै व्यवहार गर्छन् ।”

“उनीहरूसँग वर्षभरिमा केवल एक पटक भेट हुने त हो, राजीव !” माइकलले भने ।

“मेरा मामा नै सबैभन्दा खेर गएको हुनुहुन्छ अनि उहाँ चाहिँ दार्जीलिङमै बस्नुहुन्छ, मिस्टर स्कट !”

“तर तपाईंहरूको भेट त विरलै हुन्छ नि !” क्रिस्टाले स्मरण गराइन्, “यिनीहरूको विषयमा तपाईं यति धेरै सोच्नुहुन्छ कि त्यसको रिस अरूमाथि

पोख्नुहुन्छ। हिजो टिकम थियो, आज म। तपाईंको उहाँसँग भेट हुने भनेको सालमा दुईपल्ट मात्रै त हो। अनि केको चिन्ता ?"

"कथङ्काल मैले उहाँलाई भेटें नै भने पनि त्यति बेला टिकम चाहिँ छेउछाउमा नहोस् भन्ने निश्चय गर्नुपर्छ, मेरो सबै रिस उसैमाथि नपोखियोस् भनेर।" राजीवले भने।

त्यहाँबाट बिदा लिनअघि क्रिस्टाले नयाँ टेस्टामेन्टको एक प्रति राजीवलाई दिएर त्यो पढ्नू भनिन्। क्रिस्चियन धर्म बुझ्नका निम्ति यो सबैभन्दा उत्तम माध्यम हो रे! उनले यो सब गरेर राजीवको धर्म परिवर्तन गराउन चाहेको हैन भनेर स्पष्टीकरण पनि दिइन्। जुन मानिसले वरिपरिका सबै चीजप्रति विश्वास गुमाएको हुन्छ, उसले भगवान्, कुनै पनि भगवान्मा फेरि आस्था जगाउन सके धेरै फाइदा हुन्छ। त्यो ग्रन्थका विषयमा कुनै पनि कुरा जान्न-बुझ्न चाहेमा उनीहरू हरपल राजीवका निम्ति उपलब्धै थिए। उनको भाइका निम्ति पनि ग्रन्थको अर्को प्रति त थियो, तर पहिले सन्दीपलाई उसको इच्छा बुझेर मात्र दिनू भनेर माइकलले सम्झाए।

क्रिस्टासँग अभद्र व्यवहार गरेकामा अलिक अप्ठचारो मान्दै राजीव पुनः सरसफाइमा लागे। सन्दीप सुतिरहेकै थियो। राजीवले उनलाई उठाएनन् पनि। रेडियो खर्साङ फेला पार्न उनकी बोजू रेडियोको मिटर घुमाउँदै थिइन्। बिहानै सबैलाई चिया दिएर गएपछि राजीवले टिकमलाई त्यता देखेका थिएनन्। उनले आफ्नो खाटमुनिबाट एउटा चोलो, शायद आमाको होला, निकालेर झ्यालको सिसा पुछे। भित्तामा झुन्ड्याइएका फोटाहरू निकालेर तिनको पछिल्तिर पुछ्न खोज्दा थुप्रै माउकीराहरू अत्तालिँदै तितरबितर भए। उनले एक-दुई वटा मारे; अरूलाई छोडिदिए। फोटाहरूमा भएको धूलोले उनको एलर्जीलाई उक्सायो। त्यसैले उनले आमाको अर्को चोलो नाक र मुख छोपिने गरी बाँधे। एक्कासि खोकी लाग्न थाल्यो र त्यो नथामिएकाले उनी छततिर गए। त्यहाँ उनकी बोजूले खोकी लागे ठाडो घाँटी लगाएर आकाशतिर हेर्नू भन्ने सुझाव दिइन्। त्यो उपायले चामत्कारिक ढङ्गले काम गऱ्यो।

बोजूले पुराना दन्त्यकथा मनमनमा गुन्दै गर्दा राजीवले फ्रेममा सजाइएका खादा धोए। हुन त उनले ती खादा फ्याँकेर अनि नयाँ पनि नलगाएरै राखिदिन सक्थे, तर खादाबिना फोटाहरू नै अपूरा देखिने थिए। खादाबिना फ्रेममा भएका फोटाहरू सजीव देखिन्थे। राजीवको विचारमा त्यो पनि उचित थिएन।

आफ्ना बुवाको फोटोलाई एकटक हेर्दा उनले अनौठो अपनत्व महसूस गरे। उनी ठ्याक्कै बुवा जस्तै देखिन्थे। उनी आमाको फोटो हेरेर पनि उसै गरी उद्वेलित हुन चाहे, तर भएनन्। बाजेको फोटो चाहिँ उनले सबैभन्दा लामो समयसम्म हेरिरहे। त्यसको सिसा फेरि एक पटक पुछेर पहिलेकै ठाउँमा टाँगिदिए। खादा नयाँ नै देखिएको छ कि छैन भनेर उनले सुनिश्चित गरे।

साँझमा उनले खाटमुनिको फोहोरमैला पन्साए। कोठाको एकोहोरो स्वरूपलाई अलिक फेर्न खाटमुनि थुपारिएका किताबहरू निकालेर झ्यालको छेउमा चाङ लगाए। उनी सेन्ट पल्स नामको क्रिस्चियन स्कुलमा पढेका थिए। जेहनदार भएकै कारण स्कुलले फिस पनि माफ गरिदिएको थियो। स्कुलको प्रत्येक शैक्षिक सत्रको शुरूआत अर्थात् फरवरी महीनाको उत्तरार्द्धताका उनका बुवाले उनका र सन्दीपका किताबहरूमा खैरो रङ्गको जिल्द हालिदिन्थे र कहिलेकाहीं त्यसमा प्लास्टिक हालेर स्टिच पनि गरिदिन्थे।

केटाकेटी छँदा राजीव किताबका जिल्दमा ठूला-साना र बाङ्गाटिङ्गा अक्षरले आफ्नो नाम लेख्न रुचाउँथे। सन्दीपको चाहिँ पढाइप्रति झुकाव नै थिएन। बरु बुवाआमासँग उब्रेका कागज मागेर ससाना हवाईजहाज बनाउन च्वारच्वार च्यात्ने गर्थ्यो।

राजीवले कीराले खाएका पुस्तकहरूका पन्ना नपल्टाइरहन सकेनन्। धेरजसो ठाउँमा सावधानीपूर्वक मुनि धर्का तानिएका अनि किनारामा पूरै टिप्पणी लेखिएका अनि सन्दीपका चाहिँ सफा र कम प्रयोग गरिएका पाएर उनी विगतका हल्का र रमाइला क्षणमा पुगे। त्यस बेलासम्म उनका आफन्तहरूले पनि नराम्रो व्यवहार गरेको उनलाई सम्झना भएन। त्योताका उनीमाथि कुनै उत्तरदायित्व पनि लादिएको थिएन। कोहीकोही बेला, जस्तै : निभिताले टोकेपछि उनले लात्ती हान्दा कुटाइ खानुबाहेक उनलाई बुवाआमाले सुखद,

अझ भन्नु हो भने, पुलपुलिँदो बाल्यकाल दिएका थिए। उनको ध्यान त्यस घटनातर्फ मोडियो र मुसुक्क हाँसे। निभितालाई यसको सम्झना दिलाउन पाए साँच्चै रोचक हुने थियो।

आश्चर्य, स्कटहरू अर्को दिन आएनन्! आफूले पढेका पुराना किताबहरूबाट मिलेको सकारात्मक ऊर्जाबारे उनीहरूसँग केही बोलुँला भन्ने लागे पनि टीका जस्तो महान् र पवित्र चाडको दिन उनीहरूको अनावश्यक उपस्थितिलाई बोजूले नराम्रो मान्छिन् कि भनेर नआएका होलान् भन्ने राजीवले ठाने। दश दिन लामो दशैँको चाडबाडमा टीकाको दिन सबैभन्दा विशेष थियो। त्यो दिन छरछिमेकका हिन्दू नेपालीहरू चामल, दही र गुलाबी अबिर मिसाएर मुछेको टीका बोजूको हातबाट ग्रहण गर्न राजीवको घर आए। सबै जनाले, अझ सन्दीपले पनि, नयाँ लुगा लगाए। राजीवले आफूसँग भएमध्येको गतिलो सर्ट लगाए। सबैले त्यसलाई नयाँ सम्झन्छन् भन्नेमा उनी ढुक्क थिए। बोजूले चाहिँ सौम्य देखिने गरी साडी लगाइन्। टिस्टामा भएका आफ्ना परिवारलाई भेट्न टिकमले केही दिनको फुर्सद मागेको थियो। राजीवसँग बिदा माग्दा उसले अन्तै हेरिरहेको थियो।

बोजूले पनि निधारमा सानो रातो टीका लगाए राम्रो हुन्थ्यो नि भनी राजीवले भन्दा थोते वृद्धा अचम्भित भए पनि खुशी देखिइन्।

"लोकले के भन्ला?" उनी मुस्कुराइन्।

"अर्काले के भन्ला भन्ने कुराको के मतलब?" राजीवले थपे, "आजकल सबैले त त्यसै गर्छन्।"

"उनीहरू म जस्ती विधवा हैनन् नि त!"

"विधवाले पनि त लगाउन थालेका छन्।"

"म असी पुग्नै आँटेँ। एक त कहिलेकाहीँ हल्का बुट्टा भएको लुगा पनि लगाइदिन्छु। त्यसमाथि टीका पनि टाँसेँ भने मान्छेले कुरा काट्छन्।"

"तपाईंको उमेरका बूढी विधवाहरूले पनि गुलाबी साडी लगाएको मैले देखेको छु। त्यो हेरेर तपाईंले लगाउने हरियो त धेरै शालीन देखिन्छ। म ठोकेर भन्छु, तपाईंको रातो टीकालाई कसैले केही भन्दैन।"

"आइमाईहरू कसरी कुरा गर्छन्, तँलाई थाहै छैन।" यो संवाद अरूले सुन्लान् कि जस्तो गर्दै उनले राजीवलाई स्वर सानो पार्न भनिन्।

त्यसपछि राजीवले त्यति जिद्दी गरेनन्। बोजूको मनको कुरा आफूले बुझिरहेको छु भनेर आभास दिलाउन चाहन्थे उनी। त्यो कुरा उनले बोजूबाट पाएको प्रशंसाको सङ्केतबाट पुष्टि भइसकेको थियो। बस, उनलाई चाहिएको त्यति नै थियो।

नातिको निधारमा बोजूले टीका लगाइदिइन् अनि दिन छिप्पिँदै जाँदा छिमेकीहरूलाई पनि खुशी एवं उत्साहसाथ आशीर्वाद दिइन्। टीका लगाउँदा भनिने श्लोक बोजूलाई भट्ट्याउन नआए पनि राजीवले पुरुष र महिलालाई दिइने आशीर्वादका भिन्दाभिन्दै श्लोकहरू फोनमा रेकर्ड गरिदिएकाले उनी मक्ख थिइन्। उनका प्राय: निकट सम्बन्धीहरू स्वर्गवास भइसकेका भए पनि छिमेकीहरूले बोजूलाई अग्रजका रूपमा सम्मान दिएकामा राजीव कृतज्ञ थिए। प्राय: सबै जना प्लास्टिकको झोलामा फलफूल अथवा बट्टामा मिठाई लिएर आए। अनि कतिले त दक्षिणा पनि टक्र्याए। पैसा चाहिँ बोजूले लजाउँदै स्वीकार गरिन्। उनले चोलीभित्रबाट पाँचपाँचका नोट निकालेर केटाकेटीलाई दक्षिणा दिँदै पनि थिइन्। आफूभन्दा सानाहरूले खुट्टामा ढोगिदिँदा उनी मक्ख पर्दै मुस्कुराइन्।

दशैँ खानपानको उत्सव पनि हो। वर्षेनि मनाइने यो धार्मिक अनुष्ठानमा नजिकैका तामाङ काकाले खसी ल्याई मार हान्थे। अनि त्यसको टाउको घरको पूजाथानमा चढाई शरीरका अरू भाग उसिनेर, सेकुवा लगाएर वा भुटुवा बनाएर विभिन्न तरीकाले पकवान तयार गर्ने चलन थियो। भारतीय फौजमा रहेका उनका छोराहरू अक्टुबर महीनामा घर आउन नपाएका कारण तामाङ काकाको खसीको मासु राजीव, सन्दीप र बोजूले यति खान पाउँथे कि त्यो उनीहरूले घरमा वर्षभरि खाएभन्दा बढी हुन्थ्यो। दशैँमा राजीवले

सधैँको खानाभन्दा भिन्दै केही पकाएनन्। उनको घरमा भोजै पकाउने खालका कोही थिएनन् भन्ने छिमेकीहरूलाई थाहा भएको र तिनीहरूको आफ्नै घरमा पर्याप्त मासु भएकाले राजीवले विशेष परिकार खुवाउन नसकेकामा कसैले उनको निन्दा पनि गरेनन्। कोहीकोही त मातेर पनि आएका थिए।

यो वर्ष उनको घरमा टीका लगाउन आउनेमा एउटा परिवार चाहिँ कम भयो। दुई घरमुनिका सुब्बा काकाले केही हप्ताअघि मात्रै क्रिस्चियन धर्म अपनाएका थिए। त्यो परिवारका सबै पाँचै सदस्यले पवित्र जलद्वारा दीक्षा लिए। धर्म परिवर्तनसँगै उनीहरूले आफ्नो पुरानो नामलाई पनि अङ्ग्रेजी बनाएका थिए। जसराज सुब्बा अब जोसेफ सुब्बा र उनकी श्रीमती जमुना चाहिँ अहिले जेमिना भएकी थिइन्। जसराजले मद्यपान गर्नै छाडिदिए अनि एक समयकी भयङ्कर जुवाडे जमुना पनि तास र अरू जुवाडे महिलादेखि टाढै बस्न थालिन्। स्वाभाविक रूपमा यसबाट उनीहरू छिमेकमा उपहासको पात्र भएका थिए। यी नयाँ सदस्यहरू गिर्जाघर खूबै धाउन थालेका थिए अनि उनीहरूका जवान छोरीहरू चाहिँ त्यहाँ आइतबार लाग्ने स्कुलमा शिक्षिका हुन प्रशिक्षण लिइरहेका थिए।

धर्म परिवर्तनमा स्कटहरूकै मुख्य हात छ भन्ने सन्देह पालेका राजीवले भोलि नै यस विषयमा उनीहरूलाई सोध्ने विचार गरे। फेरि, क्रिस्टासँग भएको भनाभन सम्झेपछि तुरुन्तै सङ्कोच मान्न थाले। अरू जे भए पनि उनका निम्ति चाहिँ स्कटहरू असल थिए। राजीव जुन शैलीमा अभ्यस्त थिए, त्योभन्दा नयाँ र एकदमै बेग्लै दृष्टिकोणबाट संसारलाई हेर्न अनि बुझ्न उनीहरूले नै सिकाएका थिए। अनि क्रिस्टा ... अरू जेजस्तो भए पनि उनको व्यवहारमा जुन शिष्टता थियो, त्यसलाई हेर्ने हो भने राजीवले उनीप्रति गरेको कटु व्यवहार अनावश्यक देखिन्थ्यो। जे होस्, बाइबलको नयाँ संस्करण उनी पढ्नेवाला थिएनन्। कट्टर हिन्दू भएकाले पनि हैन, तर जुन धर्ममा आफ्नो जन्म भएको छ, त्यसलाई छोडेर अर्को धर्म अँगाल्नुमा उनलाई त्यति रुचि थिएन।

दिनको उज्यालोलाई रातको अन्धकारले छोप्दै लग्यो अनि चाड मनाउनेहरूको अन्तिम टोलीले पनि बिदा लिएपछि राजीवको आशङ्का

दोहोरियो। बिहानै उठेर फेरि कुनाकाप्चा सबै बढार्नैपर्नेछ। उनकी बोजू घुर्न थालिसकेकी थिइन्। सन्दीप चाहिँ साथीहरूसँग बाहिर गएको थियो। मामाकहाँ टीका लाउन जानुपर्छ भन्ने राजीवलाई थाहा थियो। तर, मामा जस्ता किसिमका थिए त्यस अनुसार उनले कुनै न कुनै हिसाबले उनको पूरा दिन खल्लो पारिदिने पक्का थियो। मामालाई भोलि भेल्नु नै ठीक होला वा हुन सक्छ धनीमानी मामाले गरीब भान्जो आयो कि आएन भनेर वास्तै पो के गरे होलान् र! किन जानु? उनले तर्कना गरे।

भोलिपल्ट मामाको फोनले उनलाई ब्यूँझायो।

"अझै सुतिरहेका छौ कि क्या हो!" अर्कापट्टिबाट आवाज आयो, "मलाई त त्यस्तै लाग्यो। कि पूरै रात ड्रिङ्क्स गरेरै छर्लङ्ग पार्‍यौ?"

"मामा, म ड्रिङ्क्स गर्दिनँ नि!" राजीवले भने।

"म पत्याउँदिनँ।"

"मञ्जु छ्यामा कति बेला यहाँ आइपुग्नुहुन्छ?"

"मैले उनीहरूको हिसाबकिताब लिएर राखेको छैन। अँ, दिउँसो अड्डातिर बरालिएर गायब चाहिँ नहुनु नि! उनीहरू आउँदा तिमी घरमै हुनुपर्छ। उनीहरूको फोनमा अझै सम्पर्क हुन सकेको छैन। जुनै समयमा पनि आइपुग्न सक्छन्।"

"उहाँको फोन नम्बर दिनुस् न।" राजीवले सोधे।

उनीहरू नआउन्जेल आफूले पनि सम्पर्कको कोशिश गरिरहने हिसाबले उनले नम्बर मागेका थिए। उता मामाको फोन भने काटिइसकेछ। यसमा उनलाई कुनै आश्चर्य भएन। बिदा नै नमागी फोन चट्ट काट्ने बानी उनकी आमापट्टिका नातेदारहरूको साझा विशेषता नै थियो। झन् कलेजको फिस सम्बन्धी कुरा गर्दा त उनीहरू जहिल्यै त्यसो गर्थे।

राजीवले बोजूलाई बोलाए; उनले सुनिनन्। भाइको खाट खाली थियो। ऊ राति आउँदै आएन क्यार !

स्कटहरू आइसकेपछि उनले चिया बनाएर ल्याए। अघिल्लो दिनका फलफूल र मिठाई पनि दिऊँ कि जस्तो लाग्यो। साधारणतया दार्जीलिङका क्रिस्चियनहरू हिन्दू भगवान्लाई चढाएको केही पनि खाँदैनन् भन्ने उनलाई थाहा थियो।

"यहाँहरूलाई अम्बक र बर्फी पनि ल्याइदिऊँ कि ?" राजीवले सोधे।

"आहा, अम्बक सारै राम्रो हुन्छ !" क्रिस्टा खुशी भइन्।

माइकलले पनि सहमतिमा टाउको हल्लाए।

"यी चढाइएका प्रसाद हुन् नि ! चल्छ कि चल्दैन ?"

"मजाले चल्छ।" क्रिस्टाले भनिन्।

प्रसाद भनेकै उनीहरूले बुझेनन् कि भन्ने राजीवलाई लाग्यो।

"प्रसाद भनेको हिन्दूका भगवान्लाई चढाइएको खानेकुरा हो।"

"अरे, हामीले किन नखानु !" अनौठो मान्दै माइकलले हेरे।

"दार्जीलिङका क्रिस्चियनहरू यस्तो प्रसाद खाँदैनथे र नि !" राजीवले फ्याट्ट भने।

"म र अम्बकको बीचमा कोही आउन पाउँदैन।" पाकेको अम्बक टोक्दै क्रिस्टाले भनिन्, "टेस्टी ! हामी अलिक बेग्लै किसिमका क्रिस्चियन हौँ।"

"उनीहरू कहिले आउने हुन् त ?" पाहुनालाई इङ्गित गर्दै माइकलले सोधे।

"आजै कति बेला होला।"

"सबै आफन्त भाइबैनीहरू ?" क्रिस्टाले खोजी गरिन्।

"हैन। छ्यामा, एक जना बैनी र अर्की उनकी बैनी पर्ने।"

"उफ्, नातेदार बैनीकी पनि अर्को नाता पर्ने बैनी भनेपछि त तपाईंकी आफन्त परिनन् नि, हैन ?" क्रिस्टाले सोधिन्।

"अहँ," असजिलो मान्दै राजीवले भने ।

"तपाईंले उनलाई कहिल्यै भेट्नुभएको छ ?" क्रिस्टाले सोधिन् ।

"हजुर, एकपल्ट ।"

त्यो बेला उनले आफूलाई टोकिदिएको घटना राजीवले सुनाउँदा सबै जना गलल्ल हाँसे ।

"तपाईंकी नातेदारकी पनि नाता पर्ने बैनी त विचित्रकी रैछन् !" क्रिस्टाले जिस्क्याइन्, "कस्तो त, टोकिहाल्ने !"

"अनि यो तामाङ परिवारको चाहिँ के अनौठो हो नि यस्तो ?" राजीवले सोधे ।

"किन ?" क्रिस्टा र माइकल दुवै एकै चोटि बोले ।

"धर्मै परिवर्तन गरेनन् त ?"

"ओहो, हो नि ! उनीहरूले प्रभुलाई नै आफ्ना मुक्तिदाता भनेर स्वीकार गरेका छन् ।" उज्यालो अनुहार लगाएर मुस्कुराउँदै क्रिस्टाले भनिन् ।

"यसमा तपाईंहरूको हात छ कि ?" राजीवले सोधे ।

"हामीले उनीहरूलाई यिशु स्वीकार्न मद्दत गरेका हौं ।" क्रिस्टाले भनिन्, "उनीहरूले धर्म परिवर्तन गर्नुमा हाम्रो के हात हुन्छ र ? हामीले त मध्यस्थता मात्र गरिदिएका हौं ।"

माइकल पनि केही भन्छन् कि भन्ने आशामा राजीवले उनीपट्टि हेरे । उनले केही भनेनन् ।

"तपाईंहरू किन यसो गर्नुहुन्छ ?" राजीवले सोधे ।

"मतलब ?" माइकलले सोधे ।

"तपाईंलाई थाहै छ ... धर्म परिवर्तन ।"

"हामीले तपाईंको धर्म परिवर्तन गराउने कोशिश कहिल्यै गऱ्यौं र ?" क्रिस्टाले सोधिन् ।

"त्यो त छैन, तर बाइबल पढ्न भनेर दिनु त भयो नि !"

"हामीले बाइबल पढ्ने आग्रह गर्नुभन्दा पहिल्यै यो कसैको धर्म परिवर्तन गराउने उद्देश्यले चाहिँ हैन है भनेर भनेकै छौँ ।"

"त्यो त हो ।" राजीवको चित्त अझै बुझेन, "तर, तपाईंहरू किन धर्म परिवर्तन गराउनुहुन्छ ? यसो गरेर के पाउनुहुन्छ ?"

"अरे, तपाईंले त मान्छे नै मारे जस्तो पो गर्नुभयो त !" उत्तेजित हुँदै क्रिस्टाले भनिन् ।

माइकल शान्त थिए । उनी कहिल्यै उत्तेजित हुँदैनन् भनेर राजीव जान्दथे ।

"मानिसहरू जुन धर्म अन्तर्गत जन्मेका छन्, तपाईंहरूले तिनीहरूको त्यो धर्मप्रतिको आस्थाको हत्या गर्न मिल्छ त ?"

"मानिस जन्मँदा उसको कुनै पनि धर्म हुँदैन ।" क्रिस्टाले कुरा मोडिन् ।

"तर अझै पनि मेरो प्रश्नको जवाफ दिनुभएन । किन तपाईंहरू त्यस्तो गर्नुहुन्छ ?"

"तपाईंलाई मन पर्ने फिल्म कुन हो ?"

"बलिउडमा बनेका ।"

"ठीक छ । तपाईंले आफ्ना साथीहरूलाई त्यो हेर्न आग्रह गर्नुभयो ?" उनी भन्दै गइन् ।

"हजुर, उनीहरूले हेरून् भन्ने चाहन्थेँ ।"

"तपाईंको मन पर्ने किताब कुन हो ?"

"मलाई *अल्केमिस्ट* मन पर्छ ।"

"तपाईंलाई आफ्ना सबै साथीले यो पुस्तक पढून् भन्ने लाग्थ्यो ?"

"हो, मलाई लाग्थ्यो ।"

अब माइकलको पालो । "हो ... क्रिस्चियन धर्मले हामीलाई खुशी तुल्याउँछ । र, हामी चाहन्छौँ कि हामीले यो धर्म अपनाएर जुन सुख र सन्तुष्टिको अनुभूति गरेका छौँ, त्यो हाम्रा साथीहरू या हामीसँग भेट भएकाहरूले पनि

गरून् । यो ठीक त्यस्तै अनुभव हो जुन तपाईंले एउटा राम्रो फिल्म हेरेर दङ्ग परेपछि साथीहरूले पनि त्यसलाई हेरेर रमाउन् भनेर सोच्नुहुन्छ ।"

माइकलले खुल्लमखुला क्रिस्चियन धर्मका विषयमा कुरा गरेको यो पहिलो पटक थियो । यसो गर्दा उनी सन्तुष्ट पनि देखिन्थे ।

"यो त हास्यास्पद तर्क पो हो !" राजीवले तिक्त हाँसो हाँसे, "यति सजिलै म तपाईंहरूको कुरा पत्याउनेवाला छैन ।"

"तपाईंले हामीलाई अनादर गरे जस्तो पो लाग्यो, राजीव !" क्रिस्टाले भनिन्, "आफन्तहरू आउने खबर पाएदेखि तपाईं बेहोशीमा मान्छे नै अर्को बन्नुभएको छ ।"

"अँ, अनि बाइबल पढ्दा चाहिँ मलाई धेरै शान्ति मिल्छ, हैन क्रिस्टा ?" पहिलो पटक उनले क्रिस्टालाई यस्तो सम्बोधन गरेका थिए ।

"उनीहरूको रिस हामीमा या तपाईंको परिवारको झोँक धर्ममा सार्न सहज हुन्छ, राजीव !" अश्रुपूर्ण भई क्रिस्टाले भनिन् र माइकलले पनि सही थाप्लान् कि भनेर पुलुक्क हेरिन्, "मेरो विचारमा तपाईं होशमा आएपछि अरू कुनै बेला कुरा गरौँला ।"

"हो, त्यही ठीक हुन्छ ।" राजीवले बनावटी आदर दिएर भने, "मलाई धर्म परिवर्तन गराउनभन्दा पल्लो घरको राजुलाई कोशिश गरे धेरै सजिलो हुन्छ । अनि अँ, प्लिज, प्रसाद खान चाहिँ नछोड्नुहोला । त्यसो त अरू क्रिस्चियनभन्दा तपाईंहरू भिन्दै हुनुहुन्छ ।"

स्कटहरू बर्फी त्यहीँ छोडेर हिँडे । माइकलले राजीवका मामाले जस्तै स्पष्ट घृणासूचक दृष्टिले हेरे ।

तर, राजीवलाई यी सब कुराबारे धेरै सोच्ने फुर्सदै थिएन । निभिता र उनको दलबल चाँडै आउँदै थिए । उनले रासनपानी किनमेल गरे । भुइँ च्यापच्याप भए-नभएको जाँचे । दराजमा किताबहरू विभिन्न तरीकाले मिलाएर

राखे । बोजू ढल्केको खाटको खुम्चेको तन्नालाई तन्काए । बीचबीचमा स्कटहरूसँग भएको वादविवादबारे पनि सोच्दै उनीहरूसँग अब फेरि भेट होला के त भनेर पनि आफैँलाई प्रश्न गरे। उनी तिनीहरूसँग माफ माग्ने पक्षमा भने थिएनन्। उनलाई आफ्ना बुवाले दिएको पहिचानमा कुनै समस्या थिएन र यो सबलाई लिएर स्कटहरूलाई थप विरक्त पार्न पनि चाहँदैनथे। धन्न, निभिताको उपस्थिति अस्थायी रूपमै भए पनि उनको मनबाट स्कटहरू सम्बन्धी सोचाइ हटाउन यथेष्ट थियो !

निभिताको तुलना राजीवकी नातेदार बहिनी सोनासँग गर्न सकिन्थ्यो। दुवै असाध्यै गोरा, दाहिने गालामा तीन वटा कोठी भएका, अरू राईहरूका तुलनामा असाधारण ठूलठूला आँखा भएका र दुवै जना लगभग एक्काइस वर्षका । निभिता सोनाभन्दा अलिक अग्ली भए पनि अनुहार चाहिँ ऐनामै हेरे जस्तो दुरुस्तै उस्ता थिए। मानिसहरू उनीहरूलाई जुम्ल्याहा नै ठानेर अलमलिन्छन् भन्नेमा राजीव पक्का थिए। दुई जनाको एकरूपतादेखि उनी पनि हैरान हुन्थे। त्यसैले उनले ती दुई जनालाई पालैपालो हेरेको निभिताले धेरै पटक याद गरेकी थिइन्।

बैठककोठा कहाँ छ भनेर सोधिदेलान् कि भनेर धक मान्दै राजीवले उनीहरूको सुटकेस गुडाउँदै सुत्ने कोठामा लगे। एक पटक एउटी छ्यामाले बैठककोठाको खोजी गरेर राजीवलाई निरुत्तर पारेकी थिइन्। राजीव अलिक अस्थिर हुँदै निःशब्द भएको देखेपछि छ्यामाले त्यो बेला कुरा अगाडि बढाइनन्। जे होस्, असंवेदनशील प्रश्नबाट भोगेको अपमान राजीवको मानसपटलमा आजपर्यन्त आलै थियो। ती छ्यामाले राजीव बसेको घर कस्तो छ अनि कस्ता विषयहरूमा खोजीनिती नगर्ने भनेर पहिले नै खुलस्त पारिदिएकी होलिन् र यी पाहुनाले दिक्क नपार्लान् कि भन्ठानेर पनि उनी ढुक्क हुन खोज्दै थिए।

“बोजूसँगै तपाईंहरू यो कोठामा तीन जना एउटाएउटा खाटमा सुत्नुहोला। म अर्को कोठामा सुत्छु।”

अर्को कोठा चाहिँ कुन हो भनेर उनीहरूले नसोधे हुन्थ्यो भन्ने राजीव सोचिरहेका थिए।

"कि त म अर्को कोठामा सुत्छु नि, हुन्न ?" निभिताले सोधिन्, "मेरो एक्लै सुत्ने आदत छ र नि !"

"त्यसो भए तिमी भुइँमा सुत्नुपर्छ।" देब्रे खुट्टाको जुत्तालाई दाहिने खुट्टाको पाँसुलामा पुछ्दै उनले भने।

"कोठामा एक्लै हो भने त भुइँमा सुत्दा पनि फरक पर्दैन।" निभिताले भनिन्।

छ्यामाले उनको साथ दिन्छिन् कि भन्ने आशले राजीवले उनीपट्टि हेरे। उनी चाहिँ नमिलेको सिलिङ र किताबको दराज नियाल्दै थिइन्।

"यहाँ त भुइँमा साङ्लाहरू पो छन् !"

"धत्, म डराउँछु नै जस्तो !" निभिताले भनिन्।

केही जोड नचल्ने देखेर अन्त्यमा राजीवले भन्नैपर्‍यो, "अर्को कोठा त किचन पो हो त !"

पत्यार नलागेर तीनै जनाले राजीवलाई टुलुटुलु हेरिरहे।

"ल त, म तपाईंहरूलाई चिया लिएर आउँछु है।" राजीवले भने।

उनले तीन गिलास चिया लिएर आउँदा तीनै जना चुप भए।

"चिया त मीठो छ।" निभिताले भनिन्।

"हो, साँच्ची नै !" छ्यामाले सही थापिन्।

यसबाट राजीवलाई चाहिनेभन्दा बढ्ता राहत मिल्यो। भाग्यवश, त्यस बेला उनकी बोजू छिमेकीकहाँ गएकी थिइन्।

"उनी किचनमा एक्लै सुत्न नसक्ने हुनाले पल्लापट्टि एन्डिजको गेस्ट हाउसमा कोठा लिने विचार हामीले गरेका छौं।" छ्यामाले दृढतापूर्वक भनिन्, "यहाँबाट पनि नजिकै हुने अनि तिम्री बोजूको निद्रा पनि नबिग्रने।"

"हैन, त्यसो नगर्नुस्।" राजीवले हडबडाउँदै भने, "म बोजूको खाट किचनमा सारिहाल्छु नि !"

“हैन, सुर्ता नमान्नुस् ।” सोनाले भनिन्, “हामी एन्डिजकोमा नै बस्ने हो । त्यो होटलले हरेक बिहान सबैलाई एकएक बाल्टी तातो पानी पनि दिने गरेको छ । पोहोर साल स्कुलले गराएको टुरमा हामी त्यहीँ बसेका थियौँ ।”

राजीवले मनमनै सोचे, ‘एक त त्यो बेला यही शहरमा आएर पनि उनले एक पटक फोनधरि गरिनन् । अनि अहिले नभने पनि हुने प्रसङ्ग झिकेर बेकारमा बकबक गर्दै छिन् ।’

“त्यो बेला उनी स्कुले ग्रुपसँग आएकी थिइन् । कसैलाई पनि आफ्ना सम्बन्धीसँग सम्पर्क गर्न दिइएन रे !” उनकी आमाले तुरुन्त भनिन् ।

त्यो पत्यारै नलाग्ने झूट थियो ।

“पहिले त हामीले त्यो गेस्ट हाउसलाई फोन गरिहाल्नुपर्ला नि, हैन ?” सोनाले सोधिन् ।

उनले फोन पनि गरिन् । उताबाट एउटै मात्र कोठा बाँकी रहेको जानकारी आयो ।

“धन्न, स्पेनबाट आएका केही केटीले दिल्लीमा बिमार परेकै कारण अन्तिम समयमा एउटा कोठाको बुकिङ रद्द गरेकोले बचेको रैछ !” उनले हाँस्दै भनिन् ।

“ल, जाऔँ त अब ।” निभिताले भनिन् ।

“बेलुका खाना खान त आउनुहुन्छ होला नि ?”

राजीवले दिउँसै पनीर र किनेमा किनेका थिए अनि सन्दीपलाई खाना पकाउनका निम्ति सघाउन चाँडै फर्कनू भनेका थिए ।

“मामाकोमा गएर टीका लगाउनु छ । हामी खाना त्यहीँ खान सक्छौँ । त्यहीँ सबै जम्मा हुन्छन् ।” सोनाले भनिन् ।

सारै बल गरेर राजीवले बक्साहरू छतबाट उचाल्दै तल्लो तलासम्म ल्याए अनि फेरि बाटोसम्म गुडाएपछि बोकेर एन्डिजको माथिल्लो तलासम्म पुऱ्याइदिए । सामान ओसार्न उनलाई कसैले सहयोग गरेन । एन्डिजको

मालिकसँग राजीवको चिनजान भएकै कारण सय रुपैयाँ छूट मिले पनि कुनै कुराका निम्ति कसैले राजीवलाई एक शब्द धन्यवाद पनि भनेनन्।

एक्लै नभए सुत्नै नसक्ने निभिताको मागको ठीक विपरीत उनकी छ्यामाले त्यस गेस्ट हाउसमा एउटै कोठा मात्र लिएकी थिइन्। कति राम्रो कोठा पाइयो भन्ने भावसहित प्रसन्नता व्यक्त गर्दै एउटा ओछ्यानलाई आफ्नो बनाएर निभिता त्यसैमा बसिन्। राजीवले उनलाई पुलुक्क हेरे। आफूलाई हेरेको चाल पाएर निभिताले आफ्नो पेन्टको पेटी पो देखिएको छ कि भनी अचेतन रूपले आफ्नो हात जीउको पछाडि लगेर दायाँ-बायाँ छ्यामछ्याम-छुमछुम पारिन्। उनले आफ्नो टिसर्ट अलिक तल र पेन्टलाई अलिक माथि तानेर हात कपालमा लगिन्।

राजीवले अब आफू जान्छु भनेर छ्यामासँग बिदा मागे। उनले भने दशैंभाग भन्दै राजीवको हातमा पाँच सय रुपैयाँको नोट थमाउन खोजिन्। तर, छ्यामाले जति नै जिद्दी गरे पनि यो पैसा राजीवले स्वीकार्ने थिएनन्।

उनी घर फर्कंदा बोजू सकी-नसकी बिस्तारै घरको सिँढी उक्लँदै थिइन्। पाहुना कता गएछन् भनेर उनी खोजिरहेकी थिइन्।

"उनीहरू गुवाहटीमा अलपत्र परेछन्। शायद उतैबाट फर्कन्छन् होला।" राजीवले भने।

"तेरी आमाका आफन्त सिल्ली हुन्!" उनले भनिन्।

"आज म चाँडै सुत्छु, बोजू!" राजीवले भने।

"टिकमले पनि फोन गरेको थियो।" बोजूले भनिन्, "ऊ अब यहाँ नआउने रे! घरतिरै खेतीकिसानी सिक्ने रे!"

"म सुत्न जान्छु। सन्दीपलाई तपाईंको निम्ति खाना बनाउन भन्नुहोला।"

कोठाबाहिर जाँदै बोजूले गनगन गरिन्, "ऊ त घरै आउँदैन। मलाई थाहा छ। टीकाकै भोलिपल्ट भोकै बस्नुपर्ने मेरो भाग्य!"

राजीवले टिकमको खाली खाटलाई हेरे अनि बत्ती निभाएर ढल्किए। मामाको घरमा यतिखेर केके भइरहेको होला भनेर उनले मनमा अनेक कुरा

खेलाए । भान्साकोठामा सुत्ने निभिताको विचारले नै ती आफन्तहरू भयभीत भएका होलान् त ? यो सब थाहा पाएका भए स्कटले के भन्ने थिए होला भन्ने अड्कल पनि लगाए । आज बुवा भइदिएका भए यस्तो परिस्थितिमा के गर्थे होला ? अनि यो सब भइसकेपछि आमाले चाहिँ के भन्थिन् होला ? कोठालाई अँध्यारोले छोपेको भए पनि उनले आफ्ना बुवाआमाको फोटोपट्टि हेरे । फ्रेमको फोटो नदेखिए पनि उनको मनमा बसेको तस्वीर आँखामा झलझली नाच्न थाल्यो । उनी प्रार्थना गर्न थाले । घरीघरी । र, यो अरू कुनै नभई उनले सेन्ट पल्समा पढ्दा सिकेको उही क्रिस्चियन धर्मको प्रार्थना थियो ।

जसको आफ्नो माटो छैन

चुलो तताउन फोहोर गोरेटोको प्रत्येक पचास मिटरजतिमा रोकिँदै, सिटा बटुल्दै हिँडेकी अनामिका छेत्रीले जबरजस्ती अल्भिएका त्यान्द्रातुन्द्रीलाई खुट्टा भट्कार्दै पन्साइन्। खुदुनाबारीको शरणार्थी शिविरभित्र रासनमा पाइने मट्टीतेलले आधा मात्र धान्ने गर्थ्यो। यस्तोमा पत्थर कोइलाले बाँकीको काम चलाए त्यसको धूवाँले वृद्ध बुवाको खोकी भन् बढाइदिने भएकाले शिविरबाहिर भेटिने चोइटाचोइटी नै उनका निम्ति उत्तम विकल्प थियो। उनका छिमेकीहरूले बुवालाई क्षयरोग लागेको लख काट्दै एक पटक शिविरकै डाक्टरलाई देखाउने सल्लाह दिएका थिए। तर, आफ्नै भमेलाको थुप्रोमा बाँचिरहेकी अनामिकाले त्यो सुभावलाई वास्तै गरिनन्। भन्न पो मिल्दैन, रोग पत्ता लागेपछि पिरलो घट्लाभन्दा पनि थपिएला भन्ने सास्ती !

पातलो मजेत्रोलाई गोलो पार्दै टाउकामा राखेपछि त्यसैमा दाउराको गऱ्हौँ भारी अड्याएकी उनी ठीक त्यसै गरी सन्तुलन मिलाउँदै शिविरतिर भर्दै थिइन्, जसरी डोरीमा हिँड्ने चटके सावधान देखिन्छ।

कलेजका केटाहरू उनीहरूको सधैँको अड्डा अर्थात् समोसा दोकानमा भुम्मिएका थिए। अनामिका एक्कासि हतारिइन्। अब के आइलाग्ने हो भन्दै मनमनै भगवान् पुकार्दै गरे पनि परिआए जवाफ फर्काउनका निम्ति बलियो अठोट पनि जुटाइन्। पहिलेपहिले जस्तो बोल्ने बेलामा डरले अब उनको जिब्रो लरबराउन छोडेको छ। मान्छेले जुन औकातले कुरा गर्छन् त्यही स्तरको उत्तर दिन उनी खप्पिस भइसकेकी छन्।

“वाह !” चार जनामध्ये एउटा बोल्यो, “त्यसको चाल हेर न, क्या कमर मर्काएर हिँडेकी छ गाँठे ! ”

“हो त नि, घडीको पेन्डुलम जस्तो ...।” अहिले चाहिँ त्यही भ्यापुल्ले लफङ्गा बोल्यो, जसलाई उनले एक महीनाअघि मात्रै सबैका सामुन्ने चड्काइदिएकी थिइन्।

“ए, त्यसैले पो एकोहोरो हेरिरहेको ?” पछाडि फर्कंदै नफर्की अनामिकाले प्याच्च भनिन्, “टाइम भन्नलाई ? तिमीहरूलाई घडी हेर्न आए पो त, अनपढ गँवारहरू ... !”

"ओइ ... तँ तेरै झ्याँस देश फर्केर जा !" उनीहरूमध्येकै चर्को आवाजमा बोल्ने चाहिँ चिच्यायो, "खुरुक्क भुटान जा । अर्काको देशमा आएर घाँडो बन्न लाज लाग्दैन ?"

"पख् पख् यार, यो त मलाई यहीं चाहिन्छ, मेरी प्यारी भएर बस्नलाई ।"

"हो हो । तेरो चाक घिसारेर भुटानै लैजा । तिमीहरूको घाइते पार्ने नजरले बेकारमा हामीलाई तड्पाउँछ मात्रै यार ..."

"खिच्चा कुकुर हो ! किन मलाई दिक्क लगाउँछौ ?" उनको भारीबाट एउटा सिटा झऱ्यो, "आफ्नी आमा र स्वास्नीको अघिल्तिर गएर जिस्क न । तर, उनीहरूलाई त माओवादीसँग नाच्दैमा फुर्सद छैन होला, कि कसो ?"

"ल्या, लुते ! तेरी स्वास्नीलाई त यसले पातर्नी पो भनी !" थप्पड खाने मान्छे करायो, "म बिहे नै नभएकोलाई त पक्कै भनिन होला ।"

"लौ हेर, एउटी वेश्याले चरित्रवान् नारीलाई पातर्नी भनेकी !" सबै जना गललल हाँसे ।

"आफू भने पैंतीसकी होली, थुतुनो चाहिँ पन्ध्र वर्षकी कुकुर्नीको जस्तो छ। यस्ती चोथालेलाई त कसैले आमा पनि कसरी भन्दा हुन् ? यसकी ठूली छोरीले त यस्ता सबै राम्रा शब्दहरू टिपिसकी होली । देख्दै पनि आमा जस्तै छे ।"

"अँ, ऊ म जस्तै छे। तिमीहरू जस्तो छक्का हैन, मर्द जस्तै साहसी छे।" अनामिकाले अघिल्लो हप्ताभन्दा छिटो र चोटिलो जवाफ फर्काइरहेकी थिइन्।

"आफू यति तरुनी देखिन्छे ! उसका बच्चाबच्ची चाहिँ कसरी भए त ?"

"देखाइदिऊँ कसरी भयो भनेर ? हेर्छौ ?" अनामिकाले चिच्याएर बोले पनि अनुहारलाई भने भावशून्य राख्ने कोशिश गरिरहिन् ।

"बच्चा पनि दुइटा पो छन् त !"

"हैन, तीनटा ।"

"अहँ, पाँच ।"

"यो कारखाना हो, बच्चा बनाउने कारखाना !"

अट्टहास फैलियो ।

"अँ, तर उसले बच्चा उत्पादन गर्न कच्चा पदार्थ चाहिँ फेरिरहन मन पराउँछे। बच्चैपिच्छे बेग्लाबेग्लै बाउ !"

"हो त नि, कुकुर ! यसो गर्न मैले तेरै आमाबाट सिकेकी !" उनी चिच्याइन्।

आक्रोशित नभएरै यस्ता कुरा गरिदिन उनी अभ्यस्त भइसकेकी थिइन्। त्यस दिनको काण्ड यहीँ टुङ्गियो। उनी परको मोडबाट ओझेल परिन्।

हस्याङफस्याङ गर्दै घर पुगेकी अनामिका दाउराको भारी झुप्रोकै कुनामा फ्याँकेपछि मात्र थामिइन्। घरमा बुवा सुतिरहेका थिए। हजुरबाको गोडापट्टि नातिनीहरू सिलेटमा जोङ्खा हरफ लेखिरहेका थिए। भुटानले उनीहरूलाई स्वदेश फिर्तीको अवसर दिएछ भने भाषाकै कारण बच्चाहरूलाई अप्ठ्यारो नपरोस् भनेर शिविरको स्कुलले नै जोङ्खा सिक्ने चाँजोपाँजो मिलाएको थियो। शिविरमा लहर मिलेका झुपडीहरूको अघिल्तिर साझा आँगन थियो। भान्साको पछाडिपट्टिको भागमा उनका छिमेकीहरू काँचो आँप काटेर चाना पार्दै त्यसलाई साँध्ने र बोतलमा अचार हाल्ने काम गरिरहेका थिए। आकाश कालो हुँदै आएकाले, पानी पर्नअघि उनले सुकाएका लत्ताकपडा उठाउनुपर्ने भयो।

अनामिकाका निम्ति खुदुनाबारीको यो शरणार्थी शिविर नै उनको घरसंसार थियो। शून्यतिर एकोहोरो हेर्दै कहिले भुटान फर्किन पाइएला भनेर गम्नेमध्येमा उनी थिइनन्। उनको सिद्धान्त सोझो थियो– यदि उनको देशले (यत्रो वर्ष बाहिर निकालिए पनि उनी आफ्नो देश भुटानै हो भन्ठान्थिन्) फर्केर आऊन् भन्ने चाहँदैन भने उनलाई पनि त्यो देशसँग केको वास्ता ? फुन्चोलिङनजिकै आफ्नो परिवारको आठ एकड जमीन नागरिकताको परीक्षणमा पास भएका नातेदार भाइहरूले कब्जा गरिसकेकाले त्यसको आशा उनले निकै अघि मारिसकेकी थिइन्। धन्य थिए उनका श्रीमान् जसका कारण उनी भने नागरिकताको त्यही परीक्षणमा असफल भइन्। अनि एक लाख छ हजार नेपाली मूलका भुटानीहरूसँगै नेपाल आएदेखि उनले खुर्सानी र छुर्पीको पिरो स्वादिष्ठ परिकार बनाउन पनि कहिल्यै सकिनन्।

खुदुनाबारी र फुन्चोलिङमा खासै धेरै अन्तर भने थिएन। मानिसहरू हेर्दा एकै खाले, लवजमा अपेक्षित भिन्नता भए पनि नेपाली भाषा नै बोल्ने अनि एउटै धर्म र संस्कृति मान्ने। नेपालमै बसेकाहरूभन्दा भुटानबाट आएर शिविरमा बसेका शरणार्थीले नेपाली संस्कृति अझ राम्ररी संरक्षण गरेका छन् भनी उनीहरू दाबी गर्थे। यसरी मिल्दोजुल्दो वातावरणमा बसोबास गरे पनि अनामिकासँग कुराकानी गर्ने अधिकांश शरणार्थी उनीभन्दा फरक अर्थात् भुटान फर्कने आश गरिरहेका हुन्थे। उनी चाहिँ भुटानदेखि वाक्क भइसकेकी थिइन्। आफ्नो जन्मथलो नै भए पनि उनी भुटानप्रति कुनै सहानुभूति राख्दिनथिन्। त्यसो त आफ्नी छोरीले दोहोऱ्याई-तेहेऱ्याई जोङ्खा भाषामा लेखिरहेका बेला उनलाई अतीतको सम्झनाले चस्स बिझाउनुपर्थ्यो, तर बिझाएन। यो उनका निम्ति अङ्ग्रेजीको बालकविता घोकेभन्दा बढ्ता केही भइदिएन।

"आज स्कुलमा केके पढ्यौ त?" कुनै एकलाई नतोकीकन उनले दुवै छोरीलाई सोधिन्। उनले फुन्चोलिङमै आठ कक्षासम्म पढेकी थिइन्।

"तपाईंले बुझे पो भन्नु, आमा!" दश वर्षकी शाम्भवीले साउती मारिन्। हुन त उनले ठूलो स्वरमा पनि भन्न सक्थिन्, किनभने अनामिकाका बुवा जस्तै परिस्थितिमा पनि निदाइदिन सक्थे, भुटानकै आन्दोलनमा पनि निदाएकै हुन्।

"म अरू छिमेकी जस्तो अनपढ चाहिँ हैन, शाम्भवी! अब उसो त्यसरी बोल्यौ भने थप्पड लाउँछु।"

"कुनै विदेशी मुलुकमा हामीले बसोबास गर्नेबारे आज स्कुलमा कुरा चलेको थियो।"

"के भन्यौ? मैले बुझिनँ।"

"तपाईंलाई थाहा छैन?" छानाबाट झर्दै गरेका पानीका थोपाबाट जोगिन अर्कातिर सर्दै बाह्र वर्षकी डिकीले सोधिन्।

चुहिएको पानीले सानो खाल्डो बनाएको माटोको भुइँमा बाल्टी राख्न अनामिकाले उनलाई अऱ्हाइन्। केही बाछिटा भने निदाइरहेका बूढाको खुट्टाको बूढी औंलामा पर्दा केटीहरू खित्का छोड्दै थिए।

“ए, त्यो अमेरिकाको कुरा गरेको ? यो हावादारी कुरो त उहिले हामी यहाँ आएकै बेलादेखि चलिरहेको छ । अरूले जे भन्यो त्यही पत्याउने त तिमीहरूको उमेर नै हो, डिकी !”

“तर यो पालि त साँच्चै हो भन्छन् ।” डिकीले भनिन्, “हामीमध्ये केहीलाई अमेरिकाले लैजान्छ रे !”

“यो कुरा हो नै भने पनि कसलाई लैजाने र कसलाई नलैजाने भनेर उनीहरूले कसरी छुट्ट्याउलान् त ?” हातको इशाराले आफूलाई पत्यारै नलागेको सङ्केत गर्दै अनामिकाले सोधिन्, “अनि उनीहरूले नलगिदिएर यतै छाडिएकाहरूले चाहिँ के गर्ने नि ?”

“क्लासमा उनीहरूले भने अनुसार जो सक्षम छ, जो त्यति बूढो छैन अनि जसले अङ्ग्रेजी बोल्न सक्छ, त्यस्तालाई अमेरिकाले लैजान्छ रे !” डिकीले भनिन् ।

“अङ्ग्रेजी बोल्ने रे ? भन्नुको मतलब त हामीमध्ये मोटामोटी सबैजसो नै जान पाउँदैनौं ।” अनामिकाले भनिन् ।

“सरले चाहिँ यो विषयमा जताततै धेरै कुरा नगर्नू भन्नुभएको छ ।” डिकीले भन्दै गइन्, “हामीमध्येकै केही मानिसहरूलाई यसरी अमेरिका लैजाने कुरो मन परेको छैन रे ! यसले भुटानको टाउकोदुखाइ सकिने भएकोले उनीहरू कुनै हालतमा पनि भुटानलाई खुशी पार्न चाहँदैनन् रे !”

“म आउनभन्दा धेरै अघि, भनूँ सत्र वर्षअगाडिदेखि नै यस्ता कुरा भइरहेका छन् ।” डढेको भाँडाको पीँधलाई खरानीले मस्काएर पखाल्दै अनामिकाले भनिन्, “एकताका लन्डन थियो, फेरि अर्को समय अस्ट्रेलियाको कुरो उठ्यो । मैले त पत्याउनै छाडिसकेँ ।”

“हामीले अमेरिकामा पनि रासन पाउँछौँ, आमा ?” शाम्भवीले सोधिन् ।

“देलान् नि त !”

“अनि हामीसँगै हजुरबुवा चाहिँ जान पाउनुहुन्छ कि हुन्न ? उहाँ न युवा हुनुहुन्छ, न तगडा । त्यसमाथि अङ्ग्रेजीका त एउटा-दुइटा शब्द पनि शायदै जान्नुभएको होला ।”

"यो सबै जान्ने भए म भगवान् नै हुने थिइनँ ? अब खुरुक्क पढ्न जाऊ । समय खेर फाल्ने कुनै मौका पनि तिमीहरू चुकाउँदैनौ, हगि ?"

अनामिकाले आफ्नो जीवनका दिव्य बाऱ्ह वर्ष शिविरमा त्यत्तिकै खेर फालिन् । भुटानमा कम से कम केही त गर्दै थिइन्, जसले परिवारलाई पनि भरथेग भएको थियो । विवाह भएपछि पनि उनले आफ्ना बुवाको भुटान ब्याङ्कको नयाँ खातामा थोरैथोरै भए पनि नियमित रूपले रकम जम्मा गर्ने गरेकी थिइन् । उनका श्रीमान्लाई यस विषयमा जानकारी नभएको पनि हुन सक्छ । किनभने, उनी त आफ्नो सम्पर्कमा रहेका प्रत्येक नेपालीभाषीलाई सङ्घर्षका निम्ति सङ्गठित गर्नमै व्यस्त थिए। भुटान सरकारले पहिलो पटक भएको यस्तै विरोधलाई सफलतासाथ दमन गरेको निकै पछि मात्र उनका श्रीमान्मा त्यहाँ बस्ने नेपाली जातिको कल्याणका निम्ति फेरि जुरमुराउने हुटहुटी जागेको थियो। उनी छोटो अवधिमै अर्कै मान्छे बन्न पुगेका थिए। तर, यो परिवर्तन श्रीमतीलाई गर्ने व्यवहारमा भन्दा वरिपरिको झुन्डमाझ आफू कसरी आकर्षक बन्ने चाहनामा प्रतिविम्बित हुन्थ्यो । उनी लगातार सङ्गठनको काममा व्यस्त हुन थाले; अलिअलि गर्दै नेपाली नबोल्ने भुटानी साथीहरूको सङ्गत त्याग्दै गए र रोजीरोटीको जोहो गर्न त झन् ठ्याम्मै छाडिदिए ।

जयगाउँ बस्ने भारतीय मारवाडीसँग साझा व्यापार शुरू गर्ने उनीहरूको सपनाले भरखरै आकार लिन थालेको थियो। ती मारवाडी विदेशी भएकाले भुटानमा वर्क पर्मिट पाउन सक्दैनथे र त्यो हार्डवेयर दोकानका मालिक प्राविधिक हिसाबले उनीहरू नै हुने थिए। मारवाडीले चलाउने त्यस व्यापारबाट नाफामा पनि भाग लाग्ने र सीप जानेपछि अन्त्यमा आफूहरू एक्लैले अर्को दोकान खोल्ने उनीहरूको योजना थियो। श्रीमान्ले थालेको व्यापार फाइदामा जानेबित्तिकै अनामिकाले सरकारी नोकरीबाट राजीनामा दिनेसम्मका योजनाको गतिलै खाका बनिसकेको थियो ।

तर, व्यापारको यो योजना बीचैमा तुहियो । अनि उनका श्रीमान्ले

फुन्चोलिङ अदालतको लेखनदासको नोकरी पनि त्यागिदिए। अब जनताका यी नयाँ नायकले गर्ने काम असामान्य समय र अनौठा तरीकाहरूबाट हुन थालेका थिए। राजतन्त्रविरोधी प्रचार सामग्री तयार पार्ने, भुटान सरकारले कार्यालयमा भुटानी पोशाक अनिवार्य गरेकै बेला दौरा-सुरुवालमा ठाँटिएर हिँड्ने जस्ता काम गर्न थाले। कमरमा दापसहितको खुकुरी भिरेर हिँड्ने उनी त्यसको काठको बिँडलाई प्रायः समाइराखेका हुन्थे। उस्तै पोशाक पहिरिएका आधा दर्जनजति मानिसहरू सधैँ अनामिकाका श्रीमान्‌को अगाडिपछाडि हुन्थे।

पूर्वयोजना बमोजिम अर्को हप्ता नोकरी छोड्नु बुद्धिमानी हो कि हैन भन्ने विषयमा छलफल गर्न अनामिका एक दिन कामबाट घर फर्किन्। अब उनकै नोकरी र यसबाट आएको पैसामै उनका श्रीमान् पनि भर पर्नुपरेको थियो। श्रीमान्‌ले नोकरी छोडेपछि घरको अवस्था अलिक खस्केका बेला आफूले पनि सनकका भरमा छँदाखाँदाको नोकरी छोड्नु उचित हुन्छ वा हुँदैन भन्ने उनी निश्चित गर्न चाहन्थिन्।

“किन छोड्ने?” भित्तेपात्रोको पछिल्तिर केही टिप्पणी लेख्दै उँभो नहेरी उनले अन्यमनस्क भएर फ्याट्ट भने, “यो सरकार हाम्रो पनि त हो! कि, हामी यहाँका हैनौँ भन्ने उनीहरूको कुरालाई तिमीले पनि विश्वास गर्न थाल्यौ? हामी नेपाली जातिका हौँला, तर साथसाथै हामी भुटानी पनि हौँ।”

“अनि व्यापार थाल्ने कुरा चाहिँ के भयो? हामीले त्यसलाई पनि त समय निकाल्नुपर्छ। मैले काम पनि जान्नुपर्‍यो।”

“यो ठीक छ कि छैन भन त?” उनले बडो ध्यान लगाएर तयार पारेको नारा श्रीमतीलाई सुनाए, “हामी मानव जाति हौँ, पशु हैनौँ। हामीलाई आफ्नै भाषा बोल्न दिइनुपर्छ, तिमीहरूको भाषा भुक्न लगाउने हैन।”

उनले लय हालेर दोहोर्‍याए अनि त्यसमा केही छुटेको पाए।

“हैन हैन, अलिक भने जस्तो भएन। यो हेरौँ त– एक जनता एक देश। तर यो पनि त ठ्याक्कै मिलेन। यहाँ हामीलाई आफ्नै देशमा पनि पराई सम्झन बाध्य गराइएको अवस्था छ!”

“ह्या ... खै छोड्नुस् यस्ता कुरा! कम्तीमा अहिले उनीहरूले ट्रकमा

मानिस कोच्दै सीमापारि लगेर फ्याँक्न त बन्द गरेका छन् !" अनामिकालाई उनको नोटबुक च्यातिदिन मन लाग्यो, "तपाईंको प्रदर्शनले गर्दा उनीहरूले फेरि त्यसै गर्न थाले भने नि ? यसरी लखेटिमाग्ने जोखिम मोल्नु ठीक हुन्छ ?"

"राजा, हो, राजा हट्नैपर्छ। हामी पनि भुटानी हौँ। तिमीहरूभन्दा हामी अलिकति अल्पसङ्ख्यक र थोरै फरक छौँ त के भयो ?"

"अनि व्यापार नि ? दोकानको कुरा के भयो ?" एकोहोरो नारा भट्टयाइरहेका श्रीमान्लाई उनकै भाकामा लय हालेर अनामिकाले प्रश्न गरेकी थिइन्।

"राजा – राजा हट्नैपर्छ।" उनी गाउन थाले, "हामीलाई चाहियो प्रजातन्त्र।"

आफूले यस्तो लेख्न सकेकामा उनी मक्ख थिए।

"हेर, यो अलि राम्रो छ। राजा – राजा जानैपर्छ। प्रजातन्त्र समयको माग हो।"

"केही खाने हो कि ?" अनामिकालाई दिक्क लागिसकेको थियो।

"जातीयता – जातीयता !" उनी कराए, "केवल जातीयताकै कारण हामी लखेटिँदै छौँ।"

"हैन, सुन्नुहुन्न कि क्या हो ? खाना पस्किउँ भनेको !"

त्यसो त उनले खानै पकाएकी थिइनन्। न त उनका श्रीमान्ले नै पकाएर राखेका थिए।

"१९५८ लाई रद्द गर। हामीमध्ये कतिले त कागजपत्र देखाउन सक्छौँ, तर कतिले सक्दैनौँ।"

उनी १९५८ मा वितरण गरिएको नागरिकताबारे बोल्दै थिए। त्यति बेला भुटान सरकारले देशमा बस्ने सबै नेपालीभाषीलाई नागरिक भएको प्रमाण पुऱ्याउन आदेश दिएको थियो। "हामीसँग १९५७ का कागजपत्र छन्, हामीसँग १९५९ का कागजपत्र पनि छन्, तर तिमी निर्दयी राजालाई चाहिँ १९५८ कै मात्र मान्य हुने ! थुक्क थुक्क थुक्क !" उनले विद्वेषपूर्वक तीन चोटि थुके।

डिकीले पुनर्वासबारे सुनाएको कुरा पूरै झूटो चाहिँ हैन रहेछ भन्ने अनामिकाले छिट्टै थाहा पाइन्। यो मामिलामा भरखरै भएका प्रगतिको चर्चा-परिचर्चाले सिङ्गो शिविर तरङ्गित भएको थियो। तर, सबै अपूरो सूचना जान्दथे; विस्तृत जानकारी कसैसँग थिएन।

हो त, अमेरिकाले उनीहरूमध्ये साठी हजारलाई लैजाने भएकै हो। यसका निम्ति धेरै जोड गर्नैपरेन। हो, त्यो फलानोले चिनेका फलाना छन् नि, उनलाई त दमकस्थित अन्तर्राष्ट्रिय आप्रवासी सङ्गठन (आई.ओ.एम.) को कार्यालयमा एउटा अमेरिकीले अन्तर्वार्ता लिइसकेको छ रे! कोही भन्थे– प्रत्येक परिवारको अब भिन्दाभिन्दै बाथरुम हुनेछ, अझ कोहीकोहीको त एउटै घरमा दुइटा बाथरुम पनि हुन सक्नेछन्, अनि त्यसमाथि अब कसैले भोकै बस्नपर्दैन रे! अमेरिकाले उनीहरूलाई काम दिलाउने अनि अङ्ग्रेजी पनि सिकाउने रे! बूढापाकाहरूलाई सिकाउन कठिनाइ हुने हुनाले अमेरिकाले उनीहरूलाई त्यति मन पराउँदैन रे! एउटा छिमेकीले त लख काट्दै यताबाट लगिएका युवाहरूलाई अमेरिकाले मुसलमानसँग लडाइँ गर्न प्रयोग गर्छ सम्म भने। धन्न, अमेरिकाले मुसलमानलाई मन नपराए पनि, हिन्दू र बौद्ध धर्मावलम्बीलाई असाध्यै माया गर्ने भएकाले आफूलाई ढुक्क भएको उनले सोचे।

अन्तर्वार्ता एयरकन्डिसन लगाएको त्यही रातो भवनमा हुनेछ, जहाँ रक्त परीक्षण पनि गरिनेछ। हो, अमेरिकामा महिलाहरू पेन्ट मात्र लगाउँछन् अनि लोग्नेमानिसले स्वास्नीमानिसमाथि हात उठाउन पाउँदैनन्। कसैले थाहा नपाउने गरी उनीहरूले आफ्ना श्रीमतीलाई कुटपिट गर्न सक्लान्, तर श्रीमतीले जुनसुकै बेला प्रहरीकहाँ उजुरी हाल्न पाउँछन्।

हैन हैन हैन, अर्को सर्वज्ञाता बन्यो। 'सर,' 'म्याडम' भनेर चम्चागिरी चाहिँ गर्दै नगरे हुन्छ। आफूलाई चिप्लो घसिरहेको कुरा तिमीहरूलाई देख्नेबित्तिकै उनीहरूले थाहा पाइहाल्छन्। उता स्कुलमै त्यही पढाइन्छ। अँ, बरु बेलायतले अलिकति लैजाला। अनि अस्ट्रेलिया र नर्वेले पनि लान्छन् कि ?

झरी परेको एक दिन शिविरबाहिर बसहरूको ताँती देखेपछि मात्र अनामिकालाई यतिका वर्षदेखि दिइएको आश्वासन बल्ल वास्तविकतामा परिणत हुन लागेकै हो कि भन्नेमा विश्वास भयो। खुदुनाबारीवरपर कुद्ने थोत्रा

गाडीहरूभन्दा यी बस एकदमै बेग्लै थिए। भरखरै किनेर ल्याइए जस्ता, देख्दै चिल्ला। शिविरबाहिर छेवैमा भेला भएका एक हूल ऐरेगैरेहरू फेरि तातो बहसमा जुटे। शिविरबाहिरका नेपालीहरूको त्यो हूलमै समोसा दोकानमा चर्को स्वरले बोल्ने त्यो केटा पनि थियो, जसको भनाइ शिविरभित्र चलिरहेका चर्चाभन्दा ठीक उल्टो सुनिन्थ्यो।

"यिनीहरूको यत्रो बथानलाई ओसारेर उता लैजानलाई अमेरिका के अनाथ आश्रम हो र?" समोसा दोकानको भीडमा च्यापिएको एउटाले आवाज निकाल्यो।

"हो, लैजान्छ।" अनामिकाले भनिन्, "तिमीहरू जस्ता पशुहरूको लगातार अत्याचारमा हामी कसरी बाँचेका छौँ भन्ने कुरा उनीहरूले पनि बुझिरहेका छन्।"

"लु हेर!" उसले भन्यो, "हामीले चाहिँ उनीहरूलाई यत्रो वर्ष आश्रय दियौँ, बदलामा आभारी हुनु त कहाँ हो कहाँ यस्ता अपशब्द पो फलाकिरहेका छन्!"

"तिमीहरूले गरेको व्यवहारलाई त यस्तै जवाफ सुहाउँछ।" शिविरछेउ घर भएकी एउटी वृद्धाले ढुक्कसँग बिँडी सल्काउँदै उत्तर दिइन्।

"हुँदाहुँदा यो बूढीले समेत हामीसँग मुख लाग्ने साहस जुटाई।" महिलाको जस्तो अझ तीखो स्वरमा त्यो मानिसले भन्यो, "यो आइमाई छे नि, अनामिका, यसले नै हामीसँग मुखमुखै लाग्न सबैलाई सिकाएकी हो! हेर हेर, आइमाई भएर लोग्नेमान्छे जस्तो बोलेका! लोग्नेमान्छे चाहिँ आइमाई भनेपछि डराउन थालेका छन्। संसार कस्तो भएर गयो, लौ न!"

"चुप लाग्! थुतुनो सम्हालिनस् भने तेरो साथीलाई जस्तै तँलाई पनि थप्पड लाइदिन्छु।"

"अमेरिका जान पायौ भने तिमीहरूले हामीसँग बिहे गर्छौ?" ऊ एकाएक अलिक नरम भयो।

"तिमीहरू काम न काजका स्वाँठसँग भन्दा त बरु यता वरपरका यी कुकुरसँगै बिहे गरौँला!" अनामिकाले सम्भोग गरिरहेका एक जोडा कुकुरलाई

ढुङ्गा उठाएर हिर्काउनासाथ तिनीहरू आज्ञापालन गर्दै छुट्टिए र अझै पनि कामवासनाको आगो बलिरहेकै अवस्थामा उनीहरू नजिकैको अर्को झुन्डमा गएर मिसिए ।

"कस्तो अन्याय, तिमीहरू चाहिँ जान पाउने, हामी चाहिँ नपाउने !" ऊ हदै इच्छुक देखियो र उदास पनि भयो ।

"तिमीहरू विवाहित मान्छे हौ ।" पहिलो पटक अनामिकाले ऊसँग खुलेर कुरा गरिन्, "हामीसँग बिहे गर्ने भनेर कस्तो बज्रस्वाँठ कुरा गरेको ? तिमीहरू जस्तालाई त त्यो तिम्री मोटी स्वास्नीले पाता कसेर थुनिदिनुपर्ने !"

"हाम्रो बिहे किन हुन सक्दैन, अनामिका ?" ऊ गम्भीर देखियो, "पहिल्यै दुई चोटि बिहे गरिसकेकी तिमीले मलाई तेस्रो लोग्ने मानिदिँदा के फरक पर्छ ?"

"गर्न त म सात जनासँग पनि बिहे गरिदिन सक्छु, तर तिनीहरू साँचो मर्द हुनुपऱ्यो, तिमीहरू जस्तो छक्का हैन । तिमीले आइमाईको जस्तो आफ्नै स्वर कहिल्यै सुनेका त छौ ? सानो छँदा आमाले जबरजस्ती बिरालोको दूध ख्वाइदिए जस्तो ..."

अनामिकालाई अझै उक्साउने हिसाबले ती बूढी महिला खूब जोडसँग हाँसिन् ।

"यिनीहरू जस्तालाई कस्तो व्यवहार गर्नुपर्छ भन्ने तिमी जान्दी रैछौ ।" उनले भनिन्, "यस्ताहरूलाई धरतीमा पठाएकोमा भगवान् ब्रह्मा पनि पछुतो मान्दै होलान् ।"

"अझ यिनका आमालाई यस्ता सन्तान जन्माएकोमा कति पश्चात्ताप होला ?" रिसको आवेशमा त्यो मान्छेमाथि जाइलाग्नु नपरोस् र आक्रोश पनि अलिक मत्थर पो भइहाल्छ कि भन्दै उनी तिनै वृद्धाछेउ गएर बसिन्, "हैन, शिविरका हाम्रा मान्छेलाई यी बसले कहाँ लाँदै छन् ?"

"अन्तर्वार्ताको निम्ति लगेको रे नि !" वृद्धाले भनिन् ।

"अन्तर्वार्ता ? अनि हामीलाई चाहिँ लाँदैनन् ?"

पहिलो बस स्टार्ट हुनेबित्तिकै त्यसमा बसेका मानिसहरू दङ्ग परे ।

"अहँ, उनीहरूले केही मान्छेको मात्र छनोट गर्न लागेका हुन् । हाम्रा नानीका बाले भने अनुसार, यो त निकै लामो प्रक्रिया चल्छ रे ! रामको वनवासभन्दा बढ्ता समय भइसक्यो ।"

"अनि हामी बाँकी चाहिँ ?"

"कतिलाई त लाँदैनन् ।"

"अनि मापदण्ड चाहिँ के हो त ?"

दोस्रो बसले हर्न बजाउँदा 'अमेरिका, अमेरिका' भन्दै यात्रीहरू कराए । तर, ड्राइभर बसबाट उत्रिएपछि यात्रीहरू फेरि हाँस्दै 'अमेरिका हैन, अमेरिका हैन' भन्न थाले ।

"खै, मैले त सुने अनुसार अमेरिकालाई लडाइँमा पठाउन तन्नेरी र बलियाबाङ्गा चाहिएको छ रे ! मेरा त छोरैछोरा छन्, त्यसैले मलाई त भगवान्ले हेर्छन् नै । शिविरमा माछामासु खान नपाए पनि उनीहरू तगडा छन् ।"

"त्यसो भए म त जान पाउँदिनँ होला ।"

"अँ, शिविरमा मान्छेको चरित्रको पनि लेखाजोखा राखिँदो रैछ । तिम्रो त अब के भन्नु ... दोस्रो बिहेको बारेमा सबैलाई थाहै छ ।"

बस मोडिएर बाटोतर्फ लाग्दा त्यसले फ्याँकेको धूवाँको मुस्लो अनामिकाको अनुहारभरि पऱ्यो । यात्रीहरू वनभोज जान लागेझैँ रमाइलो मान्दै हिन्दी गीत गाउन थाले ।

ती वृद्धाको भनाइमा आफूप्रति कुनै दुर्भावना थिएन भन्ने अनामिका जान्दथिन्। फेरि उनी मुखले ठिक्क पार्न झूटो बोलिदिने खालकी पनि थिइनन्। अनामिकालाई कताकता आफ्नै चरित्र पो ठीक छैन कि भनेर हीनताबोध हुन थाल्यो। आफ्ना बारेमा जति नै सफाइ दिए पनि कताकता भित्रतिर उनलाई आफूले गल्ती गरेकी छु र एक दिन यसको मूल्य चुकाउनुपर्छ भन्ने परेको थियो। कसैको कुनै कमजोरी पायो कि कुरो काट्दै बस्नु आइमाईहरूको बानी नै हुन्छ, यस हिसाबले उनको चालचलन पनि लेखाजोखा राख्नु शिविरमा रहेका सबैको कामधन्दा बनिसकेको थियो ।

"तपाईंले त यस्तरी भन्नुभयो, मानौं यो संसारमा दोस्रो बिहे गर्ने मै मात्र एउटी आइमाई हुँ !" जुरुक्क उठेर सरासर हिँड्दै अनामिकाले भनिन् ।

"तर तिमीले त दुवै जनालाई छोडिदियौ नि त !" वृद्धाले अझै छेड हान्न छोडिनन् ।

"त्यति हुँदाहुँदै पनि म तिमीसँग बिहे गर्न चाहन्छु ।" समोसा दोकानमा बसिरहेको त्यो मान्छे करायो, "अमेरिका, अमेरिका !"

बूढी मान्छे खितखिताएर हाँसिन्, जसबाट अहिले त्यो मान्छेको हौसला बढिरहेको थियो ।

"कि त तिम्री ठूली छोरी नै दिन्छयौ भने पनि बिहे गरिदिन्छु । ऊ कतिकी भई रे ? तेऱ्ह ? उमेर त पुग्नै आँट्यो क्यारे !"

ऊ जति उत्तेजित हुँदै बोल्थ्यो, उसको उति नै तीखो सुनिन्थ्यो ।

लगभग तेऱ्ह वर्षअघिको कुरा होला, अनामिकाको भुटानको घरमा एक हूल सिपाहीहरू जबरजस्ती पसेर दोजिया उनको भुँडी हेर्दै श्रीमान्बारे सोधीखोजी गरेका थिए। त्यो वर्ष उनका धेरै छिमेकी भागिसकेका थिए। त्यसमा पनि धेरैजसो भारतको असम राज्यतिर गएका थिए। आफ्नो घरदेखि तीन घरमुनिको परिवारले १९५८ को नागरिकताको कागजपत्र देखाउन सकेकाले त्यो परिवार चाहिँ त्यहीं बस्ने गाइँगुइँ चल्दै थियो । अनामिकाले मुठीभरि ग्लुकोजको धूलो दिने हुनाले पहिलेपहिले त त्यस घरका केटाकेटीहरू उनीकहाँ आइरहन्थे, तर अचेल उनको छेउ पनि पर्न छोडेका थिए । बिहान सबेरै छिमेकीका परिवारसँग भेटघाट हुँदा गरिने अभिवादनहरूमा अब कुनै आत्मीयता थिएन । नमस्ते गर्नु पनि एक प्रकारले बाध्यता जस्तो बन्न पुगेको थियो । बाटो हिँड्ने किशोरकिशोरी पनि अनामिकालाई देखिहाले भने यसो एक-दुई शब्द बोलेरै पन्छिन खोज्थे । उनीहरू अब ठूला भएकाले ग्लुकोजको धूलो मन पराउन छोडेछन् भन्ने ठान्दै अनामिकाले आफैंलाई सान्त्वना दिने कोशिश गरिन् ।

अनामिकाका बुवासँग कागजपत्र भए पनि जाँच गर्न कोही आएन । त्यसताका त्यतातिर सिपाहीहरूले गर्ने गरेका बलात्कार, हत्या जस्ता पाशविक घटनाहरूको कथा यत्रतत्र सुनिन्थे । अरूले जस्तै अनामिकाले पनि सुनेकै थिइन् । कतिको भनाइ अनुसार, फौजको यस्तो क्रियाकलापबारे सरकारलाई पनि जानकारी थियो । त्यसैले नेपालीभाषी मानिसलाई उनीहरूको घरदेखि या देशदेखि बाहिर निकाल्दा सिपाहीहरूलाई हिंसा प्रयोग नगर्न आदेश दिइएको थियो । अहिले तिनै सिपाहीहरूले आफ्नो शरीरको तलाशी गर्दा अनामिकालाई हुनसम्म डर लाग्यो ।

"यो नानी कसको हो ?" एउटा सिपाहीले जोङ्खा भाषामा सोध्यो ।

"मेरा श्रीमान्को ।"

"बच्चा कहिले जन्मन्छ ?" ऊ अलिक नरम भयो ।

"एक महीनापछि ।"

"त्यसको अर्थ तेरो लोग्नेसँग आठ महीनाअगाडि भेट भएको थियो ?"

"हजुर ।"

"ऊसँग तेरो अन्तिमपल्ट भेट भएको त्यति बेलै हो ?"

"हजुर ।"

"तेरा कागजपत्र कहाँ छन् ?"

अनामिकाले दराजतर्फ गएर आफ्ना बुवाको नागरिकताको फोटोकपी सिपाहीहरूलाई देखाइन् ।

"अनि तेरो लोग्नेको ?"

अनामिकालाई त्यही प्रश्न आउला भन्ने डर अघिदेखि थियो ।

"त्यो त हरायो ।"

"कति सजिलो ..."

"तर हेर्नुस् न, मेरा बुवा त यहींको हुनुहुन्छ । ई, यहाँ उहाँको सम्पत्तिको कागजपत्र पनि छ ।"

"हामीले तेरो बाउको बारेमा खोजीनिती गरेका हैनौं। हाम्रो चासो तेरो त्यो महान् लोग्नेलाई लिएर हो।"

सिपाहीहरू उनको नजिक आउँदै थिए।

अनामिकाको घरमा सिपाही आएको कुरा एउटा छिमेकीले सुनाएपछि उनका बुवा दौडादौड गरेर त्यहाँ आइपुगे।

"तिमीले कागजपत्र देखायौ?" उनले अनामिकालाई सोधे।

"देखाई, तर हामीलाई उसको लोग्नेको कागजपत्र चाहिन्छ।"

"हेर्नुस्, मेरोमा ती कागजपत्रहरू छैनन्।" आत्मसमर्पण गर्दै अनामिकाले भनिन्, "ती सबै मेरा श्रीमान्सँगै होलान्।"

"यस्तो कुराले हुँदैन।" सिपाहीको धैर्य हराउँदै थियो। दैलोमा उभिएका उसका साथीहरू खिसी गर्दै हाँस्न थाले।

"अब के त?" अनामिकाले क्रोध नियन्त्रण गर्न सकिनन्, "गाईभैंसीलाई जस्तो मलाई मेरै देशबाट लखेट्ने हो त?"

"देशको कानून पालना गर्ने नागरिकलाई मात्र यहाँ बस्ने अधिकार छ।" उसले जोङ्खा भाषामा भन्यो।

"त्यति कुरा त तपाईं भन्न सकिहाल्नुहुन्छ नि, किनभने तपाईं र अरू सिपाहीहरूले यही कुरा एक लाख चोटिभन्दा बढ्ता दोहोऱ्याइसक्नुभएको छ।"

"यहाँको कानून पालना गर्ने नागरिकलाई मात्र यहाँ बस्ने अधिकार छ।" उसले फेरि त्यही कुरा भन्यो।

"यो मेरो घर हो, मेरो देश हो।" उनले सतर्क पनि हुनु थियो, किनभने सिपाहीहरूले जे पनि गरिदिन सक्थे। फेरि भनिन्, "म चाहिँ कहीँ जान्नँ।"

"हो, तँ सही छेस्। तर, यो देश तेरो लोग्नेको चाहिँ हैन। ऊ त अपराधी हो।"

"अनि के यो सबै कुरो उहाँसँग बिहे गर्नअघि मलाई थाहा थियो त?" अनामिका रिसले थरथरी काम्दै रुन थालिन्, "मैले तपाईंको आदेश मानिनँ भने के गर्नुहुन्छ? बलात्कार? लौ गर्नुस् ..."

उनका बुवा नि:शब्द उभिइरहे। केही क्षणसम्म त्यहाँ कोही पनि बोलेन।

"हेर बैनी !" अन्तत: एउटा सिपाही नेपालीमा बोल्यो, "तिम्रा श्रीमान्ले के गर्दै छन् भनेर तिमी र म दुवैलाई थाहा छ। यस्तो भारी जीउ भएको बेलामा हामी तिमीलाई अनावश्यक सकस पनि नहोस् भन्ने चाहन्छौँ। तर, तिमीले भिटीगुन्टा कसेकै राम्रो। अहिलेलाई हामीले तिम्रा बुवालाई भेटेकै छैनौँ भनेर बहानासम्म गर्न सक्छौँ। उहाँसँग त कागजपत्र पनि छन्। दुर्भाग्यवश, तिमीसँग चाहिँ छैन। तिमी चाहिँ जानैपर्छ। केही बेरमै बसहरू यहाँ आइपुग्दै छन्।"

अनामिकाका बुवाले आफ्नी गर्भवती छोरीलाई एक्लै घर छोड्न दिने कुरै थिएन। उनीसँग कागजपत्र भएकाले चाहेमा उनी जहिले पनि फर्कन सक्थे।

डिकी नेपालको शिविरमा जन्मिन्। तर, एक पटक नेपाल आइसकेपछि अनामिकाका बुवालाई भुटान फर्कनै दिइएन। उनका ज्वाइँ देशद्रोही थिए; देशका शत्रु थिए अनि कुटुम्ब भएका नाताले उनी पनि देशद्रोही नै भए रे !

अनामिकाले लुगा फेरिरहेकै बेला कालो चश्मा लगाएका एक व्यक्ति सरासर आफ्नै छाप्रोतर्फ आइरहेको देखिन्। उसको अनुहार कुनै विशेष व्यक्तिको जस्तो थियो। उनका बुवा घरमूली हुनाले रासन उनैलाई बाँडिन्थ्यो। त्यसैले बुवालाई भेट्न आउने मानिसहरूसँग कुराकानी गर्न उनी अभ्यस्त थिइन्। साडी लाउन धेरै बेर लाग्ने हुनाले उनले भट्ट कुर्ता नै लगाएर नवआगन्तुकलाई अभिवादन गरिन्।

"उहाँ त बाहिर जानुभएको छ।" उनले भनिन्।

"म दमकबाट आएको। उहाँसँग महत्त्वपूर्ण कुरा गर्नु छ।"

"मेरा छोरीहरू पनि यहाँ छैनन्। नत्र त उहाँलाई खोज्न पठाउने थिएँ।"

"तपाईं जान सक्नुहुन्न ?" ती व्यक्तिले सोधे।

"घरमा कोही छैन।"

एकै छिन त्यो झुप्रो छोड्दा चोरले लाने के नै पो रहेछ भने जस्तो गरी ती व्यक्तिले यसो ढोकाबाट चियाए । "म त अरू बेला पनि आउन सक्छु, तर यसले त तपाईंकै परिवारलाई नोक्सानी हुन्छ । म तपाईंहरूको केस हेर्ने व्यक्ति हुँ ।"

"कुरो चाहिँ के हो, भन्नुहुन्थ्यो कि ?"

"हैन, घरको मुखिया नै चाहिन्छ ।"

उनले घरका कोही लोग्नेमान्छेसँग मात्रै कुरा गर्न मिल्ने सङ्केत गरे ।

"म उहाँलाई यसो बोलाइहेर्छु । पख्नुस् है त !" नरम बोलीले उनले बोलाइन्, "बाबा ! बाबा !"

जवाफ नआएपछि उनी मुखमा दुवै हात लगाएर जोडले कराइन् ।

ती मानिस अलि अधैर्य भएको बुझेर उनले चिया पिउनुहुन्छ कि भनी सोधिन् । उनले फेरि भित्र हेरे । ढोकाबाट देखिने ठाउँको निरीक्षण गरेर उनले पसिहाल्न अलिक अप्ठ्यारो माने ।

"तपाईं बस्दै गर्नुस् । म चिया बनाएर ल्याउँछु ।" अनामिकाले फेरि भनिन् ।

उनी त्यतै दरीमा बसे अनि अनामिकाले फलामको सोते फुक्दै आगो बालिन् ।

छिनछिनमा 'बाबा, बाबा' भनी कराउँदै पनि थिइन् ।

आगन्तुकले चिया पिउनै लाग्दा अनामिकाका बुवा रासनको भारी बोकेर टुप्लुक्क आइपुगे ।

"थेत्, उनीहरूले इस्कुस चाहिँ पछि मात्रै दिए । त्यसैले भारीमाथि हालेर ल्याएको । बाटैभरि काँडाले कम्ती दुःख दिएन !"

"तपाईं यो घरको मुखिया हो ?" अपरिचित व्यक्तिले सोधे ।

"हजुर, मै हुँ ।" उनी भयातुर देखिन्थे ।

"आजको सात दिनमा तपाईंहरूको पूरै परिवारलाई अन्तर्वार्ताको निम्ति आमन्त्रण गरिएको छ । बिहान आठ बजे बाहिर खडा भएका तीनटा बसमध्ये कुनै एउटामा रिपोर्ट गर्नुहोला । ढिलो चाहिँ नगर्नुहोला । यो मामिलामा

नेपाली टाइम चल्दैन। अमेरिकीहरू जे कुरा पनि ठ्याक्कै तोकिएको समयमा हुनुपर्छ भन्नेमा एकदमै कडा हुन्छन्।"

"यो हामीलाई अमेरिका लैजान पो हो ?"

"यो त पहिलो अन्तर्वार्ता मात्रै हो। दिनभरि गफ गर्ने मेरो फुर्सद छैन। तपाईंहरू जम्मा चार जना हुनुहुन्छ, हैन ?"

जवाफमा कोही बोलेन।

"उहाँका श्रीमान् नि त ?" उनले अनामिकाको सिउँदोतर्फ हेर्दै सोधे, "उहाँ जीवितै हुनुहुन्छ ?"

"हजुर।"

"कहाँ हुनुहुन्छ त ?"

"यतै कतै।" उनका बुवाले भने।

आगन्तुकले अनामिकालाई नियाले।

"हामी सबै आउनैपर्ने ?" अनामिकाले सोधिन्।

"मैले भनें त, हैन ?"

"के लगाएर आउनु ?" उनका बुवाले सोधे।

"सफा लुगा जे भए पनि हुन्छ।"

"म जस्तो पाकालाई के सोध्लान् ?"

"त्यस्तो गाऱ्हो केही सोध्दैनन्। केवल ढाँट्नु भएन।"

"ए, भनेपछि कुनैकुनै कुरा लुकाउन पनि नपाइने ?" अनामिकाले भनिन्।

"हो, अमेरिकीहरू झूटो बोलेको पक्रन सिपालु हुन्छन्।" प्रश्नसूचक आँखाले उनले हेरे, "किन, कुनै कुरा लुकाउनैपर्ने छ र ?"

"हैन हैन। झूटो बोलेको पक्रन्छन् भन्ने कुरामा विश्वास नलागेर।"

"उनीहरू अमेरिकी हुन्।"

"मसँग पनि अङ्ग्रेजीमै बोल्छन् कि ?" उनका बुवाले सोधे।

ती व्यक्तिले अनामिकाका बुवालाई हेरे अनि कठोर भावले अनामिकातिर एक छिनसम्म एकटक लगाए। उनले चियाको अन्तिम घुट्की पिउनासाथ बाहिर पानी छिट्टयाउन थाल्यो। उनले फाल्टू छाता छ कि भनी उनीहरूलाई सोधे, तर पछि आफ्नै प्रश्नसँग मुस्कुराएर हिँडे।

"हामी त फेल हुन्छौँ होला।" कामेका हातले खैनी मोल्दै बुवाले भने, "एकातिर तिम्रो बिहेका कुरा, अर्कातिर मेरो स्वास्थ्य! हामी फेलै हुन्छौँ।"

उनले सुर्तीमा चूना मिसाएर एक चुट्की खैनी तल्लो ओठ र गिजाको बीचमा हाले। खैनीको पाइन सकिएपछि उनले जथाभावी थुकेर फ्याँक्ने भएकाले अनामिका रिसाइरहेकी थिइन्।

"आखिर तिमीले किन घरीघरी बिहा गऱ्यौ? त्यो काम न काजको बाहुनसँग तिमीले बिहे गर्नै हुँदैनथ्यो। जसको आन्दोलनकारी लहडले गर्दा हामी धपाइएर यहाँ आउनुपऱ्यो, त्यो हरामी नै हामीले यसरी यो सारा दुःख झेलिरहेको बेला यहाँ छैन।"

उनले चूनाको बट्टा खोजे।

"तपाईंलाई के लाग्छ, यस्तै हुन्छ भनेर जानेको भए म उनीसँग बिहे गर्थें?"

बूढाले आँखीभौँ र निधार पुछे।

"ठीक छ, अनि दोस्रो पटक नि? त्यसमा त तिम्रो कुनै बहाना काम लाग्दैन। हामीले शुरूमै भनेका थियौं, त्यो कार्की धोकेबाज छ भनेर।"

खोकी लागेकोले उनी एकै छिन थामिए।

"त्यो अन्तर्वार्ताको बेला तिम्रो बिहेको बारे सोधे भने के गर्ने होला? कस्तो भाग्य मेरो, एउटी छोरीकै कारण यत्रो सबै बेहोर्नुपऱ्यो!"

"ए साँच्ची, मेरो पटकपटक बिहेको बारेमा सोधे भने?" अनामिकाले दोहोऱ्याइन्, "अघि ती कर्मचारीलाई सोध्नुपर्ने रैछ, तर सोधिएन। एक छिन चुप लाग्नुस्; म शान्तिसँग केही सोच्छु।"

अमेरिकीहरू झूटो पक्रन सिपालु हुन्छन् भनेर ती कर्मचारीले भनेकै थिए।

अब अनामिकाले कुनकुन कुरा भन्ने र कुन लुकाउने भन्ने विषयमा निर्णय गर्नु थियो । उनलाई थाहा थियो, झूटो बोल्नैपर्छ । नत्र अमेरिकीहरूले उनी जस्ती महिलालाई आफ्नो देश पस्न दिने कुनै सम्भावनै थिएन ।

उनी सुन्दर, जवान अनि अल्लारे उमेरकी युवती थिइन् । उनी एक बच्चाकी आमा पनि थिइन् जसको बाबुको पत्तो थिएन । परिवारकै एक मात्र पुरुष सदस्य अर्थात् उनका बुवाका आँखा कमजोर भइसकेका थिए; उनी कान पनि राम्ररी सुन्दैनथे । रूपका हिसाबले शिविरभरिकै अरू कुनै महिलाभन्दा अनामिकाले सहजै जोकसैको ध्यान तानिदिन्थिन् । शुरूमा उनी यो विशेषताबाट दङ्ग पर्थिन् । यसले उनलाई शक्तिशाली बनायो । तर, उनले पछि थाहा पाइन्, उनको गर्व गलत दिशातर्फ थियो । उनी सुन्दरी भएकाले हैन, अबला भएकाले पो मानिसहरू उनीप्रति आकर्षित भएका रहेछन् !

पुरुषहरूले उनलाई मन नपराउनुको कारण थियो, उनी तिनीहरूकी पत्नी थिइनन् । महिलाहरूले चाहिँ उनलाई किन तिरस्कार गर्थे भने, उनी तिनीहरूका लोग्नेका निम्ति प्रलोभनकी वस्तु थिइन्; पासो थिइन् । उनी सार्वजनिक धारामा नुहाउँदै गर्दा कसैको लोग्नेले लुकेर हेरिरहेको छ भने पनि त्यसमा उनैलाई दोषी मानिन्थ्यो । त्यो लुकेर हेर्ने होस् वा शिविरका अन्य महिलाका श्रीमान्, सबैलाई यसरी हेर्नका निम्ति उनैको गतिविधिले प्रोत्साहित गरेको आरोप लगाइन्थ्यो । अनामिकाले त्यो लबस्तरो मान्छेको विरोध गर्दा पनि उल्टो उसकी श्रीमती र अरू आइमाई बचाउमा जम्मा भएर उनैलाई नानावली भन्दै अनुपस्थित उनका श्रीमान्का विषयमा अनेक प्रश्न गर्न थाले । आफ्नो रक्षा गर्ने कोही छैन भन्ने उनले चाल पाइन् । आफूलाई समर्थन दिने र संरक्षण गर्ने एउटा पुरुषको आवश्यकता उनले महसूस गरिन् । त्यो मान्छे, अर्थात् उनका बुवाभन्दा एउटा बेग्लै पुरुष !

शिविरबाहिरका एक ब्राह्मणले अनामिकाको विवाह बिर्तामोडको रवि कार्की नामक नेपालीसँग गराइदिए । उनी रविकी दोस्री पत्नी भइन् । जेठी श्रीमती पनि त्यो विवाहमा उपस्थित थिइन् । अनामिकालाई ती सौतालाई दिदीको

साइनो लाउनू भनियो। जेठीले छोरीमाथि छोरी पाएकी रहिछन्। चौथी पनि छोरी नै पाएपछि उतिखेरै यसको स्पष्ट अर्थ लागिसकेको थियो– रविले अब अर्की भित्र्याउँछ। शिविरबाहिरको एउटा मन्दिरमा विवाह सम्पन्न भयो। त्यसमा शिविरका कसैलाई पनि निम्तो थिएन। आमा विवाह गरेर हिँडेपछि डिकी चाहिँ हजुरबुवासँग बस्ने भइन्।

अनामिकाको नयाँ विवाह पहिलोभन्दा भिन्दै थियो। त्यसो त, आठ कक्षा पास गरेकी अनामिका परिवारमा सबैभन्दा शिक्षित थिइन्, तर घरको कुनै पनि मामिलामा उनलाई आफ्नो धारणा राख्ने अधिकार थिएन। उनले त मौन रहन सिक्नुपर्थ्यो। रविको वचन नै अन्तिम हुन्थ्यो। अनामिकाले कहिल्यै रविलाई जवाफ फर्काइनन्। ती ससाना नानीहरू र तिनीहरूकी आमालाई बिनसित्ति चाबुक लगाएको उनले देखेकी थिइन्। रविले केटाकेटीलाई कुटिरहेका बेला केही बोलिहाल्नुभन्दा पनि आफ्नो क्रोध शान्त हुन्जेल प्रतीक्षा गर्ने अनामिकाले अभ्यास गरिन्।

यस्तो कुटाइबाट जोगिएकामा उनी आफैँप्रति धन्य थिइन्। उनीसँग रिसाएका बेला चाहिँ रवि कराउँथ्यो; हिर्काउने धम्की दिन्थ्यो; उनलाई वेश्या भन्थ्यो, तर काण्ड त्यतिमै टुङ्गिन्थ्यो। अनामिकाले सौतासँग मित्रता गाँस्ने कोशिश गरिन्; उनलाई विश्वासमा लिने कोशिश गरिन्, तर उनी नजिकिन मानिनन्, यस्तो लाग्थ्यो मानौँ रविले नै उनलाई अनामिकासँग नजिक नहुन खबरदारी गरेको छ। सौतेनी छोरीहरू देख्दा उनको आमा मनले डिकीलाई सम्झन्थ्यो, भक्कानिन्थिन् र उनीहरूसँगै खेलेर चित्त बुझाउने कोशिश गर्थिन्। पहिलो पटक रविले नयाँ पत्नीलाई छोरीहरूसँग झोपडीबाहिर उफ्रँदै घ्वाईं खेलिरहेको देख्दा 'तिम्रो अरू केही काम छैन ?' भन्दै नराम्ररी हकारेको थियो। त्यसलगत्तै त्यो खेल बन्द पनि भयो।

एउटा अनुरोधको धृष्टता गर्दा अनामिकाले रविबाट पहिलो पटक कुटाइ खाएकी थिइन्। धन्न, उसको मनस्थिति त्यस दिन ठीक थियो र छोरीमध्ये एउटीले मात्र बाबुबाट हल्का लबटा भेटी।

"डिकीलाई पनि यहाँ हामीसँगै राख्न ल्याए हुँदैन ?" मलिन स्वरमा त्यति बेला अनामिकाले भनेकी थिइन्।

केही क्षणका निम्ति रविलाई उनी कसको कुरा गर्दै छिन् भन्ने टुङ्गो नै भएन। "को हो डिकी भन्ने ?"

"मेरी छोरी।"

"मबाट तेरा कुनै सन्तान छैनन्।"

यसभन्दा अघि कुरा नबढाएको भए शायद प्रसङ्ग यहीँ टुङ्गिन्थ्यो होला।

"हामीसँग चार वटी छोरी छँदै छन्। खाने मुख अर्को एउटा मात्र थपिँदा के नै पो फरक पर्ला र ? आवश्यक परे उसको रासनपानीको निम्ति म आफैँ पनि काम गरुँला नि !"

अनामिकाका निम्ति यो कुनै अमर्यादित अनुरोध थिएन। पाँच महीनाअघि विवाह भएयता उनले आफ्नी छोरीलाई एक पल्ट मात्र भेट्न पाएकी थिइन्।

"पराईकी छोरीलाई म मेरो घरको छेउछाउ आउन पनि दिन्नँ।" त्यति भन्नासाथ रवि बिजुली चम्केझैँ गरी उनीमाथि एक्कासि झम्टियो र एक मुक्का जडिदियो।

"तैँले राम्रोसँग सुनिस् !" उसले फेरि थप्पड लगाउँदै जगल्ट्यायो, "यो रन्डीलाई श्राप लागेकोले मैले पहिले नै चार-चार वटी निकम्मा छोरीहरूलाई लाउनु-खुवाउनुपरेको छ। अनि त्यतिले नपुगेर तँ अहिले अरू कसैकी छोरी मेरो घरमा ल्याउन खोज्ने ? तँलाई सङ्कट परेको बेला मैले आश्रय दिएँ। सबैले तेरो चरित्र ठीक छैन भन्दाभन्दै पनि बिहा गरेँ। अनि अहिले तैँले मेरो गुनको पैँचो तिरेको यही हो ?"

उसले उठेर अनामिकाको भुँडीमा एक लात्ती लाउँदै उद्घोष गर्‍यो, "खबरदार आइन्दा तँ तेरी छोरी र बाउलाई भेट्न गइस् भने ! गइस् भने बुझिराख्, तेरी त्यही छोरी ठूली भएपछि म त्यसैलाई तेस्री स्वास्नी बनाएर भित्र्याउँछु। कस्सम !"

त्यसपछि उसले चारै जना छोरीलाई थप्पड लगायो।

"तिमीहरू सब आइमाई मलाई सिध्याउन तम्सिएका छौ।" ऊ चिच्यायो।

भोलिपल्ट बिहान रवि क्षमायाचकझैँ विनम्र थियो, माफै मागे जस्तो। अनामिकाले ऊसँग केही मागेको यो अन्तिम पटक थियो। दिउँसो जेठीले पनि

उनलाई सान्त्वनाधरि दिइनन्। अनामिकाले आफ्नो जीउको चोट सुमसुम्याइरहँदा ती साना केटीहरूले भने यसो चियाएर हेरे। उनलाई त्यहाँबाट सुटुक्क भाग्ने विचार नआएको हैन, तर भागेर कहाँ जानु? यति भइसकेपछि फेरि त्यो शिविरमा सधैंका निम्ति बस्ने गरी फर्कनु भनेको अर्को सकस हुन्थ्यो। उनका बुवा त बिचरा मरेतुल्य हुने थिए। उनी फेरि पुरुषविहीन महिला बन्ने थिइन् र त्यो परिस्थितिका निम्ति उनी तयार भइनन्। शिविरका भएभरका पुरुष र स्त्रीहरूको घोचपेच सुन्दै बाँच्नुभन्दा त बरु यही एउटा मानिसको ताडना सहँदै जिउनु निकै सजिलो थियो।

तर जब शाम्भवी जन्मिन्, रविले अनामिकालाई कुम्लोकुटुरो कस्न लगायो।

"तैंले छोरो दिन्छेस् कि भनेर पो मैले बिहा गरेको थिएँ।" उसले नरम भएर भन्यो, "म तिमीहरू सबैलाई त पाल्न सक्तिनँ। तँ र अर्की रन्डी मिलेर मलाई नपुंसकै बनाइसक्यौ। भएभरका छिमेकीहरू मेरो अवस्था देखेर हाँस्न थालेका छन्। मैले सकुन्जेल काम गरेकै हो। रक्सी पनि खाइनँ; तँसँग राम्रो व्यवहार गरेँ। उसलाई जस्तो तँलाई कुट्दा पनि कुटिनँ। त्यसको सट्टा मलाई के दिइस् त? यो झन् अर्को बोझ?"

मध्यदिनमै घरबाट निकालिएकी अनामिका छिमेकीहरूको खस्याकखुसुक र खिसीटचुरीलाई बेवास्ता गर्दै पिठ्यूँमा पोको र काखीमा नानी च्यापेर शिविरतिर फर्किन्। उनका बुवाले आँखा जुधाउनसमेत अस्वीकार गरे। डिकीले उनलाई चिनिनन्।

वर्षमा एक या दुईपल्ट रवि त्यहाँ देखा पर्थ्यो; ससुरासँग साखुल्ले बन्दै सकेजति पैसा झार्थ्यो र फर्किन्थ्यो। उसले अनामिका या छोरी शाम्भवीसँग कहिल्यै भेटेन।

पुनर्वासका निम्ति अन्तर्वार्ता दिएर फर्केका सबैले आई.ओ.एम. को कार्यालयमा असाध्यै गाऱ्हो प्रश्न सोधिने गरेको बताए। हिजो मात्र एउटा परिवार हताशिएर फर्केको थियो, जसका मुखिया आफूहरू आफ्नै गल्तीले

भुटानबाट हिँडेको कुरो अमेरिकाले पत्तो लगाएकै कारण असफल हुनुपरेको गुनासो गर्दै थिए । ती वृद्धले झूटो बोलेका पनि हुन सक्थे, तर यही कुराका कारण अनामिकाको मुटुमा भने ढ्याङ्ग्रो बज्न थालेको थियो ।

ती गोरी महिला हरेक विषयको नाटीकुटी जान्न चाहन्थिन् । कुनै कुरामा ताल्चा लगाएर साँचो कतै हुत्त्याइदिए जस्तो अनामिकाले आफ्नो जीवनका धेरै नमीठा विगतहरूलाई पन्छाइसकेकी थिइन्, तर परिस्थितिवश मनको भित्री तहमा रहेका ती घटनाहरूलाई फेरि एकएक गरेर कोट्ट्याउनुपर्दा उनलाई दोहोर्‍याएर ती गोरी महिलाको सामुन्ने जान सकस भइरहेको थियो । अलिक जटिलता त बरु रविको मामिलामा थियो, जो उल्टो आफैँलाई वज्रपात परे जस्तो उदास अनुहार लगाएर छेवैमा बसेको थियो । दुई दिनअघि मात्र ऊ टुप्लुक्क आइपुगेको थियो । पत्नीको भविष्य उज्ज्वल हुन आँटेको खबर थाहा पाउन उसलाई कत्ति बेर पनि लागेनछ ।

"मेरी छोरी हेर्न आएको ।" उसले त्यति भन्दै ससुरालाई नमस्ते पनि गर्न भ्यायो ।

"जन्मेको दश वर्षपछि बल्ल छोरीको याद आयो ?" अनामिकाले नडराईकन भनिन्, "यो दश वर्षमा त एक पटक पनि खोज्नुभएन !"

रिस त अचाक्ली उठेको थियो । एक छिनका निम्ति उनले कुनै समय यो व्यक्तिले आफूलाई कतिसम्म भयभीत पारेर राखेको थियो भन्ने पनि बिर्सिन् । हो, यो संसारमै यही एक मात्र पुरुष थियो जोसँग अनामिका डराउँथिन् ।

"मेरी छोरीलाई म जति बेला चाहुँ, त्यति बेला भेट्न सक्छु ।"

"ऊ स्कुल गएकी छे । आफ्ना बाउ छन् भन्ने कुरा नै उसलाई थाहा छैन ।"

"उसले थाहा पाइहाल्छे नि !" ऊ विश्वस्त देखिन्थ्यो ।

"मेरो काम छ ।"

"तेरो काम मलाई थाहा छ । त्यही समोसा दोकानमा गएर मान्छेहरूको अगाडि छिल्लिनु त हो ! तँ जस्ती बाइफालेलाई मैले पहिल्यै चिन्नुपर्थ्यो ।"

"ए, त्यसो भए त्यो बिरालो जस्तो म्याउम्याउ गर्ने बजियाले तपाईंलाई भन्यो हैन ? तपाईं मलाई यही, म वेश्या हुँ भनेर जानकारी दिन यहाँ आउनुभएको ?"

"हैन, म त अन्तर्वार्ता कहिले छ भन्ने सोध्न आएको !"

"किन जान्नुपर्‍यो ?"

"त्यसको निम्ति मैले पनि त तयारी गर्नुपर्‍यो नि !"

"तपाईं त शरणार्थी हुँदै हैन। अनि फेरि हामीले चाहिँ तपाईंलाई त्यहाँ लान्छौँ भन्ने कसरी ठान्नुभयो ?"

"यसमा के अचम्म छ ? म तेरो लोग्ने हुँ। त्यसैले म अमेरिका जान्छु। तँबाट फेरि एक पटक कोशिश गरेर छोरा जन्माउने रहर पनि छ मेरो।"

"तेस्री पत्नीले पनि रहर पूरा गर्दिन सकिन ? कि पाइदिई ?"

"तेरै श्रापले त होला, पक्कै पनि !"

"शायद समस्या त ..."

अनामिकाले उसको अनुहार हेरिन् र बीचैमा कुरा टुङ्ग्याइन्।

"म अन्तर्वार्तामा जान पाइनँ भने पुनर्वासको अफिसका मान्छेलाई तेरो चालचलनको बारेमा भन्दिन्छु, तेरो खराब चरित्रको बारेमा। यस्तो खोट हुँदाहुँदै पनि कम्तीमा मैले तँलाई बिहा त गरेँ ! त्यसैले मैले पनि जान पाउनैपर्छ। नत्र भने मेरा छोरीहरूलाई तैँले कति नराम्रो गरेकी छस् भनेर कुरो लगाइदिन्छु। अमेरिकीहरू केटाकेटीलाई कसैले कुटपिट गरे एकदमै नराम्रो मान्छन् रे ! कुनै पनि कुराको समाधान कुटपिट त हुँदै हैन; अँ ... कुनै बाइफाले आइमाईलाई ठीक ठाउँमा राख्न चाहिँ होला कि ?"

"तपाईंले मलाई धम्क्याएको ?"

"हैन, मैले त्यसो गरेको हैन। मैले एउटी भुटानी शरणार्थीसँग बिहे गरेँ, जो अमेरिका जान पाउने भएकी छ। उसको लोग्ने भएको नाताले म पनि जान्छु। हैन भने तिनीहरूले सबै थोक थाहा पाउँछन्। मै उनीहरूलाई भन्दिन्छु।"

"तपाईं त्यसो किन गर्नुहुन्छ ?"

"कुरा सीधा छ । म आफ्नो परिवारसँगै बस्न चाहन्छु ।" ऊ मुसुक्क हाँस्यो, "अमेरिका पुगेपछि हाम्रो एउटा खाइलाग्दो छोरो पनि जन्मिन सक्छ नि ! मेरो वंशलाई अघि बढाउने अमेरिकन छोरो !"

अनामिकाले आफ्ना बुवातर्फ हेरिन्; रविले उनलाई हेऱ्यो। उनले रविलाई अन्तर्वार्ताको समय बताइदिइन् ।

आई.ओ.एम. कार्यालयमा उनका बुवालाई बोल्नका निम्ति कसैले घचघच्याउनुपरेन ।

"हामी नेपाली मूलका मान्छेहरू मूर्खै साबित भयौं, महामूर्ख !" उनले तीतो पोखे ।

गोरी महिलाले केही लेखिन् । कुनै विदेशी अखबारकी काली पत्रकार पनि त्यहाँ थिइन् । उनी घरी आफैं बुझेर टिप्थिन् त घरी नबुझेका कुरा प्रस्ट पारिदिन ती गोरीलाई अनुरोध गर्थिन् । हिजो मात्र एक वृत्तचित्र निर्माताले पनि अनामिकासँग अन्तर्वार्ता लिन खोजेको थियो । अहिले अचानक यस्तो भइदियो, मानौं सारा विश्वले एकाएक उनीबारे जिज्ञासा राख्न थालेको छ । शायद उनले ती महिलालाई आफ्नो विगतका किस्सा पनि भन्न सक्लिन् कि !

"हामी नेपालीलाई गो र किरा (भुटानी पहिरन) लाउनुपर्दा अलिक दिक्क नलागेको हैन ।" अनामिकाका बुवाका दाँतमा खैनीको दागैदाग देखिँदै थियो, "यता हेर्नुस् न, यसलाई फेरि समस्या पनि कसरी भन्ने ? भारतका मान्छेहरू पश्चिमी पहिरन लाउँछन् । के त्यो समस्या हो ? हामी भुटानमा बस्यौं अनि दौरा-सुरुवाल त्यहाँको राष्ट्रिय पोशाक हैन । हामीले केही सम्झौता त गर्नैपर्थ्यो ।"

"त्यसो भएदेखि विद्रोह हुने कारणमध्ये धेरै चाहिँ नेपाली जातिकै गल्तीले हो भन्ने ठान्नुहुन्छ ?" गोरी महिलाले फरर नेपाली भाषामा सोधिन् ।

"हो त नि, कुरै त्यही हो !" खैनी थुक्नलाई उनले यताउता हेरे, "यता हेर्नुस्, मैले छ कक्षा पढ्दापढ्दै छोडें । भुटान सरकारले मलाई दुईदुई चोटि तालिमको निम्ति जापान पठायो । मेरो प्रमोसन टाइममै भयो । मेरा उति

बेलाका हाकिमले अहिलेसम्म पनि मलाई कुनै कुराको खाँचो छ कि भनेर सोधिरहन्छन् ।"

"हो हो, हामीलाई कुनै कुराको आवश्यकता छ कि भनेर सोध्छन् ।" बीचैमा प्याच्च रविले सही थाप्यो ।

गोरीले अनामिकालाई हेरिन् । अनामिकाले टाउको हल्लाइन् । उनका बुवाले बढुवाबारे सत्य बोलेका थिए । बुवाका हाकिमले पछिल्लो समय पनि सम्पर्क गरेको चाहिँ अनामिकालाई थाहा थिएन ।

उनका बुवा भन्दै थिए, "उनीहरूले हामीलाई जोङ्खा सिक्नू भनेका थिए । यो कुन ठूलो कुरो भो र ? यदि डुक्पाहरू नेपालमा बसोबास गर्न आइदिएका भए उनीहरूले पनि त नेपाली जान्नुपर्थ्यो ! हामी नै मूर्ख हौँ । हामीलाई जे कुरामा पनि खुकुरी उचालेर जाइलाग्न मन लागिहाल्छ । हामीले दिमाग लगाएर सोचेको भए यति दुःख पाउने नै थिएनौँ ।"

ती महिलाले पहिले अनामिकालाई अनि पछि रविलाई हेरिन् । रविको काखमा शाम्भवी असजिलोसँग बसेकी थिइन् ।

"दुःखैदुःख !" रविले भन्यो ।

रविले नचाहिँदो कुरा गरिहाल्छ कि भनेर अनामिका तनावमा थिइन् ।

"म सय वर्षे भुटान जाँदिनँ । बाँचुन्जेल फर्केर फेरि त्यो ठाउँ जान्नँ ।" अनामिकाले भनिन्, "त्यो देशले हामीलाई पशुलाई भन्दा नराम्रो व्यवहार गरेको छ । मलाई थाहा छ, विदेशमा पुनर्वास गर्दा धेरै समस्या आइलाग्छन्, तर सिकौँला, जे परे पनि बेहोरौँला ।"

आफ्नो चरित्रबारे पनि उनले खुलस्त पारिदिनुपर्थ्यो कि ? पछि उनीहरू आफैँले थाहा पाए भने नि ? के उनीहरूले अमेरिका जानलाई छानिएका शरणार्थीहरूको सूचीबाट उनको नाम हटाउलान् त ?

"त्यसैले त यो अन्तर्वार्ता लिएको ।" गोरीले भनिन् ।

"म आफ्ना छोरीहरू अब यस्तो देशमा हुर्केको देख्न चाहन्छु, जहाँबाट फेरि अर्को देशनिकाला होला भनेर उनीहरूले कहिल्यै चिन्ता लिनु नपरोस् ... ।"

रविले बीचैमा कुरा काट्न खोज्यो। "भुटानले जस्तो अमेरिकाले पनि हामीलाई लखेट्न सक्छ त ?" प्रश्न सोध्दा ऊ अनामिकातर्फ हेरिरहेको थियो।

"हैन, पुनर्वास हुन छ महीनाभन्दा केही बढ्ता लाग्ला। त्यसको एक वर्षभित्रमै स्थायी बसोबासको ग्रिन कार्ड पाइन्छ। त्यसको पाँच वर्षपछि त तपाईंले त्यहाँको नागरिकताकै निम्ति आवेदन दिन सक्नुहुन्छ।"

"हामी जहिले चितायो तहिले देश छोड्न र फर्किन सक्छौं त ?" बुवाले सोधे।

"हजुर, तपाईंहरू कुनै पनि अमेरिकीजत्तिकै स्वतन्त्र हुनुहुनेछ।" ती गोरी महिला हाँसिन्, "तर एउटा कुरा चाहिँ याद राख्नुहोला, प्लेनको भाडा चाहिँ सारै महँगो छ।"

"उसो भए हामी भुटान पनि जान सक्छौं ?" जान्ने भएर रविले सोध्यो।

अनामिका खुट्टाको बूढी औंलोले भुइँ कोट्ट्याउन थालिन्। यो मानिसले चौपटै पारिदेला जस्तो छ !

"भुटानी दूतावासले तपाईंलाई भिसा दियो भने पाउनुहुन्छ।"

उता, यो सुन्नेबित्तिकै अनामिकाका बुवा बेहोशै हौंला जस्तो गर्न थाले। "यो के हुन आँट्यो नि ? आफ्नै देशमा जान पनि दूतावासको कागज चाहिने ?"

"अहिलेको अवस्थाभन्दा त त्यो राम्रै हो।" रविले भन्यो, "भिसा होस् या नहोस्, अहिले त हामी जानै पाउँदैनौं।"

उसको कुराले ससुरालाई अलिक शान्ति भयो। "तर भुटानमा भएको हाम्रो जग्गा-जमीन चाहिँ के हुन्छ ?" रविले सोध्यो।

"त्यसमा हाम्रो केही नियन्त्रण हुँदैन। यत्ति हो, अन्तर्राष्ट्रिय समुदायले तपाईंहरूको स्वदेश फिर्तीका निम्ति सधैंभरि घचघच्याइरहनेछ। अन्ततः यो सबै कुरा भुटानमै निर्भर हुन्छ।" गोरी महिलाले भनिन्।

"अमेरिकाको हामी बस्ने शहरमा अरू भुटानीहरू पनि हुन्छन् कि ?" यदि अमेरिकाको प्रहरीलाई कुनै भुटानीले आफ्नो चरित्रबारे उजुरी गऱ्यो भने के गर्ने भन्ने डरले अनामिकालाई गाँजेको थियो।

"अँ, हुन्छन्। तपाईंहरूका कुनै आफन्त बसेकै ठाउँमा तपाईंहरू पनि बस्न चाहनुभयो भने हामी त्यसको व्यवस्था पनि गर्न सक्छौँ होला।"

"हैन हैन, मलाई शहरमा एक्लो भुटानी भएर बस्नुपरे पनि केही छैन।" यो चाहिँ ढुक्क हुँदाको अभिव्यक्ति थियो, अर्थात् अब अमेरिकी प्रशासनमा उनको विगत पुग्नेछैन।

"त्यसो त शुरूशुरूमा स्वयंसेवी सङ्गठनहरूले तपाईंहरूको आवश्यकताको ख्याल राख्नेछन्। तिनले तपाईंलाई उपयुक्त नोकरी दिलाउन पनि मद्दत गर्नेछन्।"

सबैका नजरमा अपहेलित भएर बाँचिरहेकी आफू एक पटक फेरि समाजका निम्ति उपयोगी सदस्य बन्न सक्ने थाहा पाएर अनामिका दङ्ग परिन्। गोरी महिलाले केही महीनाभित्रमै उनले कसैमाथि निर्भर रहनु नपर्ने गरी स्वावलम्बी जीवन बाँच्न सक्ने जानकारी पनि दिइन्। अब आफूभित्र दबेर रहेको कुरालाई बाहिर निकाल्ने उपयुक्त समय यही थियो।

"हामीमध्ये कसैको चालचलन ठीक छैन भने यो सब कुरामा अब केही समस्या पर्ला?" द्विविधामा पर्दै अनामिकाले सोधिन्।

"मैले बुझिनँ।" गोरीले भनिन्।

"म उनको दोस्रो पति हुँ।" रविले हत्त न पत्त भनिहाल्यो।

ऊ अरू कुरा पनि थप्न चाहन्थ्यो, तर अनामिकाले टेबलमुनिबाट चिमोटिदिइन्। उसले अनामिकाको हातमा प्याट्ट हान्यो। पक्कै पनि गोरीले त्यो थाहा पाइन्।

"अनामिका, तपाईंका कति जना पति छन् भन्ने कुरामा त हामीलाई कुनै वास्तै हुँदैन।" गोरीले भनिन्, "तपाईंले व्यक्तिगत जीवनमा के गर्नुभयो र गर्नुहुन्छ भन्ने कुरासँग हाम्रो के मतलब?"

रवि उठ्यो। अनामिकाले दाहिने हातका औंलाका नङ देब्रे हत्केलामा गाडिन्। "उसको पहिरन नि?" रविले सोध्यो, "अमेरिका पुगेपछि उसले पेन्ट लाउनैपर्छ?"

"उहाँलाई जे मन पर्छ, त्यही लाउन सक्नुहुन्छ। अमेरिका एउटा स्वतन्त्र देश हो।"

“तर, उसले त्यो नलाएकै मलाई मन पर्छ।” कुरैकुरामा रविले भन्यो।

उसले कुरा त्यहीं टुङ्ग्याएको बुझेर अनामिकाले लामो सास फेरिन्।

काली पत्रकारले रविसँग उसको परिवारको फोटो खिच्न अनुमति मागिन्। “तपाईंहरू चार जना मात्र।” मुठी माथि उठाएर बूढी औंला तल झार्दै उनले भनिन्, “बुवा, आमा र छोरीहरू।”

उनले डिकी र शाम्भवीलाई काठको बेन्चीमा बस्न इशारा गरिन्। रवि र अनामिका उनीहरूको पछाडि उभिए।

“सबै जना हाँस्नुस् त!”

उनको भाषा कसैले बुझेन।

“हाँस्नु रे!” गोरीले उल्था गरिदिइन्।

क्लिक क्लिक क्लिक ... क्यामेराले आवाज निकाल्यो ... एक, दुई, तीन पटक।

“कति मिलेको परिवार! अनि कस्तो राम्रो फोटो!” ती पत्रकारले नेपालीमा भनिन्, “धन्यवाद!”

गोर्खाकी छोरी

गीता र मैले आफूसँग भएका भाँडाकुटी एकै ठाउँ भेला पारेको भोलिपल्टै, रिब्स स्कुलका अरू केटीहरूसँग, हाम्रोमा जति खेलौना त काठमाडौंभरि नौ वर्षआसपासका कुनै केटाकेटीसँग छैन भन्दै धाक लगायौँ। हामीसँग स्टिलका भाँडाकुँडा, प्लास्टिकका बर्तन, सिसाका गिलासको सेटदेखि लिएर सुनको जलप लगाएका भान्साका सरसामानसम्म थिए। अझ यी सबमा त गुरुङ बडा र आपाले हङकङबाट भरखरै पठाएका नयाँ सेट मिसाएकै थिएनौँ। तीबाहेक, दङ्ग परेका बेला आमाले भान्सैबाट निकालेर दिनुभएका साँच्चैका थालीहरू पनि थिए। सिसाका गिलासको सेट चाहिँ भान्साका विशेष पाहुना आएका बेला मात्र चलाउँथ्यौँ।

त्यस दिन हामीले विशेष पाहुनाका रूपमा हाम्रै गोर्खा बाहरूलाई डाक्दै थियौँ। अर्थात्, हामी आआफू नै मिलेर बा पनि बन्ने र छोरीको भूमिका पनि निभाउने। त्यसका निम्ति नाटक सिकाउने सरको दराजबाट गीताले दुइटा नक्कली जुँगा चोरेकी थिइन्।

हामीले जुँगा लगायौँ; गीताले त्यसमाथि ह्याट पनि पहिरिन्। त्यसो त गुरुङ बडाले कहिल्यै ह्याट लगाउनुभएन, तर गीताले यो पहिरनका मामिलामा आफूलाई मन लागेको गरिन्। अझ कतिसम्म भने, चुरोट कहिल्यै नपिउने हाम्रा बाहरूको नक्कल गर्न बसेका बेला गीताले ओठका बीचमा फेन्तम चुरोटकै नक्कल गरेर बनाइएको लाम्चो मिठाई पनि च्यापिदिइन्। मैले यसमा खासै वास्ता गरिनँ, किनभने त्यसमध्येको एउटा गुलियो चुरोट उनले मलाई पनि दिएकी थिइन्, जसलाई मैले कानमा सिउरिएकी थिएँ।

"बूढी, मलाई अलिकति बियर देऊ त !" बाको भूमिकामा उत्रिएकी गीताले पछाडि हेरिन् र आफैँले स्वयंलाई सम्बोधन गरिन्, "अनि गीता, त्यो जाबो टेप रेकर्डर पनि बन्द गर। देख्दिनौ, यहाँ तिम्रा आपा र बडा गफ गर्न बसिरहेको ?"

"हवस्, आपा !" गीताले जुँगा निकाल्दै विनम्र भएर भनिन्।

"उनीहरूको निम्ति त हामी मान्छे मार्ने मेसिन मात्र हौँ।" गीताले फेरि जुँगा लगाएर रिसाउँदै भनिन्, "अझै पनि उनीहरू हामीलाई कुकुर जस्तै व्यवहार गर्छन्।"

"हैन नम्बरी, हैन। नरिसाउनुस्।" के भन्नु के भन्नु भइरहेका बेला मैले त्यसो भनें। गोर्खा भर्तीमा एउटै नम्बरको ब्याचमा परेकाहरू एकअर्कालाई नम्बरी भन्दै सम्बोधन गर्छन्।

"यत्रो वर्ष नोकरीमा बिताए पनि पछि गएर उनीहरूले हामीलाई हेर्लान् त ?" गीताले रिसाएर भनिन्, "हेर्दैनन्, हामीलाई जुत्ता र मोजा जस्तो फालिन्छ। पेन्सन पनि थोरै हुन्छ। बेलायतको फौजका अरू रेजिमेन्टहरूले चाहिँ कसरी गतिलो पेन्सन पाउँछन् नि ? हामी 'वीर गोर्खा' भनाउँदा त अरूले पाएको पैसाको पाँच भागमा एक भाग मात्र पाउँछौं। हामी बहादुर त हौं नै, तर बुद्धि नभएका !"

"हामी कति भाग्यमानी छौं, त्यो पनि त हेरौं न नम्बरी !" मैले झर्न आँटेको जुँगालाई बूढी औंलाले थाम्दै भनें, "हामी भर्तीमा नगएको भए त्यही पुलिस त हुन्थ्यौं, जसको कमाइ नै के छ र ? यो देशमा गर्ने अरू के पो छ र ! बरु हाम्रो भाग्य राम्रो थियो, हामी बेलैमा यहाँबाट निस्केछौं।"

"अनि त्यो म्याकफेरन चुतिया !" भाँडाकुटीको गिलासबाट घटघट पानी पिएर फुट्ला जस्तो गरी राख्दै उनले लाञ्छना लगाइन्, "मैले रक्सी खान कम गर्नु रे, कत्ति न त्यसकै बाउको खाइदिए जस्तो ! अनि त्यो बज्जिया टमी अटकिन्सन, हामी एक समान हैनौं रे ! मैले कुनै तमाशा त गरेको छैन नि ! गरें त ? कसैसँग मारपिट पनि गरेको छैन। म रक्सी शान्तिसँग खाने गर्छु, तर त्यो हरामी कुइरेले त्यस्तो सोच्दैन। म त वाक्क भइसकें।"

"यसो विचार गर्नुस् त, नम्बरी !" यहाँ आफ्नो भूमिका कम्ती भएको अनि आफूले त्यसलाई राम्ररी निर्वाह पनि गर्न नसक्ने बुझेर मैले भनें, "हाम्रा छोरीहरू इङलिस मिडियमको राम्रो स्कुलमा पढ्छन्। श्रीमतीहरू ठाँटबाँटले बाँचेका छन्।"

"म्याकफेरनले मैले रक्सी खाएको मन पराउँदैन। त्यसैले मलाई लाग्छ, म कोर्ट मार्सल हुने पहिलो गोर्खा हुन्छु।" गीताले चुरोट मिठाई टोक्दै भनिन्, "साला अङ्ग्रेज !"

"ऊ त आफू आइरिस हुँ भन्छ।"

"अङ्ग्रेज, आइरिस, स्कटिस... जोसुकै होस्, के मतलब !" उनले काल्पनिक बियर घुट्क्याइन्, "यिनीहरू सब हाम्रो निम्ति एक समान

हुन् । उनीहरूले नियमित पेन्सन पाउँछन् । त्यो पनि हाम्रोभन्दा पाँच गुना बढी । हामी मात्र यिनीहरूभन्दा तल्लो स्तरका हौं । हामी बहादुर गोर्खाहरू !"

"आमा, मलाई भोक लाग्यो ।" जुँगा निकालेर मैले भनें ।

"हो बूढी, मलाई पनि भोक लाग्यो ।" जुँगा लगाइराखेरै गीताले भनिन्, "हामी गोर्खालाई खान देऊ । हामी बहादुर मान्छेहरू र हाम्रो जहान परिवारलाई खान देऊ । किनभने हामीले पाएको पेन्सनले त केही वर्षमा भोकै हुन्छौं ।"

आयो वीर गोर्खाली ...

गुरुङ बडाको हुबहु आवाज निकालेर गीताले गाइन् । हाम्रा आपाहरूले सिकाएका हुनाले गीता र म दुवै यो गीत जान्दथ्यौं । कोही बेला आमाहरूले यसलाई लोरी जस्तो गाएर सुनाउनुहुन्थ्यो । गीताले जुँगा लगाएर पहिलो पङ्क्ति आफ्ना आपाको आवाजमा गाइन् भने जुँगा निकालेर आफ्नै स्वरमा अर्को पङ्क्ति गाइन् । मैले पनि त्यसो गर्ने कोशिश गरें, तर मेरो दुइटै स्वर एकैनासको निस्क्यो ।

गीताको चुरोटको फेद अर्थात् गुलाबी भाग मात्र बाँकी थियो ।

"लु," मैले आफ्नो आधा भाँचेर उनलाई दिंदै भनें, "मेरोबाट अलिकति खाऊ ।"

उनले त्यो आधा चुरोटलाई अझ आधा पारेर टोकिन् ।

"क्या मीठो !" उनले भनिन् ।

"हो नि !" यति भनेपछि मैले फेरि जुँगा लगाएर आफ्नो भूमिका निभाउन शुरू गरें, "हामी धीत मरुन्जेल खाना खाऔं, किनकि घरको खाना जस्तो अरू हुँदैन । नम्बरी, आज कति समयपछि तपाईंको र मेरो परिवार यसरी एउटै छानोमुनि जम्मा भएका छौं !"

"अँ अँ, मलाई थाहा छ ।" अल्छी मान्दै गीताले भनिन् ।

उनलाई यसैमा बाँध्न मैले नयाँ भूमिका सोच्नुपर्ने भयो ।

"नाकचुच्चे ज्योतिषीलाई बोलाऔँ न त !" मैले भनेँ, "बोलाऔँ बोलाऔँ। कम्तीमा उनको पूरै कान छोपेको सेतो कपाल हेर्न त पाइन्छ !"

गीताले दुइटा रुवाका डल्ला ल्याइन्। तिनमा थुकिन् र कानमा टाँसिन्। अघिल्लो दिन त्यो नाकचुच्चे ज्योतिषीले भनेका सबै कुरा मैले दोहोऱ्याउने कोशिश गर्नु थियो। केही कुराहरू, विशेष गरेर गीतासँग, हो गीतासँगै चाहिँ कदापि नखोल्नू भनेर आपा र आमाले मलाई चेतावनी नै दिनुभएको थियो।

नाकचुच्चे ज्योतिषीले पहिले मलाई हेरेका थिए। त्यसपछि फेरि मेरो जन्मकुण्डली नियालेपछि छानातर्फ आँखा घुमाएका थिए। बेलायती फौजबाट रिटायर भएपछि एकतले घरमा तला थप्ने आपाको धेरै दिनदेखिको सपनालाई हताश तुल्याउँदै छतको किनारमा नाङ्गै फलामे छडहरू खडा थिए।

"लौ नानी, यो अम्बक खाऊ र खेल्न जाऊ।" ज्योतिषीले मलाई भने।

सानो, हरियो तर जब्बर अम्बक बोकेर म त्यहीँ बसिरहेँ। ज्योतिषीको आदेश कडा वा पालनै गर्नुपर्ने खालको थिएन। त्यो त बरु उनको कमलो आवाज वा छिट्टै उद्घाटित हुन लागेको मेरो जन्मकुण्डलीको रहस्य जस्तै कमजोर थियो।

"राम्रो छैन !" उनले आपालाई भने, "उनको कुण्डलीले दशा देखाउँछ, एक प्रकारको कालसर्प योगको दशा। आउने केही वर्षसम्म उनले तपाईंको निम्ति दुर्भाग्य मात्र निम्त्याउँछिन्।"

आपा ठीक त्यसै गरी आँखीभौँ माथि उठाएर रिसाउनुभयो, जसरी काठमाडौँ आएका बेला मलाई सधैँ जस्तै आमासँग सुत्न नदिएर अर्कै कोठामा किन पठाउनुहुन्छ भनी सोध्दा प्रतिक्रिया जनाउनुहुन्थ्यो। हङकङबाट बिदामा आपा जहिलेजहिले आउनुहुन्थ्यो, हरेक पटक ज्योतिषीहरूले उहाँका निम्ति म अलच्छिनकी छु भन्दै आएका थिए। मैले पन्ध्र वर्ष नकाटुन्जेल घर निर्माण पनि पूरा हुँदैन रे अनि मेरो चाहिँ दुर्घटनाको योग र माङ्गलिक दोष छ रे ! अर्थात्, मेरो बिहाका निम्ति वर पाउनै गाह्रो हुन्छ।

"दुर्भाग्य रे ?" आपाले भन्नुभयो, "केको दुर्भाग्य ? ऊ जन्मेपछि नै मैले यो एक टुक्रा जमीन किनेको हुँ। ऊ जन्मेपछि नै यसमा घर पनि बनाउन थालेको हुँ। यहाँको मात्र के कुरा, फौजमा हुँदा ती हरामी अङ्ग्रेज क्याप्टेनहरूले मलाई मान्छेलाई जस्तो व्यवहार गर्न थालेको पनि ऊ जन्मेपछि नै हो।"

"होला, तर आउने केही वर्ष चाहिँ अलिक कठिनै छ।" ज्योतिषीले निधारमा छ वटा समानान्तर रेखा देखिने गरी आँखीभौँ खुम्च्याए, "हेरौँ न, उनी अहिले नै नौ वर्षकी भइहालिन्। ग्रहदशा सिद्धिएपछि पनि आउने पाँच-छ वर्षसम्म त यस्तै रहन्छ। हेर्नुस्, अरू ज्योतिषी जस्तो मैले पनि विधिविधानसहित पूजा-अर्चना गर्ने सुझाव दिन सक्ने थिएँ, तर म चाहिँ त्यस्तो गर्दिनँ।"

घरमा विशेष समारोह आयोजना भएका बेला लगाउने गरेको प्याजी साडीको फेर समातेर आमाले हल्लाउन थाल्नुभयो। उहाँ बाहिर जाँदा टल्किने अनि असाध्यै राम्रो रेशमको फरिया लगाउने गर्नुभए पनि घरमा बस्दा भने यही प्याजी साडी र प्याजी चोलो लगाउनुहुन्थ्यो। प्याजीमाथिको प्याजी रङ्गले चोलोको कुमैमा च्यातिएको भागलाई सजिलै छोपिदिन्थ्यो वा त्यसतर्फ कसैको ध्यान जान दिँदैनथ्यो। "त्यसो भए समाधान चाहिँ के हो त, पण्डितजी ?" आमाले सोध्नुभयो, "मैले मनकामना, पशुपतिनाथको दर्शन गरिसकेँ। तपाईंको मनमा अरू पनि कुनै मन्दिर छन् भने बरु त्यहाँ पनि जाउँला।"

मैले अम्बक टोकेँ। त्यति मीठो भएन। फ्याँक्न मन लाग्यो। तर, घरमा यस्तो धार्मिक वातावरण भएकाले रोकिएँ। जन्मकुण्डलीमा अक्षता छर्किनेबित्तिकै सफा कपडा खोलेर निकालिएको त्यो फल प्रसाद भएकाले यस्तो पवित्र कुरालाई अनादर गर्न मिल्दैन भन्ने मेरो मनमा आइदियो। मैले गोलो अम्बकलाई हातमा खेलाउँदै नाकचुच्चे ज्योतिषीका कानमा पलाएका सेता रौँलाई एकाग्र भएर हेरेँ।

"पूजाले भगवान्लाई खुशी पार्न सकिन्छ भन्ने कुरामा म त विश्वास गर्न सक्दिनँ।" ज्योतिषीको भनाइ थियो, "बरु मिलेदेखि उनकै उमेरकी कोही केटीमा यिनको नराम्रो दशा पन्साउन कोशिश गर्न सक्छौँ। तपाईंको मनमा कोही छन्, जसलाई मितेरी साइनोमा बाँध्न सकिन्छ ? यसो गर्दा धेरै नभए

पनि केही त फरक ल्याउन सकिन्छ। तर याद राख्नुहोला, उनको चिना नै सारै खराब भएकोले हामीले त्यस्तो धेर केही गर्न सक्दैनौँ। अरू ज्योतिषी जस्तो धार्मिक कार्य गरेर कसैको भाग्यमा परिवर्तन आउँछ भन्ने कुरामा मलाई पत्यार लाग्दैन। हामीले यो विधि भने अपनाएर हेर्न सक्छौँ। मैले विगतमा यस्तो प्रयोग एक-दुई जनामा गरेको थिएँ। धेरजसोमा सफल भएको छ।"

अझै बेखुशी देखिनुभएका आपाले अघि नै तयार पारिएको रातो खाम आमासँग माग्नुभयो। त्यसमा नयाँ पचास रुपैयाँको नोट थपिदिएर नाकचुच्चे ज्योतिषीलाई दिँदै फेरि छिट्टै भेटौँला भन्नुभयो।

"म हङकङ फर्कनअघि यो समस्याको समाधान गर्न चाहन्छु।" उहाँले भन्नुभयो, "खाडीको युद्धपछि त्यस्तो खतरनाक अवस्था त झेल्नुपरेको छैन, तर के बेर, उनीहरूले जुनसुकै बेला बेफ्वाँकको लडाइँमा खटाइदिन सक्छन्। आखिर तिनीहरू अङ्ग्रेज न हुन्! अब त म पनि काठमान्डु धेरै पछि मात्र आउँछु होला। तपाईंलाई धन्यवाद छ, पण्डितजी! हुन त हामीले आज मीठोमसिनो खाना पकाएका छौँ, तर हामी मगरको भान्सामा तपाईंले के खानुहोला र?"

"म आधुनिक पण्डित हुँ।" गर्वसाथ ज्योतिषी मुस्कुराए, "अरू पण्डित साथीहरू जस्तो म जातभात हेर्दिनँ। मासु छैन भने त जे पनि खाइदिन्छु।"

आपा र आमा यस्तोसँग मुस्कुराउनुभयो, मैले आपाको बङ्गारा फुस्केको ठाउँ र आमाको सुन जडेको दाँत प्रस्टसँग देखेँ।

"त्यसो भए म चाँडै तल गएर खाना ठीक पार्छु है! घरमा पुरोहित बोलाएको बेला हामी मासु कहिल्यै पकाउँदैनौँ।" आमाले भन्नुभयो।

"हवस्, त्यतिन्जेल बनेजति घर हेरौँ न त!" ज्योतिषीले भने, "आऊ, भाग्यले ठगिएकी सानी नानी! तिम्रो निधारमा लेखिएको बाटोलाई बदल्ने उपाय सोच्नअघि पेटपूजा गरौँ।"

म उठेँ। अघि नै देखिको अम्बक मेरो हातैमा थियो। आपा र ज्योतिषी तल झरुन्जेल म पर्खेर बसिरहेँ। छतको ठीक सामुन्ने रहेको सडकमा मैले हातको अम्बकलाई ठीक उसै गरी हुत्त्यादिएँ जसरी टेलिभिजनमा क्रिकेट खेल्नेहरूले गोलीझैँ भएभरको शक्ति लगाएर बल फ्याँक्छन्। तै एउटा साइकल

हाँक्नेलाई झन्डै त्यसले लागेन। साइकल सवारले धारेहात पाऱ्यो। मैले पनि हाँस्दै उसलाई हात हल्लाएँ। यो कुराले गीतालाई दङ्ग पार्नु स्वाभाविक थियो। उनी त अझ हाम्रो आधा बनेको घरको भुइँभरि झरेका अम्बक टिपेर त्यही छतमा बस्दै बाटो हिँड्नेहरूलाई ताक्दै हिर्काउन उत्साहित बनेको हुनुपर्छ। तर, यसलाई अहिले हाम्रो अर्को गोप्य योजनाका रूपमा राख्दा नै ठीक होला।

ती नाकचुच्चे ज्योतिषीलाई सही भविष्यवाणी गर्न आउँछ भने त शायद उनलाई मेरा गोप्य कुराहरू पनि थाहा छ कि क्या हो? मेरा सानातिना गोप्य कुरा, जुन आमासँग, गीतासँग र उनकी आमामा मात्र सीमित थिए। अनि त्यो ठूलो र असाध्यै महत्त्वपूर्ण गोप्य कुरा पनि, जुन केवल गीता जान्दछिन्। उनैलाई सोधूँ भने पनि झन् शङ्का पो बढिदेला कि? बरु एक पटक यो कुरालाई कसरी उठाउने भनेर गीतासँगै सोध्दा उचित होला।

गीता गोरी र सुग्घरी थिइन् अनि राति पनि सधैँ दाँत माझ्ने गर्थिन्। सुत्ने बेला म्याक्सी लगाउँथिन् अनि हामी सबैभन्दा छिटो कुद्न सक्थिन्। उनी केटाहरूभन्दा पनि राम्रो पिटु खेल्थिन् अनि खप्ट्याइएका ससाना ढुङ्गालाई रबरको बलले प्राय:जसो नै ढालिदिने हुनाले केटाहरू सधैँ उनलाई आफ्नो टोलीमा पार्न खोज्थे। गीता गुरुङ बडाकी छोरी थिइन्। गुरुङ बडा आपाको रेजिमेन्टका मिल्ने साथी हुनुहुन्थ्यो। आमाले आफू र गुरुङ बडीको साइनो पर्ने दाबी गर्ने गरे पनि आपाले यसलाई धेरै चोटि नकार्नुभएको थियो।

"यी दार्जीलिङका आइमाईहरू जसलाई पनि नाता लगाउन भनेपछि चुमचुम गर्छन्। चाहे उनीहरूको जातै बेग्लै किन नहोस्, रगतको नाता त परैको कुरा!" उहाँले केही दिनअगाडि भन्नुभएको थियो, "भोलि तिम्री आमाले मसँग पनि रगतको सम्बन्ध छ भन्न बेर लगाउँदिनन्। गीता जस्ती दुष्ट केटीसँग एउटै खूनको नाता देखाउने कुरा सोच्न पनि कसरी सकेकी?"

आफ्नी त्यति प्रिय साथीको छुल्याइँबारे कुरा उठ्दा पनि मैले उनको बचाउमा एकै शब्द बोलिनँ। बरु एक दिनअघि उनी र म मिलेर रचेको

एउटा चाल सम्झेरै मक्ख परिरहें। त्यो ठूलो रहस्य थियो; एकदम गोप्य भने पनि हुन्छ। आपाले त्यो कुरो थाहा पाउनुभयो भने रिसाउनुहोला? आमा चाहिँ पक्कै अचम्भित बन्न सक्नुहुन्थ्यो। उहाँले मलाई कति चोटि अर्काको जुठो खायो भने आफ्नो अनुहारभरि जुठो उछ्रिन्छ भनी चेतावनी दिनुभएको थियो। दुई पटक तेलमा तारेको समोसामा फोकैफोका देखिए जस्तो कुरूप। उहाँले मेरा दुइटै कान निमोठ्न सक्नुहुन्थ्यो। अनि गीताकी आमा जस्ती डरलाग्दी आइमाईलाई पनि पोल लगाइदिन सक्नुहुन्थ्यो। गुरुङ बडीले गीतालाई कोही बेला गौरी बेतले कुट्नुहुन्थ्यो, जसको दाग पछिसम्म रहन्थ्यो। तर आमा र गुरुङ बडीले यो कुरो कहिल्यै चाल पाए पो! यो त हाम्रो ठूलो गोपनीयता थियो, जति गरे पनि कसैले थाहै पाउन नसक्ने।

जाडो महीनाको छुट्टीपछि स्कुल खुलेको त्यो पहिलो दिन थियो। आफूहरूलाई मनै नपर्ने त्यो रिब्स स्कुलबाट गीता र म सँगै घर फर्कंदै थियौं। घरदेखि स्कुलसम्मै कतै पनि बाटो पार गर्नु नपर्ने भएकाले आठ वर्ष पुगेपछि आमाहरूले हामीलाई आफैं स्कुल जान र आउन दिनुभएको थियो। आमा घरमा हुनुहुन्नथ्यो अनि आपा पनि स्वदेश फर्केको बेला त्यो समयमा घरमा हुने प्रश्नै थिएन। त्यसैले आमाले पकाईवरि डाइनिङ टेबलमाथि स्टिलको भाँडामा राखिदिनुभएको चिसो रारा खान हामीले बाटोछेउको दोकानेबाट साँचो लियौं।

गीताले टेबलमा भाँडा देखेपछि, ढोकामा लगाएको हरियो रङ्गलाई छुँदै चिच्याइन्, "पहिले म रोज्न पाउँछु। ग्रिन!"

उनले हत्त न पत्त त्यो नछामिदिएकी भए मैले आफ्नो हातैमा कोरिएको हरियो रङ्ग छोइहाल्ने थिएँ र जित मेरो हुने थियो। अनि म कराउँदै भन्ने थिएँ, "म पहिले छान्न पाउँछु। ग्रिन!" त्यसो भइदिएको भए दुई भाग लगाइने राराको कुन चाहिँ कचौरा आफूले लिने भनेर छान्न पाइन्थ्यो। गीताले हरियो लुगा लगाउने वा मैले जस्तो हत्केलामा हरियो कलमले कोर्ने नगरे पनि यस्तो बाजीमा सधैं जित्ने चाहिँ उनी नै हुन्थिन्।

हारेकामा दु:खित हुँदै प्लास्टिकको कचौरा र मग राखेको दराजमाथि पुग्न मैले एउटा स्टुल तानें। मैले एउटा कचौरा पखालें र टेबलमाथिको मेरो कचौरामा भएको राराबाट दुई भाग लगाउने हिसाबले होशियारीका साथ रस खन्याएँ। डाइनिङ टेबलमा जुठो पोखिएको देखे आमाले बाँकी राख्नुहुन्नथ्यो।

उहाँले कचौरामै डुबाएर छोड्नुभएको चम्चालाई घुमाउँदै मैले चाउचाउका त्यान्द्राहरू बेर्न थालेँ र गीताको कचौरामा हाल्दै गएँ। उता गीता चाहिँ मैले त्यति नै बेला एक चम्ची क्वाप्प मुखमा हालिहाल्छु कि भनेर चनाखो भएर हेरिरहेकी थिइन्। केही बेर त्यसो गरेपछि मैले बराबर भयो कि भएन भनी जान्न अलिक पछाडि सरेर दुइटै कचौरालाई नियालेँ।

आमाले मेरा निम्ति राखिदिएको कचौरामा चाहिँ अर्को कचौरामा भन्दा अलिक कम्ती भए जस्तो लाग्यो र मैले प्लास्टिकको कचौराबाट अलिकति त्यान्द्रा फेरि बूढी औँला र चोर औँलाले च्याप्दै स्टिलको कचौरामा थपेँ। दुइटै कचौरामा चाउचाउ अब चाहिँ बराबर भयो भन्ने लागेपछि मैले बूढी औँला ठाडो पार्दै गीतालाई अब भयो भनेर सङ्केत गरेँ।

गीताले एउटा कचौरा दाहिने र अर्को देब्रे हातमा उठाएर जोखिन्। उनले स्टिलको कचौरा छानिन्। त्यसो त आमाले कुनै पनि पाहुना आएका बेला, झन् बेहोरा सकिएकी गीता आउँदा त, स्टिलको कचौरामा कुनै पनि हालतमा खानेकुरा दिँदै नदिनू भनी सम्झाउँदासम्झाउँदै पनि म चाहिँ पाहुना आएका बेला मात्र प्रयोग गर्ने भनेर छुट्ट्याइएको बिटुलो प्लास्टिकको कचौरामा खाँदै थिएँ।

तर हाम्रो गोप्य कुरा त्यो पनि थिएन।

रस पिइसकेर हामीले कचौराको भेटेसम्म गहिराइमा जिब्रो पुऱ्याएर चाटचुट पारेपछि गीताको मनमा एउटा विचार आयो।

"हामी सबैभन्दा मिल्ने साथी हैनौँ त ?" उनका सुन्दर नीला आँखा चम्के।

"हो नि !"

"त्यसो भए यसलाई साँच्चैको जस्तो बनाउन एउटा कार्यक्रम गरौँ है त !"

"कस्तो कार्यक्रम ?" म उत्तेजित भएँ, किनभने यो गीताको विचार थियो।

"तिमीले मेरो कचौरामा थुकेको थुक्यै, थुकेको थुक्यै, थुकेको थुक्यै गर र म तिम्रो कचौरामा थुकेको थुक्यै, थुकेको थुक्यै, थुकेको थुक्यै गर्छु। दुवै कचौरा भरिएपछि हामीले एकअर्काको थूक पिऔँ। त्यसो गर्नाले हामी एकअर्काको शरीरमा पस्छौँ र साँच्ची नै सबैभन्दा मिल्ने साथी हुन्छौँ।"

काम कठिन थियो, तर हामी दृढसङ्कल्प पनि थियौँ। भुँडीको तलदेखि घाँटी हुँदै मैले जिब्रोको फेदबाट थूक निकालेँ। कष्टकर नै भए पनि गीताले मेरो भन्दा धेरै थूक जम्मा गरिन्। बङ्गारातिर अप्ठचारो लाग्न थाल्यो; जिब्रोले साथ दिनै छोड्यो अनि मुख स्कुल नगएको दिन दाँत नमोल्दा कस्तो हुन्छ, त्यस्तै भएको थियो। खोकी लाग्यो; सासै रोकियो।

"खाएको रारा उल्टी होला जस्तै हुँदै छ।" गीताले मलाई कमजोर सम्झिन्छिन् कि भनी डराउँदै मैले भनेँ।

"ठीक छ, यति भए हुन्छ।" गीताले कचौरामा कति जम्मा भयो भनी नाप्न थूकको त्यो दहमा कान्छी औँला डुबाइन्, "अब तिमी यो पिउनू, म त्यो पिउँछु।"

उनले एकै घुट्कीमा र मैले दुई घुट्कीमा अर्थात् तीन घुट्की थूक हामीले पियौँ। मित्रता पक्का भएको पहिलो भव्य समारोह हामीले यसरी समापन गऱ्यौँ।

यो कुरो आमाले थाहा पाउनुभयो भने चाहिँ गुरुङ बडीको गौरी बेत ल्याएरै भए पनि मेरो जीवनको सबैभन्दा कडा धुलाइ हुने पक्का थियो।

हाम्रो यो कर्तूतलाई त्यो नाकचुच्चे ज्योतिषीले भन्न सक्छ त?

आआफ्ना शरीरमा भएजति थूक निखारेर जम्मा गरी हाम्रो प्रगाढ मित्रता दर्शाउन त्यस्तो कठिन प्रक्रिया अपनाउनुपर्ने नै थिएन। हाम्रा परिवारले नै हामीलाई एउटा अर्को संस्कारले बाँधिदिन लागेको कुरा हामी केही समयपछि नै थाहा पाउनेवाला थियौँ।

मेरा बारेमा भविष्यवाणी गरेको केही दिनपछि आपाले ती ज्योतिषी र उनको परिवारलाई गीताको घरमा खाना खान बोलाउनुभयो।

आपा भन्नुहुन्थ्यो– गुरुङ बडा गोर्खा भन्नै नसुहाउने गरी असाध्यै मद्यपान गर्नुहुन्छ। मद्यपान गरेर धेरै पटक बडाले कसरी उधुम मच्चाउनुभएको थियो, कसरी कति पटक फौजका दुई कुइरेमध्ये एउटाले उनको कठालो समाएको थियो भनी आपाले आमालाई पटकपटक सुनाउनुभएको थियो।

"त्यो बज्जियाले छिट्टै त्यसको काल बोलाउँदै छ।" हङकङको उपहार मुजैमुजा परेको नयाँ लुगा मलाई लगाउन सघाउँदै आपाले आमालाई भन्नुभयो, "एक-दुई गिलास खाँदा त ठीकै छ नि ! तर हैन, हामी लाहुरे, हामी गोर्खा, रक्सी खानु हाम्रो जन्मसिद्ध अधिकार नै हो भन्ठान्छौँ। सा'बले मन पराउँछ भन्दैमा आफूले जे गर्न पनि सक्छ भन्ने ठान्छ गोर्खा। कति पटक त म्याकफेरनले माथिल्लो तहमा रिपोर्ट गर्ने धम्कीधरि दिएको छ।"

आमाले चुपचाप सुन्दै मलाई हेर्नुभयो। उहाँका आँखा नाचिरहेका थिए। हामीले मुस्कान साट्यौँ। दोस्रो गोप्य रहस्यमा आमा-छोरीबीचको सुटुक्क मुस्कान ! आमा र गुरुङ बडी प्रायः सँगै बसेर मद्यपान गर्नुहुन्थ्यो। यस्तो अवसर विशेष गरी चाडपर्वका बेला जुट्थ्यो। आआफ्ना बूढा बाहिर गएकाले र घरमा पनि आमा-आपा दुवै जनाको भूमिका एक्लै निभाउनुपरिरहेको स्थितिमा यसो कहिलेकाहीँ तनावबाट मुक्ति पाउनका निम्ति मद्यपान गर्न मिलिहाल्छ नि भन्दै उहाँहरू 'हिट' बियरको घुट्की लगाउनुहुन्थ्यो।

उहाँहरूले मद्यपान जुन अनुपातमा गर्नुहुन्थ्यो, त्यसले कुनै हानि गर्ला जस्तो लाग्दैनथ्यो मलाई। गुरुङ बडी र गीता केही बोतल लिएर हाम्रो घर आउनुहुन्थ्यो अनि हामी पुरानो टेप रेकर्डरमा बलिउड फिल्मका गाना सुन्थ्यौँ। केही गिलास निखारेपछि गुरुङ बडी नाच्न थाल्दा आमा जोडसँग खित्का छोड्नुहुन्थ्यो। हिन्दी धुनमा नेपाली पाराको चाल, हात र कमर मर्काएर नाच्ने गुरुङ बडीको भावभङ्गिमा हाँसउठ्दो हुन्थ्यो। अनि गीताले जति नै सिकाए पनि उहाँ ठीकसँग नाच्नै जान्नुहुन्नथ्यो।

रमाइलो सकिएपछि गुरुङ बडी घर जान भनी कहिले फूलदानी त कहिले जुत्ताहरू लत्याउँदै र लडखडाउँदै ढोकातर्फ लाग्दा आमा समातेर बसाउनुहुन्थ्यो। त्यस्तो बेला गीता र म एकै ठाउँ सुत्थ्यौँ र आधारातसम्म स्कुलबारे कुरा गरेर बिताउँथ्यौँ। बेलाबेला अर्को कोठाबाट अट्टहास सुन्दा हामीलाई पनि त्यस्तै हाँस उठ्थ्यो। आपाले बखान गरेझैँ मदिरा विनाशकारी हो जस्तो लाग्दैनथ्यो।

जे होस्, आपालाई हामी यो कुरा बताउने थिएनौँ। उहाँले रुचाउनुहुन्नथ्यो। गुरुङ बडा जस्तो लोग्नेमान्छेले मद्यपान गरेको त उहाँलाई मन पर्दैन भने आमाले त्यही बानी बसाएको थाहा पाए त भुतुक्कै पर्नुहुन्थ्यो। यो मैले

गीतासँग थूक साटेको कुराझैं सबैभन्दा खतरनाक गोप्य कुरो नभए पनि आमा र मदिराको गोपनीयताप्रति म असाध्यै चनाखो थिएँ। हरेक रात मस्त निद्रामा डुब्नअघि यो रहस्यबारे कसैलाई भनक पनि दिन्नँ भनेर कसम खान्थें र भगवान्‌लाई एउटै प्रार्थना गर्थें– हे प्रभु, मेरो दुर्भाग्य पन्साइदेऊ।

आज राति आपा मद्यपान गर्ने मनस्थितिमा हुनुहुन्थ्यो।

"हामी आफ्ना परिवारसँग यसरी कहिले पो भेला हुन पाउँछौं र !" उहाँले गुरुङ बडालाई भन्नुभयो, "तपाईंका र मेरा पूरै परिवार यहीं छन्। त्यसैले आज राति म तपाईंसँगै ड्रिङ्क्स गर्छु है, नम्बरी !"

आपा कहिलेकाहीं यसो जमघटमा मद्यपान गर्नेहरूभन्दा पनि थोरै लिने गर्नुहुन्थ्यो। मगर भएर पनि मद्यपान गर्न मन नपराउने कस्तो मान्छे होला भनेर उहाँलाई मामाघरका मान्छेहरूले धरि जिस्क्याउँथे।

"त्यो कोदोको दाना कुहाएर तोङ्बा बनाउने काम पक्कै हाम्रै पुर्खाले गरेका थिए।" उनीहरू भन्थे, "तपाईंले चाहिँ जाँडरक्सी खानै अप्ठचारो मानेर आफ्नो जात र पहिचानमाथि नै अन्याय गर्नुभयो !"

आपा विनम्र भएर उनीहरूसँग मुस्कुराइदिँदै अलिकति सुरुप्प पार्नुहुन्थ्यो। उहाँ मदिरा कहिल्यै थप्नुहुन्नथ्यो। प्रायः उहाँले पूरै सिध्याउनु पनि हुन्नथ्यो, तर आज उहाँ दोस्रो गिलासमा पुगिसक्नुभयो।

गीताले गुरुङ बडालाई लडाइँमा कसैलाई मार्नुभएको छ भनी सोधिन्। उनले त्यो सधैं सोध्ने गर्थिन्।

आपालाई हेरेर गुरुङ बडा हाँस्नुभयो।

"मार्नु नराम्रो काम हो।" गम्भीर भएर उहाँले भन्नुभयो अनि आपालाई हेर्दै जोडसँग हाँस्नुभयो।

"अँ, घलेलाई सोध न।" आपाले भन्नुभयो।

"नभए डिल्लेलाई सोधे पनि हुन्छ।" गुरुङ बडाले आपालाई हेर्दै फेरि अट्टहास गर्न थाल्नुभयो।

आमाहरू दङ्ग परेर हेर्दै हुनुहुन्थ्यो।

"घले र डिल्ले चाहिँ को हुन् ?" गीताले सोधिन्।

"क्या मिलेको घले र डिल्ले !" मैले भनें, "तुक्का मिलाए जस्तै भयो।"

"अँ, कवितै पो भयो।" गीताले भनिन्।

"हाम्रा छोरीहरू यति तेजिला छन् !" ठूलो घुट्की पिएर स्टिलको गिलास टेबलमा टक्क राख्दै गुरुङ बडाले भन्नुभयो।

"हो हो, हामी जस्ता हैनन्।" आपाले भन्नुभयो। त्यसपछि दुवै जना मस्तले हाँस्न थाल्नुभयो।

"हो, उनीहरूका बा भनेका दाजुभाइ जस्तै हुन्। यी छोरी र हामीहरू एउटै पुस्ताका जस्तै भयौं।"

"सुन्नुभयो, नम्बरी ? हामीले यो सम्बन्धलाई अब मितेरी साइनोमा गाँस्नुपर्छ।"

"हो त, तपाईं र म मीत हुन सक्छौं।" गुरुङ बडाले सही थाप्नुभयो, "अनि त हामी सबै आफ्नैआफ्ना !"

"हैन, हामीहरू त अब बूढा भइसक्यौं। हामीलाई मितेरी सम्बन्धको आवश्यकतै छैन। हामी त्यसै घनिष्ठ छौं। हाम्रा छोरीहरूलाई लगाइदिंदा हुँदैन ? यो पो निकै राम्रो हुन्छ होला !"

आमा हर्षले गदगद ! गुरुङ बडी त्यति नै खुशी ! गुरुङ बडा चाहिँ अक्क न बक्क पर्नुभयो।

"हो हो," तैपनि बडाले भन्नुभयो, "तपाईंकी छोरी मेरी छोरीकी मितिनी।"

आपाले अर्को एउटा बियर मगाउनुभयो।

लजाउँदै गीता र मैले एकअर्कालाई हेर्‍यौं। चम्किलो नयाँ साडीको सप्को लतार्दै गएर आमाले गुरुङ बडीलाई छाँद हाल्नुभयो।

आपा र गुरुङ बडा हङकङ फर्कनुभन्दा एक हप्ताअघि मेरो र गीताको मितेरी अनुष्ठान सम्पन्न भयो। गीता र म अब हाम्रा परिवारलाई एकसूत्रमा ल्याउने एउटा जुराइएको साइनोमा बाँधिँदै थियौं। भगवान्ले हाम्रो बिन्ती

सुने जस्तो भयो । हामी 'दिदीबहिनी' पर्छौं भनी स्कुलका साथीलाई कोही बेला ढाँट्थ्यौं ।

नाकचुच्चे ज्योतिषीले साधारण तरीकाले अनुष्ठान गर्ने सुझाव दिए पनि हाम्रा आमाहरू एक-दुई छिमेकी र अरू गोर्खा परिवारलाई निम्त्याउन चाहनुहुन्थ्यो । गीताकी आमा समारोह उहाँको घरमा गर्न चाहनुहुन्थ्यो भने हाम्री आमाको हाम्रै घरमा गर्ने इच्छा थियो । हवनका निम्ति बाहिर खुला ठाउँ सुविधाजनक हुने हुनाले हाम्रै घरको छत उपयुक्त हुन्छ भनेर आपाले भनेपछि गुरुङ बडीले पनि मानिदिनुभयो। आमाहरूले हामीलाई गुन्यू-चोलो पनि त्यसै अवसरमा दिन चाहनुहुन्थ्यो, तर ज्योतिषीले त्यो उचित हुँदैन भनिदिए।

"छोरीहरूलाई पहिलो चोटि पर सर्ने बेलामा मात्रै गुन्यू-चोली दिइने हो। अहिले त अरू नै मन परेको लुगा लगाइदिँदा हुन्छ !" ज्योतिषीले भने ।

"तर हाम्रो जातिमा चाहिँ अलिक बेग्लै परम्परा छ ।" गुरुङ बडीले भन्नुभयो ।

"यो अनुष्ठानको पुरोहित म हुँ । म आफ्नै पाराले यो कार्यक्रम गर्न चाहन्छु ।" ज्योतिषीले भने, "मैले सहज भएर काम गर्न पाउनुपर्छ। तपाईंको आफ्नो चलन यहाँ नथोपर्नुस् ।"

अनुहार खुम्च्याएर गुरुङ बडीले ऊतिर हेर्नुभयो । अन्त्यमा ज्योतिषीले नै जितिछाडे ।

समारोहको दिन बिहान गीता र मैले विशालबजारमा आमाहरूसँगै किनेका, पुतलीको बुट्टा भएका नयाँ पहेँला लुगा लगायौं । हाम्रा लुगाहरू उस्तैउस्तै थिए, तर मेरो आधा बाहुला भएको थियो। गीताले बाहुलाबिनाको छानेकीले त्यति मात्र फरक थियो। ठूलाबडाले हामीलाई हेर्नुभयो; बेलाबेला अङ्कमाल गर्नुभयो। गर्वसँग हामीलाई हेर्दै यस्तो मितेरी साइनोमा हामीलाई बाँध्ने राम्रो विचार पहिल्यै किन आएन भनी सबैले भन्नुभयो। यता नाकचुच्चे ज्योतिषी हवनकुण्डको अर्कापट्टि मन्त्रोच्चारण गर्दै चरुलाई पवित्र अग्निकुण्डमा हाल्दै थिए। गीता र मेरो कमरमा एउटा पहेँलो लुगा बाँधिएको थियो। ज्योतिषीले घरीघरी हामीलाई आफूपछिपछि मन्त्र दोहोर्‍याउन र हाम्रो नयाँ रुमालले टाउको छोप्न पनि लगाउँथे। संस्कृतका अप्ठ्यारा शब्दहरू मुखमा अड्किँदै

र उछिट्टिएर बिस्तारै फुस्कँदा उठ्ने गरेको खित्का रोक्न हामीलाई हम्मेहम्मे परिरहेको थियो ।

"यो त बिहा गरे जस्तै भयो ।" मैले गीतासँग साउती गरेँ ।

"हो, तर म दुलही हुँ, किनभने मेरो लुगा बाहुलाबिनाको छ ।"

"हो, तिमी स्वास्नी ।" मैले स्वीकारेँ ।

हातको इशाराले ज्योतिषीले हामीलाई शान्त रहने सङ्केत दिएपछि हामीले हाँसो रोक्यौँ ।

"गीता, अब तिमी उठेर आफूले ल्याएको उपहार मितिनीलाई दिँदै ढोग ।" आफ्ना दुइटा हत्केलालाई निधारअघि लगी चाउरी परेका औँलालाई ठाडो पारेर ज्योतिषीले ढोग गर्ने तरीका सिकाए, "हो, यसरी ढोगेको बेला हाँस्ने काम चाहिँ बन्द गर्नू नि ! नानी, तिमी पनि नहाँसीकन तिम्री मितिनीलाई त्यस्तै गर्छ्यौ कि ?"

ज्योतिषीलाई माध्यम बनाएर हामीले एकअर्कालाई पाँच-पाँच रुपैयाँ दियौँ । मैले गीतालाई उनी जस्तै बाहुलाबिनाको लुगा लगाएको गुडिया उपहार दिएँ । गीता गुडिया जस्तै सानी र राम्री देखिइन् । मलाई पनि गीताले ठूलो र कालो गुडिया ल्याइदिएकी थिइन् । त्यसको नाम 'स्यान्डी' रे ! अबदेखि हामीले सम्बोधन गर्दा एकअर्काको नामले बोलाउने हैन, 'मितिनी' भन्नुपर्छ भनेर ज्योतिषीले सिकाए । कार्यक्रम भव्य रूपमा सम्पन्न भयो । हामीले एकअर्कालाई मितिनी भनी सम्बोधन गरेको सुन्दा स्कुलमा कस्तो होला ? साथीभाइले कति ईर्ष्या गर्दा हुन् ?

त्यहाँदेखि गुरुङ बडी मेरी 'मीतआमा' हुनुभयो । गुरुङ बडालाई मैले 'मीत आपा' भन्नुपर्ने । गीताले पनि मेरा आपा-आमालाई त्यसरी नै सम्बोधन गर्नुपर्ने । यसलाई उनले सहज रूपमा लिइन् । मलाई चाहिँ अलिक अप्ठ्यारो लाग्यो । एउटा साइनो लाउँदालाउँदै कसरी अकस्मात् अर्को साइनोले उहाँहरूलाई सम्बोधन गर्नु ? गीतालाई मितिनी भन्न त सजिलै भयो । उनका निम्ति यो उपयुक्त शब्द भएकाले जिब्रो पनि फ्याट्टै लाग्यो ।

गीतालाई शाकाहारी खानपिन मन परेको थिएन । तैपनि हामी खाईवरि

उपद्रव गर्ने हिसाबले अम्बक खोज्न बाहिर निस्क्यौं। तर, त्यसभन्दा पहिले गीतालाई पिसाब फेर्नु थियो।

"मलाई बसेर पिसाब फेर्न मनै पर्दैन।" छुल्याइँ गर्दै उनले भनिन्, "म उठीउठी फेर्ने कोशिश गर्छु। तिमी पनि त्यसै गर है!"

मैले पनि पहिले त यसो गर्न खोजेकै थिएँ। टुक्रुक्क बसेरभन्दा यो सजिलो पनि देखिन्थ्यो, तर पिसाबका थोपा खुट्टातिर झरेर कट्टुधरि भिजाएपछि म पुरानै काइदातिर फर्केकी थिएँ।

"हुन्छ, गरौं न!"

उत्साहित हुँदै मैले भन्न त भनें, तर मेरो फुर्र परेको पहेंलो लुगालाई यो नौलो तरीकाको पिसाब फेराइले फोहोर पारिदेला कि भनी डर लाग्यो। मेरो दुर्भाग्य उनमा सरेपछि गीता र गुरुङ बडीमाझ अब वैमनस्य आउने पो हो कि भनी मलाई कताकता पीर पनि परिरहेको थियो।

हामी बाँसघारीमा गयौं, जसलाई फाँडेर अब छिट्टै हाम्रो नयाँ छिमेकीका निम्ति घरसम्म पुग्ने बाटो बनाइन लागेको थियो। लागेको बानी अनुसार म टुक्रुक्क बसें।

"हैन, उठेर!" गीताले आदेश दिइन्।

उनले बाहुलाबिनाको र मैले आधा बाहुला भएको जामालाई माथि उठाएर कट्टु तल झार्यौं।

"लु, एक दुई तीन!" गीताले भनिन्।

छिट्ट्याएको जस्तो गर्दै सारै सकससँग तप्पतप्प बिस्तारै पिसाब निस्क्यो। अलिअलि भुइँमा झर्यो, तर धेरजति हाम्रा पिँडौला र खुट्टामै सोसियो। हामी दुवैका कट्टु निथ्रुक्कै भिजे। धन्न, हामीले नयाँ जामा कमरमाथि नै सोहोरेकाले भिज्नबाट ती जोगिए!

"अनि केटाहरूले चाहिँ कसरी गर्छन् थाहा छ?" कट्टु खोलेर खुट्टा पुछ्दै गीताले भनिन्, "कसैलाई भन्दिनँ भनेर कसम खाऊ अनि मात्र भन्छु।"

"भगवान्को कसम!" मुटुको छेउमा मैले क्रसको चिह्न बनाएँ।

उनले कट्टु फेरि लगाइन्। बाहुलाबिनाको लुगा सारै सुहाइरहेको थियो।

त्यो मेरो सबैभन्दा खुशीको दिन थियो। शायद मेरो दुर्भाग्य अब पन्सिन्छ होला। ज्योतिषीले ठीकै भनेछन्।

सुत्ने बेलासम्म यो संसारलाई कुनै हालतमा जानकारी दिन्नँ भनेर मनमनै कसम खानुपर्ने अब मेरो गोप्यताको सङ्ख्या तीन पुग्यो। यो गोप्यताको तेस्रो नम्बर थियो। हैन हैन, यो दोस्रो नम्बर। किनभने आमाले मद्यपान गरेको कुरा चाहिँ तेस्रो नम्बर हुन्छ। अहिलेसम्म मेरो दुर्भाग्य पन्साइदेऊ भनेर भगवान्लाई गर्दै आएको प्रार्थनामा अब अलिकति हेरफेर पनि गर्नुपर्ने भयो। किनभने अब भगवान्सँग गीताको नराम्रो दशालाई पनि पन्साइदिनू भनी बिन्ती गर्नुपर्छ।

उठेर पिसाब फेर्नुमा मात्र हैन, त्यसपछि पनि गीताको मनमा उब्जिन थालेका एकपछि अर्को उपद्रवले उनको भाग्य अब नराम्रो भएकै हो भन्ने सङ्केत गरिरहेको थियो।

दुई दिनपछि आपा र गुरुङ बडा बिहानै घरबाट निस्कनुभयो। केही बेर आमासँग गुरुङ बडी रुनुभयो, तर आमाले हामीलाई कोठाभित्र पस्न नदिएकाले गीता र मैले कारण बुझ्न सकेनौँ। आपाले स्कुलको पहिरनमै हाम्रो फोटो खिच्न चाहेकाले हामीले स्कुल पोशाक लगाइसकेका थियौँ।

"आज हामी स्वयम्भूनाथ जाऔँ है!" स्कुलको ठीक विपरीत दिशापट्टि तान्दै गीताले भनिन्।

"स्कुल सकेर गए हुँदैन?"

उनी मान्दिनन् भन्ने मलाई थाहा थियो, तैपनि मैले अलिक आत्तिएर प्रश्न गरेँ। मेरो दुर्भाग्य अहिले उनीतिर पन्सिएको थियो। त्यसैले उनलाई सचेत तुल्याउन म चनाखो हुनैपर्थ्यो। यो सब गुरुङ बडीले थाहा पाउनुभयो भने के होला?

"अहँ, अहिले नै हिँड। मलाई यो नाथे स्कुल जानु छैन। हिसाबको सर

त झन् पटक्कै मन पर्दैन ।"

"तर त्यहाँ कसरी जाने ?"

"मान्छेलाई सोधौँला नि ! उनीहरूलाई हामी त्यतै छेउछाउ बस्ने गर्छौं भनौँला ।"

"तर हामी स्कुल ड्रेसमा छौँ । ड्रेस लगाएका बच्चाहरू स्कुलमा पो जानुपर्ने भनेर उनीहरूलाई थाहा हुँदैन ?"

"अँ, हाम्रो स्विटर खोलौँ ।" मान्छे सानै भए पनि उनी खूबै चलाख थिइन्, "हामी नोकर जस्तै देखियौँ भने कसैले अन्दाज लगाउनै सक्दैन ।"

स्विटर खोलेर हामी एउटा बसमा चढ्यौँ । भाडा माग्दै कन्डक्टर छेउमा आइपुगेपछि खुसुक्क ओर्लेर फेरि अर्को बसमा चढ्यौँ । अर्को बसमा चाहिँ चढ्नेबित्तिकै कन्डक्टरले भाडा माग्यो र गीताले सजिलै दिइन् । पैसा कहाँबाट पाइन्, म छक्क परेँ !

"कसैलाई भन्दिनँ भनेर भगवान्को कसम खाऊ त !" उनले भनिन् ।

"ल, भगवान्को कसम !" मैले मनमनै यो मेरो गोप्य कुराको कति नम्बर रहेछ भनेर औँला भाँच्दै गन्न खोजेँ । पहिले त त्यो कुरा कति गम्भीर रहेछ त्यो बुझेपछि मात्रै छिनोफानो होला भनेर फेरि थामिएँ ।

"मैले आमाको ब्यागबाट झिकेको ।"

"थाहा पाउनुभयो भने ?"

"पाउनुहुन्न । आमाको ब्यागमा यति धेरै पैसा छ, यस्तो जाबो थोरैतिनो निकाल्दा त थाहा पनि पाउनुहुन्न ।"

"मिले त म पनि आमाको ब्यागबाट निकाल्ने थिएँ ।"

"हो त, मीतआमाको धेर खर्च गर्ने बानी पनि छैन । हाम्री आमाले आपासँग यही कुरा गर्नुहुन्छ । आमाकोमा भन्दा उहाँकोमा नै धेर पैसा छ होला ।"

स्वयम्भूनाथको छेउमा हामी ओर्लियौँ । गीताले मलाई पनि स्तूपको परिक्रमा गराइन् र भगवान्सँग हाम्रो स्कुलमा आगो लगाइदिने प्रार्थना गर्न अह्राइन् । त्यसो भइदिए स्कुल जानैपर्दैनथ्यो !

एक छेउमा सित्तैंमा खाना बाँडिँदै रहेछ । हामी पनि पङ्क्तिबद्ध भएर बस्यौं अनि पातमा दिइएको आलुको अचार र सेलरोटी लियौं ।

"उः माथि गएर खाऔं ।" गीताले रमिता हेर्ने ठाउँ देखाउँदै भनिन् ।

स्वयम्भूनाथ स्तूप डाँडाको टुप्पामा रहेकाले त्यसको बेग्लाबेग्लै कुनाबाट सम्पूर्ण काठमाडौं देखिने गरी दृश्यावलोकन गर्न सकिन्थ्यो। गीताले दूरबीनबाट यसो नियाल्ने इच्छा गरे पनि देख्दै शङ्कास्पद अनि फोहोरी त्यो हामीभन्दा अलिक ठूलो उमेरको केटाले दिनै मानेन ।

"ई, हामीसँग पैसा पनि छ !" गीताले सय रुपैयाँको नोट हल्लाउँदै उसलाई देखाइन् ।

"तिमीहरूका बाउआमा खोइ नि ?" केटाले सोध्यो ।

"भित्र," गीताले भनिन्, "प्रार्थना गर्दै ।"

"पत्याइनँ ।"

गीताले उसलाई जिब्रो देखाउँदै बाँदर भनिन् र हामी भाग्यौं। त्यस केटाले हामीलाई लखेट्न थाल्यो ।

"म बाँदर हुँ भने तिमीहरू पनि गधा हौ !" ऊ चिच्यायो ।

गीता र मलाई उच्चारण गर्न पनि मनाही गरिएको शब्द उसले निकाल्यो।

गीता फनक्क फर्केर उसमाथि जाइ लागिन्। दुवै जना भुइँमा लडे गीता उसमाथि परिन् अनि त्यो केटाको अनुहार सीधा पारेर दुई-चार थप्पड लगाइन्।

श्रद्धालुहरूको हूल हामीवरिपरि जम्मा भयो। एउटी महिलाले ती दुईलाई छुट्ट्याउन खोज्दा उनैले केटाबाट एक लात्ती भेटिन्। गीताका हातखुट्टा थिलथिलो भए; जगल्टा छरपस्टै भयो । नाकचुच्चे ज्योतिषीको कुरा ठीक निस्क्यो । गीतालाई दुर्भाग्यले छोप्दै ल्याइरहेको छ । अब गीताले के उपाय गर्नुपर्छ भनी म ज्योतिषीलाई सोध्ने थिएँ, तर उनको नराम्रो दशा पर सार्न उनले फेरि अर्कोसँग मीत लाउनुपर्छ भनेर सल्लाह दिए भने त बरबाद हुन्थ्यो ।

अन्त्यमा, एउटा पुलिस आइपुग्यो र भुइँमा लडीबडी गरिरहेका दुई जनालाई लौराले बिस्तारो हिर्काएर छुट्ट्याइदियो ।

"केटी भएर पनि यस्तो के गरेकी ?" उसले गीतालाई गाली गऱ्यो ।

"अनि तँलाई केटी मान्छेमाथि हात उठाउन लाज लाग्दैन ?" पुलिसले त्यस केटालाई पनि हकाऱ्यो ।

"यो केटी गधा हो ।" भुइँबाट सम्हालिएर उठ्दै गर्दा यसो भनेको त्यो केटालाई पुलिसले एक थप्पड लगाइदियो ।

"यसले हाम्रो पैसा चोर्न खोज्यो ।" गीताले सफाइ दिँदै भनिन् ।

"तिमीहरूका बाउआमा खोइ नि ?" पुलिसले सोध्यो ।

"हामी स्कुलबाटै साथीहरूसँग आएका ।" गीताले ढाँटिन्, "हामीलाई सरले म्युजियममा पर्खिरहनुभएको छ । मैले झगडा गरेको चाहिँ प्लिज सरलाई नभन्दिनुहोला । बिन्ती छ है, दाइ ! हामीलाई अबेर भइसक्यो, जान्छौँ ।"

पुलिसले केही भन्नअघि नै हामी ओरालोतिर कुद्यौँ ।

गीताले मतिर हेर्नेबित्तिकै कुरो बुझिहालेँ । "थाहा छ," मैले भनेँ, "भन्दिनँ, भगवान् कसम !" क्रस बनाएँ । ओहो ... एकै दिनमा दुइटा गोप्य कुरा !

सफा टेम्पोमा घर फर्कंदै गर्दा एक जना अधबैँसे मान्छेले हामीलाई चाख मानेर हेर्न थाले । "नानीहरू कहाँ जाने ?" उनले सोधे ।

"मेमसा'बले हामीलाई आफ्ना नानीहरू स्कुलबाट ल्याउन पठाउनुभएको हो ।" गीताले धृष्टतापूर्वक जवाफ दिइन्, "हामीलाई नौलो मान्छेसँग नबोल्नू पनि भन्नुभएको छ ।"

ती मान्छेले अरू यात्रीहरूतर्फ हेर्दै कुम हल्लाए ।

"मान्छेहरू साना नानीहरू ल्याउन उस्तै नानीहरूलाई अऱ्हाउँछन् ।" कुनै व्यक्तिविशेषलाई सम्बोधन नगरी उनी भन्दै थिए, "यत्रो अपहरणको काण्ड भइराख्दा पनि मतलबै छैन ।"

घरमा आमाले केही त भन्नु नै हुन्छ भन्ने लागेको थियो । स्कुलका बारेमा केही सोध्दा अब भेट्ने भएँ भनेर मेरा कान बेलाबेलामा राता भइरहेका थिए, तर त्यस्तो केही भइदिएन । आफ्ना यी गोप्य कुराहरू कदापि खुस्किन नदिने कसम खाएँ । जम्मा पाँच वटा भए, किनभने स्कुलबाट भागेको बेलामै

गीताको झगडा भएकाले ती दुईलाई एउटै घटनामा मिलाएँ। त्यसपछि ती गोप्य कुराहरूलाई क्रमबद्ध पारेँ। गीतासँगको थूक साटासाट नै सबैभन्दा गोप्य राख्ने कुरा थियो। दोस्रो, स्वयम्भूनाथमा गीतासँग भएको काण्ड अनि तेस्रो स्थानमा गीताले गरेको चोरी। त्यसपछि गीतासित उठीउठी पिसाब फेरेको अनि आमाले मदिरा पिएको कुरा चाहिँ पाँचौं नम्बरको गोप्यतामा पुग्यो। नाकचुच्चे ज्योतिषीले मीत लगाउनुको जुन कारण बताएका थिए, त्यसलाई गोप्य राख्नू भनेर दिएको आदेश चाहिँ मेरा निम्ति उत्ति महत्त्वपूर्ण थिएन, किनभने यसमा गीता सामेल थिइनन्।

स्कुल नआएकामा भोलिपल्ट कसैले कुरा नउठाए पनि गीता शरीरभरि गौरी बेतको दाग लिएर स्कुल आइन्। उनले पैसा चोरेको गुरुङ बडीले थाहा पाउनुभएछ। साँच्चै, मेरो नराम्रो दशा मितिनीमा पोखिएछ क्यार!

गीताभन्दा दश दिनअघि, अर्थात् ३० अप्रिल १९८७ का दिन म दश वर्ष पुगेँ। यति बेला आपाको भविष्य अनिश्चित भएकाले आमा बर्थडे मनाउने काम नगरौँ भनिरहनुभएको थियो। उहाँका अनुसार आपा र गुरुङ बडा चाँडै हङकङबाट अर्को देश जानुपर्ने जस्तो छ। उहाँहरूको सरुवा ब्रुनाई या बेलायत कहाँ हुने हो, कसैलाई थाहा नभए पनि हिजोआज आमा पशुपतिनाथ धेरै धाउनुहुँदै थियो। नाकचुच्चे ज्योतिषी पनि अचेल हाम्रो घर पहिलेभन्दा निकै आवतजावत गर्न थालेका छन्। उनी प्राय: मलाई पहिलेभन्दा हिजोआज केही सुधार महसूस भइरहेको छ कि छैन भनेर सोध्थे, जसको जवाफ म जान्दिनथेँ।

गीताले उनकी आमाबाट पहिलेभन्दा धेरै कुटाइ खाएको देख्दा त मेरो भाग्यमा पक्कै परिवर्तन आए जस्तो लाग्थ्यो। मैले ज्योतिषीलाई गीताको भाग्य परिवर्तन गर्न सकिन्छ कि भनी सोध्दा उनले अब केही गरे पनि त्यो फेरिँदैन भनेर जवाफ दिए। बरु त्यो अनुष्ठान किन गरेको भन्ने कारण चाहिँ कसै गरी पनि गीतालाई नभन्नू भन्दै उनी मलाई सतर्क गराइरहन्थे। कसैलाई भने पनि नभने पनि यसलाई मैले आफ्नो गोप्यतामा सूचीकृत गर्नेवाला

थिइनँ । त्यसै पनि मेरो गोप्यताका नम्बरहरू गाँजेमाजे हुन थालिसकेका छन् । स्कुलबाट भागेको भोलिपल्टै गीताकी आमाले पैसा चोरेको थाहा पाएर उनलाई पिटेपछि त्यो गोप्यता नै भङ्ग भइदिएर मेरो तीन नम्बरको रहस्य समाप्त भइसकेको छ ।

कुनै विशेष घटना चाहिँ घट्नै आँटेको थियो । घरमा बढेको ज्योतिषीको आगमनकै आधारमा यो निष्कर्षमा पुगेकी नभए पनि अचेल हामीलाई बाहिर निकालेर आमा र गुरुङ बडीले गर्ने खासखास-खुसखुसले चाहिँ पक्कै पनि त्यसको प्रमाण दिन्थ्यो । त्यो खस्याकखुसुकमा हाम्रा आपाहरूको थाती रहेको सरुवाजत्तिकै अर्को चर्चाको विषय चाहिँ गुरुङ बडीको बढ्दै गरेको पेटभित्रको वस्तु र त्यसको भविष्यवाणीलाई लिएर हुन्थ्यो । सारै जिज्ञासा लागेपछि म यी सबै कुराको उत्तर जान्ने एउटा व्यक्तिकहाँ गएँ ।

"तिमीलाई थाहा छैन र ?" गीताले सोधिन्, "चीनले हङकङलाई फिर्ता लिँदै छ ।"

"साँच्चै ?" मैले उनले भन्न खोजेको कुरो बुझिरहेको भान पारेर सोधेँ ।

"हो त । तिम्रो र मेरो आपा दुवै जनाले बेलायतको निम्ति काम गर्नुहुने भएकोले उहाँहरूले पनि अब त्यो ठाउँ छोड्नुपर्छ ।"

"जानु चाहिँ कहाँ ?" मैले सोधेँ ।

यो त मेरा निम्ति झन् जटिल कुरा थियो । गीताले चाहिँ सबै कुरा कसरी जानेकी, म छक्क पर्थें ।

"बेलायतमा, मितिनी ! इङल्यान्ड वा बेलायत जे भन, यो दुवै एउटै देशको नाम हो, या त ब्रुनाईमा । मेरो आपा चाहिँ लन्डन जाँदै हुनुहुन्छ, तर तिम्रो आपाको सरुवा ब्रुनाईमा भएको छ ।"

"अँ, मलाई थाहा छ ।" मैले ढाँट्दै थपेँ, "तर, आपा ब्रुनाई जानुहोला जस्तो मलाई लाग्दैन ।"

"किन नहुनु ? उहाँहरू जाँदै हुनुहुन्छ अनि आमाले भन्नुभएको, हामी पनि जान्छौँ रे ! हङकङभन्दा बेलायतमा हामी अझ राम्रोसँग बस्न सक्छौँ भन्नुहुन्छ । अहिले उहाँलाई दुई जना बच्चाहरू स्याहार्न गाह्रो भएको छ ।

एउटी म र आमाको पेटमा भएकी सानी बैनी। यति बेला उहाँलाई लोग्नेको सहयोगको खाँचो पर्छ रे !"

अहिले पो बुझेँ। अस्ति मात्र गुरुङ बडीले आमासँग गुरुङ बडालाई मार्नु जस्तै लाग्छ भन्नुभएको मैले सुनेकी थिएँ।

"उनीहरू त आफूलाई मन लागेको कुरा गर्छन् र हिँडिहाल्छन्, अविवेकीहरू !" उहाँले भन्नुभएको थियो, "नौनौ महीना र त्यसपछि पनि हामीमा के बितेको हुन्छ, उनीहरूलाई थाहै हुँदैन। हाम्रो हालत कुनै विधवाभन्दा पनि गएगुज्रेको छ। भो, मलाई त अर्को बच्चा नै चाहिएन।"

"हामी यहाँ छँदै छौँ नि !" सान्त्वना दिँदै आमाले भन्नुभएको थियो, "हामीले सक्दो हेरिहाल्छौँ।"

"हो नि, तर घरमा लोग्ने नहुनु भनेको लोग्ने नभएकै बराबर हो। बच्चा जन्मेपछि त हामीलाई पनि उहाँसँगै लैजान भन्छु। त्यहाँ जस्तो अवस्थामा बस्नुपरे पनि मलाई वास्ता छैन। म त गइछोड्छु। हैन भने म उहाँलाई खुलस्त भन्दिन्छु, मेरो छोरालाई म कहिल्यै भर्तीमा पस्न दिन्नँ भनेर।"

"गर्भमा छोरा नै छ भनेर कसरी थाहा पाउनुभयो ?"

ठूलाहरू कुनै गम्भीर विषयमा गफ गरेका बेला बीचैमा प्वाक्क बोल्न नहुने आमाको अर्तीलाई स्वाट्टै बिर्सेर मैले सोधिदिएकी थिएँ। र, मलाई थाहा थियो यो विषय गम्भीर छ भनेर।

"थाहा छ नि ! किनभने छोराले मात्र यस्तो दुःख दिन्छ। खालि लात्तले हानेको हान्यै गर्छ। उसको बाउले भन्दा बढी दुःख त अहिले नै दिइसक्यो।"

आमाको कुनै प्रतिक्रिया आउनअघि नै यसरी जान्ने भएर सोधिदिएकामा मैले आत्मालोचना गरिसकेकी थिएँ।

मैले गीताका निम्ति भए पनि छोरी नै होस् भनेर भगवान्सँग प्रार्थना गरेँ। किनभने, उनी आफ्नी सानी बहिनीलाई जतनका साथ लुगा लगाइदिन पाउने कल्पना गरिरहेकी थिइन्। बरु, ती ज्योतिषीले पो बच्चाको लिङ्ग थाहा पाउन सक्छन् कि ?

"मलाई लाग्छ, उनी पनि तिमी जस्तै चिटिक्क परेकी हुन्छिन् ।" मैले गीतालाई भनें ।

"अँ, अनि उनले बाहुलाबिनाको लुगा नै लगाउँछिन्। बेलायतमा त झन् कति राम्राराम्रा लुगा पाइन्छन् !" गीताले भनिन् ।

बेलायतमा नभएर ब्रुनाईमा नै भए पनि हामी पनि आपासँगै जान पाऔं भनी मैले प्रार्थना गरें ।

"बेलायतमा धूलो भन्ने हुँदैहुँदैन । सबै कुरा अति सफा हुन्छन् । अनि मैले पनि कति धेरै बाहुलाबिनाको लुगा लगाउन पाउँछु !" गीताले भनिन् ।

बेलायतमै रहेका नातेदार भाइबहिनीले बेलाबेलामा गीतालाई फोटाहरू पठाइदिने गरेका थिए। गीताले तिनलाई नियालेर हेर्ने गर्थिन्। उनीहरूको पहिरनलाई ख्याल गर्दै उनले उता चलेको फेसन सम्बन्धी आफ्नै पाराको चेतना विकास गरेकी थिइन्। छातीमा भएको कोठी देखाउन उनले टिसर्टलाई पानको पात जस्तो आकारमा काटेकी थिइन्। आमालाई नाक छेडिदिन पनि भनेकी थिइन्, तर गुरुङ बडी त्यो गर्ने पक्षमा हुनुहुन्नथ्यो ।

"बेलायत पुगेपछि त नाक छेडिछोड्छु ।" गीताले कसम खाइन्, "अरू गुरुङ केटीहरूले त छेडिरहेका छन् ! मलाई चाहिँ अलिक ठूली भएपछि मात्र भन्नुहुन्छ आमा, तर मलाई भने अहिल्यै चाहिएको छ । म पनि दश वर्ष त पुग्नै आँटें नि ! ठूली भइसकें नि !"

मैले गीताले दिएको ठूलो कालो गुडिया स्यान्डीको लुगा खोलिदिएँ अनि फेरि लगाइदिएँ। फेरि खोल्दै-लगाउँदै गरें । भनभनिएर एक छिनसम्म खोल्दै-लगाउँदै गरिरहें। हत्तेरी, मेरो दुर्भाग्य पर सार्न ज्योतिषी सफल भएनन् कि क्या हो !

"अनि थाहा छ ? हामी प्लेनबाट सगरमाथामा पुगेर चिया खान त्यसको टुप्पोमा ओर्लन्छौं।" पत्यारै लगाउने किसिमले गीताले भनिन्, "आमाले भनेको, उता पुगेपछि म पनि बियर खान सक्छु रे !"

जसरी मैले गीता जस्तै देखिने भनेर गोरी र राम्री गुडिया छानेकी थिएँ, शायद उनले पनि म जस्तै देखिने भनेर काली र भीमकाय 'स्यान्डी' को छनोट गरेकी थिइन् कि क्या हो ?

"धन्न भगवान्, भातबाट छुटकारा पाइने भयो !" उनले भनिन्, "केवल पाउरोटी, मक्खन र केक। म त चपस्टिकले च्याप्प समात्दै खाने हो। रेणु दिदीले भन्नुभएको, उहाँहरू त्यतातिर त्यसैले खानुहुन्छ रे !"

"यो चपस्टिक भनेको के हो ?" मैले सोधेँ।

"खानको निम्ति प्रयोग गरिने कप्टेरो। हङकङमा त्यसैले खाने चलन छ अनि लन्डनमा पनि उहाँहरू त्यसैले खानुहुन्छ। पख, मिलेछ भने म तिम्रो निम्ति पनि गिफ्ट पठाइदिउँला।"

"ठीकै छ। म पनि यहाँ त्यसैले खाउँली। तर मलाई कसले सिकाउला र ?" आशलाग्दो भएर मैले सोधेँ।

"आपा छुट्टीमा घर आएको बेला सिकाइमाग्नू नि ! अनि, अब मेरी नयाँ मितिनी हुन्छे। हामी एकै ठाउँ बस्न मिलेन, त्यसैले तिमीले पनि अर्की बनाउनुपर्छ है !"

मलाई अचानक दौडेर गई आमाको काखमा छाँद हालेर रुन मन लाग्यो। मैले आफ्नी सबैभन्दा प्यारी साथी गुमाउँदै थिएँ। अनि जसमा मेरो नराम्रो भाग्य पन्साइएको थियो, उनी जादूनगरी जान लागेकी छन्।

आमाको भनाइ अनुसार, आपा सरुवा हुने ठाउँ ब्रुनाईमा भन्दा यहाँ नै मेरा निम्ति उचित शिक्षादीक्षाको वातावरण भएकाले हामी यतै बस्नुपरेको हो।

"त्यहाँ असाध्यै हेपिएर बस्नुपर्छ।" कति न आफू त्यहाँ गएकै जस्तो गरेर आमाले मलाई सम्झाउन थाल्नुभयो, "गोर्खाका छोराछोरीजति सबैले त्यहीँ क्याम्पको स्कुलमा पढ्न पाउने हो। जबकि, यहाँ त तिमी इङलिस मिडियमको स्कुलमा जान्छ्यौ।"

"कसरी ?" मैले सोधेँ, "अनि गीता चाहिँ बेलायत जाँदै छिन् त ?"

"बेलायतमा उनीहरू इङलिस मिडियमको स्कुलमा पढ्न पाउँछन्, तर ब्रुनाइमा तिमीले पाउँदिनौ।"

"त्यसो भए आपा बेलायत किन जानुहुन्न त ?"

"किनभने उहाँको सरुवा त्यहाँ भएन। सुर्ता नगर न, गीताले त्यहाँ दुःखै पाउँछिन्। बेलायतमा बोलिने अङ्ग्रेजी गीताले बुझ्नै सक्दिनन्।"

भन्नुको मतलब, गीता अभागी नै रहिछन्। अनि मलाई चाहिँ किन भित्रभित्रै छटपटी भइरहेको छ त? यसको जवाफमा नाकचुच्चे ज्योतिषीले पक्कै पनि मैले मन अन्यत्र नडुलाई केवल गणितको किताबमा मात्र ध्यान दिनुपर्छ भनेर सल्लाह दिनेछन्।

त्यसपछि त वातावरण नै धमिलो भयो। गीता गएको केही महीना, अझ हप्ता पो हो कि, नबित्दै आपा घर आउनुभयो। उहाँको कन्चटवरिपरिको कपाल फुलेको थियो। मैले पहिले याद गरेकोभन्दा अझ अलिक होचो पनि हो कि जस्तो पो देखिनुभयो! फौजमा पन्ध्र वर्ष पूरा गर्नुभएको थियो र अझै केही वर्ष म्याद थपिने या त बेलायतमा काम गर्ने अनुमति पाउने अपेक्षामा उहाँ हुनुहुन्थ्यो, तर यी दुवै भइदिएनन्। आपाको भनाइ अनुसार, गुरुङ बडालाई चाहिँ चाँडै अवकाश दिइनेछैन, किनभने उहाँले गोर्खा सा'बलाई धेरै रिझाउनुभएको थियो। गोर्खा सा'ब स्वयं पनि गुरुङ बडा जस्तै मदिराका असाध्यै पारखी भएकाले म्याकफेरनले उहाँविरुद्ध गरेका उजुरीहरूलाई वास्ता गरेनन्।

धन्न, गीताको याद दिलाउने स्यान्डीबाहेक अर्को कुरा पनि थियो! उनले आफ्ना भाँडाकुटीजति छोडेर गएकी थिइन्। सामानको भारीमा यी ठाउँ ओगट्ने झीनामसिना भाँडाकुटी अटाउन मुश्किल पर्ने हुनाले गुरुङ बडीले लान दिनुभएको थिएन। आपा र आमाबीच उत्पन्न हुँदै गरेका थरीथरीका तनावहरूलाई बेवास्ता गर्दै मैले आफ्नो ध्यान छतमाथि एक्लै बसेर किसिमकिसिमका थाली, भाँडा, कराहीलाई मिलाउनमै केन्द्रित गरेँ।

"म रिटायर भएँ।" जुँगा टाँसेपछि कुच्चिएको स्टिलको गिलास उठाएर मद्यपान गरेको नक्कल गर्दै मैले आपाको आवाजमा भनेँ, "अब म पेन्सन पाउँछु।"

"त्यो जाबो दश हजार रुपैयाँ पनि नपुग्ने पेन्सन!" मैले जुँगा निकालेर आमाको संवाद शुरू गरेँ, "त्यतिले उनको स्कुलको खर्च धान्न पनि धौधौ पर्छ। बडीगार्ड या त सेक्युरिटी गार्ड जस्तो कुनै काम तपाईंले खोज्नुपर्‍यो।"

जुँगा लगाएर–

“म रिटायर्ड गोर्खा हुँ। म त्यही समूहको हुँ, जसले छत्तीस वटा भिक्टोरिया क्रस पाएको थियो। यस्तो मान्छेले जाबो सेक्युरिटी गार्डको नोकरी खोज्दै हिँड्छ भनेर तिमीले सोच्न पनि कसरी सक्यौ ?”

जुँगा निकालेर–

“गुजारा कसरी गर्ने त ? घरको तला थप्ने कुरा त परै जाओस्, अरू सपनाहरू पनि सबै बिर्सौं। त्यसमाथि तपाईं पैँतीस पनि पुग्नुभएको छैन। सिङ्गो जिन्दगी बाँकी छ।”

जुँगा लगाएर–

“सुर्ता नगर, हामीले बेलायतको नागरिकता पाउँछौं। अनि त सबै बेलायत गएर काम गर्न सकिहालिन्छ।”

जुँगा निकालेर–

“कहिलेसम्म पर्खने ? त्यतिन्जेल त हामीले जोगाएको पैसा सबै सकिइसक्छ। यत्रो वर्ष आफ्नो परिवार छोडेर तपाईं त्यति टाढा पुगेर कमाएको के यत्ति नै हो ?”

जुँगा लगाएर–

“ई, के त ? म अहिले परिवारको नजिक आइहालें नि !”

जुँगा निकाल्न बिर्सिन्छु–

“तपाईं यहाँ नहुँदा बरु म ढुक्क थिएँ। कम्तीमा खानेलाउने चिन्ता त थिएन ! यो अधकल्चो घरमा बस्दाबस्दा पनि वाक्कै लागिसक्यो।”

जुँगा यथास्थानमा अडिएकै बेला अब ओठमा फेन्तम चुरोट पनि च्यापेर–

“चाँडै हुन्छ, हेर न। अङ्ग्रेजहरू दयालु हुन्छन्। हामीलाई निराश त नपार्लान्। उनीहरूसँग मिलेर हामीले दुई सय वर्षभन्दा बढी समय युद्ध लड्यौं। यो चाँडै हुन्छ अनि हामी छिट्टै त्यहाँ गएर बस्छौं।”

आपाले धेरै समयसम्म पर्खिनुभयो। उहाँलाई अटुट विश्वास थियो। समय

बिताउन गर्ने केही थिएन। अरू गोर्खालाई भेट्न जानुहुन्थ्यो। गोर्खाहरू जति धेरै थिए उत्ति नै धेरै चोटि भेटघाट पनि आयोजना भइरहेको थियो। भेला कुनै बेला हाम्रै घरमा पनि हुन्थ्यो। आशा र निराशाबीच रुमलिँदै गरेको जिन्दगी नाचगान र मद्यपानमा अलमलिने गर्थ्यो। यसरी पछिल्लो समय आपा मद्यपानको अम्मली बन्दै जानुभएको थियो।

धेरै महीनाको निष्क्रियतापछि एक दिन आपा गोल्छा भन्ने एउटा व्यापारीकहाँ बडीगार्डको काम पाएको खबर लिएर आउनुभयो।

निकै लामो समयपछि आमाको मुहारमा मुस्कान देखियो। खुशी मनाउन हामीले त्यस रात कुखुरा र खसीको मासु खायौँ। म उहाँहरू सँगै बस्छु भनी सोचिरहेकी थिएँ। तर, कताकता उहाँहरूलाई त्यतै छोडेर भाँडाकुटी नै खेल्न पो जाऊँ कि जस्तो पो लाग्यो, किनभने आपाबाट पनि मैले त्यस्तै सङ्केत पाइरहेकी थिएँ।

आज थप केही सुधार हुनेवाला छ। फेन्तम चुरोट र जुँगाको सट्टा आपाको खुकुरी सेटमा भएका दुइटा कर्द प्रयोग गर्दै थिएँ म। दुई दिनअघि मात्र मेरो कोठा सजाउन भनी उहाँले त्यो मलाई दिनुभएको थियो। अलिक सावधान रहनू र यी कर्द केवल कोठा सजाउनका निम्ति मात्र प्रयोग गर्नू भनेर उहाँले भन्नुभएको थियो। म खुशीले गदगद थिएँ। किनभने, आपाले अरूको त के कुरा, आमालाई धरि खुकुरीको सेट छुन दिनुहुन्नथ्यो, चाहे त्यो दापभित्र नै किन नहोस्। यो आफ्नो सैन्य पोशाकको अङ्ग हो भन्नुहुन्थ्यो र त्यसलाई आफैँ पुछपाछ पार्दा उहाँ गौरव महसूस गर्नुहुन्थ्यो। उहाँको खुकुरी, एक हिसाबले मेरो स्यान्डी जस्तै अति प्रिय खेलौनाछेउ झुन्डिएको यो सामान, किन मलाई दिनुभएको भनी सोध्दा अब आफूलाई त्यसको आवश्यकता रहेन भन्नुभएको थियो।

“के गर्ने ? खानैपर्‍यो।” एउटा कर्दले हावालाई चिर्दै म आपाकै आवाजमा बोल्न थालेँ, “मलाई बीस हजार रुपैयाँ दिन्छु भन्दै छ। म उसको बडीगार्ड हुन्छु।”

“यो त अति राम्रो कुरा हो।” म आमाले जस्तै डिच्च हाँसेँ, “अब हाम्रो घरमा तला थपिन्छ। त्यसपछि त मानमर्यादै बेग्लै हुन्छ।”

"हो, धेरै मानमर्यादा हुन्छ।" हावालाई घोचेझैं गरेर कर्दले सामुन्ने प्रहार गरें, "म गाडी चलाउन पनि सिपालु हुनाले झनै फाइदा गर्छ भनिरहेका थिए।"

"के ठेगान? तपाईंलाई गाडी नै पो किनिदिन्छ कि!" म डिच्च हाँसें।

"मेरो विचारमा उसले यताउति घुमाउन लगाउँछ होला।" मैले दुइटै हातले कर्द समाई काल्पनिक स्टेयरिङ घुमाएँ।

ढाँटेका बेला आमासँग आँखा जुधाउनुपर्दा मेरा आँखा जसरी बाहिर निस्केका हुन्थे, यति बेला ठीक त्यस्तै अवस्था थियो।

"गोर्खाले गाडी चलाउने?" मैले भनें, "कस्तो नपत्याउने कुरो! जे होस्, यो गाडी चलाउने कुरा चाहिँ अरूलाई नभन्नू।"

"हैन हैन ... थाहै दिन्नौं नि!" मैले कर्द माटोमा गाडें। आफ्ना औंला पड्काउन खोजें, तर सकिनँ।

खै किन किन, मलाई यो कर्दको खेला उत्तिको मन परेन। बरु खेलै बदल्नुपऱ्यो। र, अब रातो टेलिफोनमा गीताको फोन बज्दै थियो।

"क्रिङ क्रिङ!" घण्टीको आवाज पनि म आफैंले लय हालेर निकालें।

"हलो मितिनी, खै त तिमीले एउटा चिठीसम्म पनि लेखिनौ?" मेरो आवाज प्रतिध्वनित भयो, "ठीक छ, ठीक छ। माफी मागिरहनुपर्दैन। तिमी त मेरी मितिनी पो त, यस्ता सानातिना कुरामा माफ माग्ने कुरै आउँदैन! आपा र आमा अहिले मुसुमुसु हाँसेर बसिरहनुभएको छ, तर आपा चाहिँ धेर खुशी भए जस्तो लाग्दैन।"

टेलिफोन कुराकानी केही बेरसम्म चल्यो। अलिक हल्का भएको अनुभूति पनि भयो।

गीता गएपछि स्कुलमा सुनीता र मोनिका थिए। उनीहरू भगौडे, दुष्ट र बाटामा बदमास केटाहरूसँग मारपिटै गर्ने स्वभावका नभएर असाध्यै असल बानीबेहोराका थिए। उनीहरूबाहेक अर्को एउटा केटा पनि थियो; त्यसको त नाम लिन पनि मन छैन। उसले मलाई धेरै सताएको थियो। मेरो नामधरि राख्यो। गीता भइदिएकी भए कहिल्यै त्यसो गर्ने थिइनन्।

स्कुल छुट्टी भएपछि एक दिन सुनीता र मोनिका मेरा भाँडाकुटी हेर्न आए। ग्यास सिलिन्डरको आकार र सुन्दर सिसाका सेट देखेर उनीहरू दङ्ग परे। मैले सुनीतालाई रातो फोन र मोनिकालाई सुनौलो रङ्गको कप दिएँ। उनीहरू गएपछि भाँडा धुने ठाउँको छेउमा सुकाउन राखिएको एउटा प्लास्टिकको कचौरा लिएँ र त्यसमा सकेसम्म थुकेँ। पछिल्लो पटकभन्दा त्यस दिन केही बढ्तै थुकेँ।

स्यान्डीको ठूलो कालो मुखमा त्यो कचौरा पुऱ्याएँ र दशसम्म गनेपछि एकै घुट्कीमा किन सिध्याइनस् भनेर उसलाई गाली गरेँ। त्यसपछि कचौराभरिको थूक झाडीतिर हुत्त्याइदिएँ।

अब फेरि ती नाकचुच्चे ज्योतिषी आएछन् भने, मितेरीभन्दा अरू कुनै तरीकाले साइनो बाँध्दा कुनै केटीको नराम्रो दशा उसको सबैभन्दा प्रिय साथीलाई सार्न सकिन्छ कि भनेर सोध्ने थिएँ। उनले त फेरि पनि केही न केही उटपट्याङ कुरा नै भनिदेलान्। उनी के पो जान्दछन् र! फेरि मैले सोचेँ, यो सब बेकार छ। भैगो, सोध्दै सोध्दिनँ। आपालाई आफ्नो खुकुरीको सेट नचाहिए जस्तै अब मलाई पनि स्यान्डीको आवश्यकता रहेन। बरु सुनीतालाई दिऊँ कि? कि मोनिकालाई दिऊँ? जसलाई दिए पनि के फरक पर्छ? ह्या, यो सबमा टाउको दुखाउनुभन्दा त्यसका हातखुट्टा चुँडेर माटोमा गाडिदिए कुरै खत्तम! आपाका निम्ति अब आवश्यक नपर्ने यो सानो चक्कु छँदै छ नि, चिहान खन्नलाई ...

क्षणिक स्वप्नचित्र

अन्ततः उनको छोरा राकेश अमेरिका जाने नै भयो। इन्दिरा गान्धी अन्तर्राष्ट्रिय हवाई अड्डाबाट उसलाई बिदा गर्दा उनी र उनका श्रीमान् रोए। उनीहरूले पहिले कहिल्यै यस्तो गरेका थिएनन्।

ठूलो छोरा सचीन जाँदा बिदा गर्न उनीहरू दिल्लीसम्म पनि पुगेका थिएनन्। अमेरिकामा जीवन बिताउने जस्तो महत्त्वपूर्ण घटनाका निम्ति जाने बेलामा आँसु भरिएका आँखा देख्नु नपरोस् भनी सचीनले नै उनीहरूलाई पर्दैन भनेको थियो। लताले बिदा हुने बेला उनीहरूसँग हात मात्र मिलाएकी थिइन्। आमाले आलिङ्गन गर्न उनलाई आफूतिर तान्ने कोशिश गर्दा पनि उनी पछि सरेकी थिइन् र दुवैले एकै छिन एकअर्कालाई हेराहेर मात्र गरेका थिए। उठेका हात पनि कसै गरी अँगालो मारे समात्ने पो कसरी भन्ने दुविधामै उठी मात्र रहे। यस्तो बेला रोइदिनुपर्ने हो वा कुनै मन छुने कुरा पो गर्नुपर्ने हो भनेर श्रीमान्को इशारा पर्खिरहेका बेला उनीहरूकी छोरी अर्थात् लताकै उमेरको विद्यार्थी जस्तै देखिने माला लगाएको युवकलाई छोड्न अर्कातिर आएका एक हूल अधबैंसे महिलाहरू भने सुँकसुँकाइरहेका देखिन्थे। परिवारका प्रायः सदस्यको उपस्थितिमा भएको बिदाइ त्यति भावुक नभएकामा मनमनै खुशी हुँदै बुवा, आमा र छोरी गोलो भई उभिएर हाँसिरहे, मानौं त्यो बिदाइको घडी भए पनि कसैलाई कुनै तनावै थिएन।

राकेशका पालामा भने नियन्त्रण नै हुन नसक्ने गरी आँसु बगिदियो। केही घण्टासम्म त असह्य वेदना देखिन्थ्यो। हवाईजहाज मध्यरातमा उड्नेवाला थियो। त्यसअघि उनीहरूले सधैंको भन्दा असाध्य ढिलो अर्थात् राति आठ बजे खानपिन गर्दा भएको बातचित पनि शान्त र सारहीन थियो। उनीहरूले कुराकानी पनि स्वादबिनाको दाल, प्यारप्यार बोल्ने बेरा र दिल्लीका मानिसहरूको रूखो व्यवहारका बारेमा गरेका थिए। अमेरिकाको चर्चा पनि कसैले गरेन। राकेश अब जाँदै छ भन्ने प्रसङ्ग पनि कसैले निकालेन। खानापछि डेजर्ट खाइसकेर राकेशले आमाले लगाएका औंठीमध्ये एउटा पाए सारै अभर पर्दा बेचेर काम चलाउने थिएँ भन्दा, पहिले त आमाको भक्कानो छुट्यो। छोरा कुनै युद्धमा जान लागेको हैन भनेर श्रीमान्ले उनलाई सम्हालिन सम्झाए। उनले राकेशलाई पनि अमेरिका मन नपरेका खण्डमा जुनसुकै बेला

फर्केर आए हुन्छ भने । यत्रो पैसा खर्च भइसकेको छ, यति धेरै समय र परिश्रमको लगानी भइसकेको छ, यस्तो बेला घर फर्किएर आए मान्छेहरूले के भन्लान् भनेर सोच्नै नपर्ने भन्दै पिताले आश्वस्त पारे । पैसाका विषयमा त राकेशले कहिल्यै सोच्नैपर्दैनथ्यो । हो, ऊ अलिकति आर्थिक मामिलामा जिम्मेवार भइदेओस् भन्ने चाहना चाहिँ उसलाई विदेश पठाउनुका कारणमध्ये एउटा पक्कै थियो । तर, दोस्रो वर्षपछि कलेज खर्च धान्नलाई नोकरी पाउनै गाह्रो भयो भने घरमा जसरी पनि खबर गर्नू भनेर उसलाई अह्राइयो ।

आफूमाथि विश्वास गर्न आश्वस्त पार्दै राकेशले जेजस्तो आइपरे पनि बुवाआमासँग थप पैसा नमाग्ने बतायो । एक त त्यसै पनि उसका दाजु र दिदीलाई जस्तो केवल एक सेमेस्टरको मात्र शुल्क नतिरेर उसका हकमा बुवाआमाले सिङ्गो एक वर्षकै पढाइ खर्च बेहोरिदिएका थिए । ऊ आत्तिएको थियो, तर यसरी आत्तिने त को पो थिएन ? के स्वयं घमन्डी लता नै पनि आत्तिएकी थिइनन् र ?

राकेशलाई थाहा थियो, उनीहरूले उसलाई सुस्त र बोधो सम्झन्थे । हुन पनि परीक्षामा उसले राम्रो अङ्कधरि ल्याउने गर्दैनथ्यो । पढाएका कुरा बुझ्ने मामिलामा पनि ऊ साथीहरूमै सबैभन्दा सुस्त हुने गर्थ्यो । तर, त्यसको अर्थ ऊ मूर्ख थियो भन्ने चाहिँ हैन । ऊ जति बढी समय लगाएर पाठ याद गर्थ्यो, त्यसलाई बिर्सन पनि उसलाई त्यत्ति नै बढी समय लाग्थ्यो । चार कक्षा पढ्दाताका घण्टौँ लगाएर कण्ठस्थ पारेका यी कविताका हरफहरू अहिले पनि उसलाई याद थियो–

डाउन इन ए ग्रिन एन्ड शेडी बेड
ए मोडेस्ट भाइलेट ग्रिउ

र, घोकेर याद गरेका अरू पनि यस्ता कैयौँ लाइन उसलाई कण्ठस्थ थिए, जसको अर्थ बुझ्न भने उसलाई असाध्यै गाह्रो लाग्थ्यो ।

राकेश जस्तो व्यक्तिले यति कुरा भन्नु नै पनि एउटा लामै भाषण बराबर थियो । अरूहरूले आफ्ना कुरा सुन्दा कठै नभनून् भन्ने हिसाबले नै उसले यो कुरा गरेको थियो । त्यसो त उसले आफ्नो पालनपोषणमा बुवाआमाको

कमीकमजोरी रह्यो भनिहालेको थिएन, तर उसकी आमाको मन भने त्यही नभनेको कुरामै अडियो र उनी सुँकसुँकाउन थालिन् ।

त्यति बेला बुवाआमाले उसका बारे के सन्देह पालिरहेका छन् भन्ने कुरा छोरालाई थाहा नभएको चाहिँ हैन । तीन सन्तानमध्ये पढाइमा ऊ सबैभन्दा सुस्त भए पनि भित्री कुराको भेउ पाउन भने ऊ चतुर थियो। उसले आफूसँग राम्रो गरेर देखाउने सपना रहेको सुनायो, सकेदेखि दिदी लताभन्दा पनि राम्रो। आफ्नो कुरा सुनेर आमाले सुँकसुँक गरे पनि उनीहरूलाई खराब अभिभावक भन्न खोजेको चाहिँ नठानियोस् भनेर उसले सम्झाउन खोज्यो। ती बुवाआमा वास्तवमै असल थिए। भएको त के थियो भने, आफ्नो भविष्यलाई लिएर चिन्ता लिनुपर्ने ठाउँ छैन भनेर आश्वस्त पारिदिन खोज्दा उसले प्रयोग गरेका शब्दहरू दोहोरो अर्थ लाग्ने भइदिए। आफ्नो यो गल्ती राकेशले स्वीकाऱ्यो। एक त राकेशको बानी पहिलेदेखि नै बोल्दाखेरि उत्तेजित हुने र कहिलेकाहीँ आक्रामक जस्तै देखिने थियो, जसको अर्थ स्वाभाविक रूपमै प्राय: नकारात्मक लागिदिन्थ्यो। यति बेला पनि उसको त्यही बानीले यस्तो परिस्थिति तयार पारेको थियो। उसले त्यसै गरी पटकपटक 'सरी सरी सरी' भनेर दु:ख प्रकट गऱ्यो। त्यो सुन्दा आमालाई पुराना सम्झनाले झकझक्याउन थाले। गुणन सुनाउँदा ऊ चौध पटकसम्म गल्ती गर्थ्यो; अनवरत रूपमा परिवारमा ठट्टाको विषय बनेको उसले बाल्यकालमा बोलेका कुरा र विगतकै उसका कतिपय कामलाई कोट्ट्याएर मरमसला थप्दै उसलाई हाँसोको पात्र बनाइन्थ्यो ... ।

हवाई अड्डा जाउन्जेल उनको आँसु खसिरह्यो। राकेशले यो दु:खद वातावरणलाई अलिक ठट्यौलो पार्न आफू त यो बेला रोऊँ कि हाँसूँ भन्ने ठम्याउनै नसकेर दोधारमा पो परेँ भन्दै बिछोडको अवस्थालाई पनि फेरि रमाइलो पारिदिन खोज्यो। उसले असल नियतबाटै यो सब गरिरहेको थियो। खासमा त्यस बेला जुन किसिमको वातावरण थियो, त्यसलाई अलिकति परिवर्तन गरेर बुवाआमाको हौसला बढाइदिऊँ भन्ने उसले चाहेको थियो।

यसको जस्तो अर्थ लागेको भए पनि छोराको कुराले मन आनन्दित भएपछि उनीहरू दुवै जना छोरा नहिँडुन्जेल एक छिन चुप लागेर बस्ने निधोमा पुगे, विशेष गरी आमा पनि, जसले घुँकघुँक गर्न रोकेकै बेला बुवाले हल्का

चिमोटेर सङ्केत गरिदिएका थिए । तर, फेरि दुई सेकेन्ड नबित्दै आमाका आँखा रसाउन थालिहाले । उनीहरूको अवस्था कहिल्यै यस्तो देखिएको थिएन ।

"तेस्रो पनि गयो !" आँसुले शब्दलाई मौका दिएपछि आमाले भनिन् ।

"जाँदैन भनेर तिमीले सोचेकी थियौ र ?"

"नगइदेला कि भनेर आश चाहिँ गरेकी थिएँ ।" राकेश चढेको हवाईजहाज हेर्न उनले आकाशतिर आँखा दौडाइन् ।

"ऊ गयो । म सारै गौरवान्वित छु । उसले केही सिक्न पाउँछ । संसार देख्छ । उसको निम्ति राम्रै होला ।"

"कति मानिसहरू सांसारिक जीवनमा सङ्घर्ष नगरी र ठक्कर नखाई पनि त बाँच्न सक्छन् !" उनको बोली अनपेक्षित थियो ।

"मैले नै उसलाई उचालेको जस्तो कुरा गर्छ्यौ तिमी ! विदेश गए उसको जिन्दगीमा धेरै सुधार आउँछ भनेर सोचेको मात्र त हो मैले !"

"उसले एक पटक मलाई इन्डियाकै कुनै कलेजमा पढ्न पाए हुन्थ्यो भनेर सुनाएको थियो ।"

"हुन्थ्यो त, तर त्यसो पनि गरेन ।"

"भाग्यको लडाइँमा मान्छे कहाँ पुग्छ, कसैले जान्दैन । हामीलाई त केवल यति मात्र थाहा हुन्छ, ऊ कि त धनवान् हुन्छ या त दरिद्र ।"

"मैले उसलाई जानबाट रोक्नुपर्थ्यो भन्ने तिम्रो चाहना थियो, हैन ?"

"तपाईं जहिले पनि मान्छेलाई सजिलैसँग नियन्त्रणमा लिइदिनुहुन्छ ।" उनले अझ पनि आकाशमा हवाईजहाज देखिनन् । "कम्तीमा एक पटक कोशिश गरिदिनुहोला कि भन्ने मैले ठानेकी थिएँ । ऊ त्यस्तो निष्ठुर संसारमा टिक्न सक्छ भन्नेमा तपाईंमा पनि आशङ्का रहेको म जान्दछु ।"

"त्यसो गर्दा हामी स्वार्थी बन्न पुग्छौं भनेर मैले भनिनँ र ? उसका विकल्पहरूलाई हामीले सीमित पारिदिन्थ्यौं । पहिले त ऊ जाओस् न ! के छ त्यहाँ, हेरोस् र आफ्नो निर्णय आफैंले गरोस् । फर्केर आउन त जहिले पनि सकिहाल्छ नि !"

"दाजु चाहिँ त मन लागेन भने पढाइ छोडेर फर्की पनि हाल्ला भनेर सोच्न सकिन्छ। अझ दिदीले त त्यतिन्जेल आधा बाटो तय पनि गरिसक्थी होला। तर हामी दुवै जान्दछौँ, राकेशले जिन्दगीलाई जति नै घृणा गरे पनि ऊ फर्केर भने आउँदैन। उसले आफूलाई नै दोषी ठान्छ र बसिरहन्छ। ऊ एकदमै एकोहोरो छ।"

"ऊ सोझो, सुस्त र बुद्धू छ भन्ने तिमी ठान्छचौ, हामी ठान्छौँ।" लोग्नेमान्छेको क्रोध प्रकट भयो, "यही कारण नै ऊ त्यस्तो भएर निस्क्यो। उसलाई जिन्दगीभरि च्यापेर राख्यौँ, त्यसको निम्ति बरु हामी नै दोषी हौँ। जहिले पनि यही मात्र सोच्यौँ कि, ऊ कुनै पनि नयाँ कुराको अनुभव लिन नसक्ने गरी सारै सोझो र मूर्ख छ, आफ्नो हिफाजत गर्न सक्दैन र बाहिरफेर गएर चाहेको कुरा गर्न सक्दैन। हाम्रो यस्तो सोचाइले उसलाई पहिले नै धेरै कक्रचाइसकेको छ। अब केही समयको निम्ति भए पनि उसलाई छोडिदिऔँ। उसलाई गल्ती गर्ने र त्यसबाट पाठ सिक्ने मौका दिऔँ। तिम्रो कुरा सुन्दा त यस्तो लाग्छ मानौँ ऊ मानसिक रूपले नै असन्तुलित केटो हो। अब भयो। ऊ असल र सामान्य मान्छे हो। उसले आफूलाई आफ्ना दाजु र दिदीसँग तुलना गरिरहन्छ। कुरा त्यति हो। पढाइलेखाइमा उनीहरूभन्दा उसले कम्ती चासो लिएकै आधारमा उसलाई मन्दबुद्धि नै भनिहाल्न त मिल्दैन नि!"

"नरिसाउनुस् न! तपाईं नै ठीक हुनुहुन्छ। मै बिनसित्तिमा उसको चिन्ता गर्छु।"

"अब यो कुरो यहीँ टुङ्ग्याऔँ!"

"हुन्छ," श्रीमतीले बिस्तारै बोल्दा राकेशको हो वा कुन चाहिँ हो, एउटा हवाईजहाज उड्यो।

"कुनैकुनै बेला त मलाई तिमी उसको निम्ति डराइरहेकी छचौ कि आफ्नै निम्ति भन्ने पनि लाग्छ। छोराछोरी विदेश गएपिच्छे झन् तिमीले आफूलाई निरुद्देश्य ठान्न थालेकी छचौ। म पनि त्यस्तै सोच्छु। अब छोराछोरीलाई हाम्रो आवश्यकता रैनछ जस्तो लागे पनि उनीहरूलाई गर्न चाहेको कुराबाट वञ्चित गर्ने कोशिश चाहिँ म गर्दिनँ।"

घटेर सानो अग्निपिण्डका रूपमा र त्यसपछि पूर्णतः अदृश्य नहुन्जेल उनीहरूले हवाईजहाजलाई हेरिरहे ।

राकेश हिँडेको एक महीनापछि उसकी आमाले सरकारी नोकरीबाट अवकाश पाइन् । उनलाई एक वर्ष अझै थप्न पाए हुन्थ्यो भन्ने लागेको थियो, तर विपक्षी दलप्रतिको उनको राजनीतिक आस्थाले गर्दा परिस्थिति झनै प्रतिकूल भइदियो । अवकाश पाएको पहिलो सोमबार मध्यदिनसम्म सुत्छु भनेर उनले आफ्ना परिवार र दाजुभाइलाई धेरै पटक सुनाएकी थिइन् । त्यो इच्छा पूरा भइसकेपछि अर्को थियो, ब्रेकफास्ट गर्ने बेलासम्म, वा भनूँ, नित्यकर्मलगत्तै उनी श्रीमान् वा छेउछाउमा जो छोराछोरी हुनेछन्, उनीहरूसँगै मस्तले तास खेल्नेछिन् । ठट्टैठट्टामा, आफू पुरुष भइदिएकी भए दाह्री पाल्ने, छोराछोरीहरूमध्ये कसैको बिहामा बाहेक अरू बेला टाई कहिल्यै नलाउने अनि पढ्न नभ्याइएका सबै पुस्तक आद्योपान्त पढ्ने थिएँ भनेर पनि सुनाउँथिन् । श्रीमान्को पुस्तकालयरूपी गुफामा बसेर, बाइस वर्षअघि किनेका र बिहेपछि सँगै ल्याएका लियो टल्सटयका ती पुस्तकहरू पनि फेरि पढ्न शुरू गर्नेछिन्, जसका अघिल्ला केही पाना मात्र उनले उति बेला पढ्न भ्याएकी थिइन् । कम्तीमा छ महीनासम्म त उनी कतै घुम्न पनि जानेछैनन् । त्यसै त उनका श्रीमान् यात्रा गर्न मन नपराउने ! चाहे सन्तानै भेट्नका निम्ति किन नहोस्, साँघुरो ठाउँमा बसेर आफूअघिको सिटलाई ठेल्दै घुँडा खुम्च्याएर यात्रा गर्नमा उनलाई उकुसमुकुस र डर दुवै लाग्थ्यो । श्रीमतीले धेरै पटक अमेरिका जाऔँ भन्दा पनि उनले नाइँ भन्दै त्यस्तै इच्छा लागे बरु एक्लै गए पनि हुन्छ भन्ने जवाफ दिएका थिए । हिजोआज उनले यो कुरा उठाउनै छोडेकी थिइन् ।

अवकाश पाएको पहिलो सोमबार बेग्लै रूपमा देखा पर्‍यो । पच्चीस वर्षभन्दा धेरै अवधिपछि उनी पहिलोपल्ट बिहान पाँच बजे उठेर घुम्न गइन् । टाइटानिक पार्कको छेवैमा आकाशे पुल चढ्न लागेकै बेला छिमेकी भट्टराईजी देखा परेपछि उनले अभिवादन गर्दै बात मार्न थालिन् । अब त रानी जस्ती भएर बाँच्ने पो होला ? बरु यो पहिलो दिनको घुमफिर सकिएपछि के योजना

छ ? यस्तै भन्दै भट्टराईजीले जिस्क्याए। ओहो, घर गएपछि टीभी पो हेर्ने होला, हैन ? अब त दिनभरि उनले गर्नुपर्ने केही छँदा पनि थिएन। आफ्नो ज्याकेटको चेन अलिकति खोल्दै हातले हल्का हम्केर भट्टराईजीले अब उनका भ्रमणका योजनाहरू केके छन् भनी सोधे। हवाईजहाज चढ्नै डराउने उनका श्रीमान्ले एक पटक दिल्लीबाट बागडोग्रा उड्दा लगातार गायत्री मन्त्र जपेर उनलाई लाजमर्दो पारेको र अरू सहयात्रीलाई पनि झर्को लगाएको वृत्तान्त उनले सुनाइन्। उनी हतारमा थिइनन्। काममा जानका निम्ति तयार हुनु थिएन अथवा बिहानै ढिलो गर्ने, त्यसमाथि दुई हप्ता पुरानो *स्टेट्समेन*को खेलकूद अङ्क आफ्नो रोटी चिसो हुन्जेल आँखा गाडेर हेर्दै चिढ्याउने राकेश पनि अब नभएकाले हतारिएर घर फर्किनुपर्ने कारण केही बचेको थिएन। राकेश पनि गयो भनेर भट्टराईजीलाई थाहा भयो कि भएन भनी उनले अलिक चर्को स्वरमा सोधिन्। अँ, थाहा छ नि; इङ्ल्यान्ड कि अस्ट्रेलिया, हैन त ? हैन, अरू जस्तै अमेरिका पो हो क्यारे ! कोही पनि भारतमा पढ्न नचाहेकामा पक्कै पनि भट्टराईजीलाई उदेक लागेको हुनुपर्छ। भट्टराईजीले पनि मुस्कुराउँदै जवाफ दिए– त्यही त ... हिजोआज प्राय: प्रत्येक घरबाट एउटा सन्तान विदेश गएकै छ; वंश फैलिँदो छ। अझै अचम्मको कुरा त, प्रत्येक घरमा भएका डाक्टरहरूको सङ्ख्या पो थियो। यसको श्रेय शहरको नयाँ मेडिकल कलेजलाई जान्छ। भट्टराईजीले भने– हिजोआज त जो पनि डाक्टर हुन सक्छ, प्राय: सबै। उनले यो स्वीकार्नैपर्‍यो। कुरा ठीकै हो। विदेशमा पढ्न जानेहरूको लहर भारतभर जुन गतिमा बढेको थियो, त्यसको प्रभाव सिक्किममा त उत्तिको परेको थिएन, तर डाक्टरको त कुरै अर्को, भरखर स्कुल पनि पास गर्न पाएको छैन, जो पनि डाक्टरी पढ्दै छु भन्ने !

उनले यसलाई दु:खलाग्दो माने, किनभने आफ्नी श्रीमतीलाई जाँच्ने युवा डाक्टरमाथि विश्वास गर्न उनले सकिरहेका थिएनन्। भट्टराईजीकी बिमार पत्नीका विषयमा कुरा उठ्न थालेपछि उनलाई कुरो अघि बढाउन उत्तिको रुचि भएन र आफ्ना श्रीमान्को ब्रेकफास्ट गर्ने बेला भयो भन्दै घरतर्फ लागिन्।

उनलाई छटपटी भयो। गर्नुपर्ने त केही थिएन। केही सघाउन सकिन्छ कि भनी बुझ्न भान्साकोठा जाँदा भान्सेले पनि उति सहज मानिदिएन।

यो भान्सेकै अधिकार क्षेत्र हो भनेर उनी चुप लागिन्। केही बेर उनले कम्प्युटरमा तास खेलिन् अनि इमेल हेरिन्। तीन महीनाअघि मात्र उनले कम्प्युटरको प्रारम्भिक ज्ञान लिएकी थिइन्। छोराछोरीमध्ये कसैले पनि उनको इमेलमा जवाफ फर्काएका रहेनछन्। यो त उनीहरूको विशेषता नै थियो। त्यति जाबो इमेलको जवाफ दिन पैसा लाग्थ्यो ? के थाहा ? अमेरिका असाध्यै महँगो ठाउँ हो। या त हुन सक्छ, उनीहरू व्यस्त भइदिए। जेसुकै भए पनि एक लाइनको जवाफ दिँदा त के पो बित्थ्यो र ! कुकुरका रमाइला गतिविधि र श्रीमान्ले तास खेल्दा गरेका एकएक धाँधलीको विवरण नछुटाई आमाले पठाएका इमेलहरूको जवाफमा लताले चाहिँ कुनैकुनै बेला केवल हाऽहाऽ मात्रै लेख्ने गर्थिन्। उनले पठाउने इमेलमा कहिलेकाहीँ चाहिँ ठूलै सनसनीखेज खबर हुन्थ्यो; जस्तो कि, कुनै आफन्तको घरमा काम गर्नेले भुँडी बोकी। यस्तो बेला सचीनको तत्काल ध्यानाकर्षण हुन्थ्यो र लगत्तै फोन पनि गरिहाल्थ्यो। बिचरा गएको भरखर एक महीना मात्र भएको राकेशबाट चाहिँ कुनै पनि जवाफ पाउन अलिक गाऱ्है थियो। आफूले हटमेल कहिल्यै खोलेर नपढ्ने गरेको उसले बताएको थियो। गएदेखि त्यही एक पटक त आमा-छोराबीच कुरा भएको थियो, जति बेला छोराले एकदमै थोरै मात्र बोलेका कारण कतै ऊ अप्ठचारोमा त परेको छैन भनेर उनी सारै चिन्तित थिइन्।

"कसैले केही लेखेनछन् ?" कुकुर लिएर पछाडिपट्टि उभिएका उनका श्रीमान्ले सोधे।

"के आशा गर्नुहुन्छ ?"

"लताले पनि लेखिन ?"

"अहँ।"

"उनीहरू पक्कै व्यस्त होलान्।"

"हामीलाई अरू हैन, उनीहरूकै राम्रो-नराम्रोबारे चिन्ता त हो नि !"

"सन्चसुबिस्ता नभए त फोन गरिहाल्लान् नि !"

"अरू गएको त धेरै वर्ष भयो, त्यही एउटा राकेशको चाहिँ चिन्ता लाग्छ।"

"एक हप्ताअघि मात्रै हामीले ऊसित बात मारेको हैन ?"

"तर ऊ चुपै थियो। हामी मात्र बोल्यौँ।"

"बोल्नको हतारो हामीलाई मात्रै त थियो नि !"

"हो त हगि ! म पनि व्यर्थै चिन्ता लिन्छु।"

"तिमीसँग हिजोआज पहिलेभन्दा सोच्ने समय धेरै छ नि त !"

"यसो किताब पल्टाउँछु बरु !"

"पहिले एक राउन्ड खेलौँ न त !" तास फिट्दै श्रीमान्ले भने।

अर्को बिहान पनि घुमघामका बेला भट्टराईजीले उनी देखा पर्नेबित्तिकै हात हल्लाए। आज उनले साथमा कुकुरहरू पनि ल्याएकी थिइन्, जसले विपरीत दिशातर्फ तानिरहेका थिए। दुइटा एल्सिसियन कुकुर जिद्दी गर्दै एकापट्टि तान्ने र उनी चाहिँ तिनलाई नियन्त्रणमा ल्याउन आफूपट्टि तान्ने – खिचातानीले रमिता लगाएको थियो। भट्टराईजी कुदेर उनीपट्टि गए र कुकुरहरूलाई बेस्सरी हकार्दै बस्ने आदेश दिए। तिनले बडो अप्ठ्यारो मान्दै आदेशको पालना गरे। अवकाशका क्षण कसरी बित्दै छन् भनेर भट्टराईजीले सोधे। यसबारे चुपै लाग्नु ठीक हुन्छ भन्ने उनलाई थाहा थियो, तैपनि उनले गोप्यता भङ्ग गर्दै दिक्क लाग्न थालेको जवाफ दिइन्। दिनभरि गर्नु केही छैन, अनि त्यो घरको कामदार, जसलाई उनीहरूले 'रोबोट' भन्थे, उनी भान्सामा पसेको मनै पराउँदैनथ्यो। अवकाशपछि उनले धेरै पुस्तक पढ्ने सोचेकी थिइन्, तर अहिले आएर आफू पुस्तकको दुनियाँबाट पनि धेरै टाढा रहेको अनुभव हुन थालेको छ। उनी एकपछि अर्को पाना पल्टाउँथिन्, जसका अक्षरहरू असाध्यै आकर्षक लाग्थे, तर दिमागमा कुनै कुरा घुस्दैनथ्यो। उनले कुन किताब पढ्दै थिइन् त ? ओह, टल्सटय। भट्टराईजीले पढ्ने बानीको शुरूआत गर्दा त हल्काफुल्का पुस्तक छानेको भए पो हुन्थ्यो भनेर सुझाव दिए। युवावस्थामा हुँदा आफूले धेरै पुस्तक पढ्ने गरेको उनले जवाफ दिइन्। त्यसो भए फेरि हल्काफुल्का पुस्तकबाटै थालनी गर्नु उचित हुन्छ, ताकि पढ्दा कुरो बुझ्नका निम्ति

दोहोऱ्याउनु नपरोस् भन्दै भट्टराईजीले फेरि उही तर्क दिए । उनले त्यस्ता पुस्तकको नाम भनिदिन अनुरोध गर्दा भट्टराईजीको दिमागमा तुरुन्त कुनै नाम आइदिएन, तैपनि केही न केही त भन्नैपर्थ्यो । *मिल्स एन्ड बुन्स* कस्तो होला ? यो सुनेर उनी हाँसिन् र रोमान्टिक उपन्यासका विषयमा भट्टराईजीको जानकारीबारे कौतूहल बनिन् । हैन हैन, उनले त श्रीमती मञ्जु बिमार भएर अस्पताल परेका बेला पढ्नका निम्ति सरल किसिमका रोमान्टिक पुस्तकहरू छनोट पो गरेका थिए । त्यसैमा घोरिनु नपर्ने र सजिलै बुझिने रोमान्टिक *मिल्स एन्ड बुन्स ...* । एक चोटि दुई चोटि गर्दै पढ्ने बानी बस्दै गएपछि बिस्तारै उनले गम्भीर किसिमका पुस्तकहरू पनि पढ्न सकिहाल्छिन् भनेर भट्टराईजीले सुझाव दिए ।

एक मन त भट्टराईजीकी श्रीमतीबारे कुरा कोट्ट्याउनुपर्ला कि भनेर उनले सोचिन्, तर फेरि, बिमार श्रीमतीका विषयमा प्रवेश गरेर चिन्ता लिन नरुचाउने उनका एकाध क्षणहरूमध्ये यो पनि एक होला कि, र यदि त्यसो हो भने किन भट्टराईजीलाई बिथोलिदिनु भनेर उनले यो कुरो नउप्काउनु नै जाती ठानिन् । उनका श्रीमान्ले चाहिँ दिनभरि के गरेर बिताउँछन् भनेर भट्टराईजीले सोधे । धेरै जस्तो तासै खेलेर समय कटाउने गरेको उनले बताइन् । कुनैकुनै बेला त थोरै पैसाको जूवा पनि चल्थ्यो । तर, जिते पनि हारे पनि आफू दुईको पैसा आफू दुईमै सीमित रहने यो कस्तो जूवा ? जबकि उनीहरू दुवै घाइते हरूवा थिए, जसलाई जितको उत्कट कामना थियो । तर जित्ने के ? त्यसैले उनीहरू घरको कुन काम कसले गर्ने भनेर दाउ राख्दै जूवा खेल्थे । त्यसो त घरका सबै पकाउनेदेखि सरसफाइसम्मका काम गर्नका निम्ति पन्ध्र वर्षदेखि 'रोबोट' नभएको हैन । तैपनि तीमध्ये केही काम आफैँले गर्ने भनेर छुट्ट्याएकामा त्यसैलाई दाउ बनाएर उनीहरूले जूवा खेल्न थालेका थिए । त्यसले उनीहरूको समय कटाउन मद्दत गर्नुका साथै जीवन व्यर्थैमा नष्ट भइरहेको अनुभूतिबाट पनि टाढा राख्थ्यो । केटाकेटीहरू पनि अमेरिका गएका र त्यसमाथि आफूले पनि अवकाश पाएपछि उनी आफूलाई कुनै भूमिकाविहीन ठानेर हीनताबोध गरिरहेकी थिइन् ।

भट्टराईजीले केही भन्नका निम्ति मुख खोले, तर बोल्नुअगावै फेरि चुप

लागे। सके श्रीमतीका विषयमा बोल्न खोजेका होलान् भन्ने उनले अनुमान लगाइन् । उनले यसो छरछिमेकका केटाकेटीहरूको गृहकार्यमा सघाउने कोशिश गरेकी छन् कि भन्दै भट्टराईजीले जिज्ञासा राखे। समय बिताउन यो उपाय सहायक सिद्ध हुने थियो। अवकाश पाएपछि पहिले उनले पनि त्यसै गरेका थिए। केटाकेटीको स्कुलपछिको समय त्यसरी सदुपयोग हुन्छ। यसबाहेक उनका निम्ति अरू उपयुक्त सुझावहरू के हुन सक्लान् भन्ने सोचेर बताउने जानकारी भट्टराईजीले दिए। उदाहरणका निम्ति, कम्प्युटर कसरी चलाउने, उनका छोराछोरीलाई इमेल कसरी लेख्ने आदि। ओहो, त्यो त उनले पहिल्यै गरिसकेकी हुन्। कम्प्युटर त उनी दिनमै तीन चोटि अझ कहिलेकाहीँ त चार चोटिसम्मै खोल्ने र बन्द गर्ने गर्थिन्। छोराछोरीले चाहिँ तुरुन्तै जवाफ दिँदै नदिएर पो ... ! तर उनी पनि त कम छैनन्, इमेललाई सक्दो प्रासङ्गिक र चाखलाग्दो बनाउन कुकुरहरूको उपद्रवदेखि क्रोधित भएर रोबोट झ्वाँकिएसम्मका कुराहरू हाल्थिन्। त्यति उमेर पुगिसकेकी महिलाले कम्प्युटर चलाउन जान्नु नै चानचुने कुरा थिएन। किनभने, भट्टराईजीले त स्वयं अवकाशप्राप्त इन्जिनियर भईकन पनि विदेशबाट छोराले कम्प्युटर पठाइदिएको वर्षौंपछि र त्यो पनि धेरै हप्ता लगाएर मात्र बल्लतल्ल सिक्न सकेका थिए। ए, साँच्चै उनका छोराहरू पनि त अमेरिकामै थिए ! उनका छोराछोरीका निम्ति भट्टराईजीका ती छोराहरू ठूलो प्रेरणाका स्रोत थिए। नानीहरू विदेश गएपछि जब उनकी श्रीमती दिउँसो पाँच-सात घण्टा सुतेकी हुन्थिन्, त्यस बेला भट्टराईजी चित्र बनाएर बस्न थालेका थिए। ती चित्रहरू पक्कै राम्रा होलान् भनेर उनले भनिन्। हो नि, राम्रै छन्! त्यसो त उनी त्यति सिपालु चित्रकार हैनन्, तैपनि तयार पारेका चित्रहरू उनलाई देखाउन कुनै आपत्ति नरहेको जानकारी भट्टराईजीले दिए। भट्टराईजीले कुनै दिन हेर्न आउँदा हुन्छ नि भन्दा उनी सकारात्मक देखिइन्।

मिल्स एन्ड बुन्स उपन्यासमा उनलाई घोत्लिरहेको देखेर श्रीमान्ले गलल्ल हाँस्दै यस्तो वाहियात किताब के पढेको भनी सोधे।

"अब चाँडै तिमीले किताबमा वर्णन गरिएको जस्तो योग्य पुरुष पाउने इच्छा गरौली। अनि म पनि नपुग्दो हुँला।" उनले भने।

"पात्रहरूको यहाँ कस्तरी वर्णन गरिएको छ भनेर तपाईंले कसरी थाहा पाउनुभयो?"

"अग्लो, कालो र सुन्दर, बुझ्यौ? शायद म अझ कालो हुनुपर्थ्यो।"

"तपाईंले यी किताबहरू पढिसक्नुभए जस्तो छ! नत्र यसमा पुरुषलाई कसरी वर्णन गरिएको छ भन्ने ठ्याक्कै कसरी थाहा पाउनुभयो?"

"हैन, म रद्दी कुरा पढ्दिनँ। त्यसले तिम्रो मनमा विष हालिदिन्छ। बरु, टल्सटय पढ्ने तिम्रो त्यत्रो रहर के भयो?"

"मैले किताब नपढेको धेरै भएको थियो। त्यसैले हल्काफुल्का किताबबाट शुरू गर्नुपर्ला जस्तो लागेर।"

"अँ त, *टिङ्कल* कमिक्स अथवा *पिङ्की* कि त *चाचा चौधरी*!" उनी ठट्यौलो बने, "याद छ, राकेशले यी कुराहरू कति मन पराउँथ्यो?"

"हो त, कमिक्स पढ्न एकोहोरिएर उसले कति पटक स्कुल बसै छुटाइदिएको पनि मलाई सम्झना छ।"

"आज उसले फोन गरेको थियो। अमेरिकामा *चाचा चौधरी* का कमिक्स पाइयो त भनेर मैले सोधेको थिएँ।"

"उसले फोन गरेको कुरा मलाई अघि नै किन नभन्नुभएको?"

"हिजोआज हामी दुवैको गर्ने काम पनि केही छैन र पनि एकअर्कालाई विरलै भेट्न थालेका छौं। कस्तो हाँसैउठ्दो!" उनले भने।

उनको कुरा ठीकै थियो। श्रीमती मर्निङ वाकमा निस्कँदा उनी उठेकै हुँदैनथे। उनी त बरु बेलुका दौडन मन पराउँथे अनि श्रीमतीलाई पनि त्यसै गराउने कोशिश गर्थे, जबकि बिहान पाँचै बजे ब्यूँझिने श्रीमतीलाई भने उठिसकेपछि के गरूँगरूँ हुन्थ्यो। त्यस्तो बेला समय कटाउनका निम्ति बिहानको घुमफिर नै सबैभन्दा उपयुक्त विकल्प बन्थ्यो। यसबाहेक पछिल्लो समयमा उनलाई रोमान्टिक उपन्यासको सारै स्वाद बस्न थालेपछि उनीहरूले तास खेल्न पनि बन्द गरेका थिए।

आफ्ना श्रीमान् हैन, कुनै परपुरुषसँगै कुराकानीमा मग्न रहेकै बेला उनले छोराले गरेको फोन पनि उम्काएकी थिइन्। त्यस बिहान दुइटा एल्सिसियन कुकुरलाई भट्टराईजीले बसाउनका निम्ति गरेको कोशिश सम्झेर उनी मुस्कुराइन्।

"छोराले के भन्यो त?" उनले सोधिन्।

"सधैँ उही कुरो त हो!"

"पैसा चाहियो अरे?"

"त्यस्तो केही भनेन। मैले नै बोलेको बोल्यै गर्नुपर्‍यो।"

"उसको अकाउन्टमा केही पैसा हालिदिऊँ त? केही परिआए काम चलाउला नि!"

उनले रिसाएर भने, "किन त्यसो गर्ने? उसले भनेकै छैन।"

"र पनि।"

"पर्दैन," दृढ भएर उनले भने, "एक पैसा पनि हामीले दिनु हुँदैन। चाहिएछ भने उसले माग्न पनि जान्नुपर्छ!"

"उसले त्यो त कहिल्यै गर्दैन।"

"त्यसो भए सिकोस् न त!"

"विदेशको ठाउँमा ऊ भोकै बसोस् भन्ने ठानेको हजुरले?"

"अँ, त्यसै गरोस्। यदि त्यसले उसलाई मानिस हुन सिकाउँछ भने बसोस् भोकै। तिम्रो लाडप्यारले नै ऊ त्यस्तो भएको हो।"

दराजबाट तासको बुङ निकालिसकेका श्रीमान्ले थाहा नपाउने गरी उनले छोराको खातामा दुई लाख रुपैयाँ राखिदिने भइन्। जे भए पनि राकेश कान्छो छोरो थियो। छोराछोरी विदेशमा हुने बाबुआमाले कसरी उनीहरूको सहायता गर्छन् भन्ने उनी जान्न चाहन्थिन्। त्यो उपायको खोजी अब उनले भोलि नै गर्ने भइन्।

भट्टराईजीले उनलाई देख्नेबित्तिकै आज चाहिँ कुकुरहरू कहाँ गए भनेर सोधे । ओहो, तिनले सारै दुःख दिए अनि फटाफट हिँड्न पनि दिएनन् । उनले रातो हुँदै, तिनलाई अनुशासनमा ल्याउन त भट्टराईजी जस्ता मानिसले मात्र सक्छन् भनिन् । हो, भट्टराईजीका पिता फौजी थिए । त्यसैले उनी कडा अनुशासनमा हुर्केका थिए । टेबलमा भातको एउटा सिता भेटिए पनि उनको कान निमोठिन्थ्यो । भट्टराईजी हाँसे । उनी पनि हाँसिन् । आफू जसरी हुर्के पनि भट्टराईजीलाई आफ्ना छोराहरूमाथि कडाइ गर्न चाहिँ मनले दिँदैनथ्यो । हो, यता उनी र उनका श्रीमान् पनि केटाकेटीलाई अदबमा राख्ने मामिलामा कहिल्यै खरा भएनन् । कोशिशसम्म गरेका हुन्, तर सधैँ असफल ! विदेशमा अध्ययन गर्ने नाममा अवैध रूपमा काम गर्नेहरू भेला हुन्छन् भन्ने यथार्थ जेठो छोराबाट सुनेपछि विदेशप्रतिको उनको मोह चकनाचूर भएको थियो र उनको वश चल्ने भए अरू नानीहरूलाई कतै पठाउने नै थिइनन् । विदेशिएका नानीहरूलाई बाबुआमाले सुझाव दिए पनि डलर कमाउने सपना देख्न कहिल्यै छोडेनन् । उनका पनि छोराछोरी विदेशमा भएकाले यस कुरामा भट्टराईजीसँग उनको समानता थियो अनि भट्टराईजीले उनको पीर बुझ्थे ।

के भट्टराईजीका छोराहरूले कहिल्यै आर्थिक सहायताका निम्ति बाबुआमालाई भन्ने गर्थे त ? उनका त कसैले नमागे पनि कान्छो छोरालाई उनी आर्थिक भरथेग गर्न चाहन्थिन्, तर श्रीमान् यसविरुद्ध थिए । हो, भट्टराईजीको परिवारमा ठूलो चाहिँले सहायता मागेको थियो अनि उनीहरूले दिएका पनि थिए । सानो चाहिँ अलिक जिम्मेवार थियो; ऊ त जाने बेला बाबुआमाले लगाइदिएको पैसा पनि फिर्ता तिरिदिने सुरमा थियो । ओहो, उनका नानीहरू त भट्टराईजीका भन्दा विपरीत पो भइदिए ! ठूलाहरू उत्तरदायी र महत्त्वाकाङ्क्षी भएकाले उनीहरूप्रति उनको त्यति चिन्ता थिएन । सानो चाहिँ के छ, कसो छ ... भन्दै नभन्ने । गएको धेरै समय नभए पनि कान्छोप्रति उनी सधैँ चिन्तित रहन्थिन् । यदि उसले मदिरा घुट्क्याउन र चुरोट तान्न थाल्यो भने नि ? जति नै चेष्टा गरे पनि त्यसलाई रोक्न असम्भव हुनाले कान्छोले जे गर्छ गरोस् भनेर छोडिदिनु नै पर्छ भन्ने उनी जान्दथिन् । अनि अँ, नानीहरूको चिन्ताले भट्टराईजी पनि रातरातभर जागै बस्ने गरेका छन् कि ?

भट्टराईजीले छैन भने। बरु हुर्किसकेको छोराको चिन्तामा निद्रा गुमाउनुले उनलाई पनि केही फाइदा गर्दैन भनेर उल्टो सुझाव दिए। जहाँसम्म मद्यपानको प्रश्न छ, उनले आफ्नो वरिपरिको परिवेश हेर्नुपर्छ। हिजोआज उमेर पुगेका कुन चाहिँ तन्नेरीले मद्यपान गर्दैनन्? उनको छोराले पनि कहिलेकाहीं यसो पिउने गर्छ भने त्यो कुनै अपराध हुँदैन र थोरै पिउनाले स्वास्थ्यलाई पनि असर गर्दैन।

उनी रोगी परिवारबाट आएकी थिइन्। त्यहींनिर भट्टराईजी चाहिँ कसरी तन्दुरुस्त रहन सकेका? बीसवर्षे लक्का जवानको जस्तो पो छ उनको स्वास्थ्य! भट्टराईजी मुसुक्क हाँसे र प्रत्येक बिहानी घुमघाम अनि जोसँग पनि मीठो बातचित गर्नेहरूले आफूलाई तन्नेरी देखाइरहेको बताए। भट्टराईजीले आफू मीठो बातचित गर्ने भन्नुको साटो आफूसँग मीठो गरी बोल्नेलाई चलाखीपूर्वक जस दिएका थिए। यो सुनेर उनी राती भइन्। मद्यपान र लागूपदार्थको अम्मलदेखि उनलाई डर लाग्थ्यो भन्ने भट्टराईजीले बुझे। यदि उनको छोराले ठीक मात्रामा पिए, वा पिउँथ्यो भने त सुर्ता गर्नुपर्ने कुनै कारण छैन भनेर सम्झाए। उनले चाहिँ जवाफमा मद्यपान उनी र उनका श्रीमान्लाई उचित नलाग्ने बताइन्। उनको परिवारमा कसैले पनि मद्यपान गर्दैन। यहाँसम्म कि वाइनको एक चुस्कीसम्म पनि कसैले लिएको थिएन अनि उनीहरूका नानीहरूलाई पनि त्यही परिवेशमा हुर्काएका थिए। त्यसो त उनी भारतबाहिर गएकी थिइनन्। हिजोआज त जसलाई पनि पिउने मामिलामा कुतकुती हुन्छ, परदेशमा त झन् कुरै भएन। भट्टराईजीले कुनै एक जनालाई स्वाद लाग्ने त्यही मासु अर्कालाई विष हुने गरेको सन्दर्भ कोट्याए। मूल्य-मान्यता भन्ने कुरा व्यक्तिपिच्छे फरक हुन्छन् भन्ने उनलाई थाहा छैन र? भट्टराईजीको यो तर्क उनले राम्ररी बुझिनन्। अब चाहिँ भट्टराईजीले उदाहरणै दिएर सम्झाउन खोजे– उनीसँग एक से एक उदाहरण नभएका हैनन्, खालि उनले दुःख मानिदेलिन् कि भन्ने डर मात्र थियो।

भट्टराईजी मद्यपान गर्छन्। उनका छोराहरू पनि पिउँछन्। अझ उनीहरू आएका बेला त सँगै पनि जम्ने गर्छन्। सँगै? उनी छक्क परिन्। हो त! अनि के यो कुरो उनलाई स्वीकार्न गाऱ्हो परेन? जबकि भट्टराईजीलाई

अलिकति पनि आश्चर्य लागेको छैन। त्यहींनिर उनी र उनका श्रीमान्, अझ कोही बेला त छोराछोरी पनि लहरै बसेर तास खेलेको देख्दा भट्टराईजी र उनका छोराहरू उसै गरी चकित परेका छन्। उनको परिवारका निम्ति भने यसरी खलकै बसेर जूवा खेल्नु वर्जित काम थियो।

ठीक छ, अर्को उदाहरण लिऔँ न त ! कुनै परिवारमा विवाहित महिलाहरू परपुरुषसँग स्वतन्त्र रूपले घुलमिल गर्छन्, तर कति परिवारमा त त्यसले हलचल नै मच्चाउँछ। जवाफ के आउँछ भन्ने थाहा पाउँदापाउँदै पनि उनले बीचैमा रोकेर भट्टराईजीको परिवार चाहिँ कस्तो हो भनेर सोधिहालिन्। केही मतलब हुँदैन, किनभने बिहानबिहान उनी कोसँग बात मार्थे, यसको न कसैलाई वास्ता थियो न त कसैले जानकारी नै राख्थ्यो। हैन हैन हैन, उनले त्यसो भन्न चाहेकै थिइनन्। उनले के भन्न चाहेको भनी भट्टराईजीले बुझे, अनि– हो, उनका श्रीमान्ले ठीकै भनेका थिए– छोरालाई खर्च पठाउनुको अर्थ उसलाई अझ आश्रित बनाउनु मात्र हुनेछ।

उनी घर पुग्दा श्रीमान् तासको बुङ लिएर तयार थिए।

"ठूलो तास पाउनेले बाँड्ने है !" उनले बुङबाट एउटा तास टिपे। उनको नहल थियो, "किट्टी खेलौँ।"

उनले एउटा तास खिचिन्, बादशाह थियो। उनले बाँडिन्।

"हामीले दाउमा घरको कामलाई नै राख्ने हो ?"

"काम त केही बाँकी छैन। पैसाको खेलौँ।"

"कति पैसा ?"

"एक सय रुपैयाँ। रुल चाहिँ उही।"

"पैसा धेरै भए जस्तो लागेन ? यो त जूवा नै भयो।"

"कहिलेदेखि धेरै पैसाले तिमीलाई सताउन लाग्यो ? राकेशदेखि लिएर हामी सबै ठूला जुवाडे नै हौँ।"

"मान्छेले हामीलाई यसरी खेलेको देखे के भन्लान् ?"

उनका पहिला दुई हात अति राम्रा थिए। पहिलो डबल रन र दोस्रो रन। उनको अघिको हात कमजोर भए पनि अबका दुई हात खान सके जित निश्चित हुन्थ्यो।

"तिमीले जूवाको कुरा गरेको ? सबैलाई थाहा छँदै छ, हाम्रो परिवारै जुवाडे हो।"

"हाम्रो पहिचानै जुवाडे बनिदेला कि भनेर डर लाग्छ !"

"तास खेलेको मान्छे देख्नेबित्तिकै हामीले पनि त कसैलाई जुवाडे भन्ने गरेका छैनौं, छौं र ?"

"तर ड्रिङ्क्स गर्नेलाई त हामी जँड्याहा भन्छौं नि !" उनले यो कुरा सकेसम्म उठाउन खोजेकी थिइनन्, तर थाम्नै सकिनन्।

"ड्रिङ्क्स गर्नु र तास खेल्नु एउटै हैन।" आफ्नो बचाउमा उनले भने।

"कसैको निम्ति त यो सारै नराम्रो हो। धेरै समुदायमा ड्रिङ्क्स गर्नु संस्कृतिको एउटा अङ्ग नै हो। ती समुदायहरूमा त्यो काम दोषपूर्ण नहोला, तर जूवा चाहिँ हुन सक्छ।"

"हत्तेरिका, तास खेल्ने कि नखेल्ने ?" पराजित भएका श्रीमान्ले सोधे।

"खेल्ने।"

"त्यसो भए कुन खराब कुन ठीक भन्ने कुरा छोडिदिऔं। तयार छचौ ?"

"हजुर, मैले बाँडेको, त्यसैले तपाईं देखाउनुस्।"

उनले गुलामको ट्रायल देखाए, जसले श्रीमतीको डबल रनको दाउलाई जित्यो। शायद अब उनी हार्छिन्।

"आहा ! जित्छु जस्तो पो लाग्न थाल्यो।" उत्तेजित भई श्रीमान् कराए। उनले मुठी कस्दै हावामा हिर्काए।

भट्टराईजीको जेठो छोरो ग्रिन कार्डका निम्ति आवेदन दिएर स्वीकृतिको प्रतीक्षामा थियो। उसो भए भट्टराईजीले पनि बुवा भएका नाताले भिसा सहजै पाउलान् त ? पाए पनि उनी जस्ता मान्छेलाई त्यसको के काम ? उनले त पत्नीको हेरचाह गर्नु नै थियो। डाक्टरले भरमग्दुर चेष्टा गरे पनि अब फेरि शायद उनको अवस्था दुई वर्षअघि जस्तो हुनै सक्दैन। उनकी पत्नीको अहिलेको अवस्था कस्तो छ त ? बितेको हप्तादेखि उनको आक्रामक प्रवृत्ति त हराएको थियो, तर भट्टराईजी र अरू कसैलाई पनि उनले चिन्न छोडेकी थिइन्। नियतिले एकपछि अर्को प्रहार गर्दा पनि उनी कसरी त्यति प्रसन्न रहन सकेका होलान् ? कति कुरा उनको वशमै थिएन, तर तीप्रतिको आफ्नो दृष्टिकोण भने बदलिन सक्थे। हैन हैन, स्वास्थ्य सुधेला भन्दाभन्दै झन्झन् सिकिस्त हुँदै गएकी पत्नीका कारण भट्टराईजी निकै कठिनाइमा होलान्। त्यस्तो अवस्थाबाट छुटकारा पाउन उनले चाहेनन् त ?

एउटाकी पत्नीले अर्काको पतिलाई यस्तो प्रश्न गर्नु जोखिमयुक्त, अति व्यक्तिगत र अत्यन्त जटिल पनि थियो। तर, भट्टराईजी भने निश्चिन्त देखिए। पत्नीबाट छुटकारा पाउने विषयमा सोच्नु साँच्चै निकै कठिन भए पनि उनले यसबारे नसोचेको दिनै हुँदैनथ्यो। चौबीसै घण्टा रेखदेख पाउने नर्सिङ होममा आमालाई भर्ना गराइदिनुस् भनेर उनलाई विदेश बस्दै आएका छोराछोरीले सम्झाएका थिए। त्यसो त हिजोआज सिलिगुडीमा च्याउझैँ उम्रिएका यस्ता नयाँ नर्सिङ होममा पत्नीलाई राखिदिने विषयमा उनले पनि सोचेकै थिएनन् भन्नु झूटो बोलेको हुनेछ। तर, लोकलाजकै कारण उनले त्यसो गरिहाल्न सकेका थिएनन्।

अनि अँ, जुनसुकै बेला भट्टराईजीको घर पुगेर उनले बनाएका चित्र हेर्न उनका निम्ति ढोका खुला थियो। हिजो उनले दिनभरि चित्र बनाएका थिए। राम्रो चित्र बनेका छन् र उनले त्यसलाई अवश्य मन पराउनेछिन् भनेर जानकारी दिँदा भट्टराईजीले उनका आँखामा हेरिरहेका थिए। भट्टराईजीका आँखामा देखिएको चमकको भेउ उनले पनि पाइन्।

"मिसेज भट्टराईलाई अब अलिक बिसेक भए जस्तो लाग्यो।" रद्दी तास परेकाले अनुहार बिगार्दै उनले भनिन्।

"भन्नुको मतलब उनले मान्छेहरूलाई झम्टिन छोडिन् ?" श्रीमान्ले सोधे।

"उनी उग्रचण्डी हुन छोडेकी छन्।"

"अति राम्रो। अरू केके सुधार भयो ?"

"भट्टराईजीका अनुसार तिनले अझै पनि बूढालाई चिन्दिनन् अरे।"

"भट्टराईजी मान्छे त दह्रै हुन्। तीन वर्षदेखि स्वास्नी स्याहार्दै आएका छन्।"

"अनि कहिल्यै गनगन पनि गर्दैनन्।"

"त्यो त हामीलाई कसरी थाहा हुन्छ ?" उनले सोधे, "हामी त उनीसँग त्यति घनिष्ठ पनि छैनौं। मन मिल्ने कुनै साथीलाई चाहिँ पक्कै पनि उनले आफ्नो दयालाग्दो स्थितिबारे दुखेसो पोखेको हुनुपर्छ !"

भट्टराईजीसँग बिहान भएका वार्तालापबारे जानकारी दिँदा श्रीमान्ले केही भनिहाल्लान् कि भनेर उनले अप्ठ्यारो मानिन्। आफ्नी पत्नीलाई नर्सिङ होममा राख्ने सुझावप्रति उनी सकारात्मक रहेको भनेर स्वयं भट्टराईजीले बताएको कुरा भनिदिन पाए त श्रीमान् पक्कै झसङ्ग पर्ने थिए। तर हैन, उनलाई झट्ट याद आयो, उनी त आफ्ना श्रीमान्ले भट्टराईजीलाई असल मान्छे ठानिदिऊन् भन्ने पो चाहन्छिन्। कस्तो विसङ्गत कुरा ! भट्टराईजीबारे उनका श्रीमान् वा यो संसारको कुनै पनि मानिसले जेसुकै सोचिदिए पनि उनलाई वास्ता हुनुपर्ने किन ?

"भट्टराईजीका छोराहरू आफ्नी आमालाई नर्सिङ होममा एड्मिट गराउनुपर्छ भन्ने सोचाइ राख्दा रैछन्।"

"हाम्रो समाजमा त्यस्तो काम कसले पो गर्ला ?" श्रीमान्ले सोधे। उनलाई त्यति राम्रो तास परेको थिएन भन्ने स्पष्टै थियो।

"अहिले त उनी अलिक सन्चो भइन्, तर उग्र रूप लिएको बेला त उनलाई नर्सिङ होममै उचित स्याहार मिल्छ जस्तो तपाईंलाई लाग्दैन ?"

"इन्डियामा यस्ता नर्सिङ होम पैसा लुट्ने बिजनेस भएका छन्।" उनले भने, "कुनै पनि नर्सले भने जस्तो स्याहार गर्छे भन्नेमा मलाई विश्वास छैन।"

"जे भए पनि अरू मान्छेलाई चोट पो पुग्छ कि भनी उनीहरूले सुर्ता त मान्नुपर्दैन !"

"बूढा भएपछि हामीलाई हाम्रा नानीहरूले पनि कुनै वृद्धाश्रममा लगेर राखिदिए भने तिमीलाई ठीक लाग्छ ?" श्रीमान्ले सोधे ।

"मलाई त त्यही मन पर्छ । साँच्चै भनूँ भने, मेरो त यो विषयमा उनीहरूसँग छलफल गर्ने विचारै थियो ।"

"अनि दुनियाँलाई के सफाइ दिने त ?"

"कुरा सोझो छ । म आफ्ना नानीहरूको निम्ति बोझ बन्न चाहन्नँ ।"

"अनि सारा संसारकै अघिल्तिर हाँसोको पात्र भएर बस्ने ? तिमीलाई के लाग्छ, हाम्रा नानीहरूले हामीलाई वृद्धाश्रममा लगेर राख्लान् ?"

"मेरो विचारमा त राख्छन् ।"

उनले तीन हातमा पहिलो हात जितिन् । तास सोचेजति नराम्रो थिएन ।

"हैन, सचीनले मात्रै गर्छ । ऊ अलिक ढीट र स्वार्थी छ । लताले गर्दिन । राकेशले त झन् पटक्कै गर्दैन ।"

"भट्टराईजीका छोराले उनीहरूकी आमालाई नर्सिङ होममा राख्नु नै उचित हो भन्ठान्छन् भने हाम्रा केटाकेटीले त्यस्तै सोचाइ किन नराख्लान् ?"

उनले दोस्रो हात पनि जितिन् ।

"हामीले आफ्ना केटाकेटीलाई राम्रो परिवेशमा हुर्कायौँ नि त !"

"कसैको पनि कमजोरीलाई गाली गर्नु कत्तिको बुद्धिमानी हो ?" उनले सोधिन् ।

"मैले उनी दुष्ट हुन् भनेकै हैन । छोराहरू पो त्यस्तो भएर निस्के !"

"छोराहरूले बाबुलाई दुःखबाट मुक्ति दिन चाहेको पनि त हुन सक्छ !"

"ती बाबुले आमाबाट छुटकारा पाएपछि चाहिँ के नि ? उनीहरूले बाबुलाई अर्की भित्र्याउनु भन्छन् ? अझ भनूँ न, उनी आफैँ बिमार भए भने पनि उनीहरूले त्यसै गर्लान् त ?"

"म त स्वयंले निर्णय लिन नसकिरहेको त्यस्तो घडी आइपरेछ भने तपाईंले मलाई पनि नर्सिङ होममै भर्ना गरिदिनुस् भन्ने चाहन्छु।"

तेस्रो हात कसले जित्यो, उनले वास्तै गरिनन्। त्यो राउन्ड नै जितिसकेकी हुनाले तीनै हात जितेर सलामी असुल्नेतर्फ उनले ध्यानै दिइनन्। जे होस्, आफ्ना श्रीमान्लाई जितिन्, त्यति भए पुग्यो। त्यसैले तेस्रो हात पनि जित्ने तास हातमा छँदाछँदै उनले खालमा भएको दुई सय रुपैयाँ टिपिन् र मुठीमा मजाले कसिन्।

"मलाई त दुई हात जित्छु भन्ने नै लागेको थियो।" उनले भने।

"मलाई सलामी पनि दिनुस्।"

"तिमीलाई अहिले नै भर्ना गरिदिऊँ कि ?" एक सय रुपैयाँको नोट हातमा थमाउँदै अनिश्चित भएर उनले भने, "पागलखानामै राख्नुपर्ने जस्तो कुरा गर्छ्यौ। लौ अब बाँड !"

त्यो अल्छीलाग्दो शनिबारको दिन चित्र हेर्न भनी उनी भट्टराईजीको घर गइन्। उनले फोन गर्ने थिइन्, तर भट्टराईजीको नम्बर उनीसँग थिएन। अलिक बेग्लै देखिनलाई उनले कसेर कपाललाई जुरो बनाइन्। तर, त्यसो गर्दा सिउँदोको सिन्दूर टड्कारो देखिने भएकाले उनले कपाल फेरि सधैँझैँ खुलै छोडिदिइन्। शुरूमा कामदारकी छोरीलाई पनि आफूसँगै लाने सोच बनाए पनि अन्त्यमा उनी एक्लै गइन्।

घण्टी बजाउन खोज्दा उनका हात कामे। ढोका कसले पो खोल्ने होला भन्ने सोचिन्। पत्नीले खोलिन् भने त अप्ठ्यारो हुने भयो। धन्न, सुनाखरी फूलको गुच्छा भएको तामाको गमला हातमा लिएर भट्टराईजी देखा परे !

कस्तो सन्जोग ! उनकै घर पठाइदिनका निम्ति फूल टिपिदिएका बेला उनी स्वयं टुप्लुक्कै आइदिइन् भनेर भट्टराईजीले बताए। शायद उनले झूटो बोलेका थिए, परिस्थितिलाई आफ्नो पक्षमा पार्न उनले झूटो बोलिदिएकै भए

पनि के चाहिँ फरक पर्थ्यो र ! भट्टराईजी अलिकति आत्तिनुको कारण सुनाखरी पोहोर जस्तो यस पाला नसप्रिनु थियो। उनी भने ती फूलहरूमा कुनै खोटै छैन जस्तो गरी हेरिरहेकी थिइन्, जबकि उनलाई बोटविरुवा सम्बन्धी कुनै ज्ञान थिएन। भट्टराईजीले फूलबारीमा यस्तो चासो राख्ने गरेका छन् भन्ने उनलाई थाहै थिएन। के उनी सधैं यस्तै हुन् त ? बागवानी उनको सोखको विषय मात्र थिएन, यसले तनावबाट पनि मुक्ति दिन्थ्यो। रोगनिवारक जस्तो।

अँ बरु, उनी चिया पिउन मन पराउँछिन् कि कफी ? उनले पानी भए हुन्छ भनिन्। भट्टराईजीले आफ्नी कामदारलाई, 'रोबोट' (हाऽहाऽ), दुई गिलास ताजा जुस ल्याउन अऱ्हाए। उनी फलफूलको जुसमा सक्दो बढी लिचीको रस मिसिएको मन पराउँथे।

अनि उनको अवकाश जीवन राम्रै बित्दै छ त ? उनले *मिल्स एन्ड बुन्स* पढ्न थालिन्। यसले उनको ध्यान आकर्षित गर्दै छ। आजभोलि उनले तास खेल्न उति रुचि नदिएपछि शायद अब छिट्टै उनका श्रीमान्ले किताब लुकाइदिन थाल्नेछन्। उनले जुन किसिमले आफूभित्रको पाठक जगाउँदै छिन्, त्यसलाई हेर्दा छोराछोरी जन्माउनअघि जति पढ्थिन्, चाँडै त्योभन्दा धेरै पढ्न थाल्नेछिन्।

भट्टराईजीको घरमा उनी पहिले पनि आएकी थिइन्। वास्तवमा त्यही बैठककोठामा श्रीमती भट्टराईले रित्तो ढ्वाङ उनीतिर हुत्याइदिएकी थिइन्। त्यो बैठककोठा पहिलेभन्दा धेरै फेरिएको रहेछ। सिसाको कफी टेबल थिएन। तीखा धार भएका टेबलकुर्सीमा, ठोक्किँदा चोट नलागोस् भनेर किनारकिनारमा पानीटेपले कपडा टाँसिएको थियो। हो, त्यसो गर्दा मञ्जुलाई चोट लाग्दैनथ्यो। हो त, त्यस्तो हुँदा मञ्जुलाई चोट पर्दैन, उनले पनि दोहोऱ्याइन्। भट्टराईजीकी पत्नी मञ्जुको दर्शन पाइन्छ कि भनी उनले चारैतिर आँखा घुमाइन्। मञ्जु कहाँ छिन् भनी भट्टराईजीलाई सोध्न पनि सक्थिन्, तर उनले मन गरिनन्।

उनले ग्यालरीतिर जाऔँ भने। वास्तवमा त्यो ग्यालरी नभई गेस्ट हाउसको एउटा भाग थियो, जहाँ बसी उनी चित्र सिर्जना गर्ने गर्थे। छेउपट्टिको ढोकाबाट उनीहरू बाहिर गए। पिँडौलामा टाँसिएको जुकालाई सिन्काले निकाल्न खोज्दै भट्टराईजी बीचैमा रोकिए। शायद सुनाखरी फूल टिप्दा जुका

लागेको थियो । पहिले त उनले त्यसमा नून छर्केर मार्ने सल्लाह दिऊँ कि भन्ने सोचिन्, तर जुका सकुशल जाओस् भनी भट्टराईजी निकै सचेत भएको देख्दा आफ्नो सोचाइप्रति लज्जित हुँदै धन्न त्यो सुझाव व्यक्त गरिएनछ भनेर सन्तोष मानिन् । भट्टराईजीको पिँडौला रातै देखिएको थियो, जसलाई झन्डै उनले छोइनन् । यस्तो केही देख्नेबित्तिकै आत्तिएर हत्तपत्त समाइहाल्ने आमाकै बानी सरेको त हो नि भनेर उनले आफूमा उत्पन्न प्रतिक्रियालाई जायजै ठहर गरिन् । बरु भट्टराईजीलाई जुकाले टोकेको ठाउँमा यसो केही गरिदिनुपर्ला कि भनेर उनले जिज्ञासा राखिन् । केही चाहिँदैन; यस्तो जाबो त बगैँचामा काम गर्ने मान्छेले दिनदिनै बेहोर्छ ।

भट्टराईजीका कृतिहरूको सही मूल्याङ्कन गर्न सक्ने हैसियतकी कलाकारै त उनी थिइनन् । एउटा त कञ्चनजङ्घा पर्वतको कोखबाट भएको सूर्योदय र अर्को त्यसको धेरै भागलाई बादलले ढाकेको चित्रका अतिरिक्त उनका धेरैजसो सिर्जना पोर्ट्रेट थिए । फरकफरक उमेरको हुँदाका उनका छोराहरूको चित्र नै उनले धेरै बनाएका थिए । के उनी लामो समयदेखिका चित्रकार हुन् ? हैन, उनले त यही एक-दुई महीनायता कोर्न थालेका हुन् । उनले आफ्नो ठूलो छोरा आठ वर्षदेखि र सानो छोरा छ वर्षदेखि देखेका थिएनन् । आफ्ना छोराहरू भेट्न आफूले त्यति नै अथवा त्योभन्दा लामो समयसम्म कुर्नुपर्ने हो कि भनी उनी चिन्तित भइन् । भट्टराईजीले आफ्नी पत्नीको चित्र उनलाई देखाए । उनले शरीरका अरू भागबाट केवल आँखालाई अलग्याएर तिनलाई हेर्नू भने । आँखा मात्र त डरलाग्दा देखिएको उनले बताइन् । उनकी पत्नीका आँखा आजभोलि त्यस्तै त देखिन्छन् भनेर उनले जवाफ दिए– भयभीत र पीडित ।

उनीहरू खोपातिर गए, जहाँ उनले आफैँलाई क्यानभासमा उतारिएको पाइन् । एउटा एक्लै कुद्दै गरेको, अर्को सोचमग्न हुँदै हिँडेको र तेस्रो, कुकुरहरूले उनलाई विभिन्न दिशातिर तान्दै गरेको ! उनलाई मन पऱ्यो । बिहान उनीसँगै हिँड्ने साथीहरूको चित्र पनि उनले बनाएका छन् ? एक पटक उनले पीपलको फेदमा बसेका दुई वृद्ध जोडाको चित्र बनाएका थिए, तर पुरुषको यथार्थ रूपरेखा ठीकसँग निखार्न नसकेकाले त्यसै छोडिदिए । के उनले कुकुरसँग भएको आफ्नो चित्र लान सक्छिन् त ? उनी त्यो किन्न पनि

तयार भइन्। उनको चित्र अर्कै पुरुषले बनाएकामा श्रीमान्ले अन्यथा मान्लान् कि ? त्यसतर्फ त उनले सोचेकै थिइनन्। जे होस्, त्यसबारे सोच्ने बेला त अब पो हो ! उनले भट्टराईजीलाई हेरिन्; भट्टराईजीले उनलाई हेरे। यदि उनलाई आपत्ति छैन भने भट्टराईजीले आफ्नो सबैभन्दा उत्कृष्ट कृति उनलाई देखाउने थिए। उनी कलाकार थिए अनि कलाकारले कति त समाजलाई नपच्ने सिर्जना पनि तयार पार्छन्। के उनी हेर्न रुचाउलिन् त ? अब जब उनी यहीँ आइसकेकी छन् भने किन नहेर्ने ?

भट्टराईजीले उनी जस्तै एउटी नारीले एउटा वयस्क पुरुषलाई स्तनपान गराउँदै गरेको चित्रको पर्दा खोले। चित्रमा भएको पुरुषको चिनारी पनि नारी चिनिएकाले उजागर भएको थियो, जसको मुखले त्यस नारीको स्तन पूरै ढाकेको थियो। कान्छो छोराप्रति उनको स्नेह देखेर भट्टराईजीले यो कृति बनाउने प्रेरणा पाएका हुन्। यसले जताततै मातृत्वको प्रतिनिधित्व गर्छ, परम पवित्र प्रेमको प्रतिरूप। चित्रमा स्तन नदेखाइनुको कारण यसमा अश्लीलता छैन भन्ने जनाउनु हो।

उनी अब हिँड्ने तरखरमा लागिन्। पर्खनुस्, उनी कराए। भट्टराईजीले ती सुनाखरीको फूल लिएर जानुस् भने। उनकै निम्ति ती फूल टिपेका थिए। मतलब ... भट्टराईजीले अझ तात्पर्य खुलाए, उनको घरकै निम्ति भनेर फूल टिपिएको थियो। भट्टराईजीले के भन्न चाहेका हुन् त्यो आफूले बुझिसकेको र अब त्यसलाई सच्याइरहनुको कुनै आवश्यकता नरहेको उनले बताइन्। सबै सुनाखरी बोक्न गाह्रो पर्ने भएकाले पछि कुनै कामदारका हातबाट पठाइदिँदा होला कि भनेर उनले सुझाव दिइन्। भट्टराईजीले जुस आउन बाँकी नै रहेको सम्झाए। उनले आफूलाई हतार भइसकेको बताउँदै हस्याङफस्याङ गरेर भऱ्याङबाट ओर्लिन्।

श्रीमान्ले फेरि एक पटक तास गन्ती गर्दा जम्मा एकाउन्न पत्ती मात्र पाए।

"चिडियाको गुलाम हराए जस्तो छ।" उनले भने।

उनले श्रीमान्‌बाट तासको बुङ लिएर रङ्ग र आकार हेर्दै चार लहरमा मिलाइन्।

"हैन, त्यो त ई यहाँ छ। अरू नै कुनै हुनुपर्छ।" चिडियाको गुलाम हातमा लिँदै उनले भनिन्।

"हिजो चाहिँ त्यो थिएन; मलाई पक्का छ।" श्रीमान्‌ले भने।

"हिजो थियो। धेरै खेप आएको मलाई थाहा छ।"

उनले हिजो भनेर उल्लेख मात्र गर्दा पनि अघिल्लो दिनका घटनाहरू कानमा बजे जस्तो लाग्न थाल्यो। श्रीमान् उठेर केही खोजे जस्तो गर्दै अघि बढे र फर्केर आउँदा पुरानो मिठाईको डब्बा बोकेर आए, जसभित्र विभिन्न डिजाइनका अनि कतिपय त रङ्ग पनि उडिसकेका तासहरू थिए।

"हामीले हप्तामा एक बुङ त किन्छौँ नै होला।" श्रीमान्‌ले भने, "ठीक छ, जसले ठूलो तास पल्टाउँछ, उसैले बाँड्ने। अँ, बरु अलि रचनात्मक किसिमको सोखमा हात हाल्ने हो कि क्या हो हामीले? जस्तै, लेख्ने या चित्र बनाउने ...।"

"घरका कामहरूको सूची बनाऔँ न बरु!" उनले आँखाहरू झुकेकै महसूस गरिरहिन्, "मैले जितेको बेला त तपाईं जहिले पनि यस्तो हल्का काम पो दाउमा राखिएछ भन्दै ढाँट्नुहुन्छ।"

"बडो राम्रो। आज खेलको शुरूआत एकदम सकारात्मक कुरोबाट हुन थाल्यो।" श्रीमान्‌को बोलीको प्रवाहभित्र अदृश्य व्यङ्ग्य लुकेको थियो, "*मिल्स एन्ड बुन्स* पढेकीले तिमीलाई त्यस्तो प्रभाव परेको हो।"

"आलु ताछ्ने, सामान जोगाड गर्ने, सुनाखरी टिप्ने, गेस्ट हाउस सफा गर्ने कामहरूको सूची।" उनले भनिन् र कागले छेरेका जस्ता अक्षरमा लेख्न थालिन्।

"सुनाखरीको निम्ति हामी किन लाग्नुपर्‍यो? रोबोटले टिपिहाल्छ। त्यसै पनि हामीले भट्टराईजीकोबाट पनि पाएका छौँ, हैन?"

"त्यसो भए सुनाखरीको सट्टा चिया पकाउने बाजी राखौं न त !" उनको खुट्टा चिलायो ।

"उत्कृष्ट खेलाडीले नै जितोस् ।" मिस्सी पल्टाएर श्रीमान्ले भने, "हुने बिरुवाको चिल्लो पात !"

"हो त ! मान्छेको भविष्य बाल्यकालमै देखिन्छ ।" उनले पनि श्रीमान्को वाक्यलाई पूर्णता दिँदै भनिन् । उनले पल्टाएको तास भने पन्जा परेछ र फेरि भनिन्, "लौ, तपाईं नै बाँड्नुस् ।"

श्रीमान्ले नौनौ पत्ती बाँडिसक्दा-नसक्दै कतातिरबाट श्रीमतीको फोन बजेको सुनियो ।

"म लिएर आउँछु ।" उनले उठ्दै भनिन् ।

"हुन्छ हुन्छ !" श्रीमान्ले भने अनि धूर्त पारामा मुस्कुराए ।

"कत्ति न मेरो तास चाहिँ तपाईंकै जिम्मामा छोडेर जान्छु जस्तो !"

"तिमीसँग अरू केही उपाय पनि त छैन । हैन र ?"

"यो राउन्ड क्यान्सिल गरौं ।" उनले भनिन्, "मैले तास हेरेकै छैन, न त तपाईंले नै हेर्नुभएको छ ।"

आफ्ना पत्ती बटुलेर उनी फोन खोज्न दौडिन् । उनले भेट्नभन्दा अघि नै फोनको घण्टी बज्न छोडेको थियो ।

"यो त अमेरिकाबाट हो ।" कति चोटि कल मिस भएको रहेछ भनेर उनले हेर्न खोजिन्, "पक्कै लताको होला । एक पटक गरिछ । हैन, हामीले ब्रेकफास्ट खाँदा पनि गरेकी रैछ ।"

उनले थपिन्, "उसले पक्कै फेरि गर्छे ।"

"शायद," श्रीमान्ले तास बाँडे, "बेलुका हामी नै उसलाई गरौंला नि ! सचीन र राकेशसँग आज मैले कुरा गरेको थिएँ । दुवै जनाले तिम्रो सोचाइ त्यति खराब हैन भने ।"

"म चाहिँ उनीहरूले गरेको फोन जहिले पनि किन मिस गर्दी रहिछु !"

उनले भनिन्, "अनि मेरो कुन चाहिँ सोचाइ उनीहरूलाई खराब लागेन रे ?"

"वृद्धाश्रम ।"

"ए, त्यो त मैले बिर्सिसकेकी थिएँ ।"

"तर यो वृद्धाश्रम चाहिँ अमेरिकामै हुनुपर्ने उनीहरूको शर्त छ ।"

"त्यहीं तल बागडोग्रा झर्न त तपाईंलाई मन लाग्दैन, अमेरिकामा वृद्धाश्रम त तपाईंको निम्ति अति उचित हुन्छ है !"

"सोच त, त्यो अमेरिका हो । भट्टराई र छेत्रीजीहरूलाई हामी अमेरिकाको वृद्धाश्रममा बस्ने भनी धाक लाउन सक्छौं ।"

जोसुकैले बुझ्ने गरी श्रीमान्ले उपहास गरेका थिए ।

"त्यसपछि त साँघुरा सिटकै कारण मोडिएर बस्नुपर्ने तपाईंका लामा खुट्टालाई पनि सास्ती नहुने गरी एउटा सिङ्गै प्लेन लिएर शान्तिसँग यात्रा गरौंला ।"

"तिमीलाई जोक गर्नै आउँदैन ।" उनले ठट्यौलो पारामा भने ।

"जे होस्, यो वाहियात विचार हो जस्तो लाग्छ ।" उनले भनिन् ।

"कुन विचार ?"

"वृद्धाश्रममा बस्ने कुरा ।"

"मैले झन्डै राकेशको अकाउन्टमा दुई लाख रुपैयाँ हालिदिएकी, तर पछि फेरि ठीक लागेन ।"

"तिम्रो मन कसरी बदलियो त ?" श्रीमान्ले सोधे ।

"मैले नै उसलाई धेरै संरक्षण दिएकी हुँ । तपाईंको कुरा ठीक हो । ऊ अब दूध चुस्ने बालक रहेन । हामीले उसलाई स्वच्छन्द उड्न दिनुपर्छ ।"

"तिमी कस्ती छयौ भन्ने मलाई थाहा छ ।" भित्रभित्रै हाँस्दै श्रीमान्ले भने, "जब तिमी आफ्ना कुरामा सहमति जनाउने मान्छे भेट्न थाल्छ्यौ, तिमीलाई आफ्नो त्यही सोचाइ ठीक हैन जस्तो लाग्न थालिहाल्छ । तिम्रा कतिपय सुझाव त केवल मान्छेलाई उचाल्न मात्र हुन्छन्, हो कि हैन भन त ?"

"तपाईं मलाई राम्ररी जान्नुहुन्छ त ! जेसुकै होस्, वैवाहिक जीवनको आकर्षणभन्दा निकै लामो अवधि हामीले साथ बिताइसकेका छौँ ।"

"कसैकसैलाई *मिल्स एन्ड बुन्स*को खुराक धेर भए जस्तो छ !" श्रीमान्ले फेरि पेच कसे ।

"अब पढ्न छोडुँला नि त !" तास फिट्दै उनले भनिन्, "त्यो किताबले वर्णन गर्ने रोमान्सको धारणा नै अनौठो छ । खै, मैले त बुझ्दै बुझिनँ ।"

प्रवासी

रेस्टुरेन्टबाट बाहिरिए पनि शरीरले ह्वास्स मसलाको गन्ध बोकिरहन्छ भन्ने थाहा थियो । यी दक्षिण एसियाली रेस्टुरेन्टमा पस्नुअगावै लगाएको कोट खोलेर ब्याकप्याकमा कोचिदिने हो भने त्यहाँको तिक्खर गन्धलाई ज्यानले कमै टिप्छ भन्ने चाल मैले भाग्यवश पाइसकेको थिएँ । आफैं बेरा आफैं भान्से रहेको उसले म भित्र पस्दै गरेको देख्यो र बनावटी मुस्कान छोडेर काटकुट गर्ने काममा पूर्ववत् जुट्यो। म जहिले पनि बस्ने गरेको टेबलछेउको झ्यालबाहिर म्यानहटनको सडकमा दर्के पानी पऱ्यो। भुवादार कोट लगाएकी अपर इस्ट साइडतिरकी प्रौढ महिलामा मेरा आँखा परे। हावाको झोँकाले उडाउँदै गरेको छातालाई एउटा हातले सम्हाल्दै गरेकी उनले ट्याक्सी रोक्न व्यग्र भएर अर्को खाली हात हल्लाइन् ।

जब हावाको तीव्र झोँकाले छातालाई पर हुत्त्याइदियो, उनले झोँक्किएर माझी औंलो ठाडो पारिदिइन् । लाग्यो– सुकोमल र सम्भ्रान्त पहिरनमा देखिने ती महिलालाई मैले सहायता गर्नुपर्छ । यो परोपकारी भावनाबाट मलाई अरू कुनै फाइदा नभए पनि म केही बेर यी सम्पन्न व्यक्तिसँग बात मार्न पाउने थिएँ र त्यो क्षणले मलाई स्वयं पनि एक छिन धनवान् भएको अनुभूति दिनुका साथै आनन्दित पार्ने थियो। मुसलधारे झरीको वास्तै नगरी म बेरालाई दुई प्लेट मोमो तयार गर्नू भनी कुद्दै रेस्टुरेन्टबाहिर गएँ, छाता समात्नलाई। बाटोमा गुड्दै गरेको बिँडलाई त्यहीँ छोडेर मैले छाता समाएँ र आफू ओत लाग्दै निथ्रुक्क भइरहेकी ती महिलातर्फ दौडिएँ ।

"आहा, कस्तो असल मान्छे, धेरै धन्यवाद !" छातामा ओत लाग्दै उनले भनिन् ।

"स्वागत छ।" मैले सक्दो मोहक मुस्कानसहित जवाफ दिएँ। शायद उनले बाहिर निस्केका, पहेँला, नमिलेका र सडेका दाँत देखिन् होला । "तपाईंले झट्टै ट्याक्सी त पाउनुहुन्न। त्यसैले पानी रहुन्जेल रेस्टुरेन्टमा गएर प्रतीक्षा गर्नुहुन्थ्यो कि ?"

"किन नपाइनु ?" न्यु इङल्यान्ड या त न्युयोर्कको कुनै धनाढ्यलाई याद दिलाउने लवजमा नहिचकिचाई उनले भनिन् ।

रेस्टुरेन्टभित्र पसेर उनले कोट खोल्दै कतै ह्याङ्गर छ कि भनेर हेरिन्, तर नदेखेपछि आफ्नो छेउको कुर्सीमा राखिन् ।

"दिन पनि कस्तो होला !" म बोलेँ । पानी झन् दर्किंदै थियो ।

"आम् एन *(म एन हुँ)* ।" उनले भनिन् ।

"आमेन ! ठीक छ ।" मैले भनेँ ।

झट्ट सुन्दा मलाई उनले इसाई धर्मावलम्बीहरूले कुनै पनि कुराको समर्थन जनाउँदा व्यापक रूपमा प्रयोग गर्ने 'आमेन' शब्द पो भनिछन् जस्तो लागेको थियो । तर, उनले हात अघि बढाउँदा पो म स्तब्ध भएँ । हत्तपत्त सम्हालिँदै भनेँ, "म अमित हुँ । तपाईंको नाम के होला ?"

"आम् एन !" उनले दोहोऱ्याइन् ।

"हो, हो, एन ... त्यही त ... तपाईंले अघि भनिसक्नुभयो ।" बुद्धू नै भएर मैले भनेँ, "माफ गर्नुहोला ।"

"हैन, केही छैन अहमद ... हैन त ?"

"अमित, ए एम आई टी ।" म अमेरिका आएपछि यस्तो धेरै पटक भएकाले मलाई केही जस्तो पनि लागेन ।

एकअर्कालाई एकोहोरो हेर्दै हामी त्यहाँ बस्यौँ । परिस्थिति अलिक असहजै थियो ।

"भोक कत्तिको लागेको छ ?" मैले सोधेँ ।

"औधी लागेको छ ।" उनले भनिन्, "तपाईं यहाँ आइरहनुहुन्छ ?"

हो, म क्याफे हिमालयमा धेरै पटक आइसकेको छु । यतिका वर्ष घरदेखि टाढा भए पनि मोमोबाहेक घरप्रति त्यस्तो उत्सुकता थिएन । म्यानहटनमा क्याफे हिमालय मात्र शहरको यस्तो ठाउँ हो, जहाँ दार्जीलिङको जस्तै मीठो तिब्बती मोमो पाउन सकिन्छ । न्युयोर्कमा सरेको महीनौँ बितिसकेपछि चाइना टाउन पुगेका बेला मैले बल्लतल्ल विकल्पका रूपमा मोमो जस्तै देखिने डिम्सन भेटेको थिएँ, जसलाई त्यहाँ पाइने सोया ससमा चोपेर खाँदा मोमो हैन कि

अरू नै केही खाए जस्तो लाग्थ्यो। त्यसलाई पोको पार्न बेलिएको मैदाको रोटी पनि हेर्दै दिक्कलाग्दो गरी बाक्लो हुन्थ्यो, जसले गर्दा मेरो प्यारो खानालाई कुनै सिकारुले बनाउने कोशिश गरेर त्यसको स्वादै बिगारे जस्तो हुन्थ्यो। एउटा बार र थाई रेस्टुरेन्टबीच दुई ढुङ्गाबीच च्यापिएको तरुल जस्तो असली मोमो पाइने यो रेस्टुरेन्ट भेटेको दिन मलाई असाध्यै भाग्यमानी रहेछु जस्तो लागेको थियो। यसको भित्तामा देखिने यथार्थमा भन्दा ठूलो आकारको दलाई लामाको चित्रले मेरो कौतूहल नजगाएको भए म यो कोचिएर बसेको रेस्टुरेन्टलाई यादै गर्ने थिइनँ। त्यसपछि त म हप्तामा दुई पटक यहाँ आउन थालेँ।

"चिकन मोमो मलाई मन पर्छ।" मेनुमा औँल्याउँदै मैले भनेँ, "यो यति मीठो हुन्छ कि म प्रायः दुई प्लेट खान्छु। मैले अघि नै अर्डर गरिसकेको छु।"

"ओहो, मोमो!" एनले खुशी जाहेर गरिन्, "मैले बितेको हप्ता मात्र खाएकी थिएँ।"

कस्तो रमाइलो! मोमोबारे जानकारी राख्ने अमेरिकी हम्मेसि पाउन सकिँदैन। यतातिर मानिसहरूलाई म नेपाली मूलको हुँ भन्दा उनीहरूले म सगरमाथा चढेको छु कि भनी अनायास खोजीनिती गर्थे। म न त सगरमाथा चढेको छु न कोही चढ्ने मान्छेलाई जान्दछु भन्ने उत्तर दिँदा उनीहरू निराश हुन्थे। म दार्जीलिङको हुँ भन्दा चाहिँ धेरैले चियाबारे जिज्ञासा राख्थे। म चियाको प्रकार छुट्ट्याउन सक्दिनँ र चिया पनि पिउँदिनँ भन्दा उनीहरू ट्वाल्ल पर्थे। अनि म नेपाली मूलको भारतीय हुँ भन्दा उदेक मान्दै आँखा ठूला पार्थे। कोही बेला त मेरो यो अचम्मको सम्मिश्रणबारे अरू जानकारी मबाट चाहन्थे। 'ए, उसो भए तिमी आधा भारतीय र आधा नेपाली पो हौ?' भनेर प्रायःले सोध्ने विन्दुसम्म नपुगुन्जेल म जहिले पनि आफ्नो पारिवारिक इतिहास दोहोऱ्याइदिन झर्को मान्दिनथेँ। कोहीकोही बेला त मानचित्र नै बनाएर जातीयता र राष्ट्रियताको भिन्नताबारे धाराप्रवाह प्रवचनै गरिदिन्थेँ। अनि कति पटक चाहिँ आफू मौन रहेर मानिसहरूलाई उनीहरूको अज्ञानताको घेराभित्रै रुमलिरहन छाडिदिन्थेँ।

"मोमोको बारेमा तपाईं कसरी जान्नुहुन्छ ?" उत्सुकता दबाउन नसकेर मैले सोधेँ ।

"तपाईं नेपाली हो ?"

"हजुर, हो नि ! म भारतको नेपाली हुँ ।"

"हो हो, भारतमा तपाईं जस्ता धेरै छन्, हैन ? हिमाचलतिरबाट हो ?"

"हैन, दार्जीलिङ ।"

"सुन्दर, अति सुन्दर ठाउँ !" उनले बाहिर हेरिन् ।

दुई जना किशोर बाटामा जमेको पानीमा छप्ल्याङछप्ल्याङ उफ्रेर बटुवाहरूलाई भिजाउँदै थिए ।

"तपाईं जानुभएको छ ?" मैले सोधेँ ।

"यसरी परेको पानीले पक्का पनि तपाईंलाई त्यो ठाउँको याद दिलाउँदो हो ।"

"हो, पानी धेरै पर्छ । पहिरो पनि जान्छ । तर मार्च महीनामा चाहिँ यसरी पर्दैन । अहिले पनि निकै जाडो हुन्छ ।"

"न्युयोर्कमा जाडो छ । अप्रिल मध्यसम्म जाडै रहन्छ ।"

"उसो भए तपाईं दार्जीलिङ जानुभएको छ ?" मैले फेरि सोधेँ ।

दार्जीलिङमा जस्तै पानी पऱ्यो । घरमै जस्तो भान्साबाट आएको आवाजसँगै फैलिएको मोमोको बास्नाले मोमो छिट्टै आउने सङ्केत पनि मिल्यो । उनी घुमेकी हुन सक्ने चौरस्ता, ग्लेनरिज, चिडियाघर, घुमको गुम्बा जस्ता ठाउँबारे केही कुरा गर्न पाए यस्तो नीरस दिनमा समय बिताउने अति उत्तम बहाना हुने थियो ।

"अहँ, म गएकै छैन ।" उनले भनिन् ।

उनको कुरा टुङ्गिनै बाँकी छ कि भनेर पर्खें, तर थप केही आएन । म संसारकै सबैभन्दा कम बोल्ने व्यक्तिसँग फसेछु ।

"कुरा सुन्दा त तपाईं दार्जीलिङसँग परिचित भए जस्तो लाग्छ ।"

"हैन हैन। माफ गर्नुस्। मैले त कसैलाई सम्झेकी पो थिएँ। आफू त दार्जीलिङ गएकी छैन, तर मेरोमा एउटी नेपाली कामदार छे। मलाई उसको सम्झना आयो। उसले मेरोमा काम गर्न थालेको भरखरैदेखि हो। उसले मोमो राम्रो बनाउँछे। त्यसबाहेक म विभिन्न स्थानको बारेमा अध्ययन गर्ने गर्छु।"

उनले चपस्टिकको सहायताले मोमो उठाइन् र क्वाप्पै मुखमा हालेर पशुले झैँ चपाउन थालिन्।

"केटी असल छे।" मोमो निल्दै उनले भनिन्, "उसको भाषा निकै कमजोर भए पनि मेरो कुरा राम्ररी बुझ्छे अनि मेरा नातिनातिनालाई राम्रो हेरचाह गर्छे। तपाईंसँग भेट भएको कुरा म उसलाई भनुँला।"

"ऊ तपाईंसँगै बस्छे?" मैले सोधेँ।

"हैन, ऊ क्विन्समा बस्छे। ज्याक्सन हाइट्समा हैन, छेवैको अर्को टोलमा।"

"मलाई क्विन्सको बारेमा त्यति धेरै थाहा छैन।" मैले धक्कु लगाउँदै भनेँ। म कहाँ बस्छु भनी उनले सोधी पो हाल्लिन् कि भनी अपेक्षा गरेँ, तर सोधिनन्।

उनले एक छिन गहिरिएर सोचेपछि भनिन्, "सनीसाइडमा बस्छे क्यारे ... ए, हैन हैन, उडसाइडमा पो त!"

त्यतिन्जेल उनी तेस्रो डल्लो खाँदै थिइन्। "यी मोमो ठीक छन्। भित्र उति मसला पनि छैन। मलाई यस्तो निकै मन पर्छ।"

"अँ, हामी दार्जीलिङका मान्छेहरू नेपालको भन्दा केही फरक खालको मोमो खान्छौँ। भित्रको किमा सादा हुन्छ। मसलाजति चटनीमा हुन्छ।"

"मलाई चुटनी मन पर्दैन।" उनले 'चटनी' को गलत उच्चारण गर्दै थपिन्, "यसले मेरो छाती नै पोल्छ।"

"त्यो केटी, त्यही तपाईंकी काम गर्ने, ऊ काठमान्डुकी हो?"

"हो, तर खासमा ऊ पहाडको कुनै गाउँकी हो। ऊ असल छे, तर कोही बेला बोलीचालीमा कठिनाइ हुने गर्छ। आफ्नो काममा ऊ सारै पोख्त छे।"

"सधैँ आउँछे ?"

"मङ्गलबार र शनिबार छोडेर। म खाना बनाउनुपर्दैन भन्छु, तैपनि उसलाई किचन मन पर्छ। कोही बेला त ऊ मीठो खाना बनाउँछे। अब त मलाई मसला भएको मन पर्दैन भनेर उसलाई थाहा भइसक्यो। मलाई त खानेकुराहरूको काँचो र ताजा बास्ना आएकै मन पर्छ।"

हो, मसलाको गन्धले त अपार्टमेन्ट, लुगा र कपालसमेत गन्हाउने पार्छ। अब मेरो कपडामा यो रेस्टुरेन्टकै गन्ध पनि कति समयसम्म रहने हो भन्ने सम्झिँदा मात्रै पनि दिक्क लागिरहेको छ। गन्ध नरहोस् भनेर जति सावधानी अपनाउँदा पनि कामै लाग्दैन।

"मेरी कामदार हप्तामा दुई पटक आउँछे।" मैले ढाँटेँ। वास्तवमा ऊ दुई हप्तामा एक पटक आउँथी। भनेँ, "ऊ धेरै असल छे, तर मलाई दक्षिण एसियाकै कामदार चाहिएको थियो। दिनमा तीन छाक खाँदाखाँदा वाक्क लागिसक्यो। त्यसैले म ब्रेकफास्ट खान्नँ। लन्च पनि बाहिरै हुन्छ। हप्ताको एक दिन मात्र कोही आइदिएर मेरो निम्ति टन्नै खानेकुरा बनाएर राखिदिए कति जाती हुन्थ्यो ! भात मात्र पकाउन त म सकिहाल्थेँ।"

यो जाली कुराले उनलाई प्रभावित पार्छ भन्ने मैले ठानेँ। मेरोमा कामदार छे भनेर मैले जति जनालाई सुनाएँ, ती सबै अवाक् भएका थिए। यो त म्यानहटनमा मेरो अपार्टमेन्ट भएको र त्यसलाई भाडामा पनि नदिई त्यत्तिकै राखेको सुनाउनुजत्तिकै सम्पन्नताको बखान थियो। यो अझै भव्य शहर हुन नसकेको हार्लेमको बीचमा नै किन नहोस् अनि मेरो दार्जीलिङमा भएको एउटा कोठाजत्रै पनि किन नहोस्, मेरो अपार्टमेन्ट सुन्दर बिल्डिङमा थियो र यो एउटा गतिलै लगानी हो भन्ने मलाई थाहा थियो।

"उसो भए, तपाईंले सावित्रीलाई काममा लगाउनुभए हुन्छ नि त !" एनले भनिन्।

न त एउटा पच्चीसवर्षे केटा म्यानहटनमा एक टुक्राको मालिक छ भन्ने कुराले न पच्चीसवर्षे केटाकहाँ कामदार छे भन्ने विषयले, यी अमेरिकी लखपतिलाई केहीले पनि छोएन।

"उसलाई अरू काम चाहियो भनेर मलाई भनिरहन्छे। भाषाको समस्याले गर्दा मेरा कोही साथीहरू उसलाई राख्न चाहँदैनन्। बिचरी, अमेरिकामा पाँच वर्षदेखि भए पनि उसको अङ्ग्रेजीमा खासै प्रगति भएन। बिदाको दिन ऊ तपाईंकोमा आएर काम गरिदिन्थी। तपाईंले उसलाई अङ्ग्रेजी पनि सिकाउन सक्नुहुन्थ्यो।"

मलाई कहिल्यै नेपाली कामदार चाहिएको थिएन। मेरी जर्मन कामदार नै ठीकै थिई। कजेलमा हुँदा मेरो पाकिस्तानी साथी र म कुनै पनि गहुँगोरो मान्छेको सबैभन्दा ठूलो आकाङ्क्षा कुनै गोरीलाई कामदार राख्ने हुन्छ भनी ठट्टा गर्थ्यौं। साँच्चै भन्नु हो भने, त्यस बेला त्यो मेरो पूरै ठट्टा चाहिँ थिएन, किनभने मेरा निम्ति गोरी कामदार राख्नु ठूलो उपलब्धिको द्योतक थियो। मेरोमा जर्मन कामदार छे भन्ने कुरा अरूलाई नभने पनि पाकिस्तानीलाई त सुनाउनैपरेको थियो। यसले मलाई सफलताको अर्को खुड्किलो चढेको भान दिन्थ्यो।

मैले सम्झें; बाबा, तपाईंले नै हैन अमेरिका जानु भनेको भाँडै मोल्नु त हो भन्दै हतोत्साहित गर्नुभएको? यी सबै गोराको भाँडा मोल्नु हैन? आमा, दार्जीलिङको कुनै कलेजमा जाबो शिक्षक हुनुको सट्टा उच्च आकाङ्क्षा राख्दा आज म यहाँसम्म पुगें। आज म न्युयोर्कमा एउटा अपार्टमेन्ट र एउटी जर्मन कामदार राख्ने भएको छु। हो, गोरी कामदार, जसलाई पन्साउने मेरो विचारै छैन। तर त्यही बेला, हरेक दिन घरमै पाकेको खाना खान पाइने लोभ भने मेरो भित्रैसम्म गढ्यो।

"पैसा धेरै लिन्छे कि?" मोमो खाइसकेर मैले सोधें। हिजोआज एक प्लेट मात्रैले त पेटै भरिँदैन थियो। "म अहिलेकी कामदारलाई पनि निकाल्न चाहन्नँ। त्यसैले मैले दुवै जनालाई राख्नुपर्ने हुन्छ।"

"उसले मबाट दिनको सत्तरी डलर लिन्छे।" घोसे बेरा उर्फ भान्सेले उदारतापूर्वक दिएको चिया फुक्दै एनले भनिन्, "तपाईंसँग अङ्ग्रेजी सिक्न चाहे उसले पैसा घटाउनुपर्छ।"

"हैन हैन, पैसाको कुरा हैन।" मैले भनें, "तर तपाईंले भने जस्तै ऊ असल छे के त?"

"मलाई विश्वास गर्नुस् न ! ऊ अति व्यवहारकुशल छे ।"

"मेरो नम्बर उसलाई दिन सक्नुहुन्थ्यो कि ?" मैले आफ्नो कार्ड उनलाई थमाइदिएँ ।

पानी दर्किन छोडेर सिमसिम पर्दै थियो। बिल आएपछि मैले तिर्ने प्रस्ताव राखें। मलाई छक्क पार्ने गरी उनले हुन्छ भनिन् ।

"छुट्टाछुट्टै गाडी लाने कि ?" मैले सोधें ।

"तपाईं कहाँ बस्नुहुन्छ ?"

"मैले भरखरै रिभरसाइड ड्राइभको नजिकमा अपार्टमेन्ट किनेको छु ।" मैले धाक लगाउने मौका छोपें ।

रिभरसाइड ड्राइभजत्तिको राम्रो ठाउँमा नभए पनि मेरो अपार्टमेन्ट त्यसभन्दा आधा दर्जन घरहरू छिचोलेपछि पुगिन्थ्यो ।

"म ग्रामर्सीमा बस्छु ।" रेस्टुरेन्टबाट निस्कँदै उनले भनिन्, "तपाईंले अर्कै लिनुपर्छ होला ।"

ट्याक्सी रोकियो। मैले ब्याकप्याकबाट कोट निकालें ।

"छाता र मोमोको निम्ति धेरै धन्यवाद है !" उनले अनुगृहीत हुँदै भनिन्, "सावित्रीलाई अवश्य फोन गर्नू भनुँला ।"

कतिपय मानिसका निम्ति त बीस-पच्चीस वर्षको उमेरमै म्यानहटनमा बुवा-आमाको सहयोगबिनै अपार्टमेन्टको मालिक हुनु पनि कुनै असाधारण उपलब्धि नै नहुँदो रहेछ ।

अर्को दिन म काममा हुँदा सावित्रीले फोन गरी। वैधानिक तवरले अमेरिकामा अरू तीन वर्षसम्म काम गर्न पाउने खालको एचवानबी भिसाका निम्ति मैले अफिसमा गरेको आवेदनलाई सकारात्मक निष्कर्षमा पुऱ्याउन मेरा हाकिम र मानव संसाधन विभागका निर्देशकसँग बसेर बैठक गरिरहेको

हुनाले त्यति बेला म आफ्नो टेबलमा थिइनँ। तीन वर्षको अहिलेको भिसाको म्याद बितेपछि म अर्को तीन वर्षको भिसा पाउने कोशिशमा थिएँ, जसपछि मैले सोझै ग्रिन कार्ड पाउन सक्ने थिएँ। अमेरिकामा मेरो भविष्यको सम्पूर्ण योजना बनेकाले म अर्को ठूलो खुड्किलो चढ्न उत्साहित थिएँ।

बिहानको बैठक दिक्कलाग्दो भए पनि भिसाका निम्ति स्पोन्सर गरिदिन कम्पनीलाई मनाउन म सफल भएको थिएँ। यद्यपि यो कुरामा खूद मेरा हाकिम भने शुरूशुरूमा मानिरहेका थिएनन्। यस्तो ठूलो खबर कसै न कसैलाई सुनाउन मैले फोन उठाए पनि कसलाई गर्ने हो भन्ने टुङ्गो नभएपछि भ्वाइस मेल चेक गरेँ। एक छिनपछि 'हलो' र त्यसपछि 'छि: हौ' सँगै सुस्केरा सुनियो। यो पक्कै सावित्री नै हुनुपर्छ भनी मैले नै उसलाई फोन गरेँ।

"म अमित बोल्दै छु।" मैले अङ्ग्रेजीमा भनेँ, "शायद एनले तपाईंलाई मसँग कुरा गर्नू भनेर नम्बर दिइन् होला, हैन ?"

"ए ... हो हो, म्याडमले।" ऊ नेपालीमा बोली, "हजुर, मैले आज तपाईंलाई फोन गरेकी थिएँ। उहाँले मेरो नम्बर पनि तपाईंलाई दिनुभएको छ भन्ने मलाई थाहा थिएन।"

"हैन हैन," मैले नेपालीमै सम्झाउने कोशिश गरेँ, "तपाईंले गर्नुभएको नम्बर मेरो फोनमा रेकर्ड थियो। एनले मलाई भने अनुसार तपाईं अङ्ग्रेजी सिक्न उत्सुक हुनुहुन्छ रे।"

"हजुर, तपाईं नेपाल कुन ठाउँको हो ?" उसले सोधी, "म्याडमले त भारतको एक जना नेपाली भेटेको कुरा गर्नुभएको थियो। म अलिक अन्योलमा परेकी थिएँ।"

उसको जस्तो ठेट नेपाली बोलाइलाई हामी दार्जीलिङमा ठट्टाका रूपमा लिन्छौँ अनि गाउँले भाषा भन्दै हियाउँछौँ। उसले प्रयोग गरेको भाषामा क्रिया र लिङ्गको सामञ्जस्यका साथै विषयवस्तुले पनि मेल खाएको हुन्थ्यो। त्यस्तो लवज हामीलाई स्कुलमा प्रयोग गर्न त हम्मे पर्थ्यो भने, स्कुलदेखि बाहिर त कहिल्यै प्रयोग गर्ने कुरै भएन।

"म भारतको दार्जीलिङको हुँ। तपाईं कहाँको हुनुहुन्छ ?"

"खासमा म रोल्पाकी हुँ, तर मेरा आमाबुवा इलामछेउ जमुनामा बसाइँ सर्नुभएको छ। तपाईं त्यहाँ जानुभएको छ ?"

"अहँ, म नेपाल कहिल्यै गएको छैन।"

"आफ्नै देश पनि जानुभएको छैन रे!" ऊ घोर आश्चर्यमा परी।

"मेरो देश भारत हो। मलाई नेपाल जाने इच्छा भए पनि जान पाएको चाहिँ छैन।"

"अनि कसरी तपाईं यति स्पष्ट नेपाली बोल्नुहुन्छ ?"

"दार्जीलिङमा सबैले नेपाली बोल्छन्। हामी घरमा नेपाली बोल्छौं। म नेपाली हुँ।"

"तर एउटा नेपालीको हिसाबले तपाईंको नेपाली भाषा सारै नराम्रो छ।" उसले भनी।

"तपाईंहरू नेपालको नेपालीले बोलेको भाषाभन्दा हामी फरक किसिमले बोल्छौं।"

उसले यसबारे अरू केही भनिन।

"म्याडमले भनेको, तपाईं नेपाली खाना बनाउने मान्छे खोज्दै हुनुहुन्छ रे! म त्यसो गर्न सक्छु। शनिबार र मङ्गलबार मेरो फुर्सद हुन्छ।"

उसले ती दिनहरू नेपालीमै भनी। मेरी हजुरआमाबाहेक अरू चिनजानका कसैले ट्युजडेलाई मङ्गलबार भनेको मैले सुनेको थिइनँ। दार्जीलिङमा कम से कम मेरो पुस्ताकाले त नेपाली भाषामा अङ्ग्रेजी शब्दहरूको भरमार प्रयोग गर्छन्।

"अङ्ग्रेजीमा भन्नुस् न, तपाईंले भनेका ती दिनहरू केके बार हुन् ?" मैले सोधैं।

उसले मलाई बताइदिई।

"यही हप्तादेखि थालूँ कि ?" उसले सोधी।

त्यो दिन बिहीबार थियो । अचम्मकी आइमाई, कस्ती ढीट नेपाली ! शनिबारै आउन तयार भई। अब छिट्टै म काममा पनि हल्दीमा डुबुल्की मारेर निस्के जस्तो गन्हाउँदै पुग्छु होला। अनि अँ, पैसाका विषयमा त कुरै भएन।

"तपाईंलाई कति दिनुपर्ने हो ?" मैले सोधेँ ।

"पैसाको कुरा चाहिँ बीचमा कहाँबाट आयो ?" उसले प्रतिरक्षात्मक भएर भनी, "एउटा नेपालीले अर्को नेपालीलाई सहायता गर्ने त हो ! म तपाईंलाई खाना बनाइदिन्छु, तपाईं मलाई अङ्ग्रेजी सिकाउने। दुवैको समस्या टऱ्यो। सानो चित्त नगरौँ न !"

उसको बकबक र नेपाली भाषाका अप्ठचारा शब्दहरूको प्रयोग तर्साउने खालको थियो ।

उसको अचम्भित पार्ने स्वभावमा यी कुरा मात्र थिएनन्। उसलाई मेरो समयप्रतिको प्रतिबद्धतामा कुनै सरोकारै थिएन। शनिबार बिहानै उसले फोन गरी र हामी कहिले भेट्ने भनेर सोध्न थाली।

"दुई बजेको कुरा थियो हैन ?" मैले सोधेँ। मैले अलार्म घडीतिर हेर्दै त्यसलाई नै फुटाइदिऊँ कि भन्ने सोचे पनि आफैँलाई नियन्त्रणमा राखेँ।

"दुई बजे ? भन्नुभयो भने त म चाँडो पनि आउन सक्छु। अलिअलि सफा पनि गर्थें।"

"सरसफाइ गर्नलाई त अर्की काम गर्ने छँदै छे नि !" मैले भनेँ।

एक प्रकारको असहज मौनता फैलियो । धेरै प्रचलनमा आउने, तर अलिक अमर्यादित शब्द अङ्ग्रेजीमा 'मेड' र नेपालीमा 'नोकर' भन्दा 'काम गर्ने' शब्दावली कोमल अभिव्यक्ति भएकाले मैले उसलाई त्यही कोटिमा राखेको थिएँ।

"मेरो लुगा धुने र ट्वाइलेट सफा गर्ने काम उसैले गर्दिहाल्छे।" मैले परिस्थिति सम्हाल्ने कोशिश गर्दै भनेँ, "तपाईंबाट म यस्ता काम लिन चाहन्नँ। यो ठीक हैन। मलाई राम्रो पनि लाग्दैन। तपाईं छिट्टै आउन चाहनुहुन्छ भने ठीक छ। म पनि भरखरै उठेँ। तपाईंलाई यहाँ आइपुग्न एक घण्टाजति लाग्ला।"

"म त्यहाँ आधा घण्टामै आइपुग्न सक्छु।" उसले भनी।

ऊ आइपुग्दा मैले नुहाएर सेभ गरिसकेको थिएँ।

"नमस्ते !"

हेर्दा साधारण देखिने सस्तो खाले जिन्स र कुर्ती लाएकी अनि चुच्चो नाक भएकी केटीले अभिवादन गरी। उता घरतिर भए ऊ केही न कामकी देखिन्थी होला, तर अमेरिकामा बसेको र त्यसको प्रभाव उसको सिँगारपटारमा परेकाले आकर्षक देखिई।

"आ ... मा ... माऽ, यहाँ त कति हब्सीहरू !"

"यो हार्लेम हो।" मैले भनें, "एक समय यो ब्ल्याक अमेरिकाको राजधानी नै थियो। त्यसैले यहाँ हब्सीहरू भेटिन्छन्। तर, यो ठाउँ पनि पहिलेभन्दा फेरिँदै छ। धेरै युवा प्रोफेसनलहरू यहाँ बस्न थालेका छन्। मैले यो किनेको दुई महीना मात्र भयो, तर म जस्ता धेरै मानिस यहाँ सर्दै छन्।"

"किनेको ?"

"हो," धेरै घमन्ड नदर्शाउने कोशिश गर्दै मैले भनें।

"धेरै महँगो होला।"

"ठीकै हो।"

"मैले त अहिलेसम्म यहाँ आफ्नै घर किनेर बसेको एक जना पनि नेपाली भेटेकी थिइनँ।" उसले आफ्नो पर्स कफी टेबलमा राखी, "उडसाइडमा पनि भेटेकी छैन। ज्याक्सन हाइट्समा पनि छैन। झन् म्यानहटनमा त कुरै आएन।"

"धेरैको छ, म पक्का जान्दछु। अनि म चाहिँ भारतीय हुँ। तपाईं यहाँ बसेको कति भयो ?"

"पाँच वर्ष अलिक नाघ्यो।" उसले मेरो अपार्टमेन्ट चारैतिर हेरी।

"तपाईं ...," मलाई प्रश्न गर्न गाऱ्हो भयो, "पहिले आउँदा पर्यटक भिसामा आउनुभएको हो ?"

जसरी अरू हजारौँ यो देशमा आउँदा पर्यटक भिसामा आउँछन्, तर कहिल्यै फर्कँदैनन्, उसरी नै यो केटी पनि गैरकानूनी तवरमा यहाँ बसेकी हो कि भन्ने मेरो परोक्ष सङ्केत थियो ।

"हैन, अहिले म यहाँको नागरिक हुँ।" फेरि एक पटक उसका आँखाले अपार्टमेन्टको चारैतिर नियाले, "मलाई डीभी परेको थियो ।"

ए, भन्नुको मतलब उसलाई डाइभर्सिटी भिसा परेको रहेछ । यस्तो भिसा पाउनेसँग मलाई सधैँ ईर्ष्या लाग्थ्यो । विविधतालाई प्रोत्साहन दिने कोशिशमा अमेरिकाले प्रतिनिधित्व कम भएका देशका मानिसलाई यस्तो चिट्ठा कार्यक्रममार्फत भित्र्याउने गरेको छ। सावित्री जस्ता भाग्यमानीले ग्रीन कार्ड पनि पाइहाल्छन्, जबकि हामी साधारण मानिसले त्यसका निम्ति अनगिन्ती हन्डर र ठक्कर खानुपर्छ । के नागरिक हुनलाई अङ्ग्रेजीको परीक्षा उत्तीर्ण हुन आवश्यक पर्दैन ? एनले भनेझैँ, सावित्रीलाई अङ्ग्रेजी भाषाको समस्या थियो भने पक्कै पनि उसलाई नागरिकताको परीक्षा अति उदार व्यक्तिले लियो ।

"तपाईं भाग्यमानी !" मैले भनेँ, "मान्छेहरू आफ्ना छोराछोरीलाई त्यागेर पनि डीभी पाउन खोज्छन् ।"

"नेपालमा पनि त त्यसै भन्छन् !" उसले भनी, "तर म यहाँ कामदारको रूपमा छु । यो कुरा मेरो परिवारमा कसैलाई थाहा छैन ।"

"परिवारको कसैले जान्दैन रे !" मैले दोहोऱ्याएँ । उसले आफूले गर्ने कामका निम्ति चयन गरेको शब्द सुनेर म स्तब्ध भएँ ।

"उनीहरूलाई म कुनै अफिसमा काम गर्छु भन्ने छ । अनि डेरामा मसँग सात जना बस्छन् भन्ने पनि कसैलाई थाहा छैन । त्यसमा तीन जना पुरुष छन् । प्राय: सबै अवैध रूपमा बस्दै छन् ।"

भारत र दक्षिण एसियाको गरीबीका विषयमा जानकारी भएकाले एउटै कोठामा सात जना कोचिनु कुनै गम्भीर विषय हैन भन्ने मलाई थाहा छ । ऊ बोल्दै गर्दा कमभन्दा कम ठेस पुऱ्याउने भाषामा मैले बुझेको कुरा उसलाई जनाउन मनमनै वाक्य बनाउने कोशिश गरेँ ।

"भान्साकोठा सानै भए पनि ठाउँ राम्रो छ !" उसले भनी ।

'भान्साकोठा ...' ओहो उसले त 'किचन' लाई पो भनेकी हो, जुन शब्द मैले उहिल्यै बिर्सिसकेको थिएँ । जे होस्, त्यो भान्साकोठालाई हेरेरै त्यसको वर्णन नगरेकी भए उसले केका बारेमा कुरा गर्दै छे भन्ने म अन्दाज लाउन सक्ने थिइनँ ।

"सात जना एउटै कोठामा बस्नु त्यति नराम्रो हो र ? योभन्दा त ठूलै होला ।"

उसले मेरो अपार्टमेन्टको नापजाँच गरी ।

"हजुर, योभन्दा ठूलो छ, तर त्यति राम्रो चाहिँ छैन । ती मान्छेमध्ये धेरैजसो नेपालमा त्यति हुनेखाने हैनन् । त्यसैले उनीहरूको निम्ति त त्यो अपार्टमेन्ट धेरै राम्रो हो । मलाई त मन परेको छैन, तर मैले विरोध गर्नु पनि त भएन ! मान्छेहरू यहाँ आउनलाई आफ्ना बालबच्चा पनि माया मार्छन्, हैन ?" ऊ मुस्कुराई । उसका दाँत मेराभन्दा राम्रा भए पनि मुस्कुराउँदा अनुहारमा चमक भने आएन ।

"एनसँग काम गर्दा कस्तो लागिरहेको छ ?" मैले सोधेँ ।

"उहाँ असल हुनुहुन्छ, धेरै असल, तर जिन्दगीभर उहाँसित बसेँ भने त मर्छु ।" उसले भनी, "त्यहाँ कामै केही छैन । अनि अमेरिकीहरू सफा हुन्छन् । कोही बेला उहाँका नातिनातिनाहरू आउँछन्, तर ती बच्चाहरू अनुशासित छन् । नातिनीले मसँग नेपाली नाच सिकाइमाग्छे । म आफैं त राम्रो नाच्न जान्दिनँ !"

ऊ मलाई कुनै सर्वनामबाट सम्बोधन गर्न टार्दै थिई भन्ने मेरो ध्यानबाट हटेको थिएन । नेपाली भाषामा अरूलाई सम्बोधन गर्नुपरे तीन किसिमका सर्वनाम प्रयोग गर्न सकिन्छ र त्यो खास गरी दोस्रो व्यक्तिप्रतिको सम्मान, उमेर, आत्मीयता या घनिष्ठतामा भर पर्छ । मैले उसलाई 'तपाईं' भनेर सम्बोधन गरेकामा अलिक बनावटी जस्तो सुनिएको थियो, जसबाट ऊ आफैंले पनि असजिलो मानिरहेकी थिई ।

“केही पिउने हो कि ?” एउटी हुनेवाला कामदारलाई मालिकले केही चाहिन्छ कि भनी सोध्नु असङ्गत हो भन्ने जान्दाजान्दै पनि मैले सोधेँ। उता घरतिर त यस्तो कुरा सोच्न पनि सकिँदैन।

“म बनाउँला नि !” उसले भनी, “कफी बनाऊँ ?”

भान्सामा चाहिँ कफी नै थिएन अनि फ्रिज पनि खाली थियो। किनमेल गर्न जाने हो भने म पनि साथै गइदिन्थेँ भनेर सुनाएँ। मेरो प्रस्तावमा ऊ अति प्रसन्न भई।

“भविष्यमा मैले केके किन्नुपर्ने रैछ, त्यसको पनि मलाई अनुभव हुन्छ।” उसले भनी।

अपार्टमेन्ट फर्कनअघि हामी सुपर मार्केटका ससाना गल्ली घुमेर दक्षिण एसियाली खाना पकाउने सामान – चामल, मुसुरोको दाल, मटर, ल्वाङ, ओखर अनि मलाई अङ्ग्रेजीमा नामै थाहा नभएका मसलाहरू – किन्यौँ। काउन्टरमा पालो पर्खंदै गर्दा अगाडि उभिएको कालो मानिसलाई औँल्याउँदै उसले मपट्टि झुकेर त्यस मानिसदेखि असजिलो भएको साउती गरी। हाम्रो चिनजान भएको कत्ति पनि भएको थिएन, तर उसले यस्तो व्यवहार गर्दा अनौठो लागेर म छक्कै परे पनि त्यस विषयमा धेरै नसोच्ने कोशिश गरेँ। ठीकै होला, किनभने ऊ यहाँ धेरै घुलमिल भएकी थिइन अनि उता हाम्रोतिर चाहिँ रङ्गभेदबारे छुच्चो टिप्पणी गर्नु कुनै अनौठो कुरा थिएन। अमेरिकी मापदण्डमा बाँच्ने हो भने कसैलाई असर नपर्ने गरी यस्ता कुराहरू कूटनीतिक लवजमा कसरी प्रकट गरिन्छ भनेर अहिल्यै उसलाई सिकाइहाल्नु मेरा निम्ति असम्भव थियो।

अपार्टमेन्टमा उसलाई सामान थन्क्याउन त सघाउने थिएँ, तर भान्साकोठा यति सानो थियो कि, दुवै जना त्यहाँ केही गर्दा एकअर्कामा ठोक्किनुपर्ने अवस्था उब्जिन्थ्यो।

“टीभी हेर्नुपर्‍यो।” मैले भनेँ, “केही चाहिए मलाई भन्नू है !”

“हवस्,” उसले जवाफ दिई।

उसलाई मसला कम्ती हाल्न भन्न मैले बिर्सेको थिएँ, तर पनि उसको खाना नचाखी केही नभन्ने निधो गरेँ। भान्सामा चहलपहल बढ्यो। कहिल्यै

प्रयोग नगरेको प्रेसर कुकुरको सिटी लाग्न थाल्यो; मिक्सीको आवाज आयो; भाँडाकुँडाको टाङटाङ-टुङटुङसँगै उसले मुस्कुराउँदै बलिउडका गाना गुनगुनाई। मनमनै मुस्कुराउँदै मैले भान्साबाट आएको हल्लालाई पूरै बेवास्ता गर्ने कोशिश गरेँ र एकचित्त हुँदै टीभीको कार्यक्रम *फुल हाउस*को पुनर्प्रसारण हेर्न थालेँ। सानो कोठामा खाना पकाएकाले मार्च महीना नै भए पनि अपार्टमेन्ट सारै गरम हुँदा मैले सावित्रीलाई एसी प्रयोग गरौँ कि भनेर सोधेँ। त्यस्तो सुविधामा बस्ने बानी नै नभएकाले उसलाई केही फरक पर्दैन रे !

अपार्टमेन्ट तत्काल विभिन्न किसिमका मसलाको बास्नाले भरियो । उत्सुकतावश म भान्सामा पसेँ । फ्रिजमा राख्नका निम्ति आधा दर्जन भाँडाभरिभरि दाल, भुटेको पालक, साग र आलुका तरकारी तयार रहेछन्। सावित्रीले कुन बर्तनमा के छ भन्ने सूची नेपालीमा लेखेर टाँस्न भ्याइसकिछ। भाँडा राख्ने ताक, खाना र भुइँमा पहेँलो रङ्गको साम्राज्य थियो । मेरा निम्ति खाना पस्किनअघि उसले हप्ताभरिका निम्ति खाना राख्नलाई ठीक पार्दा दार्जीलिङ र क्याफे हिमालयमा आएको बास्नाको जस्तो सम्मिश्रणले मेरो नाक खिरखिरायो ।

"तपाईंको खाना चाहिँ ?" मैले सोधेँ ।

"म पछि खाउँला ।"

"हैन, सँगै खाऔँ न !"

एउटा प्लेट लिएर ऊ मदेखि सबैभन्दा टाढामा भएको कुर्सीमा बसी ।

"तपाईंका बुवाआमा चाहिँ के गर्नुहुन्छ ?"

त्यति उत्कृष्ट नभए पनि मलाई मन परेकाले उसले बनाएको खानाको प्रशंसा गरेँ । उत्तर भारतको पाककला नेपाली पकवानमा घुसिसकेको छ भनेर म सधैँ भन्ने गर्थें । नेपाली खानामा मसला र चिल्लोको प्रयोगले यस्तो हद नाघ्न थालेको छ कि नेपाली मौलिकतालाई पूरै उत्तर भारतीय बनाएर छोडिसकेको छ। प्राय: मेरो पाचनक्रिया असन्तुलित पारिदिने भारतीय रेस्टुरेन्टका परिकार जस्तो नभएर सावित्रीले पकाएको कुरा नेपालतिरकै घरमा पाकेको जस्तो थियो । खाना स्वास्थ्यवर्द्धक र रुचिकर छ भने म औँलै चाट्नुपर्ने किसिमका सुस्वादु भोजनको पनि माया मार्न तयार भइदिने गर्छु।

"मेरा बुवा क्लर्क हुनुहुन्छ अनि आमा गृहिणी।"

अमेरिकामा पाँच वर्ष बिताइसक्दा पनि उसले बोल्दा अलिअलि मात्र अङ्ग्रेजी शब्द मिसाएको सुन्नु दुःखलाग्दो थियो।

"तपाईंका कति दाजुभाइ, दिदीबैनी छन् ?"

"एउटा भाइ। ऊ आठ कक्षामा पढ्छ। पोहोर साल फेल भयो।"

"ऊ काठमान्डुमै पढ्छ कि ?"

"हैन, ऊ मेरा काकासँग बसेर इलामको 'माउन्ट मेची' मा पढ्छ।" उसले कत्ति न मैले त्यो स्कुलबारे जानेको छु जस्तै गरेर भनी। मैले टाउको हल्लाइदिएँ।

"त्यसो भए तपाईं घरमा पैसा पठाउनुहुन्छ त ?"

आफूभन्दा तल्लो दर्जाका मानिसहरूसँगको व्यवहारमा प्रायः एकदमै व्यक्तिगत प्रश्न गर्दा अनुपयुक्त नलाग्दो रहेछ। मैले भेटेका प्रत्येक ट्याक्सी ड्राइभरलाई कति पैसा कमायौ भनी सोध्ने गर्थें।

"हजुर, पठाउँछु।" ऊ भान्सामा जानलाई उठी, "म यहाँ आएको पहिलो महीनादेखि नै पठाउँदै छु। मेरो प्लेनको भाडा र पहिलो महीनाको डेराको भाडा बन्दोबस्त गर्न उता ऋृण लिनुपरेको थियो।"

मेरा निम्ति यो एउटा समाचार नै थियो। अति धनाढ्य परिवारमा जन्मेको नभए पनि मेरा बुवा र आमा दुवै जना नर्थ पोइन्ट कलेजमा लेक्चरर हुनुहुन्थ्यो। अमेरिका आउनका निम्ति ऋृण लिने मान्छे मैले भेटेको थिइनँ।

"अङ्ग्रेजी सिक्न के-कसो गर्नुपर्ने हो ?" उसले भान्साबाटै सोधी।

त्यतिन्जेल मैले अङ्ग्रेजी सिकाउनेबारे गम्भीर भएर सोचेकै थिइनँ।

"सावित्री !"

उसले मसँग आँखा जुधाई। मैले उसलाई नाम काढेर बोलाएको अनि त्यति लामो समयसम्म हाम्रा आँखा जुधेको त्यो पहिलो क्षण थियो, "अब उसो हामी सधैँसधैँ अङ्ग्रेजीमा मात्र बात मार्ने है !"

शुरूमा त अप्ठ्यारो नै भयो । मङ्गलबार बेलुकी जब ऊ आई, मैले केवल अङ्ग्रेजीमा बोल्नुपर्ने भनेर बसालेको नियम बिर्सेछु कि भनेर आशा गरेको उसको अनुहारमै झल्कन्थ्यो । उसले मुख बाउनेबित्तिकै 'अङ्ग्रेजीमा' भनिहालेँ । "तपाईंले जे भन्न चाहनुहुन्छ, त्यो पक्कै पनि अङ्ग्रेजीमा भन्नुहुन्छ होला ।"

तीन अक्षरभन्दा बढी भएको शब्दलाई बिस्तारै स्पष्ट बुझ्ने गरी अनि हरेक वाक्यमा दशभन्दा कम्ती शब्दहरू मात्र प्रयोग भएका छन् भन्ने पक्का गर्दै बोलेँ म ।

"तपाईंको आजको दिन कस्तो भयो ?" मैले अङ्ग्रेजीमा बोल्न शुरू गरेँ ।

"फाइन ।"

"यसलाई अझै विस्तारमा भन्नुहुन्छ कि ?"

"सरी ?"

"आजको दिन कस्तो रह्यो भन्नुस् त ?" छ वटा शब्दमा भनेँ ।

"आई वेक अप ।" *(गल्ती अङ्ग्रेजीमा)* । अनि एक छिन रोकिई । "आई वेक्ड अप *(गल्ती अङ्ग्रेजीमा)* ... आई एट माई फुड एन्ड देन वासिङ क्लोथ *(गल्ती अङ्ग्रेजीमा)* ... क्लिनिङ हाउस एन्ड देन आई कुक लन्च *(गल्ती अङ्ग्रेजीमा)* ... आई केम हेयर ।"

"तपाईं यहाँ कसरी आउनुभयो ?"

"सबवे ।"

"सब वे ? के भनेको ?" मैले सोधेँ ।

अनिश्चित भएर उसले मलाई हेरी । "म यहाँ सबवेबाट आएँ ।"

"आज एनकोमा जानुभएन ?"

"नो । टुडे होलिडे ।" *(गल्ती अङ्ग्रेजीमा)*

मलाई दिक्क लाग्यो । यस्ता ससाना कुरा गर्न म जहिले पनि अक्षम हुन्छु । यो त कुनै साना केटाकेटीसँग कुरा गरे जस्तै थियो । यसलाई अलिक स्वादिलो पार्नुपर्‍यो ।

"तपाईंको परिवारमा कति सदस्य छन् ?"

"फोर ।"

"उनीहरू कोको हुन् ? अनि उमेर कतिकति हो ?"

"माई फादर – हिज नेम इज पूर्णबहादुर कार्की। ही इज फिफ्टी फोर। माई मदर इज फोर्टी। बेनीमाया कार्की। माई ब्रदर इज समिक कार्की। सिक्स्टिन इयर ओल्ड ।"

"तपाईंका बुवा के गर्नुहुन्छ ?"

"ही इज क्लर्क इन अफिस ।" *(गल्ती अङ्ग्रेजीमा)*

"उहाँले राम्रो पैसा कमाउनुहुन्छ कि ?"

"नो, माई फ्यामिली भेरी पुअर ... *(गल्ती अङ्ग्रेजीमा)* आई सेन्ड देम मनी इभरी मन्थ ।"

"तपाईंलाई आफ्नो परिवारको अभाव महसूस हुन्छ ?"

"नो । आई लाइक इट हियर ।" *(गल्ती अङ्ग्रेजीमा)*

"तपाईंको कोठाका साथीहरू कस्ता छन् ?"

"सम अफ देम स्मेल्स ।" *(गल्ती अङ्ग्रेजीमा)* उसले आफ्नो नाक छोपी, "अल पुअर पिपुल, इभन पुअरर द्यान मी ।"

"तपाईंको सबैभन्दा प्यारो साथी को हो ?"

"आई लाइक विनीता, बट लेजी ।" *(गल्ती अङ्ग्रेजीमा)*

"किन यस्तो भनेको ?"

"सी डन्ट वान्ट टु लर्न हाउ टु युज द कम्प्युटर । एन्ड सी पास हाइस्कुल ।" *(गल्ती अङ्ग्रेजीमा)*

अरू धेरै नेपालीभाषीहरूले झैं उसले पनि 'शी' अनि 'शावर' जस्ता शब्दहरू ठीकसँग उच्चारण गर्न सकिन ।

"तपाईं नि त ?"

"आई पास हाइस्कुल, टु, एन्ड आई लर्न हाउ टु युज द कम्प्युटर फ्रम देव ।" *(गल्ती अङ्ग्रेजीमा)*

"देव को हो ?"

"माई अनादर रुममेट ।"

"उसले कम्प्युटर चलाउन कसरी जान्दछ ?"

"ही लर्न इन काठमान्डु ।" *(गल्ती अङ्ग्रेजीमा)*

"कम्प्युटरमा तपाईं के गर्नुहुन्छ ?"

"आई वाच्ड युट्युब भिडियोज इन कम्प्युटर ।" *(गल्ती अङ्ग्रेजीमा)*

"तपाईं इमेल पठाउन सक्नुहुन्छ ?"

"यस् ।"

"अब उसो तपाईं मलाई इमेल पठाउनुहोला ।"

"यस् ।"

"तपाईंले त्यो दिन के गर्नुभयो, एक प्यारा लेखेर इमेल पठाउनुहोला । प्रत्येक दिन ।"

"यस् ।"

"तपाईंलाई आफ्नो काम मन पर्छ ?"

"आई अर्न बेटर द्यान फ्रेन्डस् ।"

"तपाईंको आकाङ्क्षा के हो ?"

"सरी ।"

"एम् ... बि ... शन ।"

उसले टाउको हल्लाई, "सरी ?"

"एम् ... बि ... शन ... तपाईं जीवनमा के हुन चाहनुहुन्छ ? शिक्षक, डाक्टर या पाइलट ?"

"डन्ट नो। मेक अ लट्स अफ मनी।" *(गल्ती अङ्ग्रेजीमा)*

"कसरी ?"

"ओन स्टोर वान डे।" *(गल्ती अङ्ग्रेजीमा)*

"कस्तो खालको ?"

"क्लोद्ज स्टोर।"

"राम्रो।" मैले भनें।

हामीले एक किसिमको शैली अपनायौं।

प्रत्येक मङ्गलबार हामीले मेरो अफिसदेखि शहरसम्मको यात्रा हामीले मेट्रोमा सँगै गर्न थाल्यौं। उसले तुरुन्त खाना पकाउन थाल्दा म चाहिँ बेडरुममा लुगा फेर्दै ऊसँग कराएर बात मार्थें। हामी केवल अङ्ग्रेजीमा बोल्थ्यौं। भान्सामा केही चीजलाई मसला हालेर मोल्दामोल्दै पनि उसले पठाएको इमेलको प्रिन्ट हातमा लिएर कहाँकहाँ गल्ती गरी र कता चाहिँ राम्रो लेखी भन्दै प्रशंसा गर्थें म। ऊ सिकाइमा सारै तेज थिई अनि गल्ती कहिल्यै दोहोऱ्याउँदिनथिई। गल्ती भइहाले एक-दुईपल्ट हातले निधार ठोक्दै आफैँलाई गाली गर्थी। उसले भान्सामा खाना पस्केर ठिक्क पार्दा नजिकै कुर्सी तानेर मैले भनेको प्रत्येक नेपाली संज्ञालाई अङ्ग्रेजीमा अनुवाद गर्न लगाएर खेल जस्तो खेल्थ्यौं हामी। शुरूमा साँघुरो ठाउँमा अप्ठ्यारो पऱ्यो र मैले ऊदेखि जतिसक्दो टाढा कुर्सी तानें, तरै पनि भान्सा सारै सानो थियो। उसले यताउता गरिरहनुपर्थ्यो अनि मैले दिएको शब्दको अनुवाद गरेर भन्नलाई ऊ उत्साहित भएर घरीघरी मपट्टि फर्कंदा उसको चुल्ठोले मेरो कुममा बारम्बार लाग्थ्यो।

प्रत्येक शनिबार ऊ बिहानै आइपुग्थी। पेन्सिलभेनियाको कलेजमा हुँदा मैले कृषि उत्पादनहरूको बजारको रमाइलो अनुभव गरेको थिएँ, तर न्युयोर्कमा त्यस्तो बजार पुगेको थिइनँ। सावित्री बिहानै आइपुग्ने भएकाले र म पनि सधैँभन्दा छिटो उठ्ने भएकाले शनिबार किनमेलका निम्ति हाटबजार जानु उत्तम विकल्प हुन्थ्यो। यसरी प्रत्येक शनिबार आठ बजेभन्दा धेरै

अघि हामी सोभैm म्यानहटनका ताजा उत्पादन लिन जान थाल्यौं र कुनै अनाथ आश्रमलाई नै पुग्ला जस्तो भरमार खानेकुरा लिएर अपार्टमेन्ट फर्कन थाल्यौं। म सावित्रीलाई सामान थन्क्याउन सघाउँथें। ऊ खाना पकाउँथी। म लुगा धुन्थें; घर सफा गर्थें। उसले अब जर्मन कामदार हटाइदिए पनि हुन्छ भनेर मलाई विश्वस्त पारेकी थिई। कठिन भए पनि दिनभर बिस्तारै अङ्ग्रेजीमै बात मार्ने काम चलिरहन्थ्यो। मैले उसलाई अब सकेसम्म सोच्ने काम पनि अङ्ग्रेजीमै थाल्नू भनें। शुरूमा त उसले जन्मैदेखि बोल्दै आएको भाषामा सोच्न बन्द गरेर अङ्ग्रेजीमा सोच्नु असम्भव हो भनी। मेरो तर्क थियो– यदि मैले उसलाई भनिरहें भने उसले छिट्टै सोच्ने मात्र हैन सपनाधरि अङ्ग्रेजीमै देख्न थाल्नेछे।

न्युयोर्क र *न्युयोर्कर* पत्रिकाका पुराना अङ्कहरू बाथरुमको भुइँमा छरिएका हुनाले एक दिन उसले मलाई ती पत्रिकाहरू त्यहाँ किन राखेको भनी सोधी।

"म बाथरुममा पढ्छु।" मैले भनें।

"आई डन्ट बिलिभ्ड यु।" *(गल्ती अङ्ग्रेजीमा)* उसले भनी।

"हो, म त्यसै गर्छु। यसो गर्दा त्यो समयलाई अझ बढी प्रडक्टिभ बनाउन सकिन्छ।"

"बट आई डोन्ट नोज एनी वन हु डज द्याट।" *(गल्ती अङ्ग्रेजीमा)*

"म गर्छु। मैले चिनेका अरू धेरै मान्छेले पनि त्यसै गर्छन्।"

"छि: !" उसले असहमति प्रकट गरी।

"ल हेर नेपाली बोलेको !" मैले ऊतिर कर्केर हेर्दै भनें।

"बट ओन्ली वान, एन्ड इटस् नट वर्ड इभन।"

"तपाईंले त्यसको निम्ति अङ्ग्रेजी शब्द प्रयोग गर्दा हुन्थ्यो त! भन्नुस् त, इयु !"

"इयु ?"

"हजुर।"

"एन ग्रचान्ड चिल्ड्रेन्स सेज द्याट ह्वेन आई सो देम हाउ टु इट अ चिकन विथ हेन्ड्स।" *(गल्ती अङ्ग्रेजीमा)*

"हो र?" हाँसैउठ्दो लाग्यो मलाई। त्यसो भए तपाईंले जान्नुभयो हैन? 'इयु' अर्थात् 'छिः'।"

"यस्, इयु।" उसले त्यसलाई केही चोटि दोहोऱ्याई अनि हाँसी। तत्कालै अट्टहास पनि गरी। "इयु इयु!"

"त्यसमा हाँस्ने कुरा के छ र?"

"आई थिङ्क ... आई थिङ्क्स ...।" उसले उचित शब्दहरू सम्झने कोशिश गरी र फेरि हाँसी।

"अँ, भन्नुस् न।"

"क्यान आई से इन नेपाली? टु हार्ड – टफ, रियल्ली हार्ड।"

"हैन, अङ्ग्रेजीमा।" मैले जिद्दी गरेँ।

उसले एउटा शब्द भन्ने कोशिश गरी। जोडले टाउको हल्लाई। वाक्य बनाउने कोशिश गर्दा बीचैमा बिर्सी र फेरि शुरूदेखि थाली। मलाई दया लागे पनि मैले धैर्य गुमाउन थालेँ। "ठीक छ, नेपालीमा भने हुन्छ, तर यो अन्तिम मौका हो नि!"

त्यस्तरी हाँस्नुपर्ने खास कुरा केही थिएन। एनका नातिनातिनाले उति बेला जुन कुरालाई 'इयु' भनेका थिए, त्यसको अर्थ उसले अर्कै लगाएकी रहिछ। नेपालमा आफ्ना परिवार सदस्यले कुखुराको मासु खाँदा हड्डीबाट मासुको चोक्टा जसरी निकाल्छन्, त्यही कला सावित्रीले एनका नातिनातिनालाई देखाउँदा उनीहरूले त्यति बेला घीन मानेका रहेछन्। उसले चाहिँ त्यति बेला जोश्याएको बुझिछ। उनीहरूले कुखुराको हड्डी सऱ्याप्प पारी चुस्ने कामलाई प्रोत्साहन नदिएर त्यति बेला बन्द गर्न इशारा पो गरेका रहेछन्। उसले त्यो सम्झिनेबित्तिकै हल्लिँदै हाँस्दाहाँस्दै अनायास मेरो फिलामा प्याट्ट हानी।

प्रत्येक शनिबार साँझ हामी सेन्ट्रल पार्क जाने गर्थ्यौं। त्यहाँ मैले उसलाई भेटेजति सबैसँग बोल्नू भनी प्रोत्साहित गर्दै रहेँ। उसले बाटो सोध्ने,

नानीहरूसँग बोल्ने अनि आफू केही थाहा नपाएको पर्यटक जस्तो व्यवहार गरी। एकै पटकमा कसैले उसका कुरा बुझे प्रफुल्लित भएर मलाई हेर्दै खुशीले उफ्रिन्थी; कोही बेला, विशेष गरी उसले दोहोऱ्याई-तेहेऱ्याई भनेको कुरा पनि नानीहरूले बुझ्दैनथे, त्यस बेला चाहिँ एक-दुई पटक निधार ठोक्ने र नेपालीमै आफ्नो मूर्खतालाई सराप्दै आफ्नो प्रश्नमा के गल्ती थियो भनी मलाई सोध्थी। धेरजसो उसको बोल्ने शैली र लवजमा मात्र केही समस्या हुन्थ्यो, तर ऊ आफूले बोलेको ठ्याम्मै मिलेन भन्ठान्थी।

मेरी जर्मन कामदार गएपछि सावित्रीले नै भाँडा माझ्ने, घर पुछपाछ गर्ने गर्न थाली। मलाई लुगा धुन पनि सघाउँथी। म उसलाई बाथरुम सफा गर्न दिन्नथेँ जसका निम्ति मलाई लाग्छ, ऊ मप्रति कृतकृत्य थिई। उसलाई मैले गरेको एक किसिमको सम्मान थियो त्यो। त्यो काम उसका निम्ति गौरवपूर्ण नभए पनि मेरा निम्ति पनि निम्न स्तरको थिएन। एनकहाँ प्राय: काम हुँदैनथ्यो र त्यस्तो बेला, मेरो अपार्टमेन्टको एउटा साँचो ऊसँगै हुने हुनाले, मेरोमा आएर कि त घर सरसफाइ गर्ने कि त अनपेक्षित परिकार बनाउने गर्थी। अनि केके बनाइयो भनेर अङ्ग्रेजीमा लेख्थी। परिकारको सूचीमा 'स्माइली' हरू पनि बनाइएका हुन्थे।

मई महीनाले एउटा खाममा समस्या लिएर आयो। मेरो कार्यालयले अमेरिकाको नागरिकता र अध्यागमन सेवा (यु.एस.सी.आई.एस.) बाट त्यहाँ पठाइएको चेकसहितको फिर्ती पत्र पायो। शिकागोको कलेजमा चिनजान भएको पाकिस्तानीलाई मैले फोन गर्दा उसले आफ्नो चेक पनि त्यसरी नै फिर्ता आएको बतायो। एचवानबी भिसाका निम्ति निवेदन अस्वीकार हुनेहरूमा हामी पनि पऱ्यौँ। यस पालि पनि निर्धारित गरिएको भिसा सङ्ख्याभन्दा आवेदकको सङ्ख्या बढी भएकाले अघिल्लो वर्ष जस्तो यु.एस.सी.आई.एस. ले चिट्ठा प्रणाली अपनाएको रहेछ। त्यसमा कुनै तुक थिएन। म छ अङ्कको तलब पाउने र म्यानहटनमा एउटा अपार्टमेन्टको मालिक भए पनि मेरो आवेदन रद्द भयो। यो नियतिको क्रूर ठट्टा र घृणित खेला थियो। यस

विषयमा मैले आफ्ना साथीहरूसँग कुरा गरेँ र बाथरुममा बसेर रुने कोशिश पनि गरेँ। दार्जीलिङमा बुवाआमालाई भन्नेधरि सोचेँ। मेरा हाकिम र मानव संसाधनका निर्देशकले आफूहरू मेरा निम्ति सहायक सिद्ध हुन सक्छन् कि भनी सोधे। तर, उनीहरूबाट केही हुन सक्दैन भन्ने मलाई थाहा थियो। येलबाट स्नातक उत्तीर्ण भएको साथीको आवेदन पनि रद्द भएको मेरो पाकिस्तानी साथीले एक घण्टाअघि मात्र मलाई बतायो। त्यहाँ अब उसले या मैले गर्न सक्ने केही थिएन।

मेरा निर्दोष सपनाहरू एकसाथ टुक्राटुक्रा भएर छरिए। जर्सीका आईटी कार्यालयहरूमा के हुन्थ्यो, मलाई थाहा थियो। नक्कली तथ्य, विश्वविद्यालयका अलङ्कृत उपाधि अनि एचवानबी भिसा दिलाइदिएबापत कमिसन ...। कम से कम दुइटा यस्ता कम्पनीबारे मलाई थाहा थियो, जसले ती मानिसहरूका निम्ति समेत एचवानबीको आवेदन गरिदिन्थे, जो उनीहरूकहाँ कार्यरतै हुँदैनथे। मैले पढे-सुनेको छु, एचवानबीको उन्मादले कानूनी प्रक्रिया पूरा नभएका उद्योगहरूसमेत जन्माउन थालिसकेको छ। यदि यु.एस.सी.आई.एस.ले यी सबै कुराको छानबिन गर्ने हो भने यो प्रावधानलाई कति सजिलै दुरुपयोग गरिँदै छ भन्ने अमेरिकाले थाहा पाउने थियो। मनगढन्ते तलब बनाइए; कामहरू तयार पारिए, सङ्ख्याको पुनः परिकल्पना गरियो। एकातिर कम पैसामा काम गर्ने मानिसहरूको खोजीमा भएका र अर्कातिर दक्षिण एसियाका ग्रीन कार्ड पाएर अमेरिकी हुने सपना देखेका दुवै पक्षलाई लाभ हुने किसिमको मिलेमतो थियो। अवैध आप्रवासीका विषयमा मात्र सबैको ध्यान केन्द्रित भएकाले पत्रपत्रिकामा पनि यो कुराले प्राथमिकता कहिल्यै पाएन। म जस्ता वैधानिक तरीकाले जान खोज्ने र भिसाका निम्ति योग्य पात्रहरू यसरी पराजित भइरहेका थिए।

नोकरीमा मेरो चालू वर्षको सम्झौता जारी रहुन्जेल अर्थात् डिसेम्बर महीनासम्मै म काममा आइरहने जानकारी मैले आफ्ना हाकिमलाई गराएँ। त्यसपछि या त मैले कलेज भर्ना भएर विद्यार्थी भिसा लिनुपर्थ्यो या देश छोड्नुपर्ने थियो। फेरि कलेज गएका खण्डमा शायद मैले अपार्टमेन्ट किन्दाको किस्ताको पैसा पनि तिर्न सक्ने थिइनँ। पहिलो वर्षदेखि नै जम्मा गरेको सबै

पैसा यो अपार्टमेन्टको किन्नमै खर्च गरेको थिएँ । अमेरिका छोड्नुको अर्थ कुनै ठोस उपलब्धि हासिल नगरी घर फर्कनु थियो । एकपल्ट त सावित्रीलाई फोन गर्ने विचार गरेँ, तर केटाकेटी दिमागकी उसलाई सबै कुरा भन्न पनि नसकिने ! आफ्नो मनमा अनेक कुरा तीव्र गतिमा दौडिरहेका छन्, उसका अगाडि कसरी अर्थ्याइरहनु ?

अर्को मङ्गलबार हामी मेरो अफिसबाट मेट्रोमा शहर जाँदै गर्दा सावित्रीले कुरा के हो भनी मलाई सोधी ।

"केही हैन ।" मैले भनेँ ।

"केही त हो ।"

"म तपाईंसँग नेपालीमा बोलूँ ?"

"नो ।" उसले रिसाएझैँ भनी । शायद उसले मेरो कुरा बुझ्दिन होला भन्ने मैले ठानेँ कि भनेर मन दुखाई कि ?

"हुन्छ त, म भन्छु ।"

"अँ ... म सुन्दै छु ।"

"मेरो एचवानबी भिसा रिजेक्ट भयो ।"

ऊ मौन थिई ।

"मेरो काम गर्ने भिसा रद्द भयो ।" उसले मेरो गला अवरुद्ध भएको नबुझोस् भनेर सतर्क भएँ । पछिल्लो पटक म एघार वर्षअघि रोएको थिएँ ।

"समस्या चाहिँ के हो त ?"

"कानूनी हिसाबले डिसेम्बर महीनाको अन्त्यसम्म मात्र म काम गर्न पाउँछु ।"

"त्यसपछि के गर्ने त ?"

"यो देशै छोडेर घर फर्कनुपर्छ होला ।"

"नेपाल ?" त्यतिन्जेल पनि उसले म भारतको हुँ भन्ने यथार्थलाई आत्मसातै गरेकी रहिनछ ।

"हो, भारत ।"

"अरू कुनै विकल्प छ कि ?"

"ग्राजुएसन गर्ने।"

"यो त राम्रो हो।"

"तर मैले मेरो इन्स्टलमेन्ट पनि त तिर्नु छ !"

"त्यो त सकिहाल्नुहुन्छ नि ! तपाईंले कलेजमै काम गर्दा भयो।"

"त्यसो नहुन पनि सक्छ। आफ्नै अपार्टमेन्टमा बस्ने हो भने म न्युयोर्ककै कलेजमा जानुपर्छ।"

"यदि तपाईंले कोठामा साथी राख्नुभयो भने ?"

"मेरो कोठा कति सानो छ, तपाईंले देखिहाल्नुभयो। यहाँ त को बस्ला र ? बेडरुममा एउटा ठूलो पलङ पनि नअटाउला।"

"तपाईंले विज्ञापन गर्न सक्नुहुन्छ नि !"

"त्यसरी हुँदैन।"

"तपाईं ...," ऊ भकभकाई, "पेस्सी... पेसिमिटिक भइरहनुभएको छ।"

मनमा ठूलो भुइँचालो गइरहेको भए पनि मलाई हाँसो उठ्यो। मुश्किलैले अङ्ग्रेजी बुझ्ने मान्छेले मेरो अवस्थालाई वर्णन गर्न कति सटीक शब्दको चयन गरिदिई ! गजब !

"पेसिमिस्टिक *(निराशावादी)*।" मैले उसले भन्न खोजेको शब्द सुधारिदिएँ।

"ए, हो त !" हात निधारमा ठोक्दै उसले भनी।

"यो गाह्रौं शब्द थियो। तैपनि तपाईंले यसलाई एकदम सटीक प्रयोग गर्नुभयो।"

"उच्चारणमा गल्ती भयो नि त !" ऊ बोली।

"जे होस्, तपाईंले यो शब्दको सही प्रयोग गर्नु नै ठूलो कुरा हो।"

"ल त, अब तपाईं अप्टिमिस्टिक *(आशावादी)* हुनुस्।" ऊ मुस्कुराई। आज ऊ आश्चर्यले भरिएकी थिई।

"कोशिश त गर्दै छु। मेरा योजनाहरू पो उम्केर गए !"

"रत्नराज्य क्याम्पसमा बीबीए पढुँला भनेर मैले सोचेकी थिएँ। तर अहिले यहाँ आएर यस्तो काम गर्नुपरेको छ !"

"यो अर्कै कुरा हो।"

"हाउ डिफरेन्ट ? इट्स द सेम।"

उसले आर्टिकल (द) प्रयोग गरेको सुन्दा मलाई खुशी लाग्यो। भनें, "तपाईं प्रगति गर्दै हुनुहुन्छ। मेरो चाहिँ दुर्गति भइरहेको छ।"

"प्रगति रे ? म म्याडमका नातिनातिनीहरूको आची पुछ्ने गर्छु। यो प्रगति हो र ?"

"मलाई ग्राजुएसन गर्न मन छैन।"

"ग्राजुएसन गर्नु त राम्रो कुरा हो।" उसले भनी।

"तर खर्च कसरी धान्नु ?"

"पैसा जोगाएर।"

"कति न सम्भव हुन्छ जस्तो !"

"अहिलेदेखि थाल्नुभयो भने किन हुँदैन ?"

"उफ्, मैले रुममेट खोज्नैपर्छ ! त्यसपछि काउचमा सुत्नुपर्छ।"

"तपाईंको निम्ति रुममेट हुन सक्ने मान्छेलाई मैले चिनेकी छु।"

वाह, आज साँच्चै ऊ एकपछि अर्को आश्चर्यजनक कुरा गर्दै थिई !

"को ?"

"ऊ केटी भए कुनै समस्या हुन्छ ?"

"अहँ, हुँदैन।"

"मी।" उसले अङ्ग्रेजी सुधार्दै फेरि भनी, "आई मिन आई, माइसेल्फ।"

दुई दिनपछि सावित्री मेरै अपार्टमेन्टमा सरी। उसले बारम्बार भनी, मलाई किस्ता तिर्न सहयोग पुऱ्याउने हिसाबले हैन कि उसको कोठाका पुरुषसाथीहरू प्रत्येक रात मातेर आउँदा ऊ र उसको कोठामा बस्ने महिलालाई त्यहाँ टिक्नै गाऱ्हो भएकाले ऊ मकहाँ आएकी हो। यो आइलागेको पनि यस्तै हुनलाई होला भनेर सावित्रीले भनी। उसले ल्याएको सामानमा अङ्ग्रेजी पुस्तकहरूले आधा भरिएको एउटा सुटकेस मात्र थियो। भान्सामा राख्दा उसका लुगा गन्हाउँछन् भनेर मैले बारम्बार भन्दा पनि उसले त्यहाँकै दराजमा सबै सामान राखी। ऊ पलङमा सुत्नुपर्ने र आफू चाहिँ सोफामा सुत्नेमा मैले जोड दिए पनि ऊ ती कुनैमा पनि नसुत्ने भई। ऊ जत्ति ढीट थिई, म पनि त्यत्तिकै अटेरी थिएँ। म कडा काठको भुइँमा सुतेँ। बैठककोठामा चियाएर हेर्दा उसलाई भुइँमै सुतेको पाएँ। सोफा र पलङ खाली नै रहे।

उसले कोल्टो फेर्दा काठको भुइँबाट आवाज आयो। निद्रा लाग्यो के भनेर मैले सोधेँ।

"ओछ्यानमा सुबिस्ता भए पो निद्रा लाग्थ्यो !"

"त्यसो भए पलङमा सुत्नुस् न त !"

"अहँ।"

"ठीक छ, त्यसो भए सोफामा सुत्नुस् न !"

मौनता छायो।

"भुइँमा निद्रा लाग्दैन भनेर हामी दुवै जनालाई थाहा छ।"

"म काउचमा सुतुँला। तर तपाईं पलङमा सुत्नुहोला।"

"हवस् त।"

ऊ सोफामा चढी।

"त्यसलाई खोल्दा हुन्छ। फोल्डवाला हो।" मैले भनेँ।

उसले जवाफ दिइन। यो हाम्रो पहिलो बहस थियो।

भोलिपल्ट बिहान म ओछ्यानमै हुँदा ऊ चिया लिएर आई।

"तपाईंले यो सब गर्नैपर्दैन।" मैले नेपालीमा भनें। आफैंले बोलेको कुरो म स्वयंलाई समेत अनौठो लाग्यो।

"आई मेड टी फर माइसेल्फ।" नेपाली भाषातिर गएकामा अनुमोदनको मुस्कान दिँदै उसले भनी, "नो एक्स्ट्रा वर्क मेक इट फर यु।" *(गल्ती अङ्ग्रेजीमा)*

"जे भए पनि मैले यसको निम्ति तपाईंलाई केही दिएको छैन।"

"हेर्नुस् त, मेरो अङ्ग्रेजीमा कति सुधार आएको छ! अबदेखि तपाईंले मलाई अङ्ग्रेजी सिकाउनुहोला। म घरको सबै काम गर्छु। किराना सामानको खर्च र घरको भाडा आधाआधा।"

उसको अन्तिम वाक्यमा भएको निर्णायक भनाइले हो या उसका नाङ्गा खुट्टाले हो, मलाई चाहिँ अस्थिर पार्‍यो। आजसम्म मैले उसलाई या त ट्राउजरमा या स्कर्टमा मात्र देखेको थिएँ, तर आज बिहान ऊ राति सुत्दा लगाएकै हाफपाइन्टमा थिई। मेरो नजरबाट छेलिन तुरुन्त कोठाबाहिर जाँदा उसले असजिलो मानी भन्ने स्पष्ट भयो।

हामीले नयाँ रुटिन अपनायौं। उसले कफी ल्याउँथी; म नुहाउन पस्थें। ब्रेकफास्ट खाएर अपार्टमेन्टबाट सँगै निस्कन्थ्यौं। म मिड टाउनमा उत्रन्थें; ऊ ग्रामर्सी जान्थी। प्राय: ऊ मभन्दा पहिले अपार्टमेन्ट आउँथी अनि हामी डिनर सँगै खान्थ्यौं। हामी दिनभरिका कुराबारे गफिने गर्थ्यौं। म जी.आर.ई. को तयारी गर्थें; ऊ पढ्थी। दार्जीलिङबाट एनिड ब्लेटन नोडीका किताबहरू त्यहाँका एक मित्रको सहायताले कुरियरमार्फत पठाइमागें। उसले ती किताबहरू आद्योपान्त पढेर दोहोर्‍याई पनि। अल्छी लागेका बेला जब म धेरै बेरसम्म टीभीअगिल्तिर हुन्थें, उसले टीभी बन्द गरेर आफ्नो हात मेरो कुममा राख्दै नचल्ने गाडी धकेलेझैं ठेलेर बेडरुमपट्टि लान्थी। उसले शनिबार र मङ्गलबारका दिन एनका पाका साथीहरूलाई टहलाउने काम पाएकी थिई। छुट्टीका दिनहरू पनि माया मार्नुपरेकामा ऊ दु:खी भइन। उसका निम्ति यो काम सरल हुनुका साथसाथै सुध्रिएको आफ्नो अङ्ग्रेजी भाषा प्रयोग गर्ने अवसर पनि थियो।

हामी आपसमा बहस पनि गर्थ्यौं। उसलाई बाथरुममा पुस्तक राखेको ठ्याम्मै मन पर्दैनथ्यो, निकाल्न चाहन्थी। म मान्दिनथेँ। उसको भनाइ अनुसार बाथरुम पस्दा मलाई चाहिएका किताबहरू लिएर जानु र फर्कंदा लिएरै आउनुपर्ने थियो। त्यसो गर्दा मेरा पत्रपत्रिका भुइँभरि नछरिने भए। मैले उसलाई कोशिश गरुँला भन्दा ऊ विजेताझैं देखिई।

"अन्त्यमा तपाईंले एउटी कामदारको सल्लाह मान्नुभयो।" उसले भनी।

"तपाईंले आफूलाई त्यसो नभन्नुस्। तपाईं त मेरी साथी पो त!"

"अहँ, हैन। म कामदार नै हो। एक दिनको कामदार, सधैंको कामदारै हुन्छ।" यसो भन्दै उसले लय बिगारेर गीत गुनगुनाउन थाली।

"यु आर नट अ मेड। यु आर फ्रेन्ड।" अचेल मैले पनि बोलीमा शुद्धतालाई बेवास्ता गर्न थालेको छु।

"हैन, काम गर्ने!" उसले जिद्दी छोडिन।

"धत्तेरिका!" म चिच्याएँ। आवाजको तीक्ष्णताले मैलाई अचम्भित पार्‍यो।

उसका आँखा विस्फारित भए अनि भयातुर देखिए। उसको यस्तो हेराइ मैले यसअघि कहिल्यै देखेको थिइनँ।

त्यो रातभरि नै मलाई राम्रो निद्रा लागेन। उसलाई पनि त्यस्तै भएको थाहा पाएँ। के मैले माफ माग्नुपर्थ्यो त? तर काम गर्ने हो कि हो भनी जबरजस्ती गर्ने त ऊ आफैं हो। हुन त ठीकै हो, ऊ काम गर्ने नै थिई, तर उसको स्थान त्योभन्दा कताकता उच्च थियो। अनि ऊ काम गर्ने हैन भने को थिई त? त्यस्तै सोचाइले मेरो टाउको गर्‍हौं भएको थियो। चार वटा 'टाइलानोल' खाएर ओल्टेकोल्टे फेर्दा पनि निदाउने चेष्टा विफल भएपछि म एउटा किताब टिपेर मन भुलाउन बाथरुममा गएँ।

बत्ती बलिरहेको थियो अनि सावित्री बाथरुममा बसेर पढ्दै थिई।

"सरी।" मैले ढोका बन्द गरें र साँघुरो बाटो हुँदै फर्कें, "तपाईं यहाँ हुनुहुन्छ भन्ने मलाई थाहै भएन।"

"लिभिङ रुममा बत्ती बालेर तपाईंलाई डिस्टर्ब गर्न चाहिनँ। त्यसैले यता आएकी। निस्किहाल्छु।"

सर्टमा हात पुछ्दै ऊ बैठककोठातर्फ आई।

"भन्नुको मतलब अब तपाईं बाथरुममा पढ्न थाल्नुभयो ?" मैले मुस्कुराउने कोशिश गरेँ।

"धेरै अघिदेखि म त्यसै गर्छु त !"

"तर मलाई त त्यही कुराको निम्ति तपाईंले खिल्ली उडाउनुभयो !"

"तपाईं मलाई कराउनुहुन्छ अनि !" उसले प्याच्च भनी।

"गल्ती त तपाईंकै थियो नि !"

"हैन।"

"तपाईं काम गर्ने मान्छे हैन, त्यसैले म झर्किएँ होला।"

"तपाईं आईटी व्यवसायी अनि म कामदार। कुरा सोझो छ।"

"मैले तपाईंलाई कराएँ। मलाई माफ गर्नुहोला।"

"भैगो, ठीक छ। फेरि त्यसो नगरे भयो नि !"

"गर्दिनँ," मेरो आवाज नरम थियो।

"थ्याङ्क्स, कराउँदा मलाई डर लाग्छ।"

"म जान्दछु। माफ पाऊँ। अब कुरो मिल्यो त ?"

"खै, थाहा छैन।"

"तपाईं बाथरुममा पढ्नुहुन्छ ?" मैले गिज्याएँ।

"यु टिच – टट मी।" *(गल्ती अङ्ग्रेजीमा)*

"म राम्रो टिचर रैछु।"

"असल शिक्षकले आफ्नो विद्यार्थीलाई कहिल्यै हकार्दैन।"

"हेर्नुस् त, तपाईं मेरो काम गर्ने मान्छे हैन, मेरो विद्यार्थी पो त !"

"ल, ठीक छ। मैले मानें, म विद्यार्थी हुँ।"

उसको मसँग के सम्बन्ध हो भन्ने निधो भएपछि सावित्रीले मलाई उज्यालो हुँदै आफ्ना बुवाआमासँग फोनमा भएका कुरा सुनाई। ऊ कहिलेकाहीं मात्र उनीहरूसँग बात मार्थी। बातचित प्रायः पैसाको हुन्थ्यो। कोही बेला उसका बुवाआमा प्रसन्न हुन्थे, तर प्रायः असन्तुष्ट नै रहन्थे। उनीहरूले पक्की घर बनाउन थालेका थिए अनि त्यसको खर्चका निम्ति ऊमाथि नै भर परेका रहेछन्। त्यसले उसलाई त्यति बेखुशी पारेको थिएन, तर खुशी नै पनि हुन सकेकी थिइन। आफ्ना बुवाले सपनामा पनि नदेखेको पैसा उसले कमाई अनि विशेष गरी अहिले यस्तो भव्य अपार्टमेन्टमा सुविधाजनक जीवन बिताइरहेकी हुनाले परिवारको सहायता गर्नैपर्छ भन्थी। पैसाको माग धेरै हुन थालेकाले उसले हरेक महीना पाँच सय डलर पठाउने कुरा गरी। उनीहरूले त्यही हिसाबले चल्नुपर्ने थियो। उनीहरूको स्वार्थीपनदेखि मलाई रिस उठे पनि चुपचाप बसिरहेको थिएँ। यो अनौठै भइरहेको थियो, किनभने हिजोआज सबै थोकमा म र मेरो भन्ने थिएन। उदाहरणका निम्ति, केही हप्तामै, जब मेरो स्नातक पढ्ने आवेदन कोलम्बिया विश्वविद्यालयले अस्वीकार गरिदिएको थियो, मैले यो वेदना उसलाई सुनाउन हिचकिचाइनँ।

"म योग्य थिइनँ भन्ने मलाई थाहा थियो। त्यसैले म उदास छैन।" टीभी खोल्दै मैले भनें।

"मसँग रिसाउँदिनँ भनी कसम खानुस् त !" ऊ बीचैमा बोली।

"अहँ, म रिसाउँदिनँ।" मैले टीभी बन्द गरेँ, "कसम !"

"तपाईं रिसाउनु नै हुन्छ भनेर अझै डर लाग्छ।"

"भनें नि, लु, कसम !"

"पहिले त म जी.ई.डी. दिन्छु होला।"

म छक्कै परेँ। मेरो गर्वको सीमै रहेन। उसले अमेरिकी उच्च विद्यालयको समकक्ष परीक्षा दिने कुरो गर्दै थिई। यो कुराको जानकारी उसलाई छ भन्ने थाहा पाउनु नै मेरा निम्ति आश्चर्यको विषय थियो।

"वाह ! तपाईंको भविष्य उज्ज्वल छ। सारै खुशी लाग्यो।"

"तर यो खास इस्यु हैन।"

जी.ई.डी. का निम्ति ऊ प्राय: तयार नै थिई। ऊ जस्ती लगनशील मान्छे कुनै कुरामा पनि तयार हुन सक्थी।

"अनि खास कुरो चाहिँ के हो ?" मैले सोधेँ।

"तपाईंले कोलम्बिया युनिभर्सिटीमा भर्ना पाउनुभएन।"

"अहँ, पाइनँ।"

"भनेपछि अब के गर्नुहुन्छ ? घर जानुहुन्छ ?"

"त्यसै गर्नुपर्छ होला। न्युयोर्क युनिभर्सिटीबाट के जवाफ आउँछ, हेरौँ। यद्यपि त्यहाँ पनि हुन्छ कि हुँदैन, म जान्दिनँ। त्यो पनि कोलम्बिया जस्तै गाऱ्हो न हो !"

"यो विषयमा मैले एक जना वकीलसँग कुरा गरेकी छु।" उसले भनी।

वाह, उसको वकील पनि छ ! मैले सोचेँ अनि यही कुरा जोडले दोहोऱ्याएँ।

"यस, एन्स सन इज अ लयर। हिज फ्रेन्ड इज एन इमिग्रेसन लयर।" उसले आर्टिकल (अ, एन) प्रयोग गरी बोल्दा मीठो सुनियो।

"उसले के भन्यो त ?"

"तपाईं रिसाउँदिनँ भनेर कसम खानुस्।"

"रिसाउँदिनँ।"

"त्यसो भए, म जे भन्छु, पहिले त्यो सुन्नुस्।"

"हुन्छ।"

"डु नट इन्टरप्ट मी *(बीचैमा कुरा नकाट्नुहोला)*।" उसले अङ्ग्रेजीमा ठ्याक्कै मिल्ने अर्को आदेशपूर्ण शब्दको यहाँनिर सटीक प्रयोग गरेकी थिई। शिक्षक त म गजबै रहेछु !

"भन्नुस् न !"

उसले गला साफ गरी। "म जान्दछु, म एउटी कामदार हुँ।" मैले बीचैमा केही भन्न खोजेको देखेर उसले रोक्न हात उठाई, "म तपाईंको जस्तो परिवारकी पनि हैन। म त केवल तपाईंकी कामदार हुँ। यो कसैले थाहा पाउनु जरूरी छैन। म अमेरिकी नागरिक हुँ। तपाईंले वैधानिक तवरले यहाँ बस्नु छ। तपाईं मसँग बिहे गर्नुस्। कागजी रूपमा मात्रै। यो कसैले जान्न आवश्यक पर्दैन।" ऊ अधैर्य थिई अनि मलाई हेरिनँ पनि। "अनि बिहेपछि तपाईंले आफ्नो कामलाई निरन्तरता दिन सक्नुहुन्छ। त्यसपछि तुरुन्तै डिभोर्स गरे भैहाल्यो। प्लिज, मसँग नरिसाउनुहोला।"

"तपाईं काम गर्ने हैन।" मैले भनें, "तपाईं कहिले पनि काम गर्ने हुनुभएन। तपाईं मेरो स्टुडेन्ट पनि हैन। तपाईं र मेरो सम्बन्ध जे छ, त्यो बेग्लै छ। तपाईंको कारणले मात्र आज म यहाँ छु। तपाईं नभएको भए म धेरै पहिले माया मारेर दार्जीलिङ फर्कने थिएँ होला। तपाईंले कहिल्यै आफूलाई काम गर्ने भन्नुहुन्न भनी प्रमिस गर्नुस्। लु, कसम खानुस्। अहिले नै।"

ऊ नचलमलाई त्यहीं बसिरही।

"यो कुरा धेरै पटक मेरो मनमा पनि खेलेको थिएन भनेर सुनाएँ भने म झूटो ठहरिन्छु।" मैले भनें, "मलाई हरेक दिन अनि हरेक रात यो कुराले थिचेको थियो। तर मैले मुख फोर्नै नसक्ने गरी तपाईंलाई म रेस्पेक्ट गर्थें। हाम्रो रिलेसनसिपको नाजायज फाइदा उठाएको तपाईंले ठान्नुहोला भनी मैले कुरै उठाइनँ।"

"भन्नुपर्थ्यो नि !"

"अनि हाम्रो यो सुमधुर सम्बन्ध बिगार्नु र ?"

"हामीमा त्यस्तो के सम्बन्ध छ र अमित ?" पहिलो पटक उसले मेरो नाम उच्चारण गरी।

"हामी जान्दछौं, यो सम्बन्ध विशेष छ, फरक छ। यसलाई किन बिगार्ने त ?"

कताकता मुटु नै फुट्ला जस्तो भएर म छटपटाएँ। हामी खुलेर बोल्ने जाति हैनौं। अनि म कहिल्यै भावनाका विषयमा बोल्न सहज मान्दिनँ।

"रिसाउनुभयो कि ?"

"अहँ। तपाईं जस्तो मान्छेलाई जाबो कुनै देशमा बस्नको निम्ति म बिहे गर्दिनँ। जुन दिन म आफ्नै बुताले ग्रिन कार्ड पाउँछु, तब मात्र हामी बिहा गरौंला। म तपाईंसँगै बिहे गर्छु, किनभने यो संसारमा केवल तपाईं नै हुनुहुन्छ, जोसँग म जीवन बिताउन चाहन्छु।"

"म त एउटी कामदार ... साँच्चैको बिहे गर्न पनि त पर्दैन ..."

ऊ रुन थाली। मैले रुन दिएँ।

आभार

विभिन्न मुलुकमा अङ्ग्रेजीमै प्रकाशन विस्तार भइरहेका बेला मैले नेपालीभाषी समुदायबाट पनि इमेलहरू पाउने गर्थें। 'यसका पात्रले बोल्ने भाषामै यो सङ्ग्रह आउन जरूरी छैन र ?' जस्ता प्रश्नले मलाई झकझकाए। मैले एजेन्टसँग कुरा गरें। 'आफ्नो पुस्तक आफैंले अनुवाद गरे कसो होला ?' प्रतिप्रश्न आयो। दश कक्षाको परीक्षामा नेपालीमा ८८ प्रतिशत अङ्क ल्याएको 'फुइँ' ले पनि मलाई यसभित्रको पहिलो कथा 'दी क्लेफ्ट' को अनुवाद थाल्न हौस्यायो। तीन घण्टाको प्रयास र कालेबुङमा बुवा-मुवासँगको सातपल्टसम्मको टेलफोन संवादले पनि पार लागेन। मैले हार मानें। बितेका दश वर्ष मैले नेपालीमा लेखपढ गरेकै थिइनँ। त्यसमाथि जुन ह्रस्व-दीर्घ र लिङ्ग-क्रियापदको प्रयोगमा म आफूलाई माहिर ठान्थें, त्यसको ज्ञानले त अनुवादकलाको व्यापक घेराभित्र असाध्यै कम स्थान ओगट्ने रहेछ ! अनुवाद त भीषण र थकाउने काम पो रहेछ ! मेरो मर्का बुझेर मेरा बुवा-मुवा बीसी शर्मा र सरला भट्टराई मेरो उद्धार गर्न तयार हुनुभयो। शब्द छनोटबारे हामीबीच बहस हुँदै गयो। कहिले एक जना अनुवादक रोकिँदा होस्, कहिले लेखक आफैंले कम रुचि देखाउँदा, परस्पर व्यङ्ग्यवाण चलाउँथ्यौं त कहिले मरीमरी हाँस्थ्यौं।

गोर्खाकी छोरी नेपालबाहिर मैले चिताएभन्दा बेसी फैलिएको छ। आफ्नै भाषामा छापिनु त यसको महत्त्वपूर्ण उपलब्धि नै हो। यसको जिम्मा पब्लिकेसन नेपा~लयलाई दिँदा म प्रसन्न छु। सम्पादनदेखि प्रवर्द्धनसम्म यसले कायम गरेको व्यावसायिकताले नेपाली प्रकाशनका भावी दिनप्रति मलाई उत्साही बनाएको छ। भाषा सम्पादनका लागि पारसप्रकाश नेपाललाई धन्यवाद दिन चाहन्छु।

गुर्खाज डटरलाई थुप्रै मुलुकका पाठकले मन पराइदिएझैं गोर्खाकी छोरीले पनि नेपाली पाठकको मन जित्ने विश्वास लिएको छु।

प्रज्वल पराजुली
डिसेम्बर ३१, २०१४
बुडापेस्ट, हङ्गेरी

.

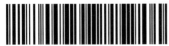

Printed in Great Britain
by Amazon